Für meine Mama

Der Roman spielt hauptsächlich in bekannten Regionen, doch bleiben die Geschehnisse reine Fiktion. Sämtliche Handlungen und Charaktere sind frei erfunden.

MIX
Papier aus verantwortungsvollen Quellen
FSC® C104608
www.fsc.org

Der CO_2-Ausstoß dieses Druckproduktes wurde mit ClimateCalc berechnet und kompensiert:
www.climatecalc.eu
Cert. no. CC-000094/DK

Bibliografische Information der Deutschen Nationalbibliothek
Die Deutsche Nationalbibliothek verzeichnet diese Publikation in der Deutschen Nationalbibliografie; detaillierte bibliografische Daten sind im Internet abrufbar über http://dnb.ddb.de

www.niemeyer-buch.de

Umschlaggestaltung: C. Riethmüller
Der Umschlag verwendet Motiv(e) von 123rf.com
Druck und Bindung: Nørhaven, Viborg
Printed in Denmark
ISBN 978-3-8271-9585-2

Rosita Hoppe

Herzleuchten am Meer

CW Niemeyer

Es gibt Tage, da braucht man etwas fürs Herz.
Heute ist so ein Tag.

Für Elke

Zauberhafte Lesestunden wünscht Rosita

Prolog

Technorhythmen dröhnten durch die Nacht. Flammen loderten aus einem alten Metallfass, die einzige Lichtquelle im Hinterhof. Selbst der Mond hatte sich hinter einer Wolke verkrochen, als wäre es ihm peinlich, diese grölende Meute betrachten zu müssen. Vereinzelte Stimmen, die es tatsächlich schafften, den Technolärm zu übertönen, stachelten den offensichtlich betrunkenen oder bekifften Anführer an.

„Naumann, in Deckung! Schnell", zischte Kollege Krüger, der sich wenige Meter vor ihr befand. „Der hat eine Knarre!"

Franzi sprang einen Schritt beiseite, duckte sich hinter einen schmalen Bretterverschlag. Die Waffe in ihren Händen zitterte. Dieser Einsatz geriet allmählich außer Kontrolle. Eigentlich waren sie wegen Ruhestörung gerufen worden. Dass sich in diesem Hinterhof ausgerechnet ziemlich zwielichtige Personen die Kante gaben, war nicht abzusehen gewesen. Es knallte ein paarmal. Gehörte das zur Musik? Waren das etwa Schüsse?

Ein qualvolles Stöhnen drang an Franzis Ohren. Oh, scheiße! „Krüger? Alles okay mit Ihnen?" Stille. „Krüger?"

Wieder ein Schuss. Vor ihr splitterte Holz. Irgendwas riss sie von den Füßen – schleuderte sie nach hinten. Was war das? Hart schlug sie mit dem Rücken auf dem Boden auf. Momente später drang höllisches Brennen in Franzis Wahrnehmung und erneut ein dumpfes Stöhnen. Sie biss sich auf die Unterlippe, um keinen Laut von sich zu geben und nicht auf sich aufmerksam zu machen. Sie schmeckte Blut. Hatte sie so sehr zugebissen? Etwas lief warm über ihre Finger, als sie ihre Hand vorsichtig auf die schmerzende Stelle an ihrer Seite legte. Erst jetzt registrierte Franzi, dass sie getroffen worden war.

Mit einem unterdrückten Stöhnen rappelte sie sich mühselig auf. Was sollte sie tun? Kollege Krüger suchen? Zum Auto kriechen und Verstärkung rufen? Den Rettungsdienst? Sie wusste es einfach nicht mehr. Jeder Gedanke verschwand wie im dichten Nebel. Aufstöhnend sank sie auf die Knie, die Hand fest auf die Wunde gedrückt. Allmählich schwanden ihr die Sinne.

„Hallo? Sind Sie wach?"

Grelles Licht tat ihr in den Augen weh. Sosehr sie es auch versuchte, sie konnte die Person, die sich über sie beugte, nur undeutlich sehen. Die Worte hörten sich an wie in Watte gepackt und wurden immer leiser. Der höllische Schmerz ließ langsam nach …

1 Franzi

Nicht schon wieder! Ihre Hand zitterte, als sie das Gespräch wegklickte und das Telefon auf die Couch warf. Warum machte auch dieser Klient einen Rückzieher? Das war schon der dritte innerhalb des letzten Monats, der sich nach ihrem Angebot Bedenkzeit ausgebeten hatte und anschließend kurz und knapp verkündete, er habe es sich anders überlegt.

Krampfhaft versuchte sie den Frust hinunterzuschlucken, der wieder einmal aufsteigen wollte. Vergeblich. Wenn sie nicht bald einen Auftrag an Land zog, musste sie sich ernsthaft Gedanken darüber machen, ob der Weg, den sie eingeschlagen hatte, die richtige Entscheidung gewesen war.

„Was ist los?", holte sie Lottas Stimme in die Gegenwart zurück.

„Was schon. Der Auftrag, der mich über den nächsten Monat bringen sollte, hat sich gerade in Rauch aufgelöst."

„Schei…"

„Ja, scheiße, du kannst es ruhig laut sagen. Oma kann uns nicht mehr ermahnen, dass man dieses böse Wort nicht in den Mund nimmt." Franzi verzog ihren Mund zu einem schiefen Grinsen, als sie an die fast täglichen Ermahnungen ihrer Oma dachte, die Lotta und sie schon seit der Kindheit begleiteten. Dennoch hatten sie beide diesen Ausruf des Frustes niemals ganz ablegen können. In bestimmten Situationen musste der Kraftausdruck einfach raus. So wie jetzt. „Lotta, sag, habe ich einen Fehler gemacht? Hätte ich einen anderen Weg einschlagen sollen – damals, nachdem …?“ Mit einer heftigen Handbewegung versuchte sie die dunkle Erinnerung an den Grund wegzuwischen, der sie dazu gebracht hatte, einen neuen beruflichen Weg einzuschlagen. Unwillkürlich fasste sie sich an die Seite, dahin, wo das Mal saß, das ihr Leben aus den Fugen gerissen und sie für den Rest ihres Lebens gezeichnet hatte.

„O Franzi.“ Lotta sprang auf und war im Nullkommanichts an ihrer Seite. Sie strich Franzi in mitfühlender Geste über den Rücken. „Lass die Erinnerung nicht zu. Du musst nach vorne sehen.“

Ein frustriertes Schnauben entschlüpfte Franzi. „Wie denn? Kaum jemand gibt mir dic Chance zu beweisen, dass ich was draufhabe. Dass ich auch in diesem Job zu etwas tauge. Mit den paar Aufträgen, untreue Ehemänner oder -frauen zu beschatten, kann ich nicht überleben.“

„Ich koch dir erst mal einen Tee, der beruhigt.“ Noch ehe Franzi etwas erwidern konnte, war Lotta in die kleine Küchenecke verschwunden. Franzi hörte ihre Schwester mit dem Geschirr hantieren. Sie war froh, dass Lotta gerade im richtigen Moment da war, sonst hätte sie vermutlich vor lauter Frust irgendetwas zerdeppert.

„Sicher hat wieder dieser Bertram seine schmierigen Hände im Spiel. Irgendwann drehe ich dem die Gurgel um. Dann kann er anschließend ermitteln, warum ich das getan habe“, fauchte Franzi, als Lotta mit zwei dampfenden Tassen zurückkam.

„Süße, du kannst ihn nicht für alles verantwortlich machen. Du glaubst doch nicht wirklich, dass sich die Kunden bei mehreren Detekteien gleichzeitig Angebote einholen."

„Natürlich glaube ich das. Und ich glaube noch viel mehr. Nämlich, dass dieser Schmierfink ganz genau weiß, wenn sich seine potenziellen Klienten auch von mir Angebote einholen. Dann braucht er meinen Preis nur noch zu unterbieten oder, schlimmer noch, irgendwelche Unwahrheiten über mich zu erzählen, und schon hat er die Aufträge im Sack."

„Kannst du das beweisen?"

Wenn sie das bloß könnte. Frustriert schüttelte Franzi den Kopf.

„Dann solltest du dich mit solchen Mutmaßungen besser zurückhalten."

„Aber es ist doch offensichtlich."

„Franzi, das ist es nicht. Das bildest du dir nur ein. Auch wenn du es nicht gern hörst, er hat die längere Erfahrung. Du hast erst im vorigen Sommer angefangen."

„Du ergreifst jetzt nicht ernsthaft für ihn Partei."

„Natürlich nicht. Aber du bist einfach nicht objektiv."

„Pah!" Franzi nahm die Teetasse vom Tisch und trat ans Fenster. Es regnete Bindfäden, den ganzen Tag schon. Das Wetter passte zu ihrem Gemütszustand.

„Lass uns einen Stadtbummel machen, ich will mir schon seit Tagen ein paar Klamotten kaufen. Anschließend gönnen wir uns etwas zu essen."

„Bei dem Wetter willst du shoppen? Und essen gehen liegt bei mir nicht drin. Schon vergessen?"

„Ich lade dich ein. Sieh es als Dank dafür, dass du mich beim Shoppen berätst." Lotta zwinkerte Franzi zu und knuffte sie in die Seite. „Und vielleicht auch meine Blumen gießt, wenn ich das nächste Mal in den Urlaub fahre."

„Du willst in den Urlaub?" Franzi unterdrückte den dumpfen Schmerz, der sich bei Lottas Knuff einstellte, und die Frage kam sehr gepresst über ihre Lippen.

„Oje, tut mir leid, Süße. Wie konnte ich so nachlässig sein? Wie konnte ich dich ausgerechnet in die Seite …?"

„Nicht so schlimm."

„Und ob das schlimm ist." In Lottas Augen schwammen Tränen, als sie Franzi umarmte. „Ich bin so ein Tollpatsch. Wie kann ich das wiedergutmachen?"

„Indem du mich zum Essen einlädst und meine Blumen gießt, sollte ich es irgendwann in meinem nächsten Leben mal schaffen, Urlaub zu machen."

„Abgemacht." Lotta löste sich von Franzi und strich ihr sacht über die Wange.

Sie hielten sich hauptsächlich in der Stadtgalerie auf, da es immer noch heftig regnete. Zum Glück wurde Lotta hier fündig und erstand eine stattliche Sammlung an Frühsommermode.

Insgeheim war Franzi ein klitzekleines bisschen neidisch auf Lotta. Wie gern würde sie sich auch neu einkleiden. Nicht so verschwenderisch wie ihre Schwester, aber das eine oder andere Teil könnte sie wirklich gebrauchen. Vielleicht klappte es im nächsten Monat, oder im übernächsten.

Lotta schob ihren Arm unter Franzis und steuerte den Schuhladen in der Nähe der Rolltreppe an. „Ich will nur noch mal kurz nach Schuhen gucken. Dann gehen wir essen, ich habe einen Bärenhunger. Was hältst du vom Mexikaner?"

„Von mir aus. Da war ich schon eine Ewigkeit nicht mehr." Es war ewig her, seit sie das letzte Mal ein Restaurant von innen gesehen, geschweige denn dort gegessen hatte.

„Das glaub ich jetzt nicht." Fast hätte sie sich an dem Stück Fleisch verschluckt, das sie sich eben in den Mund geschoben hatte.

„Was ist?"

„Nicht umdrehen." Prompt drehte Lotta ihren Kopf hin und her auf der Suche nach dem, was Franzi gerade aus der Fassung brachte.

„Am Tisch hinter dir lässt sich gerade Lukas Bertram nieder", grummelte Franzi. „Aber sieh dich bloß nicht noch mal um." Warum musste er ausgerechnet in ihrem Blickfeld sitzen? Wenn sie geahnt hätte, dass sie ihm hier … sie hätte auf Lottas Einladung verzichtet. Franzi rückte mit ihrem Stuhl ein Stückchen nach links, damit sie wenigstens ein bisschen hinter Lotta in Deckung gehen konnte. Die Plätze tauschen wäre vermutlich weit auffälliger gewesen und hätte ihn auf sie aufmerksam gemacht. Bis jetzt schien er sie noch nicht entdeckt zu haben. Sie hoffte inständig, dass es so blieb.

Das Essen konnte sie nun nicht mehr genießen. Vermutlich war es total egal, was auf ihrem Teller lag, sie merkte nicht mal, was sie aß.

„Nun guck nicht ständig hin", mahnte Lotta.

„Tu ich doch gar nicht."

„Tust du doch. Ich bin nur noch Luft für dich. Du würdest nicht mal bemerken, wenn ich jetzt aufstehe und gehe."

„Tut mir leid, kommt nicht wieder vor." Obwohl sie sich zusammenriss und sich um ein angeregtes Gespräch mit ihrer Schwester bemühte, hatte ihr der Typ da drüben den Appetit und den Abend verhagelt.

2 Lukas

Seit ihm aufgefallen war, wer da am Nachbartisch saß, konnte er es sich nicht verkneifen, immer wieder zu ihr hinüberzusehen. Wenn er es richtig interpretierte, hatte sie ihn auch entdeckt, denn sie versuchte krampfhaft, ihn zu ignorieren, was allerdings daran haperte, dass ihre Begleitung sich immer wieder umdrehte und die beiden ganz offensichtlich über ihn redeten. Grinsend nahm er einen Schluck von seinem alkoholfreien Bier und wandte sich wieder seinem Kumpel Christian zu, der ihn neugierig ansah.

„Kennst du die Schnecken?"

„Kennen kann man nicht gerade sagen, aber die Rothaarige hat mir schon mal die Hölle heiß gemacht."

„Echt? Wolltest wohl bei ihr landen und sie hat dich in die Pilze geschickt?"

„Es war beruflich." Mehr wollte er eigentlich nicht sagen. Dumm nur, dass Christian nicht lockerließ. „Sie hat dir einen Auftrag erteilt und du hast es verkackt?"

Lukas rümpfte die Nase. Christians Ausdrucksweise ließ manchmal zu wünschen übrig. „Nicht ganz. Sie führt auch eine Detektei und ist der Ansicht, ich hätte ihr ein paar Aufträge weggeschnappt von Kunden, die sich vorher von ihr Angebote eingeholt hatten. Das ist ihr zu Ohren gekommen."

„Dann kann ich verstehen, dass sie ein paar Giftpfeile rüberschickt."

„So, tut sie das? Ich bin mir keiner Schuld bewusst."

„Hast du kürzlich einen Auftrag angenommen?"

„Ja, erst heute früh."

„Lukrativ?"

So gut er sich mit Christian verstand, über Geld redete er nicht gern. Über seine Aufträge schon gar nicht. „Sagen wir mal so, es ist nicht der schlechteste."

„Und? Hatte dein Klient andere Angebote eingeholt?"

„Woher soll ich das wissen? Meinst du etwa, ich frage danach? Kommt schon mal vor, dass jemand erzählt, dass er das getan und sich letztendlich für mich entschieden hat. Für manche ist es eben eine Preisfrage oder eine Frage der Berufserfahrung. Und da kann ich auf jeden Fall punkten. Ich mache meinen Job schon mehr als zehn Jahre. Sie dagegen …", Lukas wies mit dem Kopf in Richtung Nachbartisch, „… hat erst im vorigen Jahr angefangen."

„Du kennst dich ja aus."

„Sie erwähnte es, als sie mir ungefragt ihre Meinung sagte." Lukas war froh, dass der Kellner das Essen servierte und damit das Gespräch unterbrach. Christian hatte plötzlich nur noch Augen für seine Tapasplatte.

Immer wieder musste Lukas zu ihr rübersehen. Er konnte einfach nichts dagegen unternehmen, ihre karottenrote Mähne zog ihn magisch an, zumal die direkt von einer Wandlampe angestrahlt wurde. Und dann diese Ähnlichkeit mit … „Tut mir leid, was sagtest du?" Schuldbewusst sah Lukas wieder zu seinem Kumpel.

„Ob du noch ein Bier möchtest. Oder einen Nachtisch. Oder gleich rüber an den Nachbartisch gehen willst."

„Wieso sollte ich …"

Christian grinste anzüglich. „Es würde einiges vereinfachen."

„Du spinnst ja. Und ja, ich nehme noch ein Bier." Während Christian dem Kellner winkte, widmete sich Lukas wieder seinem Essen. Was hatte Franziska Naumann eigentlich an sich, dass sie so auf ihn wirkte? Abgesehen von ihren roten Haaren natürlich. Dabei stand er total auf Blond. Außerdem wäre es hirnrissig, Berufliches mit Privatem zu vermischen. Das gab nur Scherereien.

„Lukas, ich geh jetzt."

„Wie … was …?" Schon als er Christian ins Gesicht blickte, wurde ihm klar, dass er seinen Freund nicht gerade nett behandelte, schlichtweg die meiste Zeit ignorierte.

„Entweder du besinnst dich auf den Grund, weshalb wir hier sind, oder ich stehe auf und geh. Die Rechnung geht in dem Fall an dich."

„Tut mir leid. Ich weiß auch nicht, was heute mit mir los ist."

„Aber ich weiß es – ahne es zumindest."

Der Kellner brachte die beiden Biere. Lukas hob sein Glas und hielt es Christian entgegen. „Prost. Auf dich und unsere Freundschaft."

„Na also, geht doch."

Tatsächlich schaffte er es für einige Minuten, sich ganz seinem Freund zu widmen. Doch dann drang das Schaben von Stuhlbeinen auf Fliesenboden an sein Ohr und Sekunden später fiel ein Schatten auf ihn. Lukas hob den

Kopf. Wieso stand sie plötzlich so dicht neben ihm? Erstaunt nahm er das Pochen seines Herzens wahr, das augenblicklich schneller zu schlagen schien. „Hallo, Kollegin", begrüßte er die Rothaarige neben sich. „Wie geht es Ihnen?" Eigentlich hätte er gar nicht fragen müssen, er sah es ihrem Gesichtsausdruck an. Ärgerlich hatte sie ihre Augenbrauen zusammengezogen, die grünen Augen schienen Feuer zu spucken. Die Hände hatte sie in ihre Seiten gestemmt. Gern würde er seine Hände genau dort ablegen, sie an sich ziehen und ihren Ärger einfach wegküssen. Was für Gedanken! War er komplett verrückt geworden?

„Was glauben Sie? Wann werden Sie es endlich lassen, mir Aufträge wegzuschnappen? Oder ist das so eine Art Sport von Ihnen? Sie lassen es sich hier gut gehen und feiern Ihren Erfolg vermutlich auch noch."

„Sie doch wohl auch, immerhin sind Sie auch hier."

„Ja, weil ich eingeladen wurde. Dank Ihrer Machenschaften bin ich äußerst selten in der Lage, mir einen Restaurantbesuch leisten zu können."

Ihm wurde heiß und kalt. Hatte sein neuer Klient tatsächlich auch Franziska Naumann kontaktiert? „Ich bin mir keiner Schuld bewusst. Und es tut mir leid, dass Sie schon wieder Pech hatten. Vielleicht sollten Sie Ihre Preise überdenken. Oder an Ihrer Arbeitsweise oder was weiß ich feilen. Um was für einen Auftrag soll es sich dabei handeln?"

„Eine Familiensache."

„Ich habe momentan keine Familienangelegenheiten unter meinen Aufträgen."

„Sie wollen mir tatsächlich weismachen, dass Sie einen solchen Auftrag nicht angenommen haben?"

„Ich weiß zwar nicht, weshalb ich mit Ihnen über meine Aufträge reden sollte, aber ich schwöre." Er untermauerte seine Aussage mit dem entsprechenden Handzeichen.

„Aber wer dann?"

Lukas wusste, dass es in Hameln keine weiteren Detekteien gab. Bevor Franziska Naumann ihre eröffnet hatte, war er der einzige Detektiv in der Stadt gewesen und er hatte sich einen gewissen Namen erarbeitet. Und das war es, was seiner Kontrahentin eindeutig noch fehlte.

„Franzi, lass es gut sein. Mit deinem Auftritt hier tust du dir keinen Gefallen." Erst jetzt nahm Lukas wahr, dass Franziska Naumanns Begleitung ebenfalls am Tisch auftauchte und versuchte, ihre Freundin, oder wen auch immer, von seinem Tisch wegzuziehen. Insgeheim musste er der jungen Frau recht geben. Immerhin hatte der Auftritt seiner Konkurrentin die Neugier der Gäste an den umliegenden Tischen angestachelt und einige starrten unverhohlen zu ihnen herüber.

Mit einem Mal schienen Tränen in Franziskas Augen zu schimmern. Wortlos ließ sie sich zu ihrem Tisch schieben.

„Junge, Junge. Die scheint ja Pfeffer im Hintern zu haben", machte sich Christian wieder bemerkbar.

Wieso ärgerte ihn dieser Kommentar, obwohl er durchaus berechtigt schien? Immerhin hatte er schon einmal ihr Temperament kennengelernt. Damals war sie doch tatsächlich in seinem Büro aufgetaucht. Etwas, was er andersherum niemals getan hätte. Solch eine Blöße würde er sich nicht geben. Ging es Franzi, wie ihre Begleitung sie genannt hatte, wirklich so schlecht? War sie auf jeden einzelnen Auftrag angewiesen, um überleben zu können? Franzi – diese Kurzform ihres Namens gefiel ihm. Er schmunzelte und nahm noch einen Schluck von seinem Bier.

Aus den Augenwinkeln nahm er wahr, dass der Kellner am Nachbartisch kassierte und die beiden Frauen kurz darauf das Lokal verließen.

3 Franzi

Wieso hatte sie sich zu diesem Auftritt hinreißen lassen? Das war ja so was von peinlich gewesen. Aber sie konnte einfach nicht anders, wenn ihr dieser Bertram unter die Augen kam. Er reizte sie und sie war nicht mehr Herr ihrer Sinne, wenn sie ihn sah. Sie konnte ihn einfach nicht ausstehen.

„Der sieht echt schnuckelig aus“, gab Lotta von sich und schob ihren Arm unter Franzis, da sie sich beide einen Schirm teilen mussten.

„Wer?“

„Na, dieser Detektiv. Der dürfte durchaus mal bei mir schnüffeln kommen.“

„Lotta!“

„Na, was denn?“

„Muss ich dich tatsächlich an deinen Julius erinnern? Und daran, dass ihr in ein paar Monaten heiraten wollt?“

Lotta stupste Franzi in die Seite. „Nein, musst du nicht. Ich habe nicht vor, untreu zu werden oder meine Liebe zu ihm infrage zu stellen. Es sollte nur ein Hinweis darauf sein, dass du diesen Lukas Bertram vielleicht mal mit anderen Augen ansehen solltest. Und nicht nur durch die Konkurrentenbrille.“

„Bist du total übergeschnappt?“ Franzi schüttelte fassungslos den Kopf. Manchmal war ihrer Schwester echt nicht zu helfen.

„Nein, bin ich nicht. Aber im Gegensatz zu dir habe ich Augen im Kopf."

Mittlerweile waren sie auf dem Parkdeck des Einkaufszentrums angekommen. „Können wir endlich das Thema wechseln?", bat Franzi und ließ sich auf dem Beifahrersitz von Lottas nagelneuem Mini Cooper nieder. So einen kleinen Flitzer besäße sie auch gern. Aber wovon sollte sie den bezahlen? Nicht mal die Leasingraten konnte sie aufbringen. Also blieb ihr nichts anderes übrig, als mit ihrer uralten Rostlaube durch die Gegend zu zuckeln.

„Aber immer. Was hast du heute noch vor? Magst du noch mit zu mir kommen? Julius kommt sowieso erst spät nach Hause."

„Das ist lieb gemeint, aber nein danke. Vielleicht sollte ich wirklich mal an meinem Konzept oder meinem Internetauftritt arbeiten. Das nehme ich am besten heute noch in Angriff."

„Das ist eine gute Idee. Solltest du Hilfe benötigen, sag einfach Bescheid. Julius wird dir sicher gern bei deiner Homepage helfen."

„Danke, ich versuche es erst mal allein."

Nach zwei Stunden rauchte ihr der Kopf. Seit sie nach Hause gekommen war, suchte sie nach einem Eyecatcher. Einer Aussage, die als Headline auf ihrer Homepage stehen und die Klienten anlocken und vor allem überzeugen sollte, ihr einen Auftrag zu erteilen. Doch irgendwie schien ihr Hirn wie in Watte gepackt. Ob das an den beiden Gläsern Weißwein lag, die sie sich vorhin gegönnt hatte? Die waren mit Sicherheit auch schuld daran, dass sie sich beim

Mexikaner zum Affen gemacht hatte. Anders konnte sie ihren Auftritt vor Lukas Bertram im Nachhinein nicht bewerten. Hoffentlich schadete ihr das nicht mehr, als es ihr vorhin gutgetan hatte. Und was sollte er von ihr denken, wo sie schon zum zweiten Mal so vor ihm aufgetreten war? Es war total schnurz, was er von ihr dachte. Hauptsache, er kam ihr nicht mehr in die Quere. Ob er tatsächlich die Wahrheit gesagt hatte? Ob sie etwa nicht zum ersten Mal mit ihren Anschuldigungen falschlag? Hätte sie sich bei ihm entschuldigen müssen? Sie würde den Teufel tun, jemals bei ihm anzurufen oder ihn gar aufzusuchen. Sollte das Schicksal ihn zufälligerweise mal vor ihre Füße spülen, konnte sie das mit der Entschuldigung immer noch anbringen. Das musste einfach reichen.

„Vielen Dank, ich mach mich gleich auf den Weg zu Ihnen." Erleichtert drückte sie das Gespräch weg. Endlich ein Auftrag – wenn auch einer, über den ein anderer ihrer Branche sicher gelacht hätte. Aber was sollte sie tun, sie war auf jede noch so kleine Möglichkeit, Geld zu verdienen, angewiesen. Und die alte Dame, die eben anrief, klang wirklich verzweifelt. Da hatte sie einfach nicht ablehnen können.

Eine halbe Stunde später lehnte sie ihr altes Fahrrad an den Zaun eines kleinen schmucken Klinkerhauses mit einladendem Vorgarten. Für Termine in der näheren Umgebung nahm sie immer das Fahrrad, das sparte Benzinkosten.

„Schön, dass Sie es so schnell einrichten konnten, Frau Naumann", begrüßte sie ihre neue Klientin Helga Burmester.

„Kommen Sie doch herein, ich habe gerade einen Kaffee gekocht. Sie mögen doch ein Stück Kuchen?“

„Das ist nicht nötig, vielen Dank.“ Franzi folgte der alten Dame, die sie auf Mitte achtzig schätzte, in ihr Wohnzimmer. Es war erstaunlich modern eingerichtet. Auf dem niedrigen Tisch vor einer schwarzen Ledercouch standen Kaffeegeschirr und ein Teller mit einem lecker aussehenden Käsekuchen. Die gute Frau schien geahnt zu haben, dass Franzi alles für ein Stück Käsekuchen gab. Ihre Oma, Gott hab sie selig, hatte ein Händchen fürs Backen gehabt und ihren legendären Käsekuchen zu jeder Gelegenheit gebacken. Der gehörte zu jeder Feierlichkeit ebenso wie zu einem einfachen Besuch bei Oma und das, soweit Franzi zurückdenken konnte.

„Nehmen Sie doch Platz, ich hole eben den Kaffee aus der Küche.“

Franzi sah ihrer schwarz gekleideten Auftraggeberin nach. Sie schien noch recht fit für ihr Alter zu sein, jedenfalls bewegte sie sich erstaunlich behände. Anhand der Kleidung vermutete Franzi, dass erst kürzlich jemand im engsten Kreis verstorben war. Und jetzt noch das. Die alte Dame tat ihr leid.

„Werden Sie meinen Friedel finden?“ Frau Burmester war den Tränen nah, als sie Franzi Fotos von ihrem Dackel zeigte. „Ich weiß nicht, was ich ohne ihn tun soll. Und vor allem, wieso ist er einfach abgehauen? Und wohin? Gerade jetzt, wo erst kürzlich mein …“ Die Stimme der alten Dame brach, sie zückte ein Taschentuch aus der auf dem Sofa liegenden Packung und wischte sich über die Augen. „Sie müssen wissen, mein Mann ist erst vor wenigen Wochen von uns gegangen. Ich habe doch nur noch meinen Friedel. Und jetzt ist er so plötzlich auf und davon."

„Ich muss Ihnen ehrlich gestehen, dass ich bisher noch nicht auf die Suche nach einem verschwundenen Hund gegangen bin."

Erschrocken sah Frau Burmester auf.

„Aber ich werde mein Bestes geben. Wo halten Sie sich denn gewöhnlich auf? Welche Ecken kennt Ihr Friedel am besten und wo könnte es ihn hingezogen haben?"

Die Liste reichte vom nahen Feldweg bis zum Friedhof, wo der Herr des Hauses begraben worden war.

„Bitte finden Sie ihn. Ich werde Sie gut bezahlen. Egal, was Sie für richtig halten, was Sie brauchen oder tun müssen, Sie haben mein Einverständnis."

Innerlich seufzte Franzi auf. Wo sollte sie diesen Hund suchen und bestenfalls finden? Und überhaupt, wie war die gute Frau auf die Idee gekommen, eine Detektei zu kontaktieren? Absolut unüblich, aber da es Geld auf ihr mageres Konto spülte, konnte sie froh sein, dass Frau Burmester auf diese Idee kam.

Franzi schob zwei Fotos von Friedel in ihre Tasche und erhob sich. „Ich muss los. Sie wollen Ihren Friedel ja so schnell wie möglich wieder in Ihre Arme schließen."

„Ja, das will ich." Frau Burmester begleitete Franzi zur Haustür und drückte ihr die Hand. „Danke, dass Sie das übernehmen. Dem anderen Detektiv, den ich vor Ihnen anrief, war die Sache wohl nicht gut genug. Jedenfalls sagte er mir, er habe keine Zeit und ich solle doch mal bei Ihnen anrufen. Also danke, dass Sie sich der Sache annehmen."

„Tschüs, ich melde mich so bald wie möglich."

Lukas Bertram! War sich wohl zu fein für die Suche nach einem blöden Dackel. Wo sollte sie anfangen? Auch wenn sie nicht glaubte, erfolgreich zu sein, durchstreifte sie die nahe Feldmark. Sollte der Hund hier unterwegs sein, würde er doch sicher von allein nach Hause finden, oder? Sie hatte so gar keine Erfahrung mit Vierbeinern und wie die tickten. Es war ihr fast klar gewesen, dass die Suche in der näheren Umgebung nicht von Erfolg gekrönt war. Unter Umständen war der Hund inzwischen etliche Kilometer weit weggelaufen. Sie mochte nicht an die Möglichkeit denken, Frau Burmesters Dackel nicht zu finden. Oder daran, dass der arme Hund vielleicht überfahren worden war. Das mochte sie der alten Dame nicht antun müssen. Franzi schickte ein rasches Stoßgebet gen Himmel. Vielleicht half es ja – wenn nicht ihr, dann hoffentlich ihrer Klientin.

Sie radelte bis zur Dämmerung durch die Gegend, ohne Erfolg. Wo sollte sie noch suchen? Sie hatte sogar schon bei der Polizei und im örtlichen Tierheim angerufen, von Friedel keine Spur. Nach Rücksprache mit Frau Burmester gab sie eine Suchanzeige an die Presse. Hoffentlich brachte die was. Bevor sie Feierabend machte, wollte sie noch die einzelnen Schritte dokumentieren, die sie heute unternommen hatte, damit sie die abschließend Frau Burmester vorlegen konnte. Es war nach zweiundzwanzig Uhr, als Franzi endlich die Beine von sich streckte. Die letzten Stunden hatten es in sich gehabt, dennoch waren ihr solche tausendmal lieber, als stunden- oder gar tagelang auf den nächsten Klienten zu warten.

Nun war sie schon den zweiten Tag unterwegs und noch immer keine Spur von diesem Hund. Es war zum Verzweifeln. Wenn sie all die Stunden, die sie bis jetzt für diesen Auftrag unterwegs gewesen war, in Rechnung stellte, musste sich Frau Burmester auf einen saftigen Betrag gefasst machen. Andererseits sah sie es nicht ein, auch nur für eine Stunde auf ihr Honorar zu verzichten. Oder sollte sie einfach einen Pauschalpreis berechnen? Lotta würde ihr wegen dieser Gedanken vermutlich den Kopf waschen, immerhin wusste sie von ihren Geldnöten und auch, was ein Detektiv als Stundenlohn berechnete. Dieser Bertram hätte sicher keine Skrupel, solch eine Rechnung auszustellen. Bertram! Wieso hüpfte der schon wieder durch ihre Gedanken? In letzter Zeit passierte das erstaunlich oft. Mit einer energischen Handbewegung wischte sie das Gesicht beiseite, das vor ihrem inneren Auge aufgetaucht war. Sie hatte Wichtigeres zu tun, als an diesen Kerl zu denken, und tippte die Nummer der örtlichen Tageszeitung ein. Vielleicht hatte sich inzwischen jemand auf die Suchanzeige gemeldet.

Nichts. Es wäre auch zu schön gewesen. Die sozialen Medien! Wieso war sie nicht längst darauf gekommen? Sie gab in allen Portalen, bei denen sie einen Account hatte, eine Suchanzeige auf und bat darum, die Beiträge zu teilen, um möglichst viele User zu erreichen. Hoffentlich brachte das etwas. Anschließend schnappte sie sich Tasche und Jacke, um noch mal zum Friedhof zu fahren. Irgendwie ging ihr der Gedanke nicht aus dem Kopf, dass der Hund Sehnsucht nach seinem Herrchen haben könnte.

Zwanzig Minuten später schritt sie die Wege des Friedhofs ab, auf dem Herr Burmester beerdigt worden war. Sie schaute hinter jeden Busch, jeden Grabstein, rief den Hund immer wieder mit leiser Stimme. Nichts.

„Suchen Sie was?" Der Mann, der eine Schubkarre mit Grünschnitt abstellte und sich mit dem Arm übers Gesicht wischte, beäugte Franzi argwöhnisch.

„Ja, das tue ich tatsächlich. Haben Sie in den vergangenen Tagen einen Dackel gesehen? Also einen, der hier allein herumstreunt?" Franzi zückte die Fotos von Friedel und hielt sie dem Mann vor die Nase.

„Ist das der Hund von der alten Dame, die kürzlich ihren Mann beerdigt hat?"

Franzi nickte. „Ich denke schon. Also, haben Sie ihn gesehen?"

„Habe ich. Vor einer halben Stunde erst. Aber er streunte nicht herum, sondern ging ganz brav an der Leine der alten Dame."

„Wie bitte?" Das konnte unmöglich sein. „Dann meinen wir sicher nicht denselben Hund. Aber wenn Sie mir das Grab zeigen, zu dem die Dame gegangen ist, würde mich das schon weiterbringen."

Kurz darauf stand sie am Grab von Richard Burmester. Frische Blumen standen vor dem Grabstein, die waren gestern noch nicht da gewesen. Also musste Helga Burmester sie heute erst hingestellt haben. Sollte Friedel allein den Weg nach Hause gefunden haben? Das würde sie in Kürze wissen. Sie zückte ihr Handy. Die Nummer ihrer Klientin hatte sie eingespeichert. Es meldete sich niemand. Vielleicht war die Dame noch nicht wieder zu Hause. Franzi schwang sich aufs Rad.

Wenige Grundstücke vor dem Hause Burmester schlenderte eine schwarz gekleidete Frau mit Dackel den Bürgersteig entlang. Neben ihr angekommen trat Franzi so kräftig in die Bremsen, dass das Rad schlingerte. Rasch sprang sie ab. „Frau Burmester …“

„Frau Naumann. Also, ich …“ Es war offensichtlich, dass es Frau Burmester unangenehm war, Franzi so unverhofft zu sehen.

„Da ist ja Ihr Friedel. Wo war er denn die ganze Zeit? Und warum haben Sie sich nicht gleich bei mir gemeldet?“

„Ja, also … das hatte ich auch vor. Wirklich. Stellen Sie sich vor, heute Vormittag stand er plötzlich vor der Terrassentür und bellte wie verrückt. Keine Ahnung, wo er herumgestrolcht ist. Ein bisschen zerzaust sah er aus und er hatte mächtig Hunger.“

„Sie hätten mich sofort anrufen müssen.“

„Hätte ich. Das sehe ich ein. Aber ich war so froh, so glücklich, dass mein Friedel wieder da war, dass ich den Anruf total vergaß. Und dann musste ich es doch gleich meinem Mann erzählen. Wir kommen gerade vom Friedhof.“

Auch wenn sie sich darüber ärgerte, dass sie sich die vergangenen Stunden umsonst Sorgen gemacht hatte, war sie erleichtert, den Hund wohlbehalten zu sehen.

„Möchten Sie einen Kaffee? Ich habe noch was vom Käsekuchen.“

„Nein danke, Frau Burmester. Ich muss wieder los.“

„Schicken Sie mir die Rechnung, egal wie hoch sie ist. Ich bin so froh, dass er noch lebt und ich nicht mehr so allein im Haus sitzen muss."

Wie sehr Frau Burmester die vergangenen Tage gelitten haben musste, wurde Franzi erst jetzt bewusst.

„Ich wünsche Ihnen und Ihrem Friedel alles Gute. Die Rechnung kommt in den nächsten Tagen." Franzi winkte noch einmal und schlug den Weg nach Hause ein. Während ihr eine leichte Brise um die Nase wehte, grübelte sie darüber nach, was sie für diesen Auftrag, den sie nicht mal aufgeklärt hatte, berechnen sollte.

Zu allem Übel riss wenige Straßen weiter die Fahrradkette und sie musste wohl oder übel die letzten paar hundert Meter schieben. Nicht zu fassen, dass das Erste, was sie sich vom zu erwartenden Verdienst kaufen musste, eine neue Fahrradkette war.

4 Lukas

„Es hat alles geklappt, mein Junge. Aber sie hat mich mit Friedel getroffen, bevor ich sie angerufen habe."

Lukas zog argwöhnisch die Augenbraue empor.

„Keine Sorge, ich habe mich damit rausgeredet, dass ich zu aufgeregt war, um sie gleich anzurufen."

„Tante Helga, du solltest doch nicht mit dem Hund nach draußen. Wie konntest du?"

„Er musste dringend mal und ich wollte zum Friedhof. Da habe ich das verbunden. Ich konnte doch nicht ahnen, dass Frau Naumann in dem Moment zu mir kommen wollte."

„Wenn sie es geschluckt hat, ist ja alles in Ordnung. Und vergiss nicht, zu niemandem ein Wort. Das muss unser Geheimnis bleiben."

„Natürlich, mein Junge. Aber du hast mir noch gar nicht erzählt, wozu du dieses Theater aufziehen wolltest."

„Ich wollte der Kollegin aus einem Engpass helfen. Und das ging nur über Umwege. Sie hätte es niemals zugelassen, wenn ich ihr direkt meine Hilfe angeboten hätte."

„Ich wusste ja schon immer, dass du ein herzensguter Mensch bist. Sag, magst du sie? Ist das vielleicht der wahre Grund?"

„Tante Helga, wie kommst du darauf? Es ist ein reiner Dienst unter Kollegen. Von mir aus nenn es Freundschaftsdienst, auch wenn wir nicht befreundet sind."

„Hach, Junge, dann mach was draus. Ich spüre doch, dass es nicht allein dein gutes Herz ist, das dich leitet."

Lukas verdrehte die Augen und war froh, dass seine Großtante das nicht sehen konnte. Schon immer war sie so gewesen und interpretierte gern etwas in Dinge hinein, die ganz anders geplant oder gemeint waren, als sie es sich ausmalte.

„Mach's gut, Tante Helga. Ich muss noch was tun."

„Komm mal wieder auf einen Kaffee vorbei."

„Das mache ich."

Das hatte ja bestens geklappt. Die Idee mit dem vermeintlichen Auftrag an Franziska Naumann war ihm noch am Abend gekommen, als sie beim Mexikaner aufeinandergetroffen waren. Er hatte ihr die Not angesehen. Doch es war ihm auch klar gewesen, dass sie ihn zum Teufel gejagt hätte, wenn er ihr offen seine Hilfe angeboten hätte. Es ging nur über Umwege. Da war ihm Tante Helga eingefallen. Tantchen hatte schon immer eine schauspielerische Ader gehabt, schließlich spielte sie viele Jahre in der Hamelner Laientheatergruppe mit. Die Rechnung, die in den nächsten Tagen im Briefkasten seiner Tante landete, konnte er ohne Probleme bezahlen. Aber es war ihm klar, dass dieser Betrag Franziska Naumann nur kurze Zeit helfen würde. Er wünschte ihr, dass sie demnächst einen richtigen Auftrag verbuchen konnte.

5 Franzi

„Hallo, Frau Kollegin. Komme ich ungelegen?"

„Sie?" Das Blut pumpte augenblicklich schneller durch ihre Adern, als plötzlich Lukas Bertram in ihrem Büro stand. „Büro" war reichlich übertrieben, eigentlich war es nur eine Ecke, die sie mit einer Regalwand vom Wohnzimmer abgezweigt hatte, damit es wenigstens ein bisschen danach aussah, als hätte sie ein separates Büro. Dass er sie ausgerechnet in dem Moment antraf, wo sie den Boden wischte, war ihr unangenehm. Unprofessioneller konnte sie sich ihm nicht präsentieren. Dabei hatte sie Haus- und Wohnungstür nur für Lotta geöffnet, und dafür, dass die Zugluft den Boden schneller trocknete. So viel dazu, dass sie bisher glaubte, eine Wohnung im Erdgeschoss wäre vorteilhaft für ihren Job.

„Was wollen Sie denn hier?"

„Darf ich mich setzen?" Lukas Bertram sah sich um und wies auf den Stuhl, der vor ihrem Schreibtisch stand und ihren Besuchern oder Klienten vorbehalten war.

Ungern. Gerade noch konnte sie das Wort hinunterschlucken. Sie stellte ihre Putzutensilien beiseite und lehnte sich mit verschränkten Armen gegen das Regal mit all den Ordnern und Büchern, die sie besaß. Lauernd wartete sie auf das, was diesen Bertram zu ihr geführt hatte. Was Gutes konnte es nicht sein – immerhin legte er ihr immer wieder Steine in den Weg. Halt, bei der Sache mit Friedel lag es anders. Eigentlich müsste sie sich noch bei ihm dafür bedanken, dass er sie der alten Dame weiterempfohlen hatte. Aber nicht sofort, erst mal hören, was er von ihr wollte. „Also?"

„Sie putzen selbst?"

„Nun spucken Sie es endlich aus. Sie sind doch nicht hier, um mich für meine Putzorgien zu loben."

Lukas grinste. „Stimmt, schließlich konnte ich das im Vorfeld nicht ahnen. Hätte ich gewusst, dass ich störe, hätte ich mich vorher angemeldet. Übrigens standen die Türen einladend weit offen, sonst hätte ich selbstverständlich geklingelt."

„Tja, Glück für Sie. Sonst hätte ich Sie unter Umständen gar nicht erst reingelassen." Sie bedachte ihn mit einem verärgerten Blick, jedenfalls hoffte sie, dass er so wirkte, wie sie es beabsichtigte. Aber nein, er ließ sich dadurch nicht aus der Ruhe bringen. Im Gegenteil. So entspannt, wie er auf ihrem Stuhl saß, schien er sich erstaunlich wohlzufühlen. Nicht zu fassen!

„Ja, also … wo soll ich anfangen?" Er runzelte die Stirn.

„Nun machen Sie es nicht so dramatisch. Das steht Ihnen nicht."

„Ach wirklich? Was steht mir denn Ihrer Meinung nach?"

„Woher soll ich das wissen?" Obwohl er erst wenige Minuten hier war, nervte er sie schon. Aber das tat er ja eigentlich schon von der ersten Begegnung an.

„Ich könnte Ihre Hilfe gebrauchen."

„Wie bitte?" Sie musste sich verhört haben.

„Ich möchte Sie um Hilfe, genauer gesagt um Unterstützung bei einem Fall bitten."

„Ähm …"

„Ehe Sie fragen, Sie werden natürlich voll entlohnt."

„Das ist ein Scherz, oder?"

„Nein, ist es nicht. Darf ich Ihnen die Sachlage darlegen?"

Sie nickte, noch ehe sie näher darüber nachdenken konnte.

„Es geht um einen Auftrag an der See. Genauer gesagt auf Amrum."

„Amrum? Und was sollte ich da? Wie kommen Sie überhaupt an einen Auftrag von einer Nordseeinsel?" Eigentlich konnte es ihr schnurzegal sein, wie er da drangekommen war. Andererseits sollte sie ihren Wirkungskreis auch mal erweitern, vielleicht kam sie damit an mehr Aufträge heran. Allmählich wurde sie neugierig.

„Meine Mutter hat mich um Hilfe gebeten. Sie besitzt ein Appartementhaus auf Amrum. Also, eigentlich war das mal ein Hotel, das meinem verstorbenen Stiefvater gehörte. Meine Mutter erbte das Hotel und wandelte es in eine Appartementanlage um, weil ihr die Bewirtschaftung einfacher erschien."

Nicht übel, ständig da zu wohnen, wo andere Leute Urlaub machten. Das könnte ihr auch gefallen.

„Meine Mutter hat eines der Appartements an Langzeitgäste vermietet. Und die kommen ihr nun nicht geheuer vor. Jedenfalls benehmen die sich ihrer Meinung nach ziemlich merkwürdig. Und einem anderen Gast ist eine Geldbörse abhandengekommen. Er hatte sie in seinem Appartement gelassen, weil er nicht ständig all sein Bares dabeihaben wollte. Als er abreisen wollte, konnte er sie nicht finden, war sich allerdings sicher, dass er sie bei keinem seiner Ausflüge mitgenommen hatte. Und meine Mutter sah dieses Pärchen neulich vor besagtem Appartement des Herrn stehen. Da ging ihr im Nachhinein ein Licht auf."

„Wurde die Polizei eingeschaltet?"

„Ob es der Gast gemacht hat, kann ich nicht sagen. Meine Mutter jedenfalls nicht. Denn sie hat ja einen Detektiv als Sohn, der das übernehmen kann." Lukas stieß einen Seufzer aus. „Das sind die Freuden der Familie. Nun soll ich unbedingt nach Amrum kommen, mich dort als Gast einmieten und bestenfalls mit dem Paar Kontakt aufnehmen und mich anfreunden. So ihre Vorstellung. Ich gestehe, ich könnte mir schlimmere Aufträge vorstellen. Immerhin wäre ich nebenbei auf einer Urlaubsinsel."

„Und wo käme ich ins Spiel? Also, nur mal so gefragt, falls ich überhaupt interessiert wäre."

„Sie sollten als meine Begleitung mitkommen. Als Paar kann man doch viel schneller Freundschaften schließen."

„Sie denken tatsächlich darüber nach, mich als Ihre …", sie konnte es kaum aussprechen, „… als Ihre Freundin mitzunehmen?"

„Genau genommen ja." Erwartungsvoll sah er sie an.

„Sie spinnen ja komplett! Niemals!" Sie hatte schon immer geahnt, dass er nicht ganz richtig im Kopf war, aber das hier setzte dem Fass wirklich die Krone auf, wie ihre Oma sagen würde.

„Natürlich könnte ich auch jemand anderen mitnehmen, aber mir war zu Ohren gekommen, dass Sie dringend Aufträge gebrauchen können. Außerdem sind Sie vom Fach, das macht die Ermittlungsarbeit einfacher."

„Vergessen Sie's. Suchen Sie sich jemand anderen. Außerdem, wer sollte mich dafür bezahlen? Ihre Mutter, wo sie doch den Detektiv in den eigenen Reihen hat? Oder etwa Sie, wo Sie für den Auftrag vermutlich keinen Cent sehen? Oder hat der Herr, der die Brieftasche vermisst, einen Auftrag erteilt?"

„Das soll nicht Ihre Sorge sein. Die Hauptsache ist doch, dass Sie für Ihre Arbeit bezahlt werden."

„Noch mal, ich bin nicht interessiert. Würden Sie nun mein Büro verlassen, ich habe zu tun."

„Schade. Sehr schade. Ich hätte Ihnen sehr gern aus Ihrer Misere geholfen."

„Aus was für einer Misere?"

„Mangelnde Aufträge, keine Einnahmen. Aber wenn Sie nicht wollen, …" Lukas erhob sich und tippte sich an einen imaginären Hut. „Also dann, Kollegin. Viel Erfolg weiterhin."

Franzi atmete tief durch, als Lukas Bertram durch die Tür verschwand. Mit wenigen Schritten hastete sie hinterher und schloss die Wohnungstür hinter ihm. Zugegebenermaßen ziemlich geräuschvoll. Aber total unabsichtlich. Die Tür war ihr einfach aus der Hand geglitten.

„Mensch Franzi, hast du schon mal darüber nachgedacht, dass es gleichzeitig ein Urlaub für dich sein könnte? Wann hast du dir zum letzten Mal einen leisten können?"

Franzi zuckte mit den Schultern. „Auf jeden Fall, bevor …" Der Satz blieb ihr im Halse stecken. Die Geschehnisse der Vergangenheit kamen sofort wieder an die Oberfläche. Sie schluckte heftig, griff sich unwillkürlich an die Seite. Dahin, wo das Mal saß, das ihr Leben über den Haufen geworfen hatte.

„Und das ist schon mindestens drei Jahre her. Also ergreif die Chance. Ein paar Tage mit diesem Sahneschnittchen wirst du doch auf einer Backe absitzen."

„Niemals fahre ich mit dem irgendwohin. Ich verstehe immer noch nicht, wie er überhaupt auf die Idee kommt, mir so einen Deal anzubieten."

Lotta gluckste amüsiert. „Vielleicht steht er auf dich."

„Das würde es noch schlimmer machen. Also hör auf mit solchen Mutmaßungen."

„Vielleicht braucht er auch ganz einfach deine Hilfe. Ich könnte mir vorstellen, dass es ihm wichtig ist, diese Sache für seine Mutter aufzuklären. Schließlich wäre es doch sehr unschön, wenn sich auf der Insel herumspricht, dass jemand, der in ihrem Hause wohnt, einen anderen Gast beklaut."

„Mag schon sein, dass er das für seine Mutter tun möchte, aber das kann er schließlich auch allein."

„Die Überlegung, dass ein Pärchen weniger auffällt, ist nicht von der Hand zu weisen", überlegte Lotta.

„Zu wem hältst du eigentlich?", grummelte Franzi.

„Natürlich zu dir, Schwesterherz. Ich kenne deine Geldsorgen und weiß, dass dir eine Luftveränderung guttun würde. Nur darum versuche ich dir zuzureden, dir das Angebot noch mal durch den Kopf gehen zu lassen."

„Meeresluft atmen zu können, wäre schon was Schönes. Aber nicht unter den Voraussetzungen. Niemals mit diesem Bertram. Und jetzt will ich nicht mehr darüber reden."

Beschwichtigend hob Lotta ihre Hände. „Okay, okay. Verstanden. Ich muss dann auch gleich wieder los. Will noch was einkaufen. Tschüs, Süße." Lotta drückte Franzi einen dicken Schmatzer auf die Wange, winkte noch einmal und zwinkerte ihr zu. Franzi wusste genau, was das bedeuten sollte, und schüttelte unwirsch mit dem Kopf.

Einkaufen müsste sie auch, vor allem eine Kiste Mineralwasser, wenn sie nicht dauernd Leitungswasser trinken wollte. Bei der Gelegenheit konnte sie auch gleich die Rechnung bei Frau Burmester in den Briefkasten werfen. Das lag auf dem Weg und so konnte sie das Porto sparen.

Wieso machte der Motor so knarzige Geräusche? Okay, der Wagen hatte schon mehr als zwölf Jahre auf dem Buckel, aber bisher war er geschnurrt wie ein Kätzchen. Was hast du? Mach bloß nicht schlapp. Franzi war froh, in der Stadt unterwegs zu sein, wo sie sowieso nicht schnell fahren konnte. Alles Zureden half nichts. Als sie nach dem Einkaufen den Wagen starten wollte, gab er keinen Ton von sich. Zum Glück stand Franzi auf dem Parkplatz des Supermarktes und behinderte nicht den Straßenverkehr. Diverse Versuche später öffnete sie die Motorhaube. Dabei hatte sie keinen blassen Schimmer von Motoren und all dem anderen Gedöns, das ein Auto erst zum Laufen brachte.

„Kann ich Ihnen helfen?" Ein älterer Herr nickte Franzi zu.

„Haben Sie Ahnung von Autos?"

„Das werden wir gleich feststellen. Was hat er denn für Probleme?"

„Er gibt keinen Ton von sich."

„Benzin?"

Franzi verdrehte die Augen. Warum hielten alle Männer autofahrende Frauen für doof? „Genügend."

„Vielleicht ist es die Batterie. Ich habe ein Überbrückungskabel im Auto. Zumindest wäre es einen Versuch wert. Oder wollen Sie gleich eine Werkstatt anrufen?"

Das fehlte noch, dass sie das Geld, das sie von Frau Burmester erwartete, gleich an eine Werkstatt weiterleitete. „Es wäre sehr nett, wenn wir das versuchen könnten. Die Batterie ist zwar noch nicht so alt wie der Wagen, aber wer weiß schon, wie die Dinger ticken."

Dass es nicht an der Batterie lag, war Minuten später klar.

„Vielen Dank trotzdem. Dann bleibt mir wohl nichts anderes übrig, als eine Werkstatt zu kontaktieren." Verdammter Mist.

Franzi machte sich zu Fuß auf den Heimweg mit einer vollen Tragetüte und zwei Flaschen Wasser unter dem Arm. Bevor sie sich eine Werkstatt suchte, wollte sie Julius anrufen. Vielleicht hatte ihr Schwager in spe Ahnung von Autos. Lotta hatte das zwar nie erwähnt, aber versuchen wollte sie es. Das schonte vielleicht ihren Geldbeutel.

„Danke, Julius, dass du dir so schnell Zeit genommen hast."

„Für dich doch immer. Tut mir leid, dass ich dir nicht helfen kann. Einer meiner Kumpel besitzt eine Autowerkstatt, soll ich ihn mal anrufen? Mit viel Glück bekommen wir einen Sonderpreis."

„Das wäre total super." Julius war ein echter Schatz.

Eine halbe Stunde später hielt der Wagen einer Autowerkstatt neben Franzi und Julius. Sie war ihm sehr dankbar, dass er gewartet hatte, um selbst mit seinem Bekannten zu sprechen.

„Wird das Getriebe sein. Und das heißt für Ihren Wagen Totalschaden."

„Was? Da kann man nichts mehr reparieren? Das darf doch nicht wahr sein. Was soll ich jetzt bloß machen?"

„Da wird wohl ein neues Auto fällig", kommentierte Julius die Misere und zwinkerte ihr zu.

Vermutlich hatte er keine Ahnung von ihren Geldsorgen. „Schön wär's", grummelte Franzi. Krampfhaft versuchte sie, aufsteigende Frusttränen hinunterzuschlucken.

„Ich schleppe Ihren Wagen in die Werkstatt und schaue da noch mal in Ruhe nach. Ist das in Ordnung?"

„Was kostet das?"

Julius beugte sich zu seinem Kumpel und sprach leise mit ihm. Franzi verstand nicht, worum es ging, aber vermutlich um sie und die Kosten.

„Machen Sie sich keine Sorgen, das regeln wir unter der Hand."

„Vielen Dank." Wehmütig sah sie ihrem Wagen nach und stieg dann in Julius' Auto, der sie mit all ihren Habseligkeiten nach Hause kutschieren wollte.

„Ich danke dir von ganzem Herzen. Hoffentlich ist es doch nicht so schlimm. Ein Autokauf liegt absolut nicht drin. Dabei brauche ich für meinen Job unbedingt eines."

„Wenn ich, beziehungsweise wir, dir aushelfen können, sag einfach Bescheid. Du musst dich nicht zieren. Lotta und ich helfen gern."

Franzi strich über Julius' Arm. „Ich weiß das zu schätzen und Lotta hat mir das auch schon angeboten. Aber ich muss es allein schaffen. Ich kann doch nicht von euch verlangen, dass ihr mir Geld leiht, vor allem, wo eure Hochzeit bald stattfinden soll und ihr auch noch in die Flitterwochen fliegen wollt."

„Mein Angebot steht."

„Danke noch mal, ich muss das irgendwie selbst auf die Reihe kriegen."

6 Franzi

Ihr Herz wummerte in einem wilden Stakkato und drohte ihr aus der Brust zu springen, als sie die Augen aufriss. Er hatte sie wieder einmal eingeholt – dieser Albtraum, der ihr schon so oft den Schlaf geraubt hatte. Sie legte eine Hand auf die Stelle an der rechten Seite des Bauches, wo eine hässliche Narbe sie für immer zeichnete und wieder mal schmerzte. Das Shirt klebte an ihrem Körper, die Bettdecke fühlte sich klamm an. Sie kniff die Augen zusammen, versuchte tief und gleichmäßig zu atmen, um ihren rasenden Puls unter Kontrolle und die Bilder aus dem Kopf zu bekommen. Vergeblich. Wann hörte es endlich auf? Wann hörten diese Träume auf, die Schmerzen, die damit einhergingen? Würde sie für immer damit leben müssen?

Franzi schob die Bettdecke beiseite, tappte zum Fenster, öffnete es sperrangelweit. Tief sog sie die kalte Nachtluft in ihre Lungen. In der Ferne bellte ein Hund, ein paar Autos fuhren vorbei. Sie versuchte sich auf diese Geräusche zu konzentrieren, damit die Erinnerung verblasste.

Lukas Bertram! Sie hatte ihn gesehen. Gerade eben. Er hatte sich über sie gebeugt. „Hallo, sind Sie wach?“, hatte er gefragt. Und er hatte die Jacke eines Rettungssanitäters getragen. Das konnte doch nur im Traum gewesen sein. Wieso war er ausgerechnet da aufgetaucht? Er hatte damit doch absolut nichts zu tun. Merkwürdig. Konnte er sie nicht mal im Schlaf in Ruhe lassen? Energisch schloss sie das Fenster, als könnte sie ihn damit aussperren. Dass ihr das nicht gelungen war, merkte sie Augenblicke später, als sie wieder im Bett lag, er aber immer noch durch ihren Kopf geisterte. Als sie das nächste Mal aufwachte, schien die Sonne durch den Spalt der Übergardinen und schickte ihre Strahlen bis auf die Bettdecke. Ihre Schläfen schmerzten. Sie fühlte sich wie gerädert. Es hatte eine gefühlte Ewigkeit gedauert, bis sie sich von ihrem Traum erholt hatte und endlich wieder eingeschlafen war. Doch dieser Detektiv hatte sich auch in ihren nächsten Traum geschlichen und dort dafür gesorgt, dass ihr Wagen nicht mehr zu reparieren war, damit er sie überallhin chauffieren konnte. Was für ein Schwachsinn.

Höchste Zeit aufzustehen, die Finanzen durchzurechnen und sich einen Plan für die nächste Zukunft zurechtzulegen.

Wenn sie sparsam lebte, kam sie noch etwa zwei Monate über die Runden. Ohne nicht absehbare Extraausgaben. Ein Autokauf lag in weiter Ferne, sollte nicht bald ein lukrativer Auftrag reinkommen. Aber wie sollte sie ohne fahrbaren Untersatz zurechtkommen? Sie musste in ihrem Beruf flexibel sein – mit ihrem Rad war sie das nur sehr bedingt. Eine neue Fahrradkette hatte sie auch noch nicht. Verdammt. Das musste sie gleich nach dem Frühstück erledigen.

Nimm den Auftrag an der See an. Niemals! Tu es. Dir bleibt keine andere Wahl. Dieser Bertram ist doch kein so übler Kerl. Pah! Wer versuchte ihr etwas einzureden, was sie absolut nicht wollte? Sie fuchtelte mit den Armen vor ihrem Gesicht herum, um die Stimme zu vertreiben, die ihr das einreden wollte, zu dem sie nicht bereit war. Vergeblich.

Im Gegenteil, die Stimme wurde immer drängender. Da wären ein paar Stunden Urlaub sicherlich drin. Die Luftveränderung wird dir guttun. Vielleicht hören an der See sogar deine Träume auf. Energisch schüttelte Franzi den Kopf. Nicht in diesem Leben. Die Träume würden sie für immer begleiten – das wusste sie genau.

„Mach es, was ist so schlimm daran? Sieh es als Auftrag wie jeden anderen. Und damals, als du noch im Polizeidienst warst, hattest du immer einen Partner dabei."

„Ich brauche und will keinen Partner. Den schon gar nicht."

„Natürlich nicht. Ich will dir doch nur klarmachen, dass du bis vor zwei Jahren nie allein gearbeitet hast. Also kann es doch nicht so schwer sein."

„Das Schwerste ist, dass ausgerechnet er es ist."

Lotta verdrehte die Augen. „Deine finanzielle Situation kann ja nicht so dramatisch sein, wenn du dir noch aussuchen kannst, welchen Auftrag du annimmst und mit wem du zusammenarbeiten willst."

„Leg du noch den Finger in die Wunde." Franzi nahm ihre Wanderung durch die Praxis ihrer Schwester wieder auf.

„Komm, leg dich auf die Liege. Ich verpasse dir eine Massage. Danach geht es dir besser."

„Wenn kein anderer Patient kommt, nehme ich das Angebot gerne an." Franzi zog ihren Pullover aus, legte den BH ab und streckte sich auf der Massageliege aus. Es war ein Segen, eine Schwester zu haben, die Physiotherapeutin war. Unzählige Male schon hatte Lotta sie massiert, ihr auch ohne Rezept einige Krankengymnastikeinheiten verpasst, wenn es nötig war. Lotta war einfach die Beste.

„Die nächste Patientin kommt erst in einer Stunde. Zwar wollte ich meine Abrechnung anfangen, aber ein Notfall geht natürlich vor. Oje, du bist mächtig verkrampft."

„Ich hatte wieder diesen Traum", gestand Franzi leise.

„Vielleicht solltest du noch mal zu dieser Psychotherapeutin gehen."

„Das hilft sowieso nicht. Die Träume haben die ganze Zeit nicht aufgehört. Auch nicht, als ich bei ihr in Behandlung war."

„Da war ja auch alles noch frisch. Inzwischen sind fast zwei Jahre vergangen. Ich hatte wirklich gehofft, dass sich das mit der Zeit geben wird."

„Ich auch", murmelte Franzi in das Handtuch, auf dem sie lag. Sie schloss die Augen und gab sich ganz den wohltuenden Handgriffen ihrer Schwester hin. Lotta schien zu spüren, dass Franzi nicht weiter reden wollte, denn sie schwieg ebenfalls.

„Danke, das hat wirklich gutgetan." Franzi drückte Lotta einen Kuss auf die Wange, ehe sie sich anzog.

„Ich als deine persönliche Physiotherapeutin verordne dir jetzt ein paar Tage auf einer Nordseeinsel. Damit es dir nicht langweilig wird, ermittelst du ein bisschen mit diesem smarten Detektiv. Wie heißt er noch gleich?"

Franzi warf ihren Pullover nach Lotta, doch die duckte sich kichernd. Das Oberteil landete in der mannshohen Yuccapalme, die vorm Fenster stand.

„Ich will nicht."

„Vermutlich bleibt dir keine Wahl. Ist der Preis denn so hoch dafür, dass du endlich wieder die Möglichkeit hast, etwas zu verdienen? Nebenbei noch den einen oder anderen Strandspaziergang unternehmen kannst und was weiß ich, was man auf dieser Insel noch erleben kann? Ich beneide dich sogar ein bisschen und würde dieses Angebot sicher nicht ablehnen, wenn er mich gefragt hätte."

„Dann fahr du doch. Soll ich dir seine Telefonnummer geben, damit du ihm das vorschlagen kannst?"

„Nee, lass mal. Es käme bei Julius sicher nicht gut an, wenn ich vor der Hochzeit mit einem anderen Mann verreise."

Franzi konnte sich ein Schmunzeln nicht verkneifen, obwohl ihre Laune nicht die beste war. „Okay, das sehe sogar ich ein."

Blieb ihr wirklich keine andere Wahl, als das Angebot anzunehmen? Wie lange müsste sie auf einen anderen Auftrag warten? Sollte sie besser umsatteln? Zurück in den Polizeidienst war keine Option. Was hatte sie sonst für Optionen?

Die Fragen, die ihr seit Stunden durch die Gehirnwindungen rasten, verursachten ihr Kopfschmerzen, brachten sie aber keinen Schritt weiter. Als sie dann noch die Quartalsrechnungen ihrer Versicherung aus dem Briefkasten fischte, war klar – sie musste in den sauren Apfel beißen. Ehe sie es auf die lange Bank schob, suchte sie die Telefonnummer ihres Konkurrenten heraus und tippte sie in ihr Handy. Es sind nur ein paar Tage, die kriegst du doch mit links rum, redete sie sich ein, während sie dem monotonen Tuten lauschte. Sie zuckte zusammen, als plötzlich Lukas Bertrams Stimme an ihr Ohr drang.

„Detektei Bertram, was kann ich für Sie tun?"

„Franziska Naumann hier."

„Frau Naumann. Schön, Ihre Stimme zu hören."

Franzi verdrehte die Augen. Auf so einen Schmu hatte sie keine Lust. „Ich muss mit Ihnen reden."

„Das tun wir doch gerade, oder irre ich mich?"

Franzi stieß einen tiefen Seufzer aus. Es würde nicht einfach werden, mit ihm klarzukommen. „Ich nehme Ihr Angebot an. Aber nur unter bestimmten Bedingungen." Sie war sich nicht sicher, aber sie glaubte, ein leises Lachen zu hören. Unverschämtheit!

„Was halten Sie davon, wenn wir das persönlich besprechen? Beim Mexikaner?"

„Ich habe keinen Appetit. Mir wäre es lieber, wenn wir das in Ihrem oder meinem Büro besprechen. Am besten in Ihrem", schob sie hinterher. Sie hatte keine Lust darauf, dass er schon wieder bei ihr auftauchte.

„In Ordnung. In einer halben Stunde?"

„Kriege ich hin. Bis dann." Ehe er reagieren konnte, hatte sie das Gespräch weggedrückt.

7 Lukas

Nicht zu fassen, sie hatte tatsächlich angebissen. Also stand ihr vermutlich das Wasser bis zum Hals. Andernfalls hätte sie sich bestimmt nicht gemeldet. Bis sie auftauchte, hatte er noch einiges zu regeln, was nicht warten konnte, bis er von Amrum zurückkam.

Und da klingelte es auch schon.

„Schön, Sie zu sehen“, grüßte Lukas und ließ Franzi den Vortritt in sein Büro. Ihm fiel auf, wie sie sich umsah, auch wenn sie versuchte, es unauffällig zu tun. Zwischen ihrem winzigen Büroraum und seinen großzügigen Räumen lagen Welten. Fast war es ihm peinlich, dass der berufliche Unterschied zwischen ihnen beiden so offensichtlich war. Sie knabberte an ihrer Unterlippe, schien mit einem Mal eingeschüchtert.

„Ich freue mich auf unsere Zusammenarbeit.“ Er erwartete ein „Ich nicht“, aber sie schwieg.

„Sagen Sie mir, wie das Ganze ablaufen soll.“

„Setzen wir uns doch erst einmal. Möchten Sie etwas trinken?“

„Nein danke.“ Wenigstens nahm sie auf der Besuchercouch Platz. Er zog sich einen Stuhl heran.

„Morgen früh geht es los.“

„Morgen schon?“

„Haben Sie anderweitig noch etwas zu erledigen?“

Franzi, in Gedanken nannte er sie längst bei ihrem Spitznamen, schüttelte den Kopf.

„Meine Mutter möchte mich natürlich möglichst rasch vor Ort haben."

„Das sehe ich ein. Übrigens, für mich kommen nur getrennte Zimmer infrage."

„Abgelehnt."

„Ich schlafe doch nicht mit Ihnen im selben Raum. Dann sehe ich mich nach Ankunft auf der Insel nach einem anderen Quartier um."

„Ich bezahle kein zweites Zimmer. Und Sie werden es sich wohl schwerlich leisten können."

Ihre Augen sprühten Funken, doch das spornte ihn eher an. Er freute sich schon darauf, ein paar Tage mit ihr zu verbringen. Es würde Kabbeleien geben, das war ihm klar, aber genau das konnte er kaum abwarten. „Wir mimen ein Paar, um uns mit diesem Pärchen leichter anfreunden zu können. Mal ehrlich, welches junge Paar schläft getrennt?" Er sah ihr an, dass sie ihre Optionen durchkalkulierte. „Wir werden das Appartement neben dem des Pärchens beziehen. Es ist das einzige, das gerade frei ist, und für unsere Zwecke könnte es perfekter nicht sein."

„Getrennte Betten und ich gehe zuerst ins Bad."

„Damit kann ich leben."

„Keine Annäherungsversuche, keine dummen Sprüche bezüglich meiner Figur oder meiner Klamotten. Keine gemeinsamen Aktivitäten außerhalb unseres Jobs."

„Es wird mir schwerfallen."

Franzi sprang auf. „Dann war's das."

„Das war ein Scherz."

„Ich steh nicht auf solche Scherze." Sie pustete sich eine ihrer krausen Haarsträhnen aus dem erhitzten Gesicht. Ihre grünen Augen wirkten viel dunkler, als er in Erinnerung hatte. Ihr Anblick berührte etwas in seinem Innern. War es nur, weil sie ihn ständig reizte? Oder war es die Aussicht darauf, dass sie beide ab morgen auf engstem Raum zusammenwohnten?

„Sie bezahlen mich für jede einzelne Stunde, inklusive An- und Abreise."

„Selbstredend."

Einen Moment herrschte Stille, Lukas konnte ihr ansehen, dass sie nach weiteren Bedingungen suchte. „Wann soll es losgehen?"

„Um zwei Uhr. Ich habe die Frühfähre um viertel nach sieben gebucht."

„Und das sagen Sie erst jetzt? Wie soll ich das denn schaffen?"

„Ich konnte nicht ahnen, dass Sie doch noch mitwollen."

Sie stieß einen frustrierten Laut aus. „Der Punkt geht an Sie." Dieses Zugeständnis fiel ihr sicher nicht leicht. „Auf wie viel Tage muss ich mich einrichten?"

„Eine Woche auf jeden Fall, vielleicht ein paar Tage mehr. Das werden wir vor Ort entscheiden, je nachdem, wie sich alles entwickelt. Ich hoffe, Sie sind flexibel."

Franzi nickte. „Ich hätte gern, dass Sie unsere Zusammenarbeit vertraglich festlegen. Mit allen Einzelheiten, die wir eben besprochen haben."

Damit hatte er nicht gerechnet. Klar, sie wollte sich absichern. Also musste er wohl in den sauren Apfel beißen.

„Reicht es, wenn ich Ihnen den Vertrag morgen vorlege? Ihn sofort aufzusetzen, würde doch ziemlich Zeit in Anspruch nehmen, die wir ansonsten mit Packen zubringen könnten."

„Okay. Aber Sie sollten davon ausgehen, dass ich sofort zurückreise, wenn der Vertrag nicht meinen Vorstellungen entspricht."

Franziska Naumann war wirklich eine harte Nuss. Andererseits konnte er sie verstehen. „Selbstredend. Ich werde kurz vor zwei vor Ihrem Haus stehen. Verschlafen Sie nicht."

„Ich verschlafe nie."

8 Franzi

Es war ihr rätselhaft, wie sie alles in der Kürze der Zeit auf die Reihe gekriegt hatte. Sobald sie von Lukas Bertram nach Hause gekommen war, hatte sie Lotta informiert. Die war fast ausgeflippt und konnte kaum fassen, dass Franzi nun doch mit diesem Sahnestückchen, wie sie sich ausdrückte, nach Amrum fahren wollte. Obwohl Franzi ihr mehrfach versichert hatte, dass sie es nur aus finanzieller Not tat, schmälerte das nicht Lottas Begeisterung. „Genieße deine Zeit an der See, gönn dir ausgiebige Strandspaziergänge, erkunde die Insel und vor allem, erstatte mir Bericht."

„Ich spreche nicht über laufende Ermittlungen", hatte sie erwidert.

„Eure Ermittlungen sind mir schnurzegal."

Genau das hatte Franzi befürchtet. „Sonst wird es kaum etwas zu berichten geben. Außer vielleicht eine Inselbeschreibung, aber die kannst du auch im Netz nachlesen."

„Habe ich längst." Nicht zu fassen, das hatte sie selbst nicht mal getan.

Und nun saß sie an Deck der Fähre, die sie über die Nordsee schipperte, und hielt ihre Nase in den Wind. Die meiste Zeit ihrer Fahrt von Hameln nach Dagebüll hatte sie schlafend verbracht und sie war froh, dass sie sich nicht die Nacht um die Ohren geschlagen hatte. Lukas Bertrams

Vorschlag, erst einmal zu frühstücken, hatte sie dankend abgelehnt. Nun saß er im Fährrestaurant, während sie die geschmierten Brote von zu Hause vertilgte. Es wäre ja dämlich gewesen, die Lebensmittel in ihrem Kühlschrank vergammeln zu lassen.

Das Geschrei der Möwen, die über die Fähre hinwegflogen, erzeugte in ihr ein Gefühl von Vorfreude, das Gefühl, in den Urlaub zu fahren. Dabei war das hier alles andere als Urlaub, auch wenn Lotta versucht hatte, ihr etwas anderes einzureden.

„Die Überfahrten genieße ich immer besonders", drang Lukas Bertrams Stimme in ihre Gedanken. Er hielt ihr eine dampfende Tasse entgegen, die verführerisch nach Kaffee duftete und die sie dankbar entgegennahm.

„Sie waren sicher schon oft auf Amrum, um Ihre Mutter zu besuchen."

„An die zehn Mal, vielleicht auch mehr. Ich habe nie nachgezählt. Diese Insel hat sich in mein Herz geschlichen, obwohl ich früher nie den Drang nach Nordsee, Schietwetter und stürmischem Wind verspürte. Mich drängte es in südliche, deutlich wärmere Gefilde. Aber jetzt finde ich nichts erholsamer, als über den unendlichen Kniep zu wandern – egal bei welchem Wetter."

Kniep? Sie hatte keine Ahnung, was das sein sollte, diesen Ausdruck hatte sie nie gehört. Sie verkniff sich die Frage nach der Bedeutung, sie wollte sich nicht blamieren. Vielleicht wäre es besser gewesen, sich vor der Abreise im Internet schlauzumachen. Aber sie war zu müde gewesen und die Aussicht darauf, dass sie um zwei Uhr losfahren musste, hatte sie von Inselrecherchen abgehalten. Außerdem sah sie bald alles mit eigenen Augen.

„Da wir beide die nächsten Tage gemeinsam verbringen werden und als Paar auftreten, sollten wir allmählich anfangen, uns zu duzen.“ Er streckte ihr die Hand entgegen und lächelte verschmitzt. „Ich bin der Lukas.“

Franzi ergriff seine Hand nur zögernd. „Ich bin Franziska, du darfst auch Franzi zu mir sagen.“

„Ist mir eine Ehre … Franzi.“ Er lachte leise. „Sollten wir jetzt mit dem Kaffee Brüderschaft trinken?“

Sie entzog ihm rasch ihre Hand und rückte ein bisschen weiter von ihm weg. „Gott bewahre.“ Wie kam er nur auf die Schnapsidee?

„Unfassbar, dass man dich so schnell aus der Fassung bringen kann.“

Darauf erwiderte sie nichts und nippte an ihrem Kaffee. Das würden anstrengende Tage werden. Nicht zu fassen, wozu man sich alles hinreißen ließ, wenn man knapp bei Kasse war.

Langsam rollten sie von Bord. Die Überfahrt war schneller vergangen als erwartet. Lukas hatte ihr einiges über die Insel erzählt und auch einige Anekdoten von vorhergehenden Aufenthalten zum Besten gegeben. Sie hatte jede Information aufgesogen und war jetzt mindestens genauso im Bilde, als wenn sie sich vorab im Internet schlaugemacht hätte.

Franzi sah immer wieder nach links und rechts, während Lukas langsam über die Insel gen Norden fuhr. Gleich nachdem sie Wittdün verlassen hatten, entdeckte sie den Leuchtturm, der majestätisch auf einem Hügel, vielleicht war es auch eine Düne, thronte.

„Können wir kurz anhalten und da raufsteigen?", platzte es aus Franzi heraus.

„Das geht leider nicht. Der Turm ist während der Nebensaison nur einmal in der Woche geöffnet. Und das ist nicht heute."

„Schade." Das hätte ihr gleich zu Beginn ihres Aufenthaltes ein kleines bisschen Urlaubsfeeling vermittelt. Sicher hatte man einen fantastischen Blick von da oben. Hoffentlich ließ sich eine Besichtigung einrichten, wenn sie an dem Tag nicht gerade ermitteln mussten. Wenig später kam die Windmühle in Sicht, von der Lukas schon auf der Fähre erzählt hatte.

„Das Juwel der Insel siehst du von der Straße aus natürlich nicht."

„Was ist das Juwel?"

„Der Kniep. Der unglaubliche Sandstrand, der unten in Wittdün zwei Kilometer breit ist. Die Sanddünen, die sich ständig verändern. Ich habe Aufnahmen aus verschiedenen Jahren verglichen und kleine Dünen entdeckt, die es vor Jahren nicht gegeben hat. Ich freue mich schon auf einen Strandspaziergang mit dir."

„Darf ich dich an dem Punkt an den Vertrag erinnern, auf den ich noch warte? Keine gemeinsamen Aktivitäten außerhalb des Jobs."

Lukas warf ihr einen raschen Blick zu, bevor er sich wieder auf die Straße konzentrierte. „Mir war nicht klar, dass dieser Punkt so wichtig ist, dass du ihn im Vertrag haben willst."

„Dann weißt du es jetzt. Ich hoffe, du legst mir den Vertrag so bald wie möglich vor."

„Schade."

„Was, schade?" Argwöhnisch sah sie Lukas an.

„Dass du so hartnäckig auf diese Einzelheiten pochst. Unsere Zeit hier könnte schöner und deutlich entspannter sein, wenn du nicht so kleinkariert wärst."

Das war eine echte Frechheit. „Ich bin nicht kleinkariert."

Lukas lachte laut. „Ich möchte dich hören, wenn ich dir so einen Vertrag abschwatzen wollte."

Pah! Das wäre was ganz anderes. Sie verschränkte ihre Arme vor der Brust, sah demonstrativ aus dem Seitenfenster und hatte nicht vor, auf seine Mutmaßungen zu antworten.

Wenig später erreichten sie Norddorf und Lukas bog in die Straße ein, in der seine Mutter wohnte.

„Hier sind wir im Dünemwai, was so viel heißt wie Dünenweg. Das Haus meiner Mutter ist das vorletzte auf der linken Seite. Von dort geht es die Straße rechts in Richtung Strand und links kannst du auf den Bohlenwegen durch die Dünen wandern."

„Danke für den Tipp."

Lukas fuhr auf eine Parkfläche vor einem Haus aus rotem Backstein, das etwas verschachtelt gebaut war. Hier also sollte sie die nächsten Tage verbringen. Sah gar nicht schlecht aus. Hier ließ es sich sicherlich aushalten – wenn nicht die leidige Sache mit der gemeinsamen Unterkunft wäre.

Lukas war gerade dabei, das Gepäck aus dem Kofferraum zu heben, als eine ältere blonde Dame in wehendem bunt gemusterten Kleid auf den Parkplatz rauschte.

„Da seid ihr ja schon." Sie umarmte Lukas stürmisch. „Schön, dich zu sehen, Junge."

„Hallo, Mama. Geht es dir gut?"

„Na ja, so gut, wie es eben gehen kann, wenn man dubiose Gestalten unterm Dach wohnen hat."

„Keine Sorge, jetzt bin ich ja hier. Darf ich dir Franziska Naumann vorstellen, die mich unterstützen wird? Franzi, das ist meine Mutter, Lieselotte Wegener."

Stimmte ja, seine Mutter hatte noch mal geheiratet, logisch, dass sie einen anderen Nachnamen hatte als Lukas. „Guten Tag, Frau Wegener. Ich freue mich, hier zu sein."

Ein Strahlen zog über deren Gesicht. Ihr Blick wechselte zwischen Franzi und ihrem Sohn hin und her und Franzi wollte lieber nicht wissen, was hinter ihrer Stirn vor sich ging. „Herzlich willkommen, meine Liebe. Ich hoffe, Sie hatten eine gute Anreise."

„Ja, danke."

Lukas' Mutter schob ihre Hand unter Franzis Arm und zog sie in Richtung Haustür. „Lassen wir Lukas das mit dem Gepäck erledigen. Erzählen Sie mir lieber, woher Sie meinen Sohn kennen."

Lieselotte Wegener legte eindeutig zu viel Elan an den Tag und war für Franzis Geschmack viel zu neugierig. Das konnte ja heiter werden. Aber dass Lukas sich mit ihrem Gepäck abmühen sollte, war ihr durchaus recht.

„Wir sind Kollegen, eigentlich Konkurrenten."

„Ist ja interessant. Und wie kommt es, dass Sie nun zusammen hier sind?"

Franzi schickte ein Stoßgebet gen Himmel und hoffte, Lukas hatte seiner Mutter nichts von ihren finanziellen

Problemen erzählt. „Lukas war der Meinung, dass ein Paar bessere Kontakte zu Ihren merkwürdigen Gästen knüpfen kann. Daher fragte er mich, ob ich an einer Zusammenarbeit interessiert bin. Und da ich zufällig frei war, …“ Den Rest schluckte sie hinunter.

„Waren Sie schon mal auf Amrum? Oder haben Sie Beziehungen hierher oder zur Nordsee allgemein?“

„Überhaupt nicht. Als Kind war ich mit meinen Eltern mal auf Borkum, aber meistens sind wir an die Ostsee gefahren.“

„Auch schön, aber nicht das Gleiche.“ Die Dame des Hauses drehte den Kopf nach hinten, als eine Tür ins Schloss fiel. „Nun komm schon, Lukas, ich habe euch einen Imbiss vorbereitet. Anschließend zeige ich euch euer Appartement.“

Immer wieder spürte Franzi den Blick von Lieselotte Wegener auf sich ruhen. Was mochte hinter der Stirn dieser Frau vor sich gehen? Sie interpretierte doch nicht etwa mehr als rein berufliches Miteinander in die Abmachung, die Lukas und sie getroffen hatten? Solche Mutmaßungen fehlten gerade noch.

„Sagen Sie, Sie haben nicht zufällig Familie auf der Insel?“

„Wie kommen Sie darauf?“

„Ich könnte schwören …“ Lieselotte Wegener hielt inne und schüttelte den Kopf. „Vergessen Sie's.“

„Ist noch etwas Wichtiges, Mama?“, fragte Lukas aus dem Hintergrund, doch seine Mutter winkte ab.

„Dann gib mir den Schlüssel für die Wohnung, damit wir unser Gepäck auspacken können. Ich muss mich eine Runde hinhauen, bin hundemüde.“

„Natürlich, Junge. Dass ich daran nicht gedacht habe. Du musst ja fix und fertig sein. Ihr wohnt im ‚Dünengarten' in der ersten Etage. Gleich nebenan im ‚Dünengras' wohnen die beiden, du weißt schon. Soll ich mit raufkommen?"

„Lass nur. Wir schaffen das allein."

„Sehen wir uns später noch? Ihr werdet sicher noch einige Informationen von mir haben wollen für eure Arbeit."

„Auf jeden Fall müssen wir darüber reden. Also dann, bis später."

„Schlaft gut."

„Entschuldige, meine Mutter kann etwas anstrengend sein. Aber sie ist eine Seele von Mensch."

„Alles gut."

„Das ist nicht dein Ernst!" Franzi konnte kaum glauben, was sie sah. „Ich hatte mir unter einem Appartement etwas anderes vorgestellt. Das ist ja kaum größer als ein Doppelzimmer." Links neben dem Eingang befand sich eine kleine Küchenzeile, gegenüber eine Tür, die vermutlich ins Bad führte. Es schloss sich ein kleiner Tisch mit zwei Stühlen an. Auf der anderen Seite stand ein großes anthrazitfarbenes Boxspringdoppelbett. Ein Kleiderschrank in Kiefer, eine Anrichte und ein Lesesessel mit Hocker aus blau kariertem Stoff – das war's.

„Hier bleibe ich nicht. Mit dir im Doppelbett? Das kannst du knicken. Nicht mal 'ne Couch gibt es."

„Franzi, bitte. Mach nicht so einen Wind. Ich bin wirklich hundemüde."

„Kann ich doch nichts für. Entweder du sorgst dafür, dass ich ein eigenes Bett bekomme, oder du kannst dir deinen Vertrag – den ich zum Glück ja noch nicht unterschrieben habe – an den Hut stecken."

„Ich rede nachher mit meiner Mutter. Bitte, lass mich erst mal schlafen."

„Und was soll ich machen, während du hier schlummerst? Dir etwa dabei zugucken?"

„Wenn es dir Spaß macht." Der Blick, den Lukas ihr mit einem frechen Grinsen zuwarf, ärgerte sie noch mehr als sein blöder Kommentar.

„Nein, vielen Dank. Ich werde kurz mal ins Bad gehen. Dann mache ich einen ersten Rundgang. Gibt es wenigstens zwei Schlüssel?"

„Liegen auf dem Tisch." Lukas setzte sich auf einen der Stühle und zog seine Schuhe aus. Jacke und Pullover folgten. Höchste Zeit zu verschwinden. Franzi öffnete ihre Reisetasche und schnappte sich ihren Kulturbeutel. Das Badezimmer mit Dusche war nicht gerade geräumig, aber modern eingerichtet. Es genügte ihren Ansprüchen völlig. Die Ablagefläche war zwar ziemlich begrenzt, aber sie hatte sowieso nicht so viel Schnickschnack dabei. Womit sie nicht gerechnet hatte, war die Waschmaschine, die neben der Duschkabine stand. Als sie aus dem Bad kam, hatte es sich Lukas bereits im Bett gemütlich gemacht.

„Ich verschwinde dann", murmelte Franzi, schnappte sich einen der Schlüssel und zog ihre Jacke an, die sie vorhin in ihre Reisetasche gestopft hatte.

„Unten im Eingangsbereich liegen Prospekte und ein Inselplan mit Straßenkarten von jedem Ort. Nur damit du wieder zurückfindest."

„Bin ja nicht senil. Also dann …" Franzi atmete erleichtert auf, als sie die Wohnungstür von außen schloss. Ob sie zu Frau Wegener gehen und nach einem anderen Zimmer fragen sollte? Lukas hatte zwar erwähnt, dass keine weitere Wohnung frei war, aber wer konnte schon wissen, ob er ihr nicht etwas vorgeflunkert hatte, um Geld zu sparen? Der Zufall wollte es, dass ihr seine Mutter entgegenkam. „Frau Wegener, hätten Sie vielleicht noch ein weiteres Zimmer oder ein größeres Appartement mit zwei Räumen frei?" Franzi räusperte sich, und es war ihr peinlich, die Hausherrin anzuschwindeln. „Wissen Sie, ich schnarche fürchterlich und kann es Ihrem Sohn einfach nicht zumuten, sich damit herumzuplagen."

„Nein, meine Liebe. Ich bin komplett ausgebucht."

„Ob ich es woanders versuche?"

„Das können Sie vergessen. Die Insel ist komplett voll. Stellen Sie sich vor, hier wird gerade ein Film gedreht. Und natürlich wohnt die gesamte Crew auf der Insel."

„Ein Film? Das ist ja spannend. Sind irgendwelche bekannten Schauspieler dabei? Was ist es denn für ein Film?"

„Ich glaube, ein Krimi. Und einer der Schauspieler wohnt gleich schräg gegenüber. Leon B. Parker. Kennen Sie ihn?"

„Ich habe es nicht so mit Schauspielernamen. Mir bleiben da eher die Gesichter in Erinnerung."

„Ja, mir auch, ehrlich gesagt. Aber diesen Parker haben Sie bestimmt schon mal gesehen. Er wohnt fast ständig auf der Insel. Drüben in der Pension Jule und er ist mit der Besitzerin liiert. Er heißt eigentlich Ben Stüber, Leon B.

Parker ist sein Künstlername. Und den legt er hier komplett ab. Er ist ein sehr netter Mann und die Jule Petersen hat es wirklich verdient, wieder glücklich zu sein."

Eigentlich hatte Franzi es nicht so mit Klatsch und Tratsch, wie ihn Lieselotte Wegener gerade zum Besten gab. Aber die Filmerei interessierte sie schon. Die Insel war ja nicht so groß, und wenn sie Augen und Ohren offen hielt, konnte ihr der eine oder andere Drehort nicht entgehen. Vielleicht konnte sie sogar mal zusehen. „Vielen Dank für Ihre Info. Ich werde jetzt einen Spaziergang machen und mich ein wenig umsehen."

„Tun Sie das. Ach, Frau Naumann. Haben Sie schon dieses Pärchen …?"

„Nein, wir haben noch niemanden aus der Nachbarwohnung gesehen."

„Natürlich, wie auch, wo Sie doch erst angekommen sind. Also dann, viel Spaß. Wenn Sie von der Straße aus nach links auf den Bohlenweg und dann wieder rechts gehen, kommen Sie am schnellsten an den Strand. Wenn Sie wollen, können Sie sich auch ein Fahrrad leihen. Ich habe einige im Keller stehen."

„Heute nicht, aber vielleicht komme ich in den nächsten Tagen darauf zurück."

Dass die Aussicht auf ein eigenes Zimmer dank Frau Wegeners Aussage in weite Ferne rückte, wurmte sie enorm. So hatte sie sich das nicht vorgestellt. Wenn sie den Auftrag hinschmiss, hieß das im Klartext, keine Einnahmen. Genau deswegen hatte sie sich auf den Deal mit Lukas eingelassen. Verdammter Mist! Was sollte sie nun tun?

Franzi schob ihre Hände in die Taschen und ging mit ausholenden Schritten die Straße hinauf. Der Tipp mit dem Weg zum Strand war gerade recht gekommen. Hoffentlich pustete ihr der Seewind den Kopf frei und brachte am besten gleich eine neue Idee mit.

Auf dem Bohlenweg blieb sie stehen und zog ihr Handy aus der Hosentasche. Sie schrieb Lotta eine WhatsApp, damit sie sich keine Sorgen machte.

„Alles gut?", schrieb Lotta sofort zurück.

„Kein Patient da? Ich gehe jetzt zum Strand. Alles Weitere später."

„Hab gleich eine Koronargruppe. Viel Spaß und genieße die Zeit."

Franzi verschickte noch einen augenrollenden Smiley und schob ihr Handy in die Jackentasche. Erst jetzt nahm sie sich die Zeit, sich umzuschauen. Dünen, zum größten Teil mit Heidekraut, verschiedenen Gräsern und anderen Pflanzen bewachsen, so weit das Auge reichte. Die Landschaft machte den Namen der Wohnungen im Haus von Lukas' Mutter alle Ehre. Zwei Möwen landeten nur wenige Meter vor ihr auf dem Holzweg. Sie holte vorsichtig das Handy hervor und schaffte es gerade noch, die beiden beim Wegfliegen zu fotografieren. So war die Aufnahme sehr viel interessanter und lebendiger, als wenn sie einfach nur auf dem Weg gestanden hätten.

Eine knappe Viertelstunde später erreichte Franzi den Strandaufgang. Was für ein herrlicher Blick. Endloser Strand nach links und rechts. Verschiedenfarbige Strandkörbe wirkten wie fröhliche Farbtupfer auf dem hellen Sand. Sie musste noch etliche Meter gehen, bis sie zum

Wassersaum kam. Wie es aussah, war momentan Ebbe. Gerade kam die Sonne hinter einer dicken grauen Wolke hervor und schickte ihre Strahlen direkt aufs Wasser, das nun wunderbar glitzerte. Franzi setzte sich in den Sand, zog Schuhe und Strümpfe aus, stopfte die Strümpfe in die Hosentaschen und streckte die Zehen in den feinen Sand. Die Hosenbeine krempelte sie bis zu den Knien hoch. Herrlich, fast wie Urlaub. Da ging tatsächlich eine alte Dame strammen Schrittes im Badeanzug und mit Badehaube in Richtung Wasser. Dabei war es erst Ende April. Wie viel Grad das Wasser wohl hatte? Sicher gab es oben am Aufgang ein Schild mit den täglichen Temperaturen. Franzi stand auf, die Dame fest im Blick, und schlenderte ebenfalls in Richtung Wassersaum. Sie war gespannt darauf, ob die Frau tatsächlich schwimmen gehen wollte. Sie wollte, das war eindeutig. Wow, so viel Mut konnte sie selbst nicht aufbringen. Aber sie wollte wenigstens die Füße ins Wasser halten. Brr. Das hatte höchstens zwölf oder dreizehn Grad. Bei den Temperaturen würde sie niemals auf die Idee kommen, in der Nordsee zu baden. Diese Frau war wirklich zu bewundern. Franzi biss die Zähne zusammen und watete langsam durch das Wasser. Allmählich gewöhnte sie sich an die Temperaturen und es machte ihr regelrecht Spaß, sich das Wasser um die Füße spülen zu lassen. Ab und an bückte sie sich nach einer Muschel und immer wieder schoss sie Fotos. Es war eine gute Idee gewesen, den Auftrag anzunehmen. Schon für diesen Augenblick am Strand und diesen Blick über das endlose Meer hatte es sich gelohnt. Franzi atmete ein paarmal tief ein und aus. Herrlich. Sie wanderte eine ganze Weile am Strand entlang. Nur vereinzelt kamen ihr Menschen entgegen, kaum jemand überholte sie. Dafür, dass die Insel angeblich ausgebucht war, war hier sehr wenig los. Allerdings hatte Lukas ihr erzählt, dass man selbst in der Sommersaison nur ein Stück am Strand entlangzulaufen brauchte und glaubte, fast allein auf der Insel zu sein.

Links säumten Dünen den unendlich langen Strand. Ein Stück vor ihr erhob sich ein Holzgebilde am Dünenrand, vermutlich eine Aussichtsplattform. Franzi marschierte quer über den Sand darauf zu. Von dort oben hatte man sicher einen atemberaubenden Blick über die Insel. Sie hielt den Atem an, als sie direkt unter der Leiter stand und nach oben schaute. Aus dieser Perspektive sah es so aus, als endete die Leiter direkt im Himmel. Wieder zog sie ihr Handy aus der Tasche und knipste. Das Foto schickte sie sofort an Lotta. Kurz darauf kündigte ein Klingelton eine Nachricht an. Die Antwort kam ja schnell. Doch es war nicht Lotta, sondern Lukas.

„Wo bist du? Kann nicht mehr schlafen. Können die Zeit für eine erste Sondierung nutzen."

„Bin am Strand, stehe direkt vor einer Aussichtsplattform", schrieb sie zurück.

„Das kann nur die Himmelsleiter sein. Du kannst von dort über den Bohlenweg zurück in den Ort gelangen. Beeil dich."

Das hätte er wohl gern. Zuerst wollte sie raufsteigen und die Aussicht genießen. Und erst dort oben entscheiden, ob sie den Bohlenweg nahm oder am Strand zurückging.

Himmelsleiter – perfekter konnte der Name nicht sein. Hierhin wollte sie auf jeden Fall noch mal zurückkehren.

„Wo bleibst du denn so lange?“ Lukas schien ziemlich genervt zu sein.

„Ich kann ja nicht fliegen. Außerdem wolltest du dich ausschlafen. Woher sollte ich wissen, dass du schon nach einer Stunde wieder aufstehst?“

Lukas zuckte mit den Schultern. „Hast ja recht. Ist es okay für dich, wenn wir gleich zu meiner Mutter gehen? Sie hat für uns gekocht.“

„Ist schon Mittag?“ Franzi sah auf ihre Armbanduhr. Es war ziemlich genau dreizehn Uhr. „Ich will nicht, dass deine Mutter für mich kocht. Das ist mir sehr unangenehm.“

„Ich will auch nicht, dass sie sich die Arbeit macht, aber sie hat versichert, dass es heute eine Ausnahme ist – quasi zur Begrüßung.“

„Sie hat uns doch schon Frühstück serviert.“

„So ist sie. Wenn man sie nicht bremst …“ Den Rest des Satzes ließ Lukas in der Luft hängen.

„Dann ist es wohl besser, wenn wir jetzt gehen, sonst wird das Essen kalt.“

„Ich hoffe, Sie mögen einen rustikalen Gemüseauflauf. Da ich nicht wusste, ob Sie eventuell Vegetarierin oder Veganerin sind, fand ich fleischlos die perfekte Lösung. Ich habe Lukas gefragt, aber er konnte es mir auch nicht beantworten.“

„Ich esse fast alles“, beteuerte Franzi. „Außer gekochtem Fisch und allem, was mit Kürbissen zu tun hat.“

„Da bin ich ja auf der richtigen Seite. Nehmen Sie sich reichlich, die Seeluft macht hungrig.“

Das konnte Franzi bestätigen. Trotz des reichhaltigen Frühstücks und des frühmorgendlichen Imbisses auf der Fähre hatte ihr Magen schon zweimal geknurrt. Sie hoffte, dass die beiden es nicht mitbekommen hatten.

„Schmeckt wirklich sehr lecker. Würden Sie mir das Rezept verraten?"

„Aber natürlich. Ich freue mich, wenn es Ihnen schmeckt. Die Zubereitung ist ganz einfach. Ich schreibe es Ihnen nachher auf."

„Mutter, wenn du das Rezept heraussuchst, kann Franziska es sich doch abfotografieren."

„Das ist eine super Idee."

Franzi half beim Geschirrabräumen, um nicht das Gefühl zu haben, Lukas' Mutter auszunutzen. Anschließend versammelten sie sich erneut am Esstisch. Lukas und Franzi mit Notizblock.

„Nun schieß mal los, Mutter. Was kannst du uns über dieses Paar und den vermeintlichen Diebstahl erzählen?"

„Was heißt denn vermeintlich? Der gute Herr Rosenberg vermisste kurz vor der Abreise seine Geldbörse. Ihr müsst wissen, er hat immer zwei dabei, damit er nicht auf jedem Ausflug all sein Geld dabeihaben muss."

„Wer verreist denn heutzutage noch mit einem Haufen Bargeld?", wunderte sich Franzi.

„Tja, wer weiß das schon. Jedenfalls beteuerte er, er hätte jeden Winkel der Wohnung abgesucht. Er bewohnte die, in der ihr untergebracht seid. Es war nichts zu finden. Daraufhin wandte er sich an mich. Er war sich übrigens absolut sicher, dass er sie zu keiner Zeit mit sich geführt hatte."

Lukas kratzte sich am Kopf. „Und wo kommt dieses Pärchen ins Spiel?"

„Das war so: Zwei Tage bevor der Herr Rosenberg den Verlust seines Geldes realisierte, standen diese jungen Leute genau vor seiner Appartementtür. Ziemlich dicht davor, wenn ihr versteht. Sie zuckten sichtlich zusammen und fuhren regelrecht auseinander, als ich um die Ecke bog. Ich wunderte mich über die beiden. Schon da kam mir ihr Verhalten merkwürdig vor. Auch wenn ich da noch nicht wusste, was mich störte."

Lieselotte Wegener rückte näher an den Tisch heran und beugte sich zuerst zu Lukas, dann zu Franzi. „Es war ihr Blick, der deutlich Unbehagen, vielleicht auch ein schlechtes Gewissen ausdrückte." Lukas' Mutter räusperte sich. „Ihr wisst, wie ich das meine?"

Franzi nickte und auch Lukas bestätigte es.

„Na also, dann bin ich ja wohl nicht paranoid."

„Paranoid?"

„Ich erzählte es meiner Nachbarin von schräg gegenüber, weil sie ja eine Pension führt. Nicht dass diese Leute sich auch drüben bei Jule Petersens Gästen zu schaffen machen."

„Mutter, meinst du nicht, dass das etwas übertrieben war? Außerdem, was, wenn die beiden gar nichts ausgefressen haben? Wenn dir deine Fantasie einen Streich spielt? Sie vielleicht nur geknutscht oder gefummelt haben?"

„Ich bin noch nicht senil. Wieso sollten sie das tun, wenn sie direkt nebenan wohnen? Außerdem ist die vermisste Geldbörse eine Tatsache."

„Aber ich weiß, wie gern du Krimis – vor allem beinahe jeden Tatort im Fernsehen – anschaust. Und Krimis lesen tust du auch noch. Da könnte es doch gut sein, dass die Fantasie mit dir durchgeht."

„Meinst du, ich habe dich angerufen, weil mir langweilig ist und ich mal selbst einen Kriminalfall im Hause haben will?" Oha, da war Zoff zwischen Mutter und Sohn im Anmarsch. Es sah aus, als hätte Lukas seine Mutter mit seinen Überlegungen verletzt. Einerseits war Lukas' Nachhaken nicht von der Hand zu weisen, andererseits konnte Franzi durchaus auch Frau Wegeners Sorge verstehen.

„Was halten Sie davon, Franziska?", wandte sich Frau Wegener an Franzi.

„Tja, ehrlich gesagt weiß ich das noch nicht genau. Vielleicht sollten wir erst mal dieses Paar in Augenschein nehmen und bestenfalls ein bisschen mit ihnen plaudern, sobald sich die Gelegenheit ergibt."

Es war offensichtlich, dass Lukas' Mutter mit Franzis ausweichender Antwort nicht zufrieden war. Aber sie sagte nichts, sondern nickte nur gedankenverloren. „Und wie wollt ihr das anstellen? Etwa den ganzen Tag im Flur rumlungern, bis die beiden mal auftauchen?"

„Wenn es nicht anders geht. Noch etwas, Mutter. Behalt ja für dich, dass ich dein Sohn bin. Für die Hausbewohner sind wir ein ganz normales Urlaubspaar."

Der Ausdruck „Paar" verursachte Franzi arge Bauchschmerzen. Sie hatte so gar keine Lust darauf, mit Lukas ein Paar zu mimen – womöglich noch ein verliebtes. Warum hatte es keine andere Möglichkeit gegeben, an Aufträge zu kommen? Verdammter Mist. Wenn dieser Aufenthalt hier bloß schon vorüber wäre. Andererseits hätte sie dann keine Gelegenheit mehr, diesen wunderbaren Strand zu besuchen und mehr von der Insel zu entdecken.

„Alles in Ordnung mit dir, Franzi?" Lukas' forschender Blick ruhte auf ihr, als sie aus ihren Gedanken aufschreckte.

„Was? Ja, natürlich. Wie gehen wir es jetzt an?"

„Was hältst du davon, wenn wir tatsächlich ein bisschen vor unserer Ferienwohnung herumlungern? Oder hast du eine bessere Idee?"

„Vielleicht hören wir, wenn nebenan die Wohnungstür ins Schloss fällt, und dann gehen wir wie zufällig ebenfalls nach draußen."

„Du meinst, wir sollten mit den Ohren an unserer Tür kleben, damit wir ja nichts verpassen?"

„Vielleicht doch keine so gute Idee." Franzi kratzte sich am Hinterkopf. „Ich spaziere erst einmal durchs Haus, sehe mir das Grundstück und die Häuser in der Umgebung ausführlich an. Mit viel Glück laufen sie mir über den Weg. Wie sehen die beiden eigentlich aus?"

„Anfang zwanzig, sie hat blonde lange Haare, er sieht ein bisschen südländisch aus, obwohl er einen deutschen Namen trägt."

„Alles klar." Franzi erhob sich. „Vielen Dank fürs Mittagessen, Frau Wegener."

Auch Lukas stand auf. „Aber nicht dass du noch mal auf die Idee kommst, für uns zu kochen. Wir wollen die Lokalitäten auf der Insel besuchen. Franziska kennt sich hier ja nicht aus."

„Natürlich, mein Junge. Ihr haltet mich doch auf dem Laufenden, falls ihr etwas rausfindet?"

9 Lukas

Wo trieb sie sich bloß rum? Seit sie auseinandergegangen waren, weil sie sich umsehen wollte, war Franzi nicht mehr aufgetaucht. Nicht mal eine kurze Nachricht war er ihr wert gewesen. So hatte er sich das nicht vorgestellt. Außerdem hätten sie den Rundgang auch gemeinsam machen können. Aber nein, die Lady hatte das abgelehnt, weil sie meinte, wenn sie sich getrennt umschauten, wären die Chancen, auf die beiden zu treffen, wesentlich größer. So ein Schwachsinn. Er hatte keine Lust, noch länger in der Wohnung auszuharren, und schnappte sich die Jacke.

Im ganzen Haus war sie nicht zu finden. Im Garten, in der Einfahrt, selbst auf dem Dünemwai war nichts von seiner rothaarigen Partnerin zu entdecken. Wo trieb sie sich rum? Er zückte sein Mobiltelefon. Sollte er schon wieder mit einer WhatsApp nach ihr suchen? Schon flogen seine Finger übers Display. Wo bist du? Wann bist du zurück? Keine Reaktion. Reagierte sie absichtlich nicht? Das traute er ihr durchaus zu. Es konnte allerdings auch sein, dass sie in den Dünen oder wieder am Strand herumlief, und da hatte man manches Mal kein Netz.

Er schob das Telefon wieder in die Hosentasche. Künftig mussten sie bessere Absprachen treffen oder gemeinsam auf Tour gehen. Er trat auf die Straße. Ein schwarzer

Kleinwagen fuhr gerade herauf und bog in die Einfahrt der Pension Jule ein. Durch die Seitenscheibe des Wagens hatte er schon einen roten Haarschopf ausgemacht. Das konnte nur Jule sein. Langsam überquerte er die Straße und sah, wie sie schwerfällig aus dem Wagen stieg. Sie hatte ziemlich an Gewicht zugelegt, das sah er auf den ersten Blick. Und der Grund war offensichtlich. Jule schob eine ziemliche Kugel vor sich her. Gerade öffnete sie den Kofferraum und hob eine prall gefüllte Einkaufstasche aus dem Wagen.

Lukas eilte zu ihr. „Jule, warte. Ich helfe dir."

Überrascht drehte sich Jule nach seiner Stimme um. „Lukas, du hier?"

„Ja, ich hier. Musste mal wieder bei meiner Mutter nach dem Rechten sehen und natürlich reichlich Nordseeluft schnuppern." Lukas nahm Jule die Tasche aus der Hand. „Wie ich sehe, tut sich bei dir einiges."

Jule folgte seinem Blick und ein freudiges Lächeln überzog ihr Gesicht. „Ja, nicht wahr. Und völlig unverhofft."

„Geht es dir gut?"

„Danke, inzwischen ja. Die ersten Monate der Schwangerschaft waren der Horror. Ich litt an einer extremen Schwangerschaftsübelkeit und war für Wochen nicht in der Lage, das Haus und meistens das Bett zu verlassen."

„Hört sich übel an."

„War es auch – im wahrsten Sinne des Wortes." Sie zwinkerte ihm zu. „Ich hoffe, dass es mich während der letzten Schwangerschaftswochen nicht mehr ereilt."

„Das wünsche ich dir von Herzen. Ich bringe dir die Tasche bis ins Haus, wenn es dir nichts ausmacht."

„Vielen Dank. Es reicht, wenn du meine Einkäufe an die Haustür stellst. Das meiste kommt sowieso unten in die Küche. Eigentlich wollte ich gar nicht so viel kaufen, aber wie das manchmal so ist. Man sieht dieses und jenes …"

„Wie geht es deinem Ben? Ist er auf der Insel oder mal wieder irgendwo auf der Welt drehen?"

„Ja, er dreht gerade. Stell dir vor, sogar hier auf der Insel. Heute sind sie irgendwo bei Steenodde. Aber für die Innenaufnahmen muss er dann ins Studio nach München."

„Das ist ja interessant. Mal sehen, vielleicht komme ich zufällig mal an einem der Drehpunkte vorbei. Würde mich wirklich interessieren, zuzusehen. Wenn nicht zu weiträumig abgesperrt ist."

„Ich drücke dir die Daumen. Vielen Dank fürs Tragen. Ich wünsche dir einen schönen Aufenthalt. Vielleicht sieht man sich noch mal."

Davon war er felsenfest überzeugt. Er winkte Jule noch einmal zu, bevor er das Grundstück verließ.

Seit er Jule vor einigen Jahren auf der Geburtstagsfeier seiner Mutter kennengelernt hatte, pflegten sie einen lockeren, freundschaftlichen Kontakt, wenn er auf der Insel weilte. Damals, als sie sich zum ersten Mal begegnet waren, hatte sie um ihren verunglückten Ehemann getrauert. Ben, ihren neuen Lebensgefährten, hatte er im vorigen Jahr kennengelernt. Ein netter Mann, der sich nichts auf seinen Bekanntheitsgrad einbildete. Er freute sich für Jule, dass sie mit ihm noch einmal das Glück gefunden hatte, das bald mit einem gemeinsamen Kind vermutlich den Höhepunkt erfuhr. Wenn alles so eintraf, wie er es sich vorstellte, konnte er ihr vielleicht zu einem weiteren hoffentlich glücklichen Moment in ihrem Leben verhelfen.

Nach wenigen Metern auf der Straße in Richtung Strand kam ihm ein junges Paar entgegen, beide mit einem Rucksack auf dem Rücken. Die Beschreibung seiner Mutter könnte passen. Er blieb stehen, zog sein Handy aus der Tasche und tat, als ob er eine Nachricht erhalten hatte. Aus den Augenwinkeln verfolgte er den Weg der beiden. Und tatsächlich, sie bogen aufs Grundstück seiner Mutter ein. Er schlenderte in die gleiche Richtung und erreichte die beiden, als sie durch die Eingangstür traten.

„Hallo. Ich folge Ihnen unauffällig ins Haus", scherzte Lukas und lachte.

„Moin", grüßten die beiden und beachteten ihn nicht weiter. Erst als sie vor ihrer Wohnungstür standen und die junge Frau nach dem Schlüssel suchte, entdeckten sie Lukas an der Tür zur Nebenwohnung.

„Bin erst heute Vormittag angekommen. Zusammen mit meiner Freundin. Vielleicht können Sie uns bei Gelegenheit einen Tipp in puncto Restaurants geben oder was man unbedingt gesehen haben muss." Lukas hoffte, so den Grundstein zu einem weiteren Gespräch legen zu können.

„Fragen Sie ruhig", bot der junge Mann an. „Wir sind gern behilflich."

„Fürs Erste vielleicht, wo wir gute Fahrräder herbekommen können."

„Fragen Sie die Vermieterin. Die hat welche im Keller. Hat sie Ihnen das nicht gleich bei Ankunft gesagt?"

„Nein, aber danke für den Tipp. Man sieht sich. Vielleicht mal auf einen Drink?"

„Vielleicht. Schönen Tag noch." Schon waren die beiden in ihrer Wohnung verschwunden.

Als ob er nicht wüsste, dass im Keller diverse Fahrräder auf Urlaubsgäste warteten. Aber es war eine gute Idee für ein unverfängliches Gespräch gewesen. Grinsend schlenderte er über den Flur und ging wieder nach draußen. Franzi würde sich wundern, wenn er ihr das erzählte. Warum meldete sie sich nicht? Erneut zückte er sein Mobiltelefon. Wundersamerweise war eine Nachricht von ihr eingegangen. Wieso hatte er das nicht gemerkt? Da erst sah er, dass die Lautstärke fast auf null gestellt war. War ihm vorher gar nicht aufgefallen.

Bin gerade vom Strand zurück und will noch einen Cappuccino trinken. Smiley

Wo?

Mal sehen …

Geh ins Café Schult.

Wo ist das?

Wo bist du gerade?

Am Buchladen vorbei.

Dann geh einfach geradeaus. Über die nächste Kreuzung und noch ein Stückchen weiter. Dann siehst du es schon.

Okay, danke für den Tipp.

Entschlossen wandte er sich in die entgegengesetzte Richtung, als er eigentlich geplant hatte, und machte sich auf den Weg in den Ort.

Er entdeckte sie sofort. Ihr Haarschopf leuchtete durchs gesamte Café.

„Du?“ Franzi riss die Augen auf, ihre Mimik drückte nicht gerade Freude aus. Aber das hatte er auch nicht erwartet. Das war auch der Grund, weshalb er ihr nicht geschrieben hatte, dass er sich spontan ebenfalls fürs Schult entschieden hatte.

Lukas zog den freien Stuhl am kleinen Zweiertisch vom Tisch ab und die Jacke aus, die er über die Lehne hängte. „Du hast doch nichts dagegen, wenn ich dir Gesellschaft leiste?“

„Ähm … natürlich nicht.“ Ihr Blick strafte ihren Worten Lügen.

„Wo warst du die ganze Zeit?“

„Hab zuerst Haus und Grundstück inspiziert und bin zwei-, dreimal die Straße rauf- und runtergeschlendert. Das war mir dann aber zu blöd. Da habe ich mich für eine ausführliche Ortsrecherche entschieden.“

Lukas grinste. „Da hast du die Kurve ja gerade noch mal gekriegt.“

Ihre Wangen nahmen doch tatsächlich eine rötliche Färbung an, so als ob sie verlegen wäre oder sich ertappt fühlte. „Wieso?“, fragte sie keck.

„Ich denke, du verstehst schon.“ Er sah sich um und winkte der Bedienung. „Hast du dir schon etwas bestellt?“

„Nö. Bin ja auch gerade erst rein.“

„Ich kann dir die Friesentorte empfehlen.“

„Ich steh nicht so auf Kuchen und übermäßige Kalorien.“ Das entsprach zwar nicht ganz der Wahrheit, aber Lukas musste ihre Schwächen ja nicht kennen. „Wollte nur was trinken.“

Er zwinkerte ihr zu. „Man muss auch mal sündigen können. Wenigstens einmal Friesentorte probieren ist eigentlich Pflicht auf der Insel."

„Wieso das denn?"

„Macht fast jeder hier." Zwar konnte er diese Behauptung nicht belegen, aber das tat auch nichts zur Sache.

„Einen Kaffee und zwei Stück Friesentorte", bestellte Lukas, nachdem Franzi sich nur einen Cappuccino geordert hatte.

„Ich habe keinen Hunger", kommentierte sie seine Bestellung und untermauerte ihre Aussage mit einem genervten Augenrollen. „Aber wenn du dir zwei Stücke antun willst, nur zu. Pass auf, dass du dir nicht eine dieser Krankheiten einfängst, die man dank unmäßigem und ungesundem Essen bekommen kann."

Lukas lehnte sich in seinem Stuhl zurück und verschränkte die Arme vor der Brust. Fragend zog er eine Augenbraue empor. „Du sorgst dich um mich?"

„Das fehlte noch. Ist mir total wurscht, was du in dich reinstopfst." Ihre grünen Augen sprühten Funken und in dem Moment glaubte er ihr jedes Wort. Er war es ja gewohnt, dass sie einen Kleinkrieg mit ihm führen wollte. Obwohl er hoffte, dass sich das während ihres Aufenthaltes hier änderte, war er für weitere hitzige Debatten mit ihr gewappnet.

„Um auf den Grund unseres Hierseins auf der Insel zurückzukommen, ich habe Feindkontakt aufgenommen."

„Feindkontakt?"

„Ich habe das Paar, das neben uns im ‚Dünengras' wohnt, kennengelernt und mich kurz mit ihnen unterhalten. Um es noch mal klarzumachen, wir beide sind ein Paar, machen ein paar Tage Urlaub und wohnen zum ersten Mal in dem Haus. Also verplappere dich nicht."

Die grünen Augen vor ihm schossen noch mehr Pfeile in seine Richtung. Fast hätte er sich geduckt, um ihnen zu entgehen. „Hältst du mich für blöd? Oder senil? Ich mache meinen Job nicht zum ersten Mal."

„Ich wollte es nur angesprochen haben."

„Hättest du dir sparen können."

Er war froh, dass die Bedienung in dem Augenblick mit Kaffee, Cappuccino und den Tortenstücken an den Tisch trat. Das nahm dem Gespräch zwischen ihm und Franzi die Schärfe, weil sie sich jetzt auf etwas anderes konzentrieren konnten.

„Ist nicht wahr", kommentierte Franzi ihr Kuchenstück, schob den Teller von sich und verzog angewidert das Gesicht. „Hättest du nicht sagen können, dass da so viel Sahne drauf ist? Ich kann Sahne nicht ausstehen."

Das war ja mal mächtig in die Hose gegangen. „Willst du nicht wenigstens probieren?"

„Von Sahne muss ich würgen."

Was nun? „Wenigstens den Blätterteigdeckel, wenn wir die Sahne sorgfältig abkratzen? Aber das ist natürlich nicht das Gleiche. Isst du überhaupt keinen Kuchen?"

„Fast nie. Höchstens einen Käsekuchen."

Lukas sprang auf. „Das haben wir gleich."

„Nein, lass", hörte er Franzi hinter sich herrufen. Aber das wollte er nicht gelten lassen. Er hatte es mit der Kuchenbestellung gut gemeint und wollte nun nicht im Raum stehen lassen, dass Franzi darauf verzichten musste.

„Bringen Sie bitte noch ein Stück Käsekuchen an unseren Tisch. Vielen Dank.“

„Hörst du eigentlich nie zu, wenn man dir was sagt?“

„Nicht immer, aber öfters“, konterte er mit einem Grinsen.

Er konnte sich ein Schmunzeln nicht verkneifen, als er Franzi beim Essen zusah. Dieses Mal schien er die richtige Wahl getroffen zu haben, wenn er ihr Hm und Ah richtig deutete.

Wenig später lehnte sich Franzi zurück und hielt eine Hand an ihren Bauch. „Der war wirklich lecker. Das war genug für heute. Ein Abendessen brauche ich nicht mehr.“

„Bist du sicher? Wir haben doch erst Nachmittag.“

„Für mich reicht es. Immerhin hat deine Mutter uns auch schon zweimal reichlich beköstigt. Aber tu du dir keinen Zwang an, ich habe kein Problem damit, wenn du nachher noch essen gehen willst. Es war ja sowieso ausgemacht, dass wir getrennte Wege gehen außerhalb unseres Auftrags.“ Sie runzelte die Stirn. „Was ist das hier eigentlich?“

„Du kannst es Arbeitsessen nennen. Immerhin musste ich dich darüber informieren, dass ich vorhin Kontakt aufnehmen konnte.“

„Stimmt ja.“

Sie schien tatsächlich erleichtert. Wieso sah sie das so eng?

10 Franzi

Glücklicherweise hatte sich Lukas am Abend verabschiedet, um noch etwas zu essen. Das gab ihr reichlich Zeit, in Ruhe zu duschen. Allerdings bereitete ihr die Sache mit dem Doppelbett immer noch arge Bauchschmerzen. Ob sie auf dem Sessel schlafen sollte? Die ganze Nacht im Sitzen war sicherlich ziemlich unbequem, auch wenn sie die Beine auf dem Hocker ablegen konnte. Verdammter Mist! Wieso war sie finanziell so klamm? Wäre sie es nicht, säße sie jetzt in ihrer Wohnung und nicht hier auf dieser zugegebenermaßen auf den ersten Blick sehr schönen Nordseeinsel.

Sie zog die Wohnungstür hinter sich zu. Unter der Dusche war ihr eine halbwegs akzeptable Idee gekommen, die sich hoffentlich verwirklichen ließ. Im Eingangsbereich traf sie auf Lukas' Mutter, die gerade ein Plakat für irgendeine Veranstaltung aufhängte.

„Frau Wegener, ich habe eine Bitte. Hätten Sie ein extra Gästebett zur Verfügung? Oder wenigstens eine Matratze?"

Lukas' Mutter fielen fast die Augen aus dem Kopf. „Aber warum das, meine Liebe? Haben Sie etwa Streit mit Lukas?"

Ständig, hätte sie am liebsten geantwortet. „Ich … also, ich kann einfach nicht mit Ihrem Sohn in einem Doppelbett schlafen. Er hat mich für diesen Auftrag angeheuert, ich kann doch nicht … also quasi mit meinem Auftraggeber in einem Bett schlafen."

„Es tut mir wirklich leid, meine Liebe. Ich habe nur zwei Gästebetten und die stehen zurzeit in anderen Wohnungen und werden auch genutzt."

Franzi fiel buchstäblich in sich zusammen. Also doch der Sessel. „Okay. Es war wenigstens ein Versuch."

„Ich weiß zwar nicht, ob Ihnen das hilft, aber wenn Sie es ganz genau nehmen, bin ich eigentlich die Auftraggeberin. Auch wenn ich Sie nicht direkt anheuerte." Lieselotte Wegener tätschelte Franzis Arm und sah sie mit forschendem Blick an. Franzi war sich nicht sicher, ob sie wissen wollte, was hinter ihrer Stirn vor sich ging. Plötzlich glitt ein Strahlen über ihr Antlitz.

„Mir kommt da gerade eine Idee. Kommen Sie doch kurz mit in meine Wohnung, meine Liebe. Vielleicht finden wir etwas, das Ihr Problem ein kleines bisschen mildert."

„Das wäre wunderbar." Franzi folgte Lukas' Mutter bis zur Wohnungstür und stoppte. „Ich warte hier." Sie war sich nämlich nicht sicher, ob sie in der Wohnung nicht vielleicht auf Lukas traf.

„Wie Sie möchten. Bin gleich wieder da."

Kurz darauf kam Frau Wegener mit einem überlangen Kissen an die Tür. „Ich habe hier noch so ein Seitenschläferkissen oder wie man das nennt. Frisch bezogen. Das habe ich vor einigen Jahren angeschafft, nachdem ein Gast danach gefragt hatte. Seitdem liegt es nur im Schrank rum. Aber ich denke, das könnten Sie in die Mitte des Bettes legen – als Abgrenzung sozusagen." Lukas' Mutter zwinkerte mit amüsiertem Lächeln. „Damit Lukas Ihnen nicht auf den Leib rückt."

Genau das war der Plan. „Das ist besser als nichts."

„Allemal. Und wenn Ihnen Lukas doch zu nahe kommt, hauen Sie ihm einfach auf die Finger."

Sosehr sie diese Sache nervte und ihr auf dem Magen lag, dank dieses Vorschlags konnte sie sich ein lautes und, wie sie feststellte, ziemlich befreiendes Lachen nicht verkneifen.

Lachen ist die beste Medizin, hatte schon ihre Oma stets gesagt.

„Vielen Dank, ich denke, so wird es gehen." Mit dem Kissen unterm Arm eilte Franzi zurück in die Ferienwohnung und präparierte gleich darauf das leidige Doppelbett. Perfekt. Na ja, fast. Trotz allem war ihr das immer noch viel zu viel Nähe. Wenn sie ihn wenigstens mögen würde …

Sie wandte sich vom Bett ab. Womit sollte sie sich den Abend vertreiben? Noch mal rausgehen? Dazu konnte sie sich nicht mehr aufraffen. Immerhin hatte sie in der vergangenen Nacht viel zu wenig geschlafen, obwohl sie während der Autofahrt geschlummert hatte. Am besten wäre es, sie läge im Bett, wenn Lukas zurückkam. Dann konnte sie zumindest so tun, als würde sie bereits schlafen. Doch vorher wollte sie Lotta mit reichlich Fotos vom Strand versorgen.

Das sieht ja super aus, schrieb Lotta postwendend zurück. Ich beneide dich. Herzchensmiley.

Ich glaube nicht, dass du mich noch beneidest, wenn du erfährst, dass ich mir mit dem Bertram ein Doppelbett teilen muss. Augenrollender Smiley.

Oh doch. Grinsender Smiley.

Lotta war unverbesserlich. Auf diesen Kommentar wollte Franzi lieber nicht antworten, denn das hätte zur Folge, dass ihre liebe Schwester versuchen würde, ihr die Vorzüge eines Mannes im Bett darzulegen. Und darauf hatte sie keinen Bock.

Und wie läuft's sonst so?

Franzi gab einen kurzen Bericht vom Tag ab, dann verabschiedete sie sich.

Viel Spaß … wobei auch immer. Zwinkersmiley.

Dass Lotta immer das letzte Wort haben musste.

Franzi legte das Handy beiseite. Sie zog sich ihr Schlafshirt an und war froh, dass sie nicht unter Lukas' Blicken damit herumlief. Aufatmend schlüpfte sie mit dem Roman, den sie mitgenommen hatte, unter die Bettdecke. Bequem schien das Bett zu sein. Wenigstens etwas. Nach wenigen Seiten verschwammen die Buchstaben vor ihren Augen und sie gähnte ungeniert. Sie war wirklich hundemüde. Dabei war es erst kurz vor halb neun. Sie legte das Buch mangels Nachtschrank auf den Boden und prüfte noch einmal, ob die Barriere neben ihr richtig platziert war. Dann kuschelte sie sich unter die Decke und schloss die Augen. Zum Glück war Lukas noch nicht … Sie schaffte es nicht mal, den Satz zu Ende zu denken.

Es war kurz nach Mitternacht, wie Franzi auf dem Display des Handys erkannte. Neben ihr waren leise und regelmäßige Atemzüge zu hören. Lukas! Sie hielt den Atem an, lauschte. Wann war er in die Wohnung, ins Bett gekommen? Zum Glück hatte sie das nicht gehört. Leise stand sie auf, weil sie dringend auf die Toilette musste. Hoffentlich weckte sie ihn dadurch nicht. Beinahe lautlos schlüpfte sie Minuten später wieder ins Bett. Einzig die Toilettenspülung war ihr überlaut vorgekommen. Doch Lukas schien das nicht gehört zu haben. Sein Atem ging noch genauso ebenmäßig wie vorher. Franzi blieb dicht am Bettrand liegen, um so weit wie möglich von ihm weg zu liegen. Seine Nähe irritierte sie ungemein. Doch dank der Dicke des Kissens fühlte sie sich Lukas nicht mehr ganz so ausgesetzt. Aber warum klopfte ihr Herz viel schneller und lauter, als es normalerweise der Fall war?

Sie brauchte eine ganze Weile, um wieder zur Ruhe zu kommen.

Noch ehe Franzi die Augen aufschlug, spürte sie ihn – seinen Blick. Sie versuchte weiterhin gleichmäßig und ruhig zu atmen, damit es den Anschein hatte, als ob sie fest schlief. Doch das Herz schlug ihr bis zum Hals und sie war sich fast sicher, dass Lukas es hören konnte. Verdammt, ausgerechnet jetzt kribbelte es in ihrer Nase. Doch je mehr sie dieses lästige Kribbeln zu ignorieren versuchte, desto mehr plagte es sie.

„Guten Morgen. Ich weiß, dass du längst wach bist", drang plötzlich Lukas' leise Stimme in ihr Bewusstsein.

Sie ignorierte ihn. Verdammt, dieses Kribbeln!

Er lachte leise. Wieso lachte er? Irgendwas zupfte an ihren Haaren. Lukas! Sie riss die Augen auf. Sein Gesicht schwebte viel zu nah über ihrem. Sie schluckte trocken. Er hatte es tatsächlich gewagt, sich über die Barriere zu beugen. Trotz der Dämmerung, die im Zimmer herrschte, glaubte sie, in seinen Augen ein amüsiertes Funkeln zu entdecken. Ein Sonnenstrahl, der sich zwischen den Ritzen der Außenjalousie hindurchstahl, ließ einen Streifen seines honigblonden Haares regelrecht leuchten. Erst jetzt registrierte sie, dass er eine ihrer Locken zwischen seinen Fingern hielt und gerade versuchte, sie damit an der Nase zu kitzeln. Hatte er das eben auch schon getan? Unwirsch wischte sie seine Hand beiseite und schoss einen verärgerten Blick in seine Richtung, der hoffentlich die Fronten zwischen ihnen wieder zurechtrückte.

„Guten Morgen“, wiederholte er. „Ich hoffe, du hast gut geschlafen.“

„Hätte besser sein können.“

„Vielleicht liegt das an diesem merkwürdigen Ding hier.“

„Das hättest du wohl gern.“

„Wo kommt das eigentlich her? Ich kann mich nicht erinnern, dass du das mitgebracht hast.“

„Deine Mutter war so freundlich.“

Lukas’ Augenbrauen zogen sich zusammen. Sicher war er jetzt sauer auf seine Mutter, weil sie sich unbewusst auf ihre Seite geschlagen hatte. Innerlich frohlockte sie. Es wurde höchste Zeit, dass er nicht mit allem, was er plante oder wollte, bei der weiblichen Bevölkerung durchkam.

„Wer geht zuerst ins Bad?“, wechselte Lukas das Thema.

„Ich, war schließlich so abgemacht.“ Noch ehe Lukas antwortete, erhob sich Franzi und schob die Beine aus dem Bett. Die Kleidung für den heutigen Tag hatte sie sich schon gestern Abend zurechtgelegt. Eine Jeans, T-Shirt und einen Pullover darüber. Bequem und praktisch halt und für alle Wetter passend. Kurz vor der Badezimmertür stoppte Franzi und sah sich nach Lukas um, der, beide Arme hinter dem Kopf verschränkt, noch im Bett lag und ihr hinterherblickte. „Wo frühstücken wir eigentlich?"

„Hier."

„Wie, hier? Dazu müsste einer von uns erst mal einkaufen."

„Das Nötigste haben wir bereits. Fehlen nur noch frische Brötchen."

„Aber woher ...?"

„Ich war gestern, kurz bevor der Supermarkt schloss, noch einkaufen."

Darauf war sie nicht vorbereitet und so viel Umsicht hatte sie ihm auch nicht zugetraut. Sie hatte ja selbst mit keiner Silbe ans Frühstück gedacht. „Okay." Damit schlüpfte sie ins Bad. Zu ausführlicheren Lobeshymnen konnte sie sich nicht überwinden.

Als sie die Badtür wieder öffnete, wehte ihr der Duft frisch gebrühten Kaffees entgegen. Hervorragend. Den konnte sie gebrauchen. Doch wo war Lukas abgeblieben? Sein Bett war leer. Da entdeckte sie eine WhatsApp von ihm auf ihrem Handy.

Da ich vermute, dass du zuerst auf dein Telefon schaust, habe ich mir einen Zettel auf dem Tisch erspart. Ich bin Brötchen holen.

Er ging direkt vom Bett aus zum Bäcker? Was für ein Elan und mutig obendrein, sich ohne Waschen und Zähneputzen in die Öffentlichkeit zu wagen. Aber ihr sollte es recht sein, wenn sie dafür nicht losmusste. Während sie darauf wartete, dass Lukas zurückkam, deckte sie den Tisch. Sie staunte, was er am Vorabend alles eingekauft hatte. Das reichte locker für ein paar Tage. Und sogar ihre Lieblingsmarmelade hatte er erwischt – Sauerkirsche mit ganzen Früchten.

„Was liegt heute an?", fragte Franzi und biss genüsslich in ihr Marmeladenbrötchen. Während sie kaute, beobachtete sie Lukas, der eben sein Ei köpfte. „Ich hoffe, du magst sie weich gekocht."

Er verzog das Gesicht. „Nur weich gekocht. Hartes Eigelb ist staubtrocken und mich schüttelt es regelrecht, wenn ich das essen muss." Er zwinkerte ihr zu. „Glücklicherweise zwingt mich, im Gegensatz zu meiner Kindheit, kaum noch jemand dazu."

„Deine Mutter hat dich gezwungen?"

„Sie nicht, aber mein Vater. Weil er nur hart gekochte Eier wollte und es nicht einsah, dass meine Mutter für mich eine Extrawurst briet."

„Du Ärmster. Aber nun sag, was wir heute machen. Wie wollen wir es anstellen, mit den beiden nebenan? Wir können ja wohl schlecht bei denen anklopfen. Oder sollen wir etwa vor unserer Wohnungstür campieren, damit wir nicht verpassen, wenn sie ihre Wohnung verlassen?"

„Wir können uns Fahrräder aus dem Keller meiner Mutter holen und ich schraube vorm Haus ein bisschen daran herum. Luft aufpumpen, Sattel verstellen. Das ist meiner Meinung nach am unverfänglichsten. Außerdem musst du erst mal einige Proberunden fahren, bis du das richtige Rad für deine Größe gefunden hast. Das dauert." Lukas zwinkerte ihr zu.

Franzi kicherte. „Du hast recht. Ich bin immer so wählerisch. Das wird mindestens so lange dauern, bis die beiden aus dem Haus kommen." Sie stand auf und holte die Kaffeekanne von der Maschine, um ihnen noch eine Tasse einzuschenken. „Wir sollten uns nicht mehr allzu lange mit dem Frühstücken aufhalten. Immerhin wissen wir noch nicht, ob die beiden Frühaufsteher oder Langschläfer sind. Morgen können wir uns sicher besser darauf einstellen."

Zwanzig Minuten später verließ Lukas die Wohnung, um sich im Fahrradkeller umzusehen. Die Wohnungstür ließ er angelehnt, damit Franzi besser hören konnte, wenn nebenan die Wohnungstür klappte. Währenddessen räumte sie den Tisch ab und spülte das Geschirr – ganz darauf bedacht, möglichst leise zu sein. Als sie fertig war, hatte sich nebenan immer noch nichts gerührt. Dabei war es schon nach halb elf. Vermutlich hatten sie es mit einem Langschläferpärchen zu tun. Sie packte den Rucksack für den Tag mit Getränken und ein bisschen Obst. Auch daran hatte Lukas gestern Abend gedacht. Er erstaunte sie in den letzten beiden Tagen immer wieder. Vielleicht war er ja doch nicht so ein Blödmann, wie sie in den vergangenen Monaten angenommen hatte.

Franzi schnürte sich gerade die Sneakers, als eine Tür klappte. Rasch riss sie ihre Wohnungstür weiter auf und platzierte den Rucksack davor. Noch schnell die rote Softshelljacke vom Haken und schon stürmte sie nach draußen. Fast wäre sie mit einer jungen Frau zusammengeprallt, die sichtlich erschrocken dreinblickte.

„Tschuldigung", murmelte Franzi. „Ich bin aber auch ungeschickt. Allerdings nur, weil ich in Eile bin. Hatte auch nicht damit gerechnet, dass ich in jemanden reinrausche." Insgeheim klopfte sie sich auf die Schulter. „Ich bin übrigens Franzi. Wir sind gestern erst angekommen. Wer seid denn ihr?" Erwartungsvoll sah sie das Paar an, das mit Sicherheit der Grund für ihre Reise nach Amrum war. Nebenbei schnappte sie sich den Rucksack und zog die Tür zu. „Lukas, also mein Freund, ist schon unten und schaut sich nach passenden Fahrrädern um. Habt ihr einen Tipp, wohin wir unbedingt radeln sollten? Wir sind nämlich zum ersten Mal hier und da die Reise ziemlich spontan kam, hatte ich kaum Zeit, mich vorher schlauzumachen."

„Leuchtturm, Windmühle in Nebel und überhaupt das hübsche Örtchen. Holt euch am besten einen Inselplan aus der Touristinfo oder fragt die Vermieterin danach", schlug die junge Frau vor. Ihr Begleiter schwieg bisher.

„Das ist eine gute Idee. Vielen Dank. Was habt ihr denn vor? Kennt ihr euch schon gut aus?"

„Wir machen eine Strandwanderung zur Odde."

„Mal sehen …", murmelte der Typ zeitgleich.

Die beiden marschierten vor Franzi den Flur entlang und fast sah es so aus, als beeilten sie sich. Wollten die beiden etwa ihrem Gequatsche, das einzig und allein der Kontaktaufnahme diente, entkommen?

„Ach, da ist ja Lukas schon mit den Fahrrädern. Hallo, Schatz." Sie hob die Hand und winkte Lukas zu. Sie konnte kaum glauben, dass sie das eben tatsächlich gerufen hatte. Auch wenn er sich bemühte, sein Grinsen damit zu tarnen, dass er am Sattel herumfummelte, so hatte sie es doch wahrgenommen. Sicherlich würde er sie in Zukunft damit aufziehen. „Lukas, schau mal, ich habe unsere Wohnungsnachbarn getroffen. Sie wollen zur Odde. Da könnten wir doch auch mal hin." Dabei wusste sie nicht mal, was Odde überhaupt bedeutete. Aber das machte nichts, das konnte sie später recherchieren oder einfach Lukas danach fragen.

„Moin", begrüßte Lukas das Paar. „Da wünsche ich euch einen schönen Ausflug."

„Danke."

„Vielleicht könnten wir mal was zusammen unternehmen", schlug Franzi dem Paar vor, das inzwischen an Lukas und den Fahrrädern vorbeiging. „Abends mal auf ein Bier oder so?"

„Vielleicht", rief die junge Frau über ihre Schulter hinweg.

Franzi stellte den Rucksack neben den Fahrrädern ab. „Mist. Jetzt habe ich total vergessen, die beiden nach ihren Namen zu fragen. Unsere Vornamen habe ich ihnen verraten."

Lukas wies auf das kleinere der Räder. „Probier mal, ob du damit klarkommst."

„Du willst wirklich eine Radtour machen? Ich dachte, das Ganze hier war nur, damit du beschäftigt aussiehst, wenn sie auftauchen."

„Nenn es einfach Vor-Ort-Recherche, damit du dich hier besser auskennst, falls du sie mal ohne mich beschatten musst. Das ist auf jeden Fall vorteilhafter, als wenn du keine Ahnung hast, wo du dich aufhältst."

Franzi gab sich geschlagen. Sie wusste, dass er recht hatte. Obwohl sie den Tag lieber allein verbringen würde. Aber okay, sie war ja nicht auf Urlaub hier und Lukas hatte sie engagiert. Da musste sie wohl oder übel auf seine Vorschläge eingehen. „Wohin soll es gehen? Kann man zur Odde auch mit dem Rad fahren? Wäre doch super, wenn wir da auf die beiden treffen. Meinst du nicht? Sie wollen allerdings über den Strand wandern."

„Die Odde ist ein Naturschutzgebiet. Es gibt einen Fahrradweg auf dem Teerdeich und einen, der hinterm Deich durch die Marsch führt. Die führen zu einem Fahrradparkplatz. Ab da geht es nur zu Fuß weiter. Wenn wir den Rundweg nehmen, kommen wir auf der Strandseite zurück."

„Und was ist dann mit den Rädern?"

„Es gibt einen Übergang durch die Dünen zum Abstellplatz."

„Und was gibt es an der Odde Besonderes zu sehen?"

„Natur. Ganz viel Natur. Strand natürlich, Dünen, da oben ist auch der Startpunkt für Wattwanderungen rüber nach Föhr. Du kannst nach Sylt rübersehen, aber das kannst du sowieso hier oben vom Strand aus. An der Nordspitze kannst du Seehunde beobachten. Allerdings nur durchs Fernrohr. Ist ja klar, dass man nicht nahe ran darf."

Für wie blöd oder unsensibel der Natur gegenüber hielt er sie eigentlich? Sie schluckte eine empörte Antwort hinunter und entschied sich für eine weitaus seichtere. „Das ist so was von klar. Was denkst du von mir?"

Lukas legte den Kopf schief und sah sie mit herausfordernd funkelndem Blick an. „Ich bin mir nicht sicher, ob du das wirklich hören willst."

„Pah!“ Zu mehr ließ sie sich nicht hinreißen und begutachtete stattdessen das Rad, das er für sie aus dem Keller geholt hatte.

„Nun dreh eine Runde. Wird Zeit, dass wir loskommen.“

Lukas hatte das richtige Augenmaß gehabt. Sogar die Sattelhöhe passte. „Nun komm“, rief sie ihm zu und fuhr die Straße hinunter. Am Ende des Dünemwais bremste sie ab und sprang vom Rad. Wieso kam Lukas nicht hinterher? Nach einer Weile fuhr sie die Straße wieder hinauf und bog in den Hof des Appartementhauses ein. Von Lukas keine Spur. Das Fahrrad und der Rucksack standen einsam und verlassen da. Wo war er hin? Seiner Mutter einen guten Morgen wünschen? Noch mal aufs Klo?

Da könnte sie besser auch noch mal hin, bevor sie losfuhren. Der Morgenkaffee war durchgelaufen, wie eine frühere Kollegin immer sagte. Kurz wurde Franzi an ihre Zeit vor ihrer Detektivtätigkeit erinnert und damit auch an den Grund, weshalb sie den Beruf hatte aufgeben müssen. Sie kniff einen Moment die Augen fest zusammen und schüttelte heftig den Kopf. Manchmal half das. Sie stellte ihr Rad neben Lukas’ ab und sprintete ins Haus. Er würde schon warten, sollte sie ihn nicht in der Wohnung antreffen.

„Lukas! Bist du hier?“, rief sie, als sie die Wohnungstür aufdrückte. Er antwortete nicht. Sie klopfte an die Badezimmertür. „Bist du da drin?“ Nicht auszudenken, wenn sie ins Bad stürmte und er … Sie rümpfte die Nase. Dieses Szenario wollte sie besser nicht zu Ende denken. Als sie keinerlei Lebenszeichen von ihm vernahm, wagte sie, die Tür zu öffnen. Sie sollte sich beeilen, damit sie nicht den ganzen Vormittag mit Nichtigkeiten verbrachten. Vielleicht hatten sie ja Glück und begegneten im Laufe ihres Ausflugs ihren Wohnungsnachbarn. Je öfter sie aufeinandertrafen, desto schneller bestand die Möglichkeit, sich anzufreunden. Ein guter Kontakt zu denen vereinfachte ihre Arbeit sichtlich. Als sie kurz darauf aus dem Haus trat, wartete Lukas mit verschränkten Armen an den Rädern. Der Rucksack steckte im Fahrradkorb seines Drahtesels.

„Wo warst du so lange?"

„Könnte ich dich auch fragen."

„Meine Mutter wollte noch was von mir."

„Habe ich mir schon gedacht. Ich war noch kurz … egal."

Lukas zwinkerte ihr zu. „Kann ich mir schon denken. Ich war auch noch mal."

Das war ein Thema, das sie nicht vertiefen wollte. „Also los. Fahr du vorweg, du kennst dich ja bestens aus."

„Wirst du mir auch folgen?"

Das hätte er wohl gern, dass sie jetzt Ja sagte.

11 Lukas

Es war gut, dass er sich nach Franzis Hinweis mit der Odde spontan umentschieden hatte. Seinen eigentlichen Plan, nach Nebel und anschließend zum Leuchtturm zu radeln, konnten sie an einem anderen Tag nachholen. Jetzt neben Franzi durch den Sand zu stapfen, war einfach perfekt. Ihre begeisterten Ausrufe, als sie die Seehunde beobachteten, waren ihm direkt ins Herz geschossen. Außerdem entwickelte sie eine Leidenschaft fürs Muschelsammeln. Mittlerweile überreichte sie ihm sogar die eine oder andere, weil ihre Jackentaschen schon überquollen und sie fürchtete, im Rucksack könnten sie von den Getränkeflaschen zerdrückt werden.

Hätte ihm jemand vorhergesagt, wie sehr sie sich wandeln konnte und dass sie durchaus ohne bissige Kommentare in seine Richtung auskam, er hätte es nicht geglaubt.

„Meinst du, wir treffen die beiden noch?", holte ihn Franzi in die Gegenwart zurück.

Mittlerweile stapften sie über den Kniep zurück Richtung Norddorf, aber ihren Wohnungsnachbarn waren sie bisher nicht begegnet. Machte aber nichts, die ungezwungene Atmosphäre zwischen ihm und Franzi war ihm viel wichtiger.

„Noch mehr?", staunte er, als sie ihm einige Austern in die Hand drückte. „Wenn das in den nächsten Tagen so weitergeht, könnte der Platz im Wagen knapp werden."

Franzi wischte sich die eine Locke, die ihr immer wieder vor die Augen wehte, mit Schwung beiseite und lachte ihn an. „Du übertreibst maßlos. So viele sind das nun auch nicht."

„Wer weiß, was du in den nächsten Tagen noch alles findest."

„Ich kann ja immer noch aussortieren und die, die ich doch nicht so schön finde, zurück an den Strand bringen. Oder vielleicht kann ich sie auch im Vorgarten deiner Mutter deponieren. Ich frage sie mal."

Und wieder bückte sie sich. Schmunzelnd beobachtete er ihre beinahe kindliche Freude. Er würde den Teufel tun, sie noch einmal an ihrem neuen Hobby zu hindern. Es schien ihr gutzutun.

„Machst du mal ein Foto von mir? Damit ich außer den Muscheln eine Erinnerung an all das hier habe." Während sie das sagte, breitete sie die Arme aus, als wollte sie die gesamte Insel umfassen. Ihn eingeschlossen? Diesen Gedanken sollte er besser nicht weiterverfolgen. Er nahm ihr Handy entgegen und schon lief sie hinunter zum Wasser. Dort breitete sie wieder ihre Arme aus und erneut wünschte er sich, sie wollte auch ihn umarmen. Sie sah entspannt und beinahe glücklich aus, obwohl er nicht wissen konnte, wie sie aussah, wenn sie glücklich war. Wo sie ihm gegenüber doch fast immer auf Krawall gebürstet war. Bis auf heute, da hatte sie sich wundersamerweise gewandelt. Lag das an der Seeluft? Oder war ihr bewusst geworden, dass er nicht der Mistkerl war, für den sie ihn bisher gehalten hatte? Er hoffte, dass sich das Verhältnis zwischen ihnen auf Dauer positiv veränderte und nicht nur eine Momentaufnahme blieb.

„Bist du so lieb und machst auch von mir ein Foto?", rief er ihr zu.

„Na klar." Sie kam über den Strand gerannt, ihre Wangen leicht gerötet, was er an dem Wind festmachte, der ihnen seit geraumer Zeit direkt von vorne ins Gesicht blies.

Sie sah zauberhaft aus und er musste sich zurückhalten, sie nicht einfach an sich zu ziehen und zu küssen. Doch ihm war klar, dass er es sich damit mit ihr verscherzen würde, also blieb ihm nichts anderes übrig, als diese Sehnsucht zu unterdrücken. Er gab ihr das Handy zurück und hoffte, dass sich das aufgekommene positive Gefühl, das sie augenscheinlich gerade in sich trug, in den nächsten Stunden und Tagen festigte.

„Soll ich dich auch unten am Wasser knipsen?"

„Fotografiere einfach drauflos. Die Dünen als Hintergrund sind auch ein schönes Motiv."

„Okay, sag Spaghetti."

Den Gefallen tat er ihr gerne.

„Ups, jetzt habe ich dich glatt mit meinem Handy fotografiert."

Das war ihm sofort aufgefallen, doch er hatte absichtlich geschwiegen. Jetzt hatte sie ihn in ihrer Fotogalerie. Er hoffte sehr, dass sie ihn nicht gleich wieder löschte.

„Dann schick mir die Aufnahmen einfach."

„Okay." Sie schob ihr Handy zurück in die Hosentasche. „Wollen wir uns einen Augenblick oben am Dünenrand niederlassen? Ich könnte was zu trinken und zu essen vertragen."

„Ich hätte nie gedacht, dass es mir hier so gut gefällt. Mit der Nordsee hatte ich nie was am Hut. Allein der Gedanke, dass man nicht baden gehen kann, wann man will, weil das Wasser mal wieder weg ist, hat mich davon abgehalten, es wenigstens zu versuchen. Ganz sicher kommt das durch die Meinung meiner Mutter, die mir das schon in der Kindheit einimpfte. Ich hatte keine Ahnung von diesem Wahnsinnsgefühl, das einen überkommt, wenn man an einem unendlich erscheinenden Strand steht oder diese unglaubliche Dünenlandschaft kennenlernt."

„Warte ab, bis ich dir meine Lieblingsstelle zeige."

„Da bin ich echt gespannt. Verrätst du mir ein klitzekleines bisschen?" Sie legte ihren Kopf schräg und ihre grünen Augen blitzten ihn an – auf eine Art, die ihm durch den gesamten Körper schoss. Was zum Teufel stellte sie mit ihm an? Er wollte den Blick von ihr wenden, damit sie ihn nicht noch mehr durcheinanderbrachte, aber er konnte ihn nicht von ihr lösen. Er musste sie berühren. Aber wie, wenn er befürchten musste, dass sie das auf die Palme brachte? Er hob seine Hand, zupfte an ihrer gelockten Strähne, die sich immer wieder verselbstständigte, und schob sie behutsam zurück unters Stirnband. „Da hatte sich ein kleiner Käfer verfangen", murmelte er mit belegter Stimme. Diese klitzekleine Flunkerei kam ihm ganz leicht über die Lippen. „Meine Lippen bleiben übrigens versiegelt."

„Schade." Ihr Schmollmund war zu süß und zog ihn magisch an. Als sich ihre Augen weiteten, wurde ihm bewusst, dass sich sein Gesicht ihrem tatsächlich genähert hatte. Das Geschrei zweier Möwen, die sich laut streitend unweit von ihnen niederließen, lenkte sie beide ab. Lukas versuchte, seinen Puls und seine Atmung wieder unter Kontrolle zu bekommen. Franzi zog den Rucksack hektisch zu sich heran und wühlte darin herum. Er merkte ihr an, wie verwirrt sie war. Was war er für ein Idiot, ihre gute Laune und die tolle Stimmung zwischen ihnen aufs Spiel zu setzen, weil er den Wunsch verspürt hatte, sie zu küssen. Dabei hatte sie ihn oft genug spüren lassen, dass sie ihn nicht ausstehen konnte.

Das Leben konnte manchmal echt kompliziert sein und die Sache mit den Frauen sowieso.

Er sprang auf die Füße, schob die Hände in die Hosentaschen und blickte hinaus aufs Meer. „Wollen wir weiter?"

„Ja, ist ja schließlich kein Urlaub." Sie schloss den Reißverschluss des Rucksacks und hängte ihn sich um. „Jetzt bin ich mal dran mit Tragen."

Wortlos setzten sie den Weg fort. Dass Franzi ganz in Gedanken versunken war, merkte er daran, dass sie sich nicht mal mehr nach Muscheln bückte. „Wenn ich nur wüsste, wieso wir die beiden nicht treffen", sagte sie nach einer Weile.

Das hatte er sich auch schon gefragt. „Sicher haben sie ihre Pläne spontan geändert."

„Was es uns nicht gerade leicht macht."

„Könnte sein, dass sie kein Interesse daran haben, sich mit anderen Urlaubern anzufreunden. Falls sie wirklich was auf dem Kerbholz haben, wäre das verständlich."

„Andererseits hätten sie es einfacher, sich nach weiterem Diebesgut umzuschauen." Franzi zog ihre Stirn kraus, das erkannte er bei einem Seitenblick auf ihr Profil.

„Aber wer weiß schon, wie die ticken."

„Wir versuchen es morgen noch mal. Mit ganz viel Glück begegnen sie uns doch noch. Vielleicht auch später im Ort, wenn wir zu Abend essen."

„Wir?"

„Natürlich. Oder willst du heute nichts mehr essen?"

Franzi legte ihre Hand auf den Bauch und lachte. „O doch. Hast du das Knurren meines Magens vorhin etwa nicht gehört?"

„Ehrlich gesagt könnte ich auch schon was vertragen. Hast du eine bestimmte Vorliebe?"

„Solange nicht dick Sahne drauf ist, ist mir heute alles egal. Hauptsache, mein Magen wird bald gefüllt."

Mit einem Mal wurde die Stimmung zwischen ihnen wieder unbeschwerter. Darüber war er sehr froh. Sie nahm sogar das Muschelsammeln wieder auf.

Viel zu schnell erreichten sie den Dünenübergang, der zurück zum Fahrradparkplatz führte.

„Warte, ich muss von hier oben unbedingt noch ein paar Fotos schießen." Franzi knipste zu allen Seiten, begleitet von begeisterten Ausrufen. Als sie ihr Handy sinken ließ, sah sie ihn verschmitzt an. „Sag, ist das hier etwa dein Lieblingsplatz? Ich könnte es total verstehen."

Lukas schmunzelte über ihren Eifer. „Nein, ist er nicht. Aber er steht ziemlich weit oben auf der Beliebtheitsskala."

Franzi drehte sich noch mal um, als sie den Weg über die Dünen schon fast hinter sich gelassen hatten, und stürmte den sandigen Weg wieder hinauf. „Unglaublich! Warum hast du mich vorhin nicht hier raufgeführt? Ich finde es absolut fantastisch, wenn man erst nur den sandigen Weg vor Augen hat und sich dann ganz oben diese Weite, das Meer und der fast weiße Kniep vor einem auftun." Wieder zückte sie das Handy, dabei hatte sie das alles schon vor der Linse gehabt. „Lukas Bertram, ich bin dir fast dankbar, dass du mir das hier ermöglichst."

Es dauerte noch eine Weile, bis sie sich losreißen konnte und zu ihm heruntergelaufen kam. Seine Arme zuckten und ihm wurde bewusst, dass er sie am liebsten ausgebreitet hätte, um sie aufzufangen. Doch dann schob er die Hände zurück in die Jackentaschen. Was war er für ein Feigling, grummelte es in ihm, als sie nebeneinander zu ihren Fahrrädern marschierten.

„Was hältst du davon, wenn wir gleich auf dem Rückweg im Ort anhalten und was essen? Mir hängt der Magen allmählich in den Kniekehlen."

Franzi sah ihn von der Seite her an und lächelte so süß, dass es in seinem Bauch plötzlich anfing zu flattern.

„Prima Idee. Seeluft macht wirklich hungrig. Hast du schon eine Idee, wo wir hingehen könnten?"

„Wie wäre es mit Fisch?"

Franzi rümpfte die Nase. „Ich bin nicht so der Fischtyp."

„Es gibt da auch Fleischgerichte und wenn ich mich recht erinnere, sogar was Vegetarisches."

„Dann werde ich bestimmt was für mich finden. Fahr du vorweg und ich folge dir unauffällig."

Das ließ er sich nicht zweimal sagen.

12 Franzi

Technomusik wummerte durch die Nacht. Flammen loderten aus einem Metallfass.

„Naumann! Deckung! Der hat 'ne Knarre!" Das war Krügers Stimme. Aber der war doch tot.

Franzi duckte sich hinter einen Bretterverschlag. Die Waffe in ihren Händen zitterte. Ein Knall übertönte den Technolärm.

Qualvolles Stöhnen drang an ihr Ohr.

Wieder ein Schuss. Vor ihr splitterte Holz. Irgendwas riss sie von den Füßen und schleuderte sie zu Boden. Sekunden später drang ein höllisches Brennen in ihre Wahrnehmung und erneut ein dumpfes Stöhnen. Sie biss sich auf die Unterlippe. Scheiße, sie war getroffen worden. Es tat so entsetzlich …

„Franzi, was ist mit dir?" Wie durch Nebel drang eine männliche Stimme in ihr Bewusstsein. Starke Arme umfassten sie. Sie spürte einen gleichmäßigen, kraftvollen Herzschlag direkt an ihrer Wange. Der Typ roch wie Lukas. Aber wieso roch der Rettungssanitäter wie der Mann, der ihr die Aufträge wegschnappte?

„Du hast schlecht geträumt", flüsterte die Stimme dicht neben ihr, die sich ebenfalls wie die von Lukas anhörte.

Es dauerte eine Weile, bis sie klar denken konnte. Sie war schweißgebadet. Wie jedes Mal, wenn dieser schreckliche Traum kam, der sie seit damals alle paar Wochen heimsuchte. Wenn es ganz schlimm war, lagen zwischen den Albtraumnächten nur wenige Tage. Das machte sie besonders fertig. Doch irgendwas war jetzt anders als sonst. Lukas! Sie lag dicht an seiner Brust, konnte jeden seiner Herzschläge überdeutlich spüren. Seine Finger strichen zart über ihren nackten Arm. Auf und ab. Auf und ab.

„Sch… sei ganz ruhig. Es wird gleich besser", flüsterte er in ihr Haar.

Wenn er wüsste. Aber er hatte keine Ahnung von der Pein, von der Panik, die sie überfiel, wenn sich das Erlebte in ihren Träumen wiederholte. Die Stelle, wo sie getroffen worden war, pochte. Wie jedes Mal, wenn dieser Albtraum sie heimsuchte.

Wo war eigentlich die Barriere zwischen ihnen hin? Egal, es musste ohne gehen. Sie hatte keine Kraft, von ihm wegzurücken. Außerdem tat seine Nähe gut, gestand sie sich ein. Mit jedem Atemzug wurde sie ruhiger.

Es dauerte nicht lange, da vernahm sie Lukas' regelmäßige und tiefe Atemzüge. Er war wieder eingeschlafen. Sie dagegen starrte ins Dunkel und schluckte immer wieder heftig. Doch der Traum ließ sich nicht so einfach hinunterschlucken wie Spucke oder ein Brocken Brot. Er ließ sich nicht so einfach aus ihrem Kopf verbannen. Vielleicht niemals mehr. Wäre sie allein, würde sie aufstehen, ans Fenster gehen und nach draußen starren – wie jedes Mal. Doch sie war nicht allein. Lukas hielt sie umschlungen. So fest, als wollte er sie nie wieder loslassen. Wenn sie jetzt versuchte, sich ihm zu entwinden, würde er aufwachen und vermutlich fragen, was los wäre. Aber sie konnte jetzt mitten in der Nacht keine Fragen verkraften – Antworten geben erst recht nicht. Hoffentlich hatte Lukas bis zum Aufstehen vergessen, was eben geschehen war.

Der Lichtschein, der sich durch die nicht ganz geschlossene Jalousie zwängte, deutete darauf hin, dass es längst hell war. Sie lag noch immer in seinen Armen. Es war beinahe so, als hätten sie beide nicht gewagt, sich zu rühren. Sie musste tatsächlich eingeschlafen sein. Jedenfalls konnte sie sich nicht daran erinnern, besonders lange in die Dunkelheit gestarrt zu haben. Hatte Lukas' Nähe etwa dafür gesorgt, dass sie ruhiger geworden war? Ausgerechnet er! Sie konnte es nicht fassen. Hin- und hergerissen zwischen Dankbarkeit und alten Anschuldigungen wurde sie unruhiger. Höchste Zeit, seiner Nähe zu entkommen. Am besten, bevor er aufwachte. Mit viel Glück konnte er sich gar nicht daran erinnern, dass sie in seinen Armen gelegen hatte.

Sie presste ihre Lippen aufeinander, hielt den Atem an. Zentimeter für Zentimeter rückte sie von ihm ab. Auf die Weise dauerte es eine Ewigkeit, bis sie seiner Nähe entkam. Als er sich ein bisschen bewegte, hielt sie inne. Doch er schien nicht aufgewacht zu sein, wie sie anhand seiner gleichmäßigen Atemzüge feststellte. Mit der einen Hand hob sie den Arm an, der dicht unterhalb ihrer Brust lag, und rutschte von ihm weg. Als sie genügend Platz geschaffen hatte, legte sie vorsichtig seinen Arm ab. Seine Augen waren geschlossen, wie sie aus den Augenwinkeln erkannte. Bestens. Sie schob die Bettdecke beiseite, rollte sich von ihm weg und streckte die Beine über die Bettkante.

„Was hast du da?"

Mist! Sie tat so, als hätte sie ihn nicht gehört.

„Franzi …"

„Was ist?", fragte sie, ohne sich umzudrehen.

„Was hast du da an deiner Seite? Das sieht nicht gut aus."

Na danke. Sie wusste selbst, wie hässlich die Narbe aussah. Irgendwann würde sie sie glätten lassen, damit dieser Wulst wenigstens wegkam. Aber musste er es so ungehobelt ausdrücken? Zumal sie gar nicht gemerkt hatte, dass ihr Shirt so weit nach oben gerutscht und ihre nackte Haut zu sehen war. Sie zerrte den zerknitterten Stoff nach unten. Zum Glück trug sie Schlafshorts und lag nicht nur im Slip vor ihm. „Ist nichts."

„Erzähl mir nicht so einen Schmarrn." Seine Stimme klang ungeduldig. Aber das war ihr egal. Sie wollte nicht darüber reden – nicht jetzt und nicht mit ihm.

„Manchmal hilft Reden. Du warst ziemlich durch den Wind heute Nacht. Hast du öfter Albträume? Hängt das vielleicht mit dieser Narbe zusammen? Sieht aus wie eine unglücklich zusammengeschusterte Schussverletzung."

Gut kombiniert, Herr Detektiv. Sie hätte wissen müssen, dass er keine Ruhe gab. Verdammt, warum war sie überhaupt mit ihm hierhergefahren? Wieso hatte sie sich darauf eingelassen, mit ihm in einer Ferienwohnung, in einem Bett zu schlafen?

Franzi sprang auf die Füße, raffte ein paar Anziehsachen zusammen und stürmte ins Bad. Aufatmend lehnte sie sich gegen die Badezimmertür und schloss die Augen. Niemals würde sie mit ihm über diese schreckliche Nacht reden, die ihre Zukunftspläne aus den Angeln gehoben hatte. Es war schwer genug gewesen, in den Sitzungen, die sie über sich ergehen lassen musste, alles immer wieder durchzukauen. In Windeseile zog sie ihre Schlafsachen aus und stopfte sie in die Waschmaschine. Das war zwar Wasserverschwendung und normalerweise achtete sie darauf, umweltschonend zu handeln. Aber sie konnte das verschwitzte Teil unmöglich am Abend noch mal anziehen und sie hatte nur einen Ersatz dabei. Der hoffentlich ausreichte, während diese Sachen trockneten.

Sie hatte geduscht, die Zähne geputzt und starrte seit geraumer Zeit ihr Spiegelbild an. Sie musste zugeben, sie sah scheiße aus. Dunkle Augenringe, beinahe durchscheinende Haut, wirres Haar. Doch sie konnte sich nicht aufraffen, die Spuren der Nacht zu beseitigen. Sie wollte Lukas einfach nicht unter die Augen treten. Nicht nur wegen ihres Aussehens. Sie konnte sich nicht von seinen Fragen, seiner Neugier löchern lassen.

Energisches Klopfen an der Badtür. „Alles okay da drinnen?"

„Hm." Sicher musste er auch mal ins Bad. Franzi riss sich zögernd von ihrem Bildnis los und öffnete die Tür.

Lukas' fragendem Blick wich sie aus und drückte sich an ihm vorbei. „Ich geh zum Bäcker."

„War ich schon."

„Du bist schon wieder ungewaschen aus dem Haus gegangen?"

„Ich habe da so eine Mitbewohnerin, die ließ mir keine andere Wahl."

„Du spinnst ja."

„Okay, ich hätte auch warten können, bis du dich bequemst, wieder zum Vorschein zu kommen, aber dann hätten wir unter Umständen keine Brötchen mehr bekommen."

War sie so lange im Bad gewesen? „Sorry", murmelte Franzi.

„Solange ich nicht beim Bäcker rausgeschmissen werde, weil ich aussehe und stinke wie ein Penner, ist es halb so schlimm."

Künftig musste sie sich mehr beeilen, um sich zu revanchieren. Immerhin war es schon das zweite Mal, dass er fürs Frühstück gesorgt hatte. Andererseits war er es ja, der sie mit auf diese Insel geschleift hatte. Also konnte er auch fürs Essen sorgen.

„Ich beeile mich", hörte sie Lukas' Stimme hinter sich und das Klappen der Tür.

Kurz darauf hörte sie das Wasser rauschen. Er hatte sogar schon die Kaffeemaschine angestellt. Wenigstens konnte sie sich mit dem Decken des Tisches revanchieren. War sie rücksichtslos ihm gegenüber gewesen? Vermutlich, auch wenn es nicht absichtlich geschehen war. Sie war einfach immer noch durch den Wind. Konnte diesen Traum nicht so schnell aus ihrem Kopf bekommen. Aber ihr war klar, dass er vermutlich wenig Verständnis für sie aufbrachte, solange er keine Ahnung von dem hatte, was ihr Innerstes marterte. Aber es ging ihn verdammt noch mal nichts an. Sie sah keine Veranlassung, ihm davon zu erzählen, was sie belastete. Was ihr Leben so unschön beeinträchtigte und beherrschte.

Als Lukas aus dem Bad kam, wehte ihr eine dezente Wolke seines Aftershaves entgegen. Sie mochte diesen Duft und würde ihn vermutlich auf immer mit ihm in Verbindung bringen.

Ihre Befürchtung, während des Frühstücks mit Fragen befeuert zu werden, bewahrheitete sich nicht. Dafür war sie ihm dankbar. Aber sie kannte ihn inzwischen gut genug, um sich sicher zu sein, dass er das Thema zu einem späteren Zeitpunkt anschneiden würde.

„Wie gehen wir heute vor?“, fragte sie ihn, während sie eine halbe Stunde später den Küchentisch abräumte.

„Wir versuchen erneut, sie vor dem Haus abzupassen. Ich hoffe, wir kommen dieses Mal besser ins Gespräch. Ansonsten können wir später am Strand in Richtung Nebel wandern. Meine Mutter erzählte mir vorhin, dass heute irgendwo da am Dünenrand das Set für den Krimi aufgebaut wird. Vielleicht haben wir Gelegenheit zum Zugucken – sofern das Areal nicht weiträumig abgesperrt wird.“

„Das wäre klasse. Stell dir vor, wir entdecken einen bekannten Schauspieler.“

Lukas lachte. „Ich kenne sogar einen. Leon B. Parker. Hast du schon mal von ihm gehört?“

Franzi riss die Augen auf. „Ist nicht möglich. Den kennst du? Woher denn?“

„Er wohnt drüben in der Pension Jule, wenn er nicht gerade irgendwo anders dreht. Mit viel Glück triffst du ihn sogar hier auf der Straße.“

„Echt? Woher weißt du das?“ Doch dann wurde es ihr klar. „Bestimmt von deiner Mutter. Sie erzählte mir auch etwas von Filmaufnahmen und dass einer der Schauspieler in der Nähe wohnt. Aber dass du Leon B. Parker kennst, macht mich echt sprachlos. Von mir aus können wir gleich los.“

„Das hättest du wohl gern. Vorher müssen wir noch einiges besprechen.“

Sie hatte es geahnt. Alles in ihr sträubte sich gegen seine ungestellten Fragen.

Doch es ging lediglich um ihr weiteres Vorgehen in Bezug auf das Paar nebenan und künftige Schritte, die sie unternehmen konnten. Allmählich entspannte sich Franzi wieder. Und doch blieb in der hintersten Ecke ihres Gehirns die Frage hängen, wieso Lukas sie nicht noch mal auf ihre Narbe ansprach. So sehr sie sich dagegen sträubte, über damals zu reden, so sehr wurmte es sie, dass er einfach darüber hinwegging. Vorhin im Bett hatte sie ihn ganz anders eingeschätzt und war vor seiner Neugier geflüchtet.

Wieso war die Sache mit dem Paar so vertrackt? Wieso lungerten Lukas und sie seit einer halben Stunde vergebens vor dem Haus herum? Ob sie rauflaufen und unter irgendeinem Vorwand an der Tür der beiden klopfen sollte? Blöderweise fiel ihr kein plausibler Grund ein, weshalb sie das tun sollte. Franzi setzte sich neben Lukas auf die Bank, die neben dem Eingang stand, und schielte in den Reiseführer, den er alibimäßig aufgeschlagen hatte. „Wie lange wollen wir noch warten?“

Lukas hob den Kopf, gab ihr den Reiseführer und holte eine Inselkarte aus dem Rucksack. „Ich finde, wir sollten nicht den Tag fürs Warten opfern. Wer weiß, ob die überhaupt noch im Haus sind." Er breitete die Karte auf seinen Knien aus.

„Ich hätte nicht gedacht, dass du so relaxt bist mit dem Auftrag. Aber du bist der Boss, ich folge deinen Anweisungen." Franzi musste nicht mal Interesse heucheln, als sie sich seitwärts über die Karte beugte. „Wo genau wollen wir langgehen?"

„Den Bohlenweg bis zur Himmelsleiter und dann am Strand südwärts. Wir könnten bis zum Quermarkenfeuer wandern und dann durch die Dünen bis zur Vogelkoje. Dort entscheiden wir, ob wir zu Fuß oder mit dem Bus den Weg zurück antreten."

„Und das Filmset? Ich dachte, wir wollten dahin und uns in der Nähe aufhalten."

„Wer weiß, ob es schon was zu beobachten gibt, wenn die heute erst aufbauen. Wir können uns unterwegs immer noch für die eine oder andere Variante entscheiden. Außerdem weiß ich nicht, ob die nicht weiter Richtung Nebel drehen wollen."

„Na gut." Franzi zog den Rucksack zu sich heran, der schwerer war, als er aussah. „Hast du genug zu essen und zu trinken eingepackt?"

Lukas grinste. „Schätzungsweise mehr, als du zu tragen bereit wärst."

Franzi grinste zurück. „Okay, dann überlasse ich ihn dir und biete mich an, ihn beim Rückweg zu übernehmen."

„Das hast du dir ja klug ausgedacht."

„Ja, nicht wahr? Und jetzt komm, das Wetter ist perfekt für eine Strandwanderung."

13 Lukas

Nicht zu fassen, Franzi sammelte schon wieder Muscheln. Dabei wanderten sie nicht mal am Meer, sondern an den Dünen entlang. Aber das Muschelfeld, durch das sie gerade gingen, war für ihre Sammelleidenschaft wie geschaffen. Es war die richtige Entscheidung gewesen, Franzi nicht gleich in der Wohnung zu löchern. Ihm hatten diverse Fragen auf der Zunge gelegen, als sie am Frühstückstisch saßen, aber er hatte ihre Abwehr gespürt. Und da war ihm die Idee gekommen, zu warten, bis sie am Strand waren. Gestern war sie unterwegs so gelöst gewesen und er hoffte, dass es heute ebenso sein würde. Und tatsächlich, er schien den richtigen Riecher gehabt zu haben.

„Die schleppe ich aber nicht schon wieder", neckte er Franzi. „Was willst du eigentlich mit all dem Zeug anstellen?"

„Weiß ich noch nicht", gab sie zu, ohne das Sammeln zu unterbrechen. „Die kommen in so ein Glas, wie deine Mutter eines am Eingang stehen hat. Ich finde das eine schöne Deko-Idee. Ein ganzes Teil werde ich meiner Schwester schenken." Sie zuckte mit den Schultern, was wie eine Entschuldigung wirkte. „Ich kann mir ein gekauftes Mitbringsel momentan nicht leisten."

Er schluckte die Bemerkung, dass er sie gerade ganz gut bezahlte, wieder runter. Sicherlich hätte sie dieser Hinweis gekränkt. Außerdem ging es ihn nichts an, ob sie ihrer Schwester etwas schenkte oder nicht.

„Wieso sehen wir nichts vom Drehort?", fragte Franzi eine halbe Stunde später nicht zum ersten Mal. Er hätte fast eifersüchtig werden können, weil sie so erpicht darauf war, Ben beziehungsweise ihn als Leon sehen zu wollen.

„Vielleicht sind sie an anderer Stelle noch nicht fertig."

Er wies auf die kleine Dünenkette, die sich rechts von der eigentlichen entlangzog. „Die kleinen Dünen da drüben gab es vor Jahren noch gar nicht. Der Wind verändert alles Jahr für Jahr."

„Was, echt? Das kann ich gar nicht glauben. Verändert sich die Landschaft wirklich so krass?"

„Ich kann dir Bilder zeigen, die in der Wohnung meiner Mutter hängen, wo diese Dünen nur kleine Sandhaufen sind."

Franzis Blick drückte Skepsis aus. „Woher soll ich wissen, dass du mich nicht beschwindelst? Du kannst mir sonst was zeigen und ich würde dir das abnehmen, weil ich noch nie hier war."

Er konnte es nicht fassen. „So was traust du mir zu?"

„Wer weiß, wer weiß."

„Ich hatte gehofft, dass sich deine Meinung mir gegenüber allmählich bessert", gab er ehrlich zu.

Er sah ihr an, dass sie überlegte, ob sie darauf antworten sollte. Doch dann bückte sie sich erneut nach einer Muschel und tat so, als hätte sie ihn nicht gehört. Das gab ihm einen Stich in den Bauchraum und ihm wurde klar, wie wichtig ihm ihre Meinung über ihn inzwischen war.

„Komm, lass uns eine Pause machen", schlug sie plötzlich vor und setzte sich direkt vor ihm in den Sand.

Nach einem kleinen Picknick lehnte sich Franzi nach hinten und stützte sich auf ihren Unterarmen ab. „Als du mir diesen Vorschlag gemacht hast, hätte ich niemals geglaubt, wie sehr es mir hier gefällt. Nun finde ich es gut, dass du mich engagiert hast." Sie sah ihn von der Seite her an. „Und das meine ich jetzt nicht, weil du mir damit finanziell den Arsch rettest."

„Keine Ursache." Dass ihm durchaus klar war, dass dieses Arrangement ihr finanziell über die Runden half, behielt er lieber für sich. Auch, dass er ihr schon mit dem vermissten Hund seiner Tante unter die Arme gegriffen hatte. Etwas anderes beschäftigte ihn seit Stunden und es hatte ihn eine Menge Anstrengung gekostet, das Thema nicht gleich anzusprechen, als Franzi aus dem Bad gekommen war. Er kannte sie inzwischen gut genug, um zu wissen, dass sie sich total abschottete, sobald sie fürchtete, nicht Herr der Lage zu sein oder über etwas reden zu müssen, was ihr nicht behagte. Und dass das, was er wissen wollte – wissen musste, ihr nicht behagte, konnte er nachvollziehen.

Sie hielt ihre Augen geschlossen und das Gesicht in die Sonne, die schon den ganzen Morgen über schien. Es war erstaunlich mild für einen Frühlingstag an der See.

„Was ist mit dir passiert?" Endlich war es raus.

Sie schwieg. Minutenlang. Lediglich anhand ihres Gesichtsausdrucks, der sofort verschlossener wirkte, wusste er, dass sie seine Frage durchaus verstanden hatte.

„Franzi, bitte antworte. Du glaubst doch nicht ernsthaft, dass ich über so etwas wie diese Narbe kommentarlos hinweggehen kann. Für so gefühllos kannst selbst du mich nicht halten."

Sie setzte sich ruckartig auf. Der Blick, den sie ihm zuwarf, tat weh. Ihm war, als wollte sie ihm die Schuld für das geben, was ihr widerfahren war. Zumindest dafür, wie sie sich jetzt fühlte.

„Was aber nicht heißt, dass ich mit dir darüber sprechen müsste." Sie sprang auf die Füße, klopfte sich den Sand von der Hose und riss den Rucksack an sich. Er sah ihr an, dass das Gewicht sie überraschte, aber sie biss die Zähne zusammen und schulterte den Rucksack wortlos. Ohne ihn weiter zu beachten, stapfte sie davon. Das war ja mächtig in die Hose gegangen. Er stieß einen tiefen Seufzer aus und erhob sich ebenfalls.

„Nun gib den Rucksack her. Der ist viel zu schwer für dich."

Sie ignorierte ihn.

Er hätte sich zurückhalten, einen besseren Moment abwarten müssen. Verdammter Mist. Aber gab es einen guten Zeitpunkt, um über etwas Unschönes zu sprechen?

Er blieb absichtlich hinter ihr, um ihr Zeit zu geben, sich zu beruhigen. Doch dann besann er sich anders und ging schneller, bis er sie einholte.

„Franzi ..."

Sie blieb stehen, schleuderte ihm einen genervten Blick zu. „Ich will nicht darüber reden, wann kapierst du das endlich?"

„Okay. Aber wenn du deine Meinung änderst, bin ich für dich da. Ich bin immer für dich da."

Er sah ihr an, dass sie ihm nicht glaubte, und das verletzte ihn sehr. Aber er konnte momentan nichts dagegen tun. Sie war nicht bereit, also musste er warten, bis sie es war. Falls es überhaupt jemals dazu kam. Er, der Hindernisse am liebsten sofort anging, fühlte sich hilflos. Ein Zustand, den er ganz und gar nicht ausstehen konnte. Wenn sie sich ihm öffnete, könnte er sie vielleicht besser verstehen. Sah sie das denn nicht?

Erst, als sie den Dünendurchgang erreichten, der direkt zum Quermarkenfeuer führte, blieb sie stehen und ließ den Rucksack in den Sand fallen. Sie zückte ihr Handy und machte ein paar Fotos – immer noch schweigend.

Er mochte diesen Durchgang fast so sehr wie den gestrigen. Rechts und links gesäumt von Dünengras, den unglaublich feinen hellen Sand unter seinen Füßen, und jedes Mal, wenn er hier war, schoss er Fotos davon. Am liebsten hätte er eines mit Franzi. Doch er wusste auch, ohne dass er es aussprach, dass sie sich weigern würde. Sie war einfach zu schlecht drauf.

„Machst du mal ein Foto von mir?" Sie hielt ihm ihr Mobiltelefon entgegen. „Für meine Schwester", fügte sie hinzu.

„Na klar." Er fragte sich, ob es Franzi auffallen würde, wenn er kurz die Handys austauschte, um selbst ein Bild von ihr auf seinem zu haben. Doch dann entschied er sich dagegen, denn ihm war sofort klar, dass das einem Vertrauensbruch gleichkäme.

„Mir wäre es ganz recht, wenn wir hier eine Pause einlegen", sprach Franzi weiter. „Es ist ganz schön anstrengend, die ganze Zeit durch den Sand zu stapfen, wenn man das nicht gewohnt ist, und dann noch der schwere Rucksack."

„Kein Problem. Darf ich mich neben dich setzen?"

Franzi sah ihn erstaunt an. „Natürlich. Warum fragst du?"

Lukas zuckte mit den Schultern. „Vermutlich weil du sauer auf mich bist."

„Ich bin nicht sauer auf dich." Sie pflückte einen Halm vom Dünengras, das sich sanft im Wind wog, und malte mit dem Ende kleine Ornamente in den Sand.

Er war heilfroh über ihre Antwort, besonders weil er während der letzten halben Stunde einen ganz anderen Eindruck gehabt hatte. Lukas zog seine Getränkeflasche aus dem Rucksack und die Tüte mit den Croissants und Hefestücken, die er gleich früh beim Bäcker erstanden hatte. Er hielt Franzi die Tüte hin. „Hast du auch so einen Kohldampf wie ich?"

Franzi entschied sich für ein Croissant, das sie allerdings mehr zerpflückte als aß. Schon landete eine Möwe in der Nähe, die sich sicherlich ein paar leckere Happen erhoffte.

Sie schwiegen, obwohl Lukas die Sache mit Franzis Narbe noch immer im Kopf herumspukte. Doch er scheute sich, sie erneut darauf anzusprechen. Was aber nicht hieß, dass er es in ein paar Tagen nicht doch noch einmal versuchen wollte.

„Ich war Polizistin", sagte Franzi leise.

Lukas glaubte sich verhört zu haben, wagte aber nicht, nachzufragen. Wagte nicht mal, sich nur einen Millimeter zu bewegen, um Franzi nicht zu stören.

„Es passierte bei einem Einsatz." Sie schwieg wieder.

Er hoffte, mehr zu erfahren, und musste sich zügeln, nicht nachzufragen. Wieso war er nie auf die Idee gekommen, über sie zu recherchieren? Dann wüsste er vielleicht längst, was mit ihr passiert war.

„Ich hatte Glück." Sie stieß einen markerschütternden Fluch aus und warf den Grashalm fort. „Mein Partner nicht."

Erst als er nach Luft ringen musste, wurde ihm bewusst, dass er den Atem angehalten hatte. „Dein Partner ist tot?" Seine Stimme klang rau, als er das fragte.

Franzi nickte. Sie war in sich zusammengesunken, wirkte deutlich kleiner als vor ihrem Geständnis.

„Das tut mir leid", flüsterte Lukas. Auch wenn ihm am Morgen kurz der Gedanke an eine Schussverletzung gekommen war, hatte er diesen sofort von sich geschoben. Das konnte einfach nicht sein – und doch war es so.

„Seitdem martern mich diese Träume. Immer wieder. Auch nach zwei Jahren noch." Sie wischte sich mit dem Handrücken übers Gesicht.

Daran merkte Lukas, dass sie weinte. Vorsichtig rückte er näher und legte behutsam einen Arm um ihre Schultern. Zu seinem Erstaunen lehnte sie ihren Kopf gegen ihn. Wieder hielt er den Atem an, um diesen Moment nicht zu zerstören. Es dauerte einige Minuten, in denen sie sich beide nicht rührten, bis Franzi den Kopf hob.

„Ich habe versucht, in den Polizeidienst zurückzukehren", sagte sie leise. „Aber bei jedem Einsatz ploppte das Geschehene wie ein immer wiederkehrender Film auf.

Das machte mich fertig und unberechenbar. Damit war ich nicht nur eine Gefahr für meinen neuen Partner, sondern auch für mich selbst."

Lukas suchte händeringend nach den richtigen Worten, aber ihm, der oft genug frei von der Leber weg redete, wollte nichts Passendes einfallen. Was konnte angesichts dessen, was Franzi durchlitten hatte, auch passend sein? Ein „Tut mir leid" reichte nicht und war einfach nur fad. Also schwieg er. Dafür sprach seine Hand zu ihr, mit der er sacht über ihren Arm, ihren Rücken fuhr und versuchte, ihr Trost zu spenden. Auch wenn ihm klar war, dass sie angesichts dessen, was sie durchgemacht hatte, nichts trösten konnte.

„Und vergangene Nacht ploppte dieser Film wieder vor dir auf", schlussfolgerte er schließlich.

Sie nickte. „Die Albträume kommen immer noch. Mal alle paar Tage, mal habe ich für ein paar Wochen Ruhe. Und wenn ich denke, es ist vorbei, dann ist er wieder da."

„Hast du keine professionelle Hilfe bekommen?"

„Doch. Aber wie du siehst, kann ich nicht vergessen. Es nicht verarbeiten."

„Sprich mit mir, wenn es dich wieder heimsucht. Sollte es noch mal hier auf Amrum passieren, bin ich in der Nähe. Aber auch später bin ich für dich da. Du kannst mich immer anrufen, Tag und Nacht." Er meinte es ernst, doch würde sie jemals in Erwägung ziehen, sein Angebot anzunehmen?

Sie wandte ihr Gesicht seinem zu. „Sag nichts, was dir später leidtut."

„Es wird mir niemals leidtun. Ich meine es so, wie ich es sage. Ich bin für dich da. Du solltest mich allmählich nicht als Konkurrenten, sondern als Freund sehen."

Sie hob erstaunt ihre Augenbrauen. „Als Freund?"

Er spürte die Spitze deutlich, aber vielleicht hatte er es sich selbst zuzuschreiben, dass sie so reagierte. Schließlich hatte er ihr tatsächlich den einen oder anderen Auftrag vor der Nase weggeschnappt. Da hatte er sie noch nicht gekannt, sie ebenfalls als unliebsame Konkurrentin angesehen. Wie konnte sie es wagen, ausgerechnet in Hameln noch eine Detektei zu eröffnen? Das war damals sein erster Gedanke gewesen.

„Mein Vater war auch Polizist. Von klein auf bewunderte ich ihn und es kam für mich nie etwas anderes infrage, als in seine Fußstapfen zu treten."

„Wie hat dein Vater das, was dir passiert ist, aufgefasst? Konnte er dich nicht auffangen?"

„Er hat es nicht miterlebt und ich bin froh, dass ihm das erspart blieb. Er starb ein Jahr zuvor an Krebs."

„Das tut mir leid."

„Mir auch."

„Und deine Mutter?"

„War mir keine große Stütze. Sie hätte immer geahnt, dass so etwas passieren würde. Sie ist sowieso von Anfang an gegen meinen Berufswunsch gewesen."

„Verstehe. Und warum eine Detektei?"

Franzi zuckte mit den Schultern. „Was sollte ich sonst tun? Auf die Weise hatte ich wenigstens das Gefühl, anderen Menschen helfen zu können. Gewisse Dinge aufdecken zu können, wie ich es als Polizistin auch getan hätte.

So ganz fern sind sich die Berufe ja nicht. Das hat etwas Tröstendes für mich und ich fühle mich nicht mehr so sehr als Versagerin."

„Wieso als Versagerin?"

„Weil ich in meinem Beruf versagt habe."

„Das ist doch Quatsch, Franzi. Wie kommst du auf so eine schwachsinnige Idee? Es ist doch verständlich, dass nicht jeder Mensch mit solch einem Vorfall, wie du ihn erleben musstest, umgehen und ihn verarbeiten kann. Deswegen hast du doch nicht versagt."

„Wie würdest du es nennen?" Sie sah in die Ferne, vermutlich hatte sie den Horizont ins Visier genommen, vielleicht auch den Adler-Express, der die See durchpflügte und auf dem Weg nach Sylt war.

„Selbstschutz." Er dachte kurz darüber nach und nickte. „Ja, so würde ich es nennen."

Sie sah ihn wieder an und versuchte ein Lächeln, das etwas schief ausfiel. „Danke." Franzi suchte die Croissantkrümel vor ihren Füßen auf und warf sie der Möwe zu, die sich noch immer in der Nähe aufhielt. Mit lautem Gekreische stürzte die sich jetzt auf die Leckerbissen.

„Komm, lass uns weitergehen. Ich will mir unbedingt diesen, wie heißt das noch … diesen kleinen Leuchtturm ansehen."

„Das ist ein Quermarkenfeuer."

„Von mir aus auch das." Franzi stand auf und klopfte sich wie vorhin den Sand von der Hose.

Für Lukas war es das Signal, dass sie das Gespräch nicht weiterführen wollte. Sie würden zu einem anderen Zeitpunkt noch einmal darüber reden. Da war er sich sicher. Er wollte ihr helfen, die Geschehnisse zu verarbeiten. Er war zwar kein Psychologe, aber als Detektiv musste er durchaus auch mal psychologisch tätig sein. Daher war er guter Hoffnung, dass er Franzi zumindest ein guter Zuhörer und vielleicht sogar eine Stütze sein konnte. Dankbar, dass sie ihm ihr Vertrauen geschenkt hatte, folgte er ihr, als sie ihrem Ausflugsziel mit festen Schritten entgegenging.

14 Franzi

Welcher Teufel hatte sie geritten, ihr Innerstes, ihre Ängste ausgerechnet vor Lukas auszubreiten? Bisher hatte sie nur vor Lotta und dem Psychotherapeuten, zu dem sie monatelang gegangen war, einen Strip hingelegt. Lukas war eigentlich der letzte Mensch auf Erden, vor dem sie ihre Seele ausbreiten wollte. Warum hatte sie es trotzdem getan? Wie hatte er es angestellt, dass sie angefangen hatte zu reden? Sosehr sie auch grübelte, sie fand keine Antwort darauf. Aber eines wusste sie und sie hätte es niemals erwartet – sie bereute es nicht. Außerdem musste sie sich eingestehen, dass er sich vorbildlich verhielt. Weder hatte er ungebührlich neugierige Fragen gestellt noch sie dafür verurteilt, dass sie den Tod ihres Partners nicht verhindern konnte. Im Gegenteil, er war sogar der Meinung, dass sie sich nicht als Versagerin fühlen musste. Aber wie konnte er das beurteilen? Vielleicht wollte er ihre Vergangenheit, ihre reale Situation gar nicht beurteilen, sondern einfach nur als Zuhörer zur Verfügung stehen. Und er hatte sie gehalten, als sie in Tränen ausbrach. Hatte sie ihn in all den Monaten falsch eingeschätzt? War er gar nicht so ein Idiot, wie sie geglaubt hatte?

Er ist nett, flüsterte ihr eine Stimme ins Ohr. Und er sieht megagut aus. Franzi schnaubte unterdrückt. Ihr war, als gehörte die Stimme ihrer Schwester Lotta, die schon lange versuchte, ihr Lukas' vermeintliche Vorzüge anzupreisen.

Als er ihr über den Rücken gestrichen hatte, hatten sich sämtliche Härchen auf ihrer Haut aufgestellt und tief in ihrem Bauch hatte sie ein merkwürdiges Flattern verspürt.

„Nett und gut aussehend. So ein Quatsch!"

„Hast du was gesagt?", fragte Lukas.

Ups, war ihr das etwa laut rausgerutscht? Ihre Wangen fingen an zu brennen und ein heißkalter Schauer lief durch ihren Körper. Bloß gut, dass er hinter ihr ging. „Nö", rief sie über ihre Schulter hinweg. Sie sollte aufhören nachzudenken und sich auf die Dünenlandschaft konzentrieren oder auf diesen irgendwie zu kurz geratenen Leuchtturm mit roter Mütze, der inzwischen nur noch wenige Meter entfernt stand. Quermarkenfeuer nannte Lukas ihn. Er war es auf jeden Fall wert, fotografiert zu werden. Also, der Turm, nicht Lukas. Oder? „Irgendwie niedlich", kommentierte sie ihre Fotosession und hielt Lukas nochmals ihr Handy hin. „Noch eine Aufnahme bitte mit mir davor."

„Gerne." Lukas schien nicht müde zu werden, sie zu fotografieren, als sie die Stufen zum Quermarkenfeuer hinaufhüpfte, oben die Arme ausbreitete und versuchte, den Turm zu umarmen.

„Wo führt denn der Bohlenweg hin?", rief sie Lukas entgegen. „Der sieht ja unendlich lang aus."

„Das täuscht, schneller, als einem lieb ist, hat man die Dünen durchquert. Jedenfalls geht es mir so. Der Weg führt am eisensteinzeitlichen Haus vorbei zur Vogelkoje. Und genau da werden wir hingehen."

„Spannend. Jetzt gib mir das Handy zurück, ich möchte noch eine Aufnahme vom Weg machen, der im Nirgendwo zu enden scheint."

„Für deine Schwester", kommentierte Lukas.

„Nicht nur." Sie hatte keine Ahnung gehabt, was das eisensteinzeitliche Haus oder eine Vogelkoje war, aber Lukas erklärte ihr das ausgiebig und jetzt fühlte sie sich in diesem Areal mit den urigen Bäumen und den Wasserstellen unter dem Bohlenweg wie in einer anderen Welt. Was für ein krasser Gegensatz zum unendlichen weißen Kniep und zu den Dünen. Unglaublich, dass auch das Amrum war.

In der Nähe des Spielplatzes setzten sie sich auf eine freie Bank und sahen ein paar tobenden Kindern zu.

„Wurde der Kerl wenigstens gefasst?", fragte Lukas plötzlich. Er riss sie mit der Frage augenblicklich wieder in das tiefe Loch, in dem sie so oft steckte. Das freudige Gekreische der Kinder trat in den Hintergrund und wurde immer dumpfer. Dafür wuchs der Knoten, der sich bei Lukas' Frage in ihrem Bauch bildete, und wog immer schwerer.

„Verdammt, Lukas!" Sie schleuderte ihm einen vernichtenden Blick zu.

„Entschuldige, wie unbedacht von mir. Aber diese Frage brennt seit dem Moment in mir, als wir vom Strand aufbrachen. Wenn ich sie jetzt nicht gestellt hätte, wäre ich geplatzt."

Franzi sah ihm an, wie unangenehm es ihm war, ihr Innenleben erneut aufzuwühlen. Aber bei seiner Befürchtung, er könnte sonst platzen, musste sie unverhofft grinsen.

„Er wurde wenige Tage später gefasst. Einer seiner Saufkumpanen hatte ihn verpfiffen."

„Wenigstens etwas." Lukas rückte näher an Franzi heran, legte seinen Arm um ihre Schultern und zog sie an sich. „Ehrlich gesagt kann ich nicht annähernd nachfühlen, was du durchmachen musstest. Es muss der Horror gewesen sein."

„War es auch." Franzis Worte waren nur ein Flüstern, das sie selbst kaum vernahm.

Sie schwiegen eine Weile und Franzi versuchte, die aufgekommenen Bilder zu verscheuchen. Doch es fiel ihr immer noch schwer, das Kopfkino abzuschütteln. Da half nur Ablenkung. Entschlossen sprang sie von der Bank auf, fasste nach Lukas' Hand und zog ihn mit sich. „Komm, lass uns gehen und lenk mich ab. Egal wie."

„Mir würde da schon etwas einfallen", murmelte Lukas und grinste sie an.

Vermutlich war es besser, nicht nachzufragen, was er damit meinte. Und irgendwie hörte sich das so an, als wollte er … Quatsch, das wäre das Dümmste, das er tun könnte. Oder sie … Trotzdem setzte sich die Vision, wie sein Gesicht sich ihrem näherte, in ihr fest. „Wohin jetzt?", fragte sie stattdessen.

„Zur Bushaltestelle. Wir fahren mit dem nächsten Bus zurück nach Norddorf. Oder möchtest du laufen?"

„Wie weit wäre es denn?"

„Etwa eine halbe Stunde."

„Der Bus wäre perfekt, die Beine tun mir ganz schön weh. Unsere Wanderung war anstrengender, als ich dachte.“ Sie warf Lukas einen schrägen Blick zu. „Bin ich in deinen Augen jetzt ein Weichei?“

„Natürlich nicht. Also dann, hoffentlich müssen wir nicht lange auf den nächsten Bus warten.“

Franzi staunte, dass die Fahrt mit dem Bus nur drei Minuten dauerte. Sie war froh, diese Möglichkeit genutzt zu haben. Ihre Waden fühlten sich steinhart an. Da war der Muskelkater vorprogrammiert.

Von der Bushaltestelle bis zur Wohnung war es nur ein kurzes Stück, trotzdem war sie froh, als sie am Haus ankamen. Lukas' Vorschlag, als Belohnung für ihr Durchhaltevermögen der Eisdiele einen Besuch abzustatten, lehnte sie ab. Nicht mehr Meter als irgend nötig, gab sie augenzwinkernd als Grund an. Jetzt ein heißes Bad wäre ein Traum. Blöd, dass ihnen nur eine Dusche zur Verfügung stand. Genau die war ihr Ziel – am besten, bevor Lukas auf die Idee kam, sie zu nutzen.

Ungeduldig schob sich Franzi die sandigen Schuhe von den Füßen, während Lukas im Rucksack nach dem Wohnungsschlüssel kramte. „Beeil dich, ich müsste mal dringend wohin.“ Franzi drückte sich an Lukas vorbei, kaum dass er die Wohnungstür einen Spalt aufgeschoben hatte.

Plitsch, platsch … „Igitt, was ist das denn?“ Franzi starrte entsetzt auf ihre Füße. Der Fußboden stand unter Wasser und es fühlte sich an, als stände sie mit Socken im Meer.

„Ach du Sch… Wo kommt das denn her? Mutter wird begeistert sein“, grummelte Lukas hinter Franzis Rücken.

Vermutlich. Franzi zog die Socken von den Füßen und wrang sie an Ort und Stelle aus. Aus den Augenwinkeln sah sie, dass das Wasser – wo auch immer es herkam – bis zum Bett, vermutlich sogar bis darunter reichte. Auf Zehenspitzen hüpfte sie ins Bad, sie musste wirklich dringend eine bestimmte Örtlichkeit aufsuchen. „Scheiße!", wiederholte sie Lukas' ersten Kommentar, als sie die Badtür aufschob. Hier war auch alles nass. „Ich glaub, es kommt von der Waschmaschine", rief sie Lukas zu. „Aber jetzt muss ich erst mal aufs Klo." Wären sie doch bloß nicht so lange unterwegs gewesen. Das Wasser musste schon vor Stunden ausgelaufen sein. Warum musste sie ihr Nachtzeug waschen?

„Franzi, ich geh meine Mutter suchen", drang Lukas' Stimme durch die geschlossene Tür.

Die würde vermutlich der Schlag treffen, wenn Lukas ihr die Hiobsbotschaft überbrachte. Gab es auf der Insel eigentlich einen Klempner? Länger als nötig blieb Franzi auf dem Klo hocken. Wo sollte sie auch sonst hin. Sehnsüchtig schielte sie zur Dusche. Die konnte sie sich erst mal abschminken. Jetzt war Aufwischen angesagt.

„Franzi?", hörte sie Minuten später Lukas' Stimme.

„Bin noch im Bad. Ich habe erst mal die Waschmaschine ausgestellt. Der Schlauch ist noch dran, da kann das Wasser nicht herkommen, aber es sieht trotzdem so aus, als käme das Wasser von hier."

„Komm raus und hilf beim Wischen."

„Das mache ich hier längst mit unseren Duschhandtüchern."

Sie schnaufte, als sie das klatschnasse Handtuch in der Duschwanne auswrang. Das hier war nicht das, was sie sich vom Rest des Tages erhofft hatte. Aber manchmal kam es anders, als man dachte.

15 Lukas

Lukas drückte Franzi einen Wischlappen und einen Schrubber in die Hand. „Was soll ich denn damit? Ich nehme die Handtücher, die sind größer und sowieso schon versaut."

„Von mir aus. Meine Mutter ist nicht da. Aber wenigstens weiß ich, wo die Putzutensilien stehen. Zum Glück hat sie so einen Nasssauger, damit werden wir den Boden schneller trocken bekommen." Schon schob er den Stecker in die Steckdose und legte los. Das Teil machte einen Höllenlärm, aber tat gute Dienste.

Das Wasser war tatsächlich auch unters Bett gelaufen. Da kam weder er mit dem Sauger noch Franzi mit dem Schrubber drunter. Verdammter Mist. Erst im vorigen Jahr hatte Mutter jede Wohnung mit teuren Boxspringbetten bestückt. Unter den alten Betten hätten sie bequem wischen können. Ihnen blieb wohl nichts anderes übrig, als das Bett zu verrücken.

„Scheiße, mein Koffer ist von unten nass", fluchte Franzi, als sie ihr Gepäck beiseiteschob. Sie wühlte hektisch in ihren Sachen herum. „Sogar ein paar meiner Klamotten sind feucht. Am besten bringe ich alles ins Bad und stelle den Koffer erst mal auf die Waschmaschine."

Lukas war froh, dass seine Reisetasche aus wetterfestem und wasserabweisendem Material bestand. Die hatte er sich während einer Asienreise gekauft, nachdem er das Pech gehabt hatte, in ein Unwetter zu geraten. Er war damals gerade an einem kleinen Flughafen angekommen, als ein heftiger Monsunregen niederging. Mit den anderen Reisenden hatte er ewig aufs Gepäck warten müssen. Die Flughafenmitarbeiter hatten aufgrund der Wetterlage einfach einen Arbeitsstopp eingelegt und sämtliches Gepäck auf dem Gepäckwagen vorm Flugzeug stehen lassen. Nicht nur er hatte geflucht, als sie schließlich nach über zwei Stunden triefend nasse Gepäckstücke ausgehändigt bekamen. Schon während dieser Reise hatte er sich in Hongkong neue Gepäckstücke zugelegt.

Trotzdem brachte er seine Reisetasche ebenfalls ins Bad, da störte sie wenigstens nicht. Franzi war schon dabei, die Stühle nach draußen auf den Flur zu stellen, damit sie nicht mehr im Weg standen. Lukas brachte das Schuhregal und den Deckenfluter nach draußen. Der musste sicher entsorgt werden. Auf gar keinen Fall würde er die Lampe noch mal anschalten. Das war sicher lebensgefährlich.

„Was ist denn bei euch los? Wollt ihr ausziehen oder neu möblieren?“

„Hey, ihr beiden.“ Er sah Franzi an, wie sehr sie sich freute, das Pärchen von nebenan vor sich stehen zu sehen. Auch wenn das Timing gerade äußerst ungünstig war. Sie erzählte auch gleich, was passiert war, während er zurück in die Wohnung ging und sein Handy zückte. Irgendwo musste sich seine Mutter schließlich rumtreiben. „Na endlich, Mutter. Wo steckst du? Du glaubst nicht, was passiert ist.“ In wenigen Sätzen gab er seiner Mutter einen

Lagebericht. Dann schob er das Handy zurück in die Hosentasche, öffnete das Fenster, damit frische Luft hereinkam und sich die Feuchtigkeit besser verflüchtigen konnte, und verließ die Wohnung. „Ich geh auf die Suche nach einer Taschenlampe, damit wir besser nach der Ursache der Überschwemmung suchen können", rief er Franzi zu und eilte weiter.

„Ihr Ärmsten. Könnt ihr wenigstens hier wohnen bleiben?", hörte er noch hinter sich, kümmerte sich aber nicht weiter darum. Es war jetzt Franzis Part, sich mit den beiden zu unterhalten, auch wenn es eigentlich Wichtigeres zu tun gab.

Als er kurz darauf zurückkam, quatschte Franzi immer noch mit dem Pärchen.

„Du, Lukas, Simone und Karsten wollen uns helfen. Ist das nicht nett?"

„Danke für das Angebot. Ich könnte tatsächlich jemanden gebrauchen, der mir beim Bettverrücken hilft. Dann kann sich Franzi weiter ums Wischen kümmern." Lukas reichte beiden die Hand und winkte Karsten in die Wohnung.

„Warum musste ich unbedingt die Maschine anstellen, bevor wir aus dem Haus sind?", jammerte Franzi zum wiederholten Mal, was die Sache allerdings nicht besser machte. Die beiden Frauen folgten den Männern und warteten darauf, dass Lukas mit seinem Helfer das Bett beiseiteschob.

„Stell dir vor, das ist mir auch schon mal passiert. Allerdings hatte ich das Glück, dass die Maschine im Keller steht. Ich hatte früh, bevor ich zur Arbeit fuhr, die Wäsche angestellt und bin natürlich erst abends nach Hause gekommen. Bei mir war das Flusensieb verstopft und irgendwie hatte sich das Wasser seinen Weg aus der Maschine gebahnt. Der einzige größere Schaden war ein alter Schrank, in dem ich alles Mögliche aufbewahrte. Der war untenrum total aufgequollen", gab Simone preis, während sie mit Franzi wischte. Lukas schob mit Karstens Hilfe das Bett beiseite.

Ein entsetzter Aufschrei ließ ihn herumfahren. „Wie ist das denn passiert?" Mutter schüttelte fassungslos den Kopf.

„Es tut mir schrecklich leid, Frau Wegener. Ich fürchte, es ist meine Schuld. Ich habe die Waschmaschine angestellt und dann sind wir stundenlang unterwegs gewesen. Ich werde den Schaden nachher gleich meiner Versicherung melden."

Inzwischen kniete Mutter auf dem Boden. „Meine Güte, das Laminat ist ja schon aufgequollen. Das Wasser ist bestimmt auch unter die Bretter gelaufen."

„Frau Wegener, wir regeln das in Ruhe, sobald wir alles getrocknet haben." Er warf seiner Mutter einen eindringlichen Blick zu und wies mit einer minimalen Bewegung in Richtung ihrer Wohnungsnachbarn. Hoffentlich schaltete Mutter rechtzeitig. Es wäre ihm lieber, wenn die beiden nichts über seine familiäre Verbundenheit mit der Vermieterin erfuhren. Seine Mutter war sichtlich irritiert. „Frau Wegener, lassen Sie uns kurz ins Bad gehen und nach der Maschine schauen." Er winkte sie in Richtung Badezimmer und schloss die Tür hinter sich.

„Mutter, wir müssen weiterhin so tun, als seien wir uns fremd, so wie wir es abgesprochen haben."

„Ach ja, Junge. Hätte ich beinahe vergessen und wollte gerade fragen, warum du mich siezt." Sie beugte sich über die Waschmaschine und ruckelte am Wasserschlauch. „Der scheint in Ordnung zu sein. Öffne mal die Klappe unten, dreh die große Schraube heraus und leuchte in die Öffnung. Vielleicht kam das Wasser da raus."

Lukas fand eine Haarspange und jede Menge Flusen und Haare, die sich zwischen dem Propeller verklemmt hatten.

„Kein Wunder. Ich hätte da längst mal nachschauen müssen. Mache ich eigentlich regelmäßig. Die hier muss mir durchgerutscht sein." Sie wies auf die nassen Handtücher, die im Waschbecken lagen. „Die nehme ich gleich mit und stecke sie in meine Maschine. Wenn ihr sonst noch was habt, was gewaschen werden soll, bringt es einfach vorbei."

„Einiges von Franzis Kleidung ist feucht. Ich schätze, sie möchte das nicht nur trocknen lassen, sondern vorher durchwaschen. Ich bespreche das mit ihr. Viel wichtiger ist, was liegt unter dem Laminat?"

„Trittschallmatten. Die sind sicher auch schon vollgesogen, wenn das Wasser wirklich schon vor Stunden ausgelaufen ist. Das wird mit der Zeit schimmeln. Lukas, ihr könnt hier unmöglich wohnen bleiben."

„Nun mach mal halblang."

„Nimm das nicht auf die leichte Schulter."

„Wo sollen wir denn hin? Uns etwa in deiner kleinen Wohnung einquartieren?"

Seine Mutter zuckte resigniert mit den Schultern. „Dann müsstet ihr euch die schmale Couch teilen. Das ist ja wohl kaum eine Alternative. Ich kann mich mal umhören, ob irgendjemand noch ein Zimmer oder eine Wohnung zur Verfügung hat."

„Damit wäre der Grund, warum wir ausgerechnet in diese Wohnung gezogen sind, außer Sichtweite und die Möglichkeit, die beiden besser kennenzulernen, wäre viel schwieriger."

„Hast du eine bessere Idee?"

Die hatte er nicht – bis jetzt jedenfalls.

„Ich kümmere mich um ein Quartier für euch, lass mich mal machen." Sprach's, verließ das Bad und winkte kurz in Richtung Franzi und ihrer Helfer. „Keine Sorge, wir kriegen das schon hin", rief sie Franzi zu.

„Was machen wir denn jetzt?", fragte Franzi mit sorgenvoller Miene. „Soll ich bei meiner Versicherung anrufen?"

„Lass mal, vielleicht kann das die Vermieterin mit ihrer Versicherung regeln. Sie will sich darum kümmern."

„Können wir noch was für euch tun?", mischte sich Simone ein.

„Vorerst nicht, danke für eure prompte Hilfe. Wir machen es euch recht. Vielleicht auf ein Bier oder ein gemeinsames Abendessen?" Aufmerksam sah er die beiden an. „Allerdings nicht gleich heute. Wir haben erst mal genug zu tun", schob er hinterher.

„Passt schon. Dann starke Nerven noch. Komm, Simone, wir wollten noch einkaufen gehen."

„Ach ja, hätte ich beinahe vergessen. Tschüs, ihr beiden." Daraufhin verließ das Paar die Wohnung.

„Da hatte der Wasserschaden wenigstens etwas Gutes", flüsterte Franzi und zwinkerte Lukas verschwörerisch zu. „Besser konnte es mit den beiden nicht laufen."

Lukas zuckte nur mit den Schultern. Ihn beschäftigte Wichtigeres. Hatte seine Mutter recht und sie konnten wirklich nicht hier wohnen bleiben? Was dann? „Meine Mutter meint, wir sollten die Wohnung räumen wegen der Nässe."

„Und wo sollen wir hin? Ich denke, die Insel ist voll."

„Sie will sich umhören. Kommt ja immer mal vor, dass jemand stornieren muss. Vielleicht haben wir Glück. Ich geh gleich mal zu ihr. Du kannst deine Wäsche sortieren und ihr das bringen, was durchgewaschen werden muss, hat sie angeboten."

„Oh, das ist nett. Da kümmere ich mich sofort darum. Ich komme dann nach."

„Stell dir vor, Lukas, ihr könnt ab morgen drüben bei Jule wohnen. Heute früh musste ein Ehepaar ganz plötzlich absagen, das morgen anreisen wollte. Irgendeine schlimme Familienangelegenheit. Das Zimmer hat sie bisher noch nicht vergeben."

Bei Jule wohnen? Das wäre absolut perfekt für das, was er noch vorhatte und was der wahre Grund dafür war, dass er Franzi nach Amrum gelockt hatte. Wie würde sie das, was ihr noch bevorstand, verdauen? Als er die Reise plante, hatte er ja keine Ahnung davon gehabt, woran sie litt.

„Lukas, was ist mit dir? Du bist so in Gedanken versunken."

„Alles gut, Mutter, drüben bei Jule ist absolut perfekt. Ich gehe gleich mal rüber, um mit ihr alles zu regeln. Franzi kommt gleich mit ihrer Wäsche."

„Es tut mir übrigens wirklich leid, dass dieser leidige Wasserschaden eure Pläne durcheinanderwirbelt. Ich werde zur Vorsicht auch noch den Klempner anrufen, nur um sicherzugehen, bevor ich einen neuen Fußboden kaufe. Meine Versicherung muss ich auch noch kontaktieren." Sie schüttelte genervt mit dem Kopf. „Eine Renovierung stand überhaupt nicht auf meinem Plan."

Er sah Jule schon von Weitem und winkte ihr zu. Eilig stürmte er über die Straße. „Mensch, was für ein Chaos", rief er ihr zu. „Du hast wirklich ab morgen ein freies Zimmer? Kaum zu glauben."

„Des einen Leid, des anderen Freud – so sagt man doch. Du hast wirklich Glück, dass ich es noch nicht vergeben habe. Deine Mutter sagte etwas von einer Begleitung. Deine Freundin, Frau …?"

„Eine Kollegin. Wir arbeiten gemeinsam an einem Fall."

„Ich habe aber nur ein Doppelzimmer. Geht das in Ordnung?"

„Wir wohnen bei meiner Mutter auch in einer Wohnung. Ich denke, das ist auch unter deinem Dach okay. Franzi weiß nur noch nichts vom Umzug. Sie sortiert gerade ihre Sachen. Meine Mutter hat dir erzählt, was passiert ist?"

„Hat sie. Echt blöd für euch, für sie natürlich auch. Manchmal ist echt der Wurm drin. Ihr könnt gleich nach dem Mittag einziehen. Die jetzigen Bewohner reisen schon mit der Frühfähre ab und bis nach dem Mittag hat Frau Sörens das Zimmer wieder auf Vordermann gebracht."

„Überhaupt kein Problem. Wir sehen uns dann morgen."

Wie Jule wohl reagieren würde, wenn sie auf Franzi traf? Jetzt, wo die Realisierung seines Plans unmittelbar bevorstand, hatte er doch ein bisschen Bammel. Was würden die beiden Frauen sagen und wie mit der Situation umgehen? Hoffentlich ging alles glatt und sowohl Franzi als auch Jule verkrafteten das, was auf sie zukam. War es richtig, was er tat? Wer war er überhaupt, dass er glaubte, Schicksal spielen zu können und die beiden Frauen derart in Aufruhr zu versetzen? Aber woher hatte er auch wissen können, dass Franzi jede Menge unschöne Erinnerungen mit sich herumschleppte und Jule auch noch schwanger war?

16 Franzi

„Ich soll schon wieder mit dir zusammen schlafen?“

Insgeheim hatte sie sich erhofft, Lukas' Mutter würde wundersamerweise ein Quartier mit zwei getrennten Räumen auftreiben können. „Hast du dir das Zimmer schon angesehen?“

„Nein. Das wird doch erst morgen früh frei. Wir können froh sein, dass es überhaupt so schnell geklappt hat. Die Alternative wäre die enge Couch meiner Mutter gewesen, die wir uns hätten teilen müssen.“

„Du könntest dich bei deiner Mutter einquartieren und ich ziehe allein in die Pension. Wieso hast du das nicht von Anfang an gemacht?“

„Du hast keine Ahnung, wie mörderisch hart die Couch ist. Da hast du dir schon nach wenigen Stunden den Rücken ramponiert. Außerdem ist sie höchstens 1,60 lang. Wie soll ich da draufpassen? Das kannst du mir nicht wirklich antun wollen.“ Lukas' Blick sprach Bände.

Franzi schluckte die Bemerkung hinunter, die ihr auf der Zunge lag. Der Ausgangspunkt war schließlich gewesen, dass sie ein Paar mimen, und da war es blöderweise logisch, gemeinsam zu wohnen. Und was konnte Lukas für die Situation, in die sie sich jetzt hineinmanövriert hatte? Alles nur, weil sie unbedingt die Waschmaschine anstellen musste. Abreisen wäre auch eine Möglichkeit. Doch auf diese Variante wollte sie Lukas nicht stoßen. Dann wäre ihr Honorar futsch, das sie so dringend brauchte und weswegen sie diese Reise überhaupt auf sich genommen hatte. Außerdem täte es ihr leid, schon abreisen zu müssen, denn die Insel gefiel ihr immer besser.

„Lass uns noch mal nachwischen und gucken, ob wir irgendwo eine Pfütze übersehen haben“, schlug Lukas vor.

Es klopfte und Franzi öffnete. „Frau Wegener.“

„Kinder, hier habe ich frische Handtücher für euch. Wie sieht es aus, habt ihr Hunger? Ich habe heute früh einen Rhabarberkuchen gebacken. Kommt doch rüber, bei der Gelegenheit können wir uns in Ruhe über alles unterhalten.“

„Danke, aber wir wollen gerade noch mal alles inspizieren. Nicht dass es noch ein Leck gibt oder Restwasser auf dem Boden die Schränke aufquellen lässt. Ich bringe dir nachher den Nasssauger zurück.“

„Danke für Ihr Angebot wegen des Kuchens, Frau Wegener. Wenn ich ehrlich bin, würde ich sehr gern ein Stück probieren.“ Es tat ihr leid, dass Lukas das Angebot seiner Mutter abgelehnt hatte. Vermutlich hatte sie extra seinetwegen gebacken. „Wir schauen gern vorbei, wenn wir hier fertig sind.“ Sie ignorierte Lukas’ irritierten Blick und lächelte seine Mutter an. Auch wenn die es nicht zugab, sie schien doch etwas durch den Wind zu sein, angesichts des Chaos, das unverhofft über sie hereingebrochen war. Franzi war das total unangenehm. Aber sie konnte es nun nicht mehr ändern.

Frau Wegener nickte ihr dankbar zu. „Also dann bis später. Ich setze schon mal den Kaffee auf.“

„Was soll das?“, fragte Lukas, gleich nachdem Franzi die Tür hinter seiner Mutter geschlossen hatte.

„Hast du nicht ihren enttäuschten Blick gesehen, nachdem du ihr abgesagt hast? Ich bin mir sicher, sie hat den Kuchen nur deinetwegen gebacken. Das konnte ich nicht mit ansehen. Nur deshalb habe ich mich eingemischt. Auch wenn es mir andererseits unangenehm ist, mich als so verfressen hinzustellen.“ Sie warf ihm einen strafenden Blick zu. „Du solltest manchmal ein bisschen taktvoller und feinfühliger sein.“

Darauf sagte Lukas nichts mehr und fing stattdessen an, auf Knien über den Boden zu rutschen.

„Hilf mir mal, die Kommode von der Wand abzurücken“, forderte er.

Unter der Kommode war der Boden wundersamerweise trocken, es wäre auch wirklich zu schade um das gute Stück gewesen.

Als sie sich eine Stunde später auf den Weg zu Lukas' Mutter machten, hatten sie den Boden mit den frischen Handtüchern noch mal trocken gewischt, weil an einigen Stellen, wo die Laminatbretter aneinanderstießen, beim Rübergehen Wasser hochkam. Demnach musste es darunter sehr nass sein.

„Tut mir leid, Frau Wegener, aber wir mussten auch diese Handtücher anderweitig benutzen. Ich hoffe, das ist nicht allzu schlimm.“

„Kein Problem, das Wichtigste ist doch, dass Lukas und Sie einigermaßen gut und trocken die Nacht hinter sich bringen. Was sind da ein paar Handtücher. Ich suche gleich neue heraus und schmeiße die hier in die Waschmaschine, sobald Ihre Wäsche fertig ist. Ist es okay, wenn ich Ihre Wäsche in den Trockner gebe? Dann können Sie sie am späten Abend schon wieder abholen."

Franzi lächelte Lukas' Mutter dankbar an. „Kein Problem und vielen Dank für das Angebot."

Der Kuchen war lecker und sie hatte gleich drei Stück verdrückt. Aber nur weil Lukas' Mutter ihr immer wieder eins aufgedrängt hatte. Beim vierten Stück streikte sie. Sie war pappsatt. Ein Grund fürs kräftige Zulangen – als Dankesbezeugung quasi – war die Tatsache, dass Frau Wegener ihr eröffnete, dass sie ihre eigene Versicherung in Anspruch nehmen werde und sie, Franzi, ja keine Schuld am Defekt der Waschmaschine traf. Es war lediglich ein unglücklicher Zufall, dass sie die Maschine angestellt hatte anstatt nachfolgende Feriengäste.

„Mutter, willst du aufs Festland in den Baumarkt fahren, um dir den neuen Boden auszusuchen?"

„Nicht nötig. Ich habe noch die Rechnungen von der letzten Renovierung und ich bestelle einfach den gleichen Boden wieder. Aber es wäre nett, wenn du mir vorab eine Aufstellung von den Gegenständen machen könntest, die Schaden genommen haben. Dann kann ich das schon mal an die Versicherung weitergeben."

„Kein Problem, das erledige ich gleich hier. Unter Vorbehalt natürlich. Das Bett müsste man von unten begutachten. Bei der Küchenzeile ist vermutlich nur die Sockelleiste betroffen. Meistens stehen die Schränke selbst auf Füßen. Aber das wirst du sehen, wenn alles ausgeräumt wird, um den Boden rauszureißen."

„Jedenfalls muss mit den Arbeiten umgehend begonnen werden, damit sich gar nicht erst Schimmel bilden kann. Das wäre der Super-GAU. Ich weiß überhaupt nicht, wie ich das hinkriegen soll, ohne meine Hausgäste zu beeinträchtigen. Es geht doch nicht, dass ich die Möbel auf dem Flur lagere und die Gäste sich daran vorbeiquetschen müssen."

„Das wäre wirklich ungünstig", schaltete sich Franzi ein.

„Haben Sie denn keine Kellerräume, wo die Sachen untergebracht werden könnten? Wir würden Ihnen auch helfen, alles da abzustellen, wo immer Sie es lagern müssen." Sie wandte sich Lukas zu. „Das tun wir doch, oder?"

Lukas nickte. „Natürlich. Am besten bevor wir umziehen."

„Das müsst ihr nicht machen. Ihr seid doch auf Urlaub hier. Äh, ich meine, auf Dienstreise. Ihr solltet euch um eure Arbeit kümmern. Ich finde schon ein paar Helfer. Der Sörens, der drüben bei Jule Petersen den Rasen mäht und sich um allerlei handwerkliche Arbeiten kümmert, hat mir auch schon ein paarmal geholfen. Der ist froh, wenn er was um die Finger hat. Ich rufe ihn nachher an."

Franzi war total erschöpft, als sie recht früh ins Bett kroch. Lukas war noch eine Runde joggen, um den Kopf freizukriegen und frische Luft zu schnappen. Sie hatte sich nicht aufraffen können, noch mal außer Haus zu gehen. Dieser Tag hatte es in sich gehabt. Die Wanderung über den Kniep zum Quermarkenfeuer und dann durch die Dünen erschien ihr Lichtjahre entfernt, dabei waren seit ihrer

Rückkehr erst wenige Stunden vergangen. Sie versuchte sich zurückzubeamen und die Eindrücke vom Vormittag heraufzubeschwören. Doch immer wieder glitten ihre Gedanken zurück zum Wasserschaden.

Überall Wasser. Wo kam das so plötzlich her? Sie strampelte wie verrückt, um nicht unterzugehen, und versuchte gleichzeitig die Lage zu peilen. Das Wummern der Technomusik, die von irgendwo herkam, dröhnte immer lauter. Wo war Kollege Krüger abgeblieben? Konnte der überhaupt schwimmen? Ihr Herz pochte wild im Takt des Technolärms. „Krüger, wo sind Sie?" Nichts. Er war doch nicht etwa untergegangen? Sie vergaß das Wassertreten, schluckte prompt Wasser. Bäh, es schmeckte irgendwie metallisch. „Krüger!" Plötzlich ein Knall. Noch einer und noch ein dritter. Ihr war, als würde sie nach hinten geschleudert und fiele rückwärts ins Wasser. Ihre rechte Körperhälfte brannte wie Feuer. Sie ging unter, kämpfte eine gefühlte Ewigkeit, um den Kopf aus dem Wasser strecken und atmen zu können. Aber wieso das alles? Sie war doch schon im Wasser gewesen. Ihre Lungen brannten. Endlich schaffte sie es an die Oberfläche und japste nach Luft, ruderte wild mit den Armen. Warum half ihr niemand? Wo verdammt war Krüger?

Plötzlich umfasste jemand ihren Körper. Wollte derjenige sie wieder unter Wasser drücken? Sie umbringen? Doch die Arme hielten sie nur fest, wiegten sie sanft hin und her.

Sie spürte das gleichmäßige Auf und Ab seines Brustkorbes an ihrem Rücken. Seinen Arm hielt sie umschlungen.

Die Barriere, die sie am Abend wieder in die Mitte des Bettes platziert hatte, war weg. Ganz deutlich drang Lukas' ureigener Duft, gemischt mit der würzig herben Note seines Duschgels, in ihre Nase. Hatte sie etwa wieder …? Sie musste nicht lange nachdenken, bis ihr der Traum der Nacht wieder in Erinnerung kam. Das Gefühl, ertrinken zu müssen, hatte sich mit ihrem üblichen Albtraum vermischt. Das konnte nur an diesem blöden Wasserschaden liegen. Keine Nacht mehr wollte sie in dieser Wohnung bleiben. Am liebsten wäre sie sofort auf und davon. Aber wohin zu dieser Uhrzeit?

Es war stockdunkel, also mitten in der Nacht. Sie musste durchhalten und beten, dass der Traum sie nicht erneut einholte. Sie war heilfroh, dass sie morgen umziehen mussten. Aber auch da würden sie in einem Zimmer übernachten. Es war nicht gut, dass sie beide in einem Bett schliefen und sie sich nachts immer wieder in seinen Armen wiederfand. Wo sollte das hinführen? Sie müsste von ihm wegrücken, die Distanz zwischen ihnen deutlich vergrößern. Doch er hielt sie fest, zog sie wieder an sich, als sie versuchte, sich von ihm zu lösen. Da sich seine Atmung nicht veränderte, war sie sicher, dass er fest schlief und seine Bewegung nur unbewusst gewesen war. Sie wollte ihn nicht wecken, schließlich störte sie ihn schon zwei Nächte hintereinander durch ihre Albträume. Sie war es ihm schuldig, ihn jetzt in Ruhe schlafen zu lassen. Das war das Mindeste, was sie für ihn tun konnte.

17 Franzi

Sie sah zu Lukas hinüber. Er streifte den Bezug von seiner Bettdecke ab. Sie hatten sich darauf geeinigt, das zu erledigen und damit seine Mutter zu unterstützen. „Ich ziehe meins selbst ab", erinnerte sie ihn. Doch sie konnte sich nicht rühren. Sah ihm einfach bei der Arbeit zu.

„Was ist?" Lukas sah sie forschend an.

„Äh, nichts." Sie spürte, wie ihre Wangen brannten, und fühlte sich ertappt. Hatte sie ihn so auffällig beobachtet?

„Spuck es aus", forderte Lukas.

„Es ist nichts."

„Und warum starrst du mich die ganze Zeit so an?"

„Ähm … mach ich doch gar nicht", behauptete sie.

„Doch, das tust du. Ich komme mir schon vor wie bei einer Fleischbeschau."

„Also … das ist doch …" Ihr fehlten tatsächlich die Worte. Sie schnappte sich ihr Kopfkissen und zerrte den Bezug herunter. Plötzlich bekam sie einen Rippenstoß, sodass sie aufs Bett fiel.

„Spinnst du?"

„Mir war gerade danach." Er grinste sie frech an und ließ sich neben sie fallen. „Sag, was war das eben, das dir durch den Kopf ging?"

„Weiß ich nicht mehr." Sie hielt den Atem an, als Lukas' Blick sie gefangen hielt. Das Graublau seiner Augen verdunkelte sich, von Frechheit keine Spur mehr. Da war etwas anderes in seinen Augen. Etwas, das sie nicht recht deuten konnte und schon gar nicht wollte. Denn sie fürchtete sich davor, was sie entdecken könnte. Ihr Herz pochte augenblicklich heftiger und ihr wurde ganz heiß. Sie hielt den Atem an. Wie war es möglich, dass ein Blick von ihm sie derart durcheinanderbrachte? Es wurde höchste Zeit, sich zusammenzureißen. Schwer atmend rappelte sie sich auf. „Los jetzt, weitermachen. Wir müssen ausziehen. Und außerdem wollten wir noch einiges in den Keller räumen." Sie war froh, diesen Vorwand anbringen zu können. Trotz des letzten Traums tat es ihr jetzt ein bisschen leid, die kleine Ferienwohnung verlassen zu müssen. Mittlerweile fühlte sie sich hier ganz wohl, auch wenn sie mit Lukas dicht an dicht wohnte. Unglaublich, aber es war tatsächlich so. Aus der aus finanzieller Not geborenen Reise hatte sich ein einigermaßen annehmbares Verhältnis zwischen ihnen beiden aufgebaut. Er versuchte sie zu beruhigen, wenn der Traum sie quälte. Zum zweiten Mal bereits. Und er konnte zuhören, wie sie am Strand festgestellt hatte. Sie gestand sich ein, dass es ihr gefiel, dass sie nicht mehr so oft aneinandergerieten wie vor der Reise. Inzwischen war ihre Zeit hier auf der Insel viel angenehmer.

„Wie machen wir das jetzt mit Simone und Karsten? Es wird noch schwieriger sein, die beiden anzutreffen. Mir ist sowieso schleierhaft, wieso wir das alles so lasch angehen. Bisher machen wir hier mehr Urlaub, als dass wir unserem Job nachgehen."

„Wir können schlecht nebenan klopfen und die beiden fragen, wen sie schon alles beklaut oder was sie sonst auf dem Kerbholz haben."

„Stimmt allerdings. Trotzdem hatte ich mir das Arbeiten anders vorgestellt."

„Wie denn?"

Franzi zuckte mit den Schultern. „Anders eben. Weniger Freizeit, mehr observieren."

„Was hältst du davon, wenn wir gleich mal bei den beiden klopfen, sie auf den neuesten Stand bringen und für heute Abend zum Essen einladen? Als Dank für ihre Hilfe."

„Das ist eine gute Idee. Lass uns sofort rübergehen, bevor sie uns entwischen. Wir machen anschließend hier weiter." Franzi ließ das Bettzeug fallen und eilte zur Tür. Sie achtete nicht mal darauf, ob Lukas ihr folgte.

Dreimal musste sie an der Tür des „Dünengras" klopfen, bevor sie ein Geräusch hinter der Eingangstür vernahm. Die Tür öffnete sich ein Stückchen. Simones Kopf lugte durch den schmalen Spalt. „Ja?" Ihre Haare standen in alle Himmelsrichtungen, ihre Wangen waren gerötet. Sie hatte ein Laken um sich geschlungen, die Schultern waren nackt.

„Oh, sorry, ihr schlaft noch? Tut mir leid, wenn wir euch geweckt haben. Wir wollten uns noch mal bei euch bedanken und euch gern für heute Abend zum Essen einladen. Als Dank für eure Unterstützung gestern. Und wir wollten euch mitteilen, dass wir in die Pension Jule ziehen, damit hier möglichst schnell alles rausgerissen werden kann."

„Auf Baulärm haben wir gar keine Lust", kam Karstens Stimme aus dem Hintergrund.

„Ich denke, das wird nicht so schlimm werden. Unserer Vermieterin ist ja auch daran gelegen, dass ihre Feriengäste nicht gestört werden. Aber es ist nun mal ein Notfall“, erklärte Lukas.

Franzi ahnte, dass er sich wand, weil er nicht preisgeben wollte, dass es sich bei der Vermieterin um seine Mutter handelte. Hoffentlich verplapperten sie sich nicht doch noch. Das wäre megapeinlich.

„Was ist mit heute Abend? Habt ihr Lust und Zeit?“

Simone drehte sich zu ihrem Freund um, als erwartete sie von ihm eine Antwort. Dann sah sie wieder aus der Tür. Franzi sah ihr die Unschlüssigkeit an. „Ihr könnt das gern noch besprechen und uns später Bescheid geben. Wir sind vorerst nebenan noch am Wirbeln. Und sorry noch mal, wenn wir euch gestört haben sollten.“ Sie lächelte Simone freundlich an. „Bis später.“

„Bis dann“, murmelte Simone und schob die Tür zu.

„Meinst du, wir haben sie beim Sex gestört?“, fragte Lukas.

Franzi warf ihm einen genervten Blick zu. „Das kann auch nur ein Mann fragen. Männer denken immer nur an das eine.“

„Ist das so?“

Sie wich seinem Blick aus. Auf keinen Fall wollte sie mit ihm über Sex reden. „Die haben noch geschlafen, das sah man Simone ganz deutlich an.“ Obwohl, jetzt, wo er es erwähnte, war auch seine Version denkbar. „Ich glaube nicht, dass sie sich im Falle deiner Version vom Klopfen hätten stören lassen. Also, ich hätte jedenfalls nicht darauf reagiert.“

„Ach …“ Lukas grinste sie wieder mal mit unverschämt frecher Miene an.

Verdammter Mist, was hatte sie da eben von sich gegeben? Ausgerechnet vor Lukas. Höchste Zeit, sich aufs Wesentliche zu konzentrieren. „Los jetzt, lass uns weiterarbeiten, damit wir vorankommen und rechtzeitig zum Mittag fertig sind."

„Du denkst schon wieder ans Essen?"

„Wieso ans Essen? Mittag ist auch eine Tageszeit, falls dir das noch nicht aufgefallen ist." Ohne ihn weiter zu beachten, stürmte Franzi in die Wohnung zurück und griff sich das Bettzeug, um es in den Wäschekeller zu bringen.

Sogar das Bett bauten sie auseinander und brachten die Teile in den Keller. Es gab nur einen kleinen Wasserfleck an der Unterseite, ansonsten war es verschont geblieben. Einzig die Küchenzeile ließen sie stehen und montierten nur die Bodenleiste ab. Tatsächlich standen die Schränke auf Füßen, sodass sie nach der Renovierung wieder eingebaut werden konnten. Lukas' Mutter hatte sogar schon mit ihrem Bekannten gesprochen. Er wollte sich selbst um die Küchenschränke und die Spüle kümmern. Darüber waren sie und Lukas heilfroh.

Als sie die Wohnungstür hinter sich zuzogen, atmete Franzi erleichtert durch. Jetzt kam hoffentlich dieser Traum vom beinahe Ertrinken nicht wieder. Die Kombination der vergangenen Nacht hatte ihr besonders zugesetzt.

Franzi spürte Lukas' Unruhe, als sie mit Sack und Pack das Grundstück seiner Mutter verließen. Immer wieder warf er ihr einen Blick zu, schien nach Worten zu suchen. So kannte sie ihn gar nicht. „Ist was?", half sie ihm auf die Sprünge.

Er räusperte sich. „Flipp nicht aus, wenn wir gleich drüben sind."

Sie hatte es doch gewusst. Es gab einen Haken an der ganzen Umzieherei. „Wieso? Was ist los? Ist das etwa nur ein Einzelzimmer oder was für eine Kaschemme willst du mir unterjubeln?" Franzi straffte ihren Rücken, um sich, für was auch immer, zu wappnen.

„Keine Sorge, wir bekommen ein Doppelzimmer."

„Was hast du dann auf dem Kerbholz?" Mit einem Mal stellten sich Franzis Nackenhaare auf. Ein untrügliches Zeichen dafür, dass etwas im Anmarsch war, von dem sie nicht wusste, wie sie damit umgehen sollte. „Verdammt, Lukas! Spuck es endlich aus."

Vor ihnen öffnete sich die Haustür und eine rothaarige schwangere Frau trat durch die Tür. Franzi erstarrte.

Das … das war doch nicht möglich. Irgendwer spielte ihr einen fiesen Streich. Sie hatte Halluzinationen. Eindeutig. Mit einem Aufstöhnen schloss sie die Augen und zwinkerte ein paarmal. Doch das änderte nichts.

Die Rothaarige vor ihr stieß einen spitzen Schrei aus und geriet ins Wanken. Lukas stürmte der Frau entgegen, stützte sie.

Mit einem dumpfen Poltern landete Franzis Gepäck auf dem Boden. Sie zitterte wie Espenlaub.

18 Lukas

War es ein Fehler gewesen, Schicksal spielen zu wollen? Immer noch hielt er Jule fest, deren Körper bebte. Mit beiden Händen hielt sie ihren Bauch. „Ich wollte dich nicht aufregen, Jule. Das musst du mir glauben." Doch seine Worte schienen bei Jule gar nicht anzukommen. „Willst du dich setzen? Vielleicht drinnen?" Er sah zu Franzi, die leichenblass und hilflos einige Meter entfernt stand. Wie gern wäre er bei ihr. Doch vorerst war Jules Zustand dringlicher.

„Das ist Jule Petersen. Ihr gehört die Pension", rief er Franzi zu. „Jule, das ist Franzi, also Franziska Naumann, meine Mitarbeiterin."

„Wie kann das sein?", hauchte Jule mit matter Stimme. „Wie kann es sein, dass sie mir so ähnlich sieht?"

„Das weiß ich nicht", gab er ehrlicherweise zu. „Aber ich finde, es wird Zeit, es herauszufinden." Er sah Jule eindringlich an. „Geht es wieder?"

„Weiß nicht. Der Schock … Kümmere dich um deine Mitarbeiterin, sie steht so verloren da. Ich lehne mich derweil an die Wand. Du kannst mich also loslassen."

Lukas zögerte. Erst als sich Jule schwer atmend an die Hauswand lehnte, ließ er sie vorsichtig los und beeilte sich, zu Franzi zu kommen.

Als er sie erreichte, schien sie sich aus der Schockstarre zu lösen. Sie funkelte ihn an, als wäre er der Leibhaftige.

„Franzi …"

„Wie konntest du das tun?", fauchte sie und traktierte ihn mit ihren Fäusten.

Er wehrte sich nicht, stand still wie eine Statue.

„Wie konntest du mich die ganze Zeit darüber im Unklaren lassen, dass wir gegenüber meiner Doppelgängerin wohnen?"

„Kommt rein", schlug Jule von der Tür her mit leiser Stimme vor. „Ich muss mich jetzt wirklich setzen."

„Komm." Lukas griff nach Franzis Gepäck und nickte ihr aufmunternd zu. „Ich vermute, ihr wollt der Sache mit eurer frappierenden Ähnlichkeit auf den Grund gehen."

„Kommt in die Küche. Setzt euch."

Das Stöhnen, das Jule entschlüpfte, als sie sich setzte, erschreckte ihn. Was hatte er angerichtet? Was, wenn diese ganze Aktion ihr und dem Baby schadete? Das könnte er sich niemals verzeihen. Lukas schielte zu Franzi. Sie starrte mit offenem Mund Jule an.

„Wie kommt es, dass wir uns so ähnlich sehen?", fragte Franzi leise.

Das hatte er sich, als er Franzi zum ersten Mal gesehen hatte, auch sofort gefragt. Außer ihrer Haarlänge gab es kaum einen Unterschied zwischen ihnen. Okay, Jule war etwas älter, ihre Nase ein bisschen breiter als Franzis. Aber Augen- und Mundpartie stimmten fast überein. Die krausen Haare ebenso. Franzis Gesicht war etwas schmaler als Jules, was aber auch an Jules Schwangerschaft liegen konnte.

„Du stammst aus Hameln?", fragte Jule matt.

Franzi schüttelte den Kopf. „Ich komme ursprünglich aus Hannover. Ich bin erst vor gut einem Jahr nach Hameln gezogen. Meine Schwester lebt da schon länger und wir wollten näher beieinander wohnen."

Das war also der Grund, warum Franzi ausgerechnet in Hameln ihre Detektei eröffnet hatte. Weil sie die Nähe ihrer Schwester benötigte nach dem schrecklichen Vorfall? Das wäre zumindest nachvollziehbar.

„Was bin ich für eine Gastgeberin. Möchtet ihr etwas trinken?", holte Jule ihn aus seinen Überlegungen. Dabei sah sie aus, als könnte sie selbst einen Schluck gebrauchen.

„Im Augenblick nicht. Aber dir würde ein Schluck Wasser sicher guttun."

Jule nickte. „Nimm gleich das Glas vom Tisch, das ist meins, und hol mir einfach etwas Leitungswasser."

Lukas sprang auf und erledigte das sofort. Er drückte Jule das Glas in die Hand und achtete darauf, dass sie gleich einen Schluck trank. „Und du, Franzi?"

„Nein danke", antwortete Franzi mit rauer Stimme.

Beide Frauen waren dermaßen von der Rolle, das hatte er nicht gewollt. Hätte er wenigstens eine von ihnen vorwarnen müssen? Nun war es sowieso zu spät. Er konnte das Zeitrad nicht zurückdrehen. „Ich hatte nicht beabsichtigt, euch dermaßen aus der Fassung zu bringen. Mir war schon bei meiner ersten Begegnung mit dir, Franzi, aufgefallen, dass du Jule so ähnlich siehst. Da dachte ich mir, es könnte ja sein, dass ihr verwandt seid. Schließlich wohnst du in Hameln und Jule kommt gebürtig aus Hameln. Da war diese Überlegung doch eigentlich logisch. Doch als du mir sagtest, du hättest mit der Nordsee noch nie was am Hut gehabt, kam mir der Gedanke, dass ihr eventuell gar nichts voneinander wisst. Und da kam mir der Auftrag von meiner Mutter ganz recht und in mir wuchs die Idee, euch beide zusammenzubringen."

Er sah von einer zur anderen, beide schienen wie erstarrt und hatten dieses Zusammentreffen offensichtlich immer noch nicht verdaut.

„Ich habe keine Verwandten mehr in Hameln. Meine Eltern sind schon einige Jahre tot. Sie starben beide bei einem Autounfall." Jules Stimme war nur ein Flüstern.

„Das tut mir sehr leid", sagte Franzi leise. „Mein Vater ist vor drei Jahren gestorben. Krebs."

„Und deine Mutter?"

„Zog kurz nach dem Tod meines Vaters von Hannover nach Braunschweig. Sie hielt es in der gemeinsamen Wohnung allein nicht aus."

Es tat ihm leid, dass sowohl Franzi als auch Jule den elterlichen Verlust früh verschmerzen mussten. Eine Weile schwiegen sie alle und jeder schien seinen Gedanken nachzuhängen.

Schließlich ging ein Ruck durch Jules Körper. „Ich zeige euch jetzt das Zimmer. Es ist die Nummer 5. Wartet einen Augenblick, ich muss die Schlüssel aus dem Büro holen." Sie erhob sich schwerfällig, hielt sich einen Moment an der Tischkante fest und schlurfte, eine Hand unter ihren Bauch haltend, die andere in den Rücken gestemmt, aus der Küche.

„Kann ich irgendwas für dich tun?", wandte sich Lukas an Franzi. „Es tut mir leid, du schleppst schon so viel Unschönes mit dir rum und jetzt noch diese Aufregung. Dabei wollte ich euch nur einen Gefallen tun. Ich hätte einfach nicht damit leben können, zu wissen, dass es von dir eine Doppelgängerin gibt beziehungsweise eine von Jule, und euch im Unklaren darüber zu lassen.“ Er sah Franzi eindringlich an, doch sie bemerkte es nicht, da sie auf ihre Finger blickte, die auf dem Tisch kleine Kreise malten. „Das hättest du doch auch nicht gemacht, oder, Franzi? Sag es mir, damit ich mich nicht mehr so schlecht fühle.“

Franzi zuckte nur mit den Schultern, was ihm nicht wirklich eine Beruhigung war.

„Von mir aus maul mich an, oder verpass mir noch ein paar Boxhiebe. Hauptsache, du kommst aus deiner Apathie heraus.“

Der Blick, der ihn traf, zeigte ihm, wie schlecht sie gerade auf ihn zu sprechen war. Doch plötzlich stahl sich ein winziges, wenn auch ziemlich schiefes Lächeln auf ihre Lippen. „Ich verprügele dich, wenn wir auf dem Zimmer sind. Ohne Zeugen.“

Wenigstens sprach sie wieder mit ihm. Und wenn es ihr half, wollte er als Sandsack herhalten.

„Hier sind die Schlüssel. Der größere ist fürs Zimmer, der andere für die Haustür. Im Flur am Schlüsselbrett hängt der Schlüssel für den Fahrradschuppen. Ihr könnt euch gern Räder ausleihen.“

„Danke, wir haben schon welche drüben im Fahrradkeller meiner Mutter.“

„Lasst uns bitte raufgehen. Dann muss ich mich hinlegen.“ Jule strich zärtlich über ihren Bauch. „Das Kleine hat sich auch ziemlich aufgeregt.“

„Nichts lag mir ferner, als einem von euch oder deinem Baby Schaden zuzufügen. Wo willst du dich hinlegen? Ich bringe dich natürlich.“

„Ich lege mich ein Stündchen ins Bett. Meine Wohnung befindet sich im Obergeschoss.“

„Wenn es dir nichts ausmacht, dass ich deine Wohnung betrete, bring ich dich bis oben“, bot Lukas an. „Ich gebe dir noch meine Telefonnummer. Melde dich, falls du etwas brauchst.“

„Meine Freundin Pauline wollte sowieso vorbeikommen. Ich denke, bis dahin wird es gehen. Ansonsten rufe ich sie an, ob sie früher da sein kann.“

„Ich gebe dir meine Nummer trotzdem.“ Dank seines Berufs hatte er stets Stift und Notizbuch am Mann. Er zog beides aus der Innentasche seiner Jacke und riss eine freie Seite heraus, auf der er seine Nummer notierte.

Im Flur nahmen sie ihr Gepäck und folgten Jule die Treppe hinauf.

„So, hier ist es. Ich hoffe, es sagt euch zu.“

„Wir sind nicht wählerisch, sondern froh, dass wir so spontan eine neue Bleibe gefunden haben. Wie lange ist das Zimmer denn frei?“

„Meine Gäste hatten für zwei Wochen gebucht. Wie lange hattet ihr vor zu bleiben? Ich muss schließlich wissen, ob ich noch ein paar Tage anderweitig vermieten muss.“

Lukas sah kurz zu Franzi. „So genau haben wir das nicht besprochen, zumal wir bisher nicht wussten, für wie lange dein Zimmer zu haben ist. Reicht es dir, wenn wir das in Ruhe besprechen und dir heute Abend oder morgen mitteilen?“

Jule nickte. „Kein Problem. Ich hoffe, ihr habt einen schönen Aufenthalt hier. Kaffee oder Tee zum Frühstück? Ernährt sich einer von euch vegan?“

„Kaffee. Ansonsten nehmen wir das, was du uns anbietest. Wir sind nicht wählerisch." Er sah zu Franzi und ihm behagte gar nicht, dass sie immer noch so still war. „Oder hast du noch einen besonderen Wunsch?"

„Alles gut."

Jule schob die Tür der Nummer 5 weit auf. „Handtücher liegen im Bad und ihr könnt neben dem Frühstücksraum auch den Wintergarten benutzen. Dumm, dass ich euch die Räume nicht gleich gezeigt habe. Macht es euch etwas aus, sie allein in Augenschein zu nehmen? Es ist mir selbst nicht recht, dass ich gerade nicht zu hundert Prozent einsatzbereit bin. Ich hoffe, ihr seht mir das nach."

„Mach dir keine Gedanken um uns. Ich begleite dich jetzt in deine Wohnung, damit du dich ausruhen kannst." Lukas bot Jule seinen Arm an, damit sie sich einhaken konnte. „Vergiss nicht, dass du mich jederzeit anrufen kannst. Zumindest bis deine Freundin eintrifft oder dein Ben nach Hause kommt."

„Ben wird erst spät da sein. Heute stehen noch Aufnahmen im Dunkeln an, die am Strand gedreht werden sollen."

„In was für eine Rolle schlüpft Ben denn dieses Mal?", fragte Lukas, während sie langsam die Treppe ins Obergeschoss erklommen.

„Ich weiß ehrlich gesagt nicht, ob ich das verraten darf. Am besten, du fragst ihn selbst, falls er dir über den Weg läuft. Er ist ja mächtig beansprucht momentan. Man weiß nie, wie lange die Drehtage dauern. Kann immer mal sein, dass eine Szene etliche Male wiederholt werden muss, bis sie sitzt."

Lukas staunte über Jules plötzlichen Redefluss. Sie schien sich gefangen zu haben. Oder brauchte sie das Gespräch, um sich abzulenken? Egal. Hauptsache, es ging ihr besser.

Er konnte gar nicht schnell genug zu Franzi kommen, nachdem er sich von Jule an deren Wohnungstür verabschiedet hatte. Fast wäre er auf den Stufen abwärts gestolpert und vermutlich gestürzt. Das hätte gerade noch gefehlt.

„Ich habe vergessen, Jule nach einem Kissen für die Mitte zu fragen."

Damit, dass Franzi ihn mit ihrer Sorge wegen ihrer Barriere im Bett empfangen würde, hatte er nicht gerechnet. Eher damit, dass sie ihm gleich die Hölle heißmachte oder ihn tatsächlich als Boxsack missbrauchte.

„Ich lauf schnell zu deiner Mutter und frage sie, ob ich mir das von ihr ausleihen darf."

„Wenn es dich glücklich macht." Er schluckte seinen Wunsch, lieber ohne dieses dämliche Kissen mit ihr im Bett zu liegen, hinunter. Es war besser, nicht noch mehr Konflikte heraufzubeschwören. Franzi war dabei, ihre Kleidung in den Schrank zu räumen. Der Koffer war immer noch feucht und sie hatte ihre Sachen nur ungern da hineingelegt. Aber das war nun mal der einfachste Weg gewesen, alles hierherzubringen.

„Ich kann das übernehmen, wenn du es unbedingt brauchst."

„In Ordnung. Dann kann ich hier weitermachen."

Er war sich nicht sicher, aber er hatte auch bei Franzi das Gefühl, dass sie froh war, sich mit etwas beschäftigen zu können, um sich nicht den Fragen zu stellen, die bei der Begegnung mit Jule unweigerlich aufgetaucht waren.

Er traf seine Mutter beim Fegen vor der Haustür an.

„Alles in Ordnung drüben? Habt ihr ein schönes Zimmer bekommen?“

„Wie man's nimmt. Kann ich dieses Kissen mitnehmen, das du Franzi gegeben hast, um eine Grenze im Bett zu ziehen?“

„Hat Jule so was nicht?“

„Wir haben sie nicht gefragt. Die Lage war schon angespannt genug, als Franzi und Jule aufeinandertrafen. Sie kennen sich tatsächlich nicht und eine verwandtschaftliche Beziehung scheint es auf den ersten Blick nicht zu geben.“

„Diese Ähnlichkeit ist unfassbar, da muss es doch einen Grund für geben. Ich habe Franzi ja schon gleich bei eurer Ankunft nach einer Beziehung zur Insel gefragt. Sie verneinte das. Ich musste mich echt zusammenreißen, um sie nicht ständig auf ihre Ähnlichkeit mit Jule anzusprechen. Als du mir am Telefon davon erzähltest, konnte ich mir nicht vorstellen, wie gleich sie tatsächlich aussehen. Die Haarlänge ist doch der einzige große Unterschied. Wozu bist du Detektiv, geh der Sache mal auf den Grund.“

„Das ist nicht meine Angelegenheit. Ich habe genug Chaos verbreitet. Das reicht fürs Erste. Den Rest müssen die beiden unter sich bereden. Außerdem ist Franzi ebenfalls Detektivin. Und wie ich sie einschätze, wird sie forschen, bis sie den Grund herausfindet.“

„Ja, es ist wohl das Beste, wenn sie das selbst in die Hand nimmt. Wie hat Jule das aufgenommen?“

„Sie ist ziemlich durch den Wind und musste sich hinlegen. Wenn ich gewusst hätte, dass sie hochschwanger ist, wäre ich mit Franzi nicht hergekommen. Hoffentlich schadet ihr die Aufregung nicht. Franzi ist natürlich auch ziemlich geschockt. Dabei hatte ich wirklich nur gute Absichten.“ Er sah seine Mutter nachdenklich an. „Mama, sag, war es ein Fehler?“

Seine Mutter tätschelte ihm den Arm. „Keine Sorge, Junge. Die meisten Frauen sind härter im Nehmen, als man denkt. Jule hat schon viel mitmachen müssen, da wird sie das auch noch hinkriegen.“ Sie lächelte verschmitzt. „Und wer weiß, vielleicht sind die verwandtschaftlichen Verhältnisse dichter, als die beiden es sich vorstellen können.“ Lieselotte Wegener lehnte ihren Besen gegen die Hauswand. „Komm mit rein, das Kissen liegt auf der Waschmaschine. Bloß gut, dass ich zuerst eure Bettwäsche angestellt habe.“

19 Franzi

Sie atmete erleichtert durch, als sich die Tür hinter Lukas schloss. Hoffentlich kam er nicht so schnell zurück. Sie wollte allein sein. Musste dringend ihre Gedanken sortieren, die wild durcheinander durch ihren Kopf geisterten. Am liebsten würde sie Lukas den Kopf abreißen. Nicht zu fassen, dass er sie in diese Situation stolpern ließ, ohne sie mit einem Wort darauf vorzubereiten. Okay, er hatte irgendwas Kryptisches von sich gegeben, als sie losgegangen waren. Dass sie nicht ausflippen sollte. Aber niemals im Leben wäre ihr so ein Szenario in den Sinn gekommen. Das Adrenalin schoss immer noch wie verrückt durch ihren Körper, ihre Gedanken rotierten um die Frage nach dem Warum.

Wie verdammt konnte solch eine Ähnlichkeit zustande kommen? Das musste sie herausfinden. Am besten gemeinsam mit Jule. Soweit die dazu in der Lage war und falls sie es überhaupt wollte. Ob sie mal nachsehen sollte, wie es Jule ging, ob sie etwas brauchte? Franzi konnte es sich nicht erklären, aber sie spürte so etwas wie Verbundenheit zu dieser Jule. Oder kam das nur davon, dass sie beide überrumpelt worden waren und sauer auf Lukas waren? So was verband schließlich.

Franzi räumte ihr Waschzeug ins Bad und stellte den inzwischen leeren Koffer offen gegen die Heizung, die vermutlich Jule für sie angestellt hatte. Damit trocknete ihr Gepäckstück sicher schneller.

Sie schnappte sich den Zimmerschlüssel, schloss hinter sich ab und lief hinunter ins Erdgeschoss. Sie lugte in die Küche. Ob sie sich erlauben durfte, in Jules Küche zu hantieren? Egal. Sie nahm Jules Glas vom Tisch und füllte es mit Leitungswasser auf. Ein Tee wäre vermutlich besser, schoss ihr durch den Kopf. Schließlich ging es um das leibliche Wohl der Hauseigentümerin. Da waren besondere Mittel wohl erlaubt. Der Wasserkocher stand neben der Spüle. Während sie darauf wartete, dass sich das Wasser erhitzte, öffnete sie einen Schrank nach dem anderen auf der Suche nach Tee. Einen Keramikbecher fand sie gleich hinter der ersten Schranktür, ein Kistchen mit diversen Teesorten schließlich auf dem Küchentisch. Welche Sorte Jule wohl bevorzugte? In einem der Fächer fand sie eine Kräutermischung, die beruhigend wirken sollte. Sie hängte einen Beutel davon in den Becher und goss kochendes Wasser drüber.

Vorsichtig ging sie die Treppe bis ganz nach oben, darauf bedacht, ja nichts zu verschütten und sich nicht zu verbrennen. Vor der Tür mit der in blau-weiß gemusterten Holzbuchstaben angebrachten Aufschrift „Privat“ blieb Franzi stehen. Sie klopfte leise an. Es regte sich nichts. Sie klopfte lauter. Wieder nichts. Ahnte Jule, wer vor der Tür stand, und weigerte sich deswegen, zu öffnen? Oder ging es ihr etwa schlechter? Ein ungutes Gefühl überkam Franzi. Sie konnte jetzt unmöglich einfach umkehren. Nicht ohne sicher zu sein, dass es Jule einigermaßen gut ging. Außerdem war da noch der Tee in ihrer Hand. Da die Eingangstür eine einfache Klinke hatte, drückte Franzi sie einfach nieder. Tatsächlich ließ sich die Tür öffnen. Sie lauschte. Kein Geräusch drang zu ihr. „Jule?" Nichts. „Jule? Ich wollte nur mal sehen, ob es dir besser geht. Ich habe dir einen Tee mitgebracht", rief sie lauter in die Wohnung hinein und lauschte. Sicher war Jule sauer, dass sie hier so einfach in ihre Privatsphäre eindrang. „Ich war so unruhig", fügte sie hinzu.

„Zweite Tür links", kam ihr plötzlich Jules leise Stimme entgegengeflogen.

Ihr war nicht wohl, aber nun war sie hier und Jule wusste Bescheid. Also konnte sie durchaus weitergehen. Sacht schob sie besagte Tür auf, die nur angelehnt war. Ihr Blick fiel direkt aufs Bett. Jule lehnte an der Rückwand, gestützt von zwei Kissen.

„Es tut mir wirklich leid, dich zu stören, aber mir kam plötzlich die Idee, du könntest etwas zu trinken gebrauchen. Ich war so frech, in deiner Küche einen Tee zu brauen. Ich hoffe, du nimmst mir das nicht übel."

„Das ist lieb, vielen Dank. Dummerweise habe ich nicht daran gedacht, mir etwas zu trinken mit ans Bett zu nehmen, konnte mich aber bisher nicht aufraffen, etwas zu holen." Jule lächelte matt. „Du rettest mich."

Franzi fiel ein Stein vom Herzen. „Was bin ich froh. Ich war wirklich am Zweifeln, ob ich es richtig mache oder du diese Aktion als Eingriff in deine Privatsphäre siehst." Sie trat näher ans Bett. „Vorsichtig, er ist heiß", warnte sie und reichte Jule den Becher.

„Vielen Dank." Jule nippte vorsichtig. „Kräuter. Die kann ich jetzt gut gebrauchen."

Franzi schob ihre Hände in die Taschen ihrer Jeans und starrte Jule an. Gab es noch etwas, das sie ihr sagen konnte? Ihr Kopf war wie leer gefegt. Einzig diese Ähnlichkeit nahm Raum in ihr ein. „Ich geh dann wieder", murmelte sie. „Du hast ja Lukas' Nummer, falls du noch etwas brauchst. Also dann ..." Sie drehte sich zur Tür um.

„Warte."

„Kann ich noch etwas für dich tun?"

Jule klopfte neben sich aufs Bett. „Setz dich doch. Ich denke, wir sollten uns unterhalten. Oder siehst du das anders?"

„Dir geht es doch nicht gut."

„Aber allein mit meinen wirren Gedanken im Bett geht es mir auch nicht besser, musste ich feststellen. Also können wir auch reden, wenn du schon mal hier bist. Falls du dazu bereit bist."

War sie das? Franzi zögerte, doch dann gab sie sich einen Ruck. „Warum nicht", sagte sie schließlich. Die Alternative wären ebenfalls wirre Gedanken gewesen, auf die sie keine Antwort finden konnte. Oder eine Auseinandersetzung mit Lukas anzuzetteln. Verdient hätte er es. Würde es ihr danach besser gehen? Vielleicht. Aber würde sie das weiterbringen? Mit Sicherheit nicht.

Jule zog die Bettdecke ein bisschen weiter vom Rand weg, damit Franzi besser Platz fand. „Glaubst du, dass wir verwandt sein könnten?", fragte sie leise.

„Ich weiß es nicht. Das geht mir auch schon die ganze Zeit durch den Kopf", gestand Franzi. „Unsere Ähnlichkeit ist schon gewaltig. Wie alt bist du denn?"

„Beinahe vierzig." Jule senkte den Kopf und blickte auf ihren Bauch, dann wieder zu Franzi. „Ich weiß, ich bin ein bisschen spät dran, ein Kind in die Welt zu setzen. Es war nicht geplant und ich hatte einen Heidenschiss, als ich von der Schwangerschaft erfuhr. Aber inzwischen freue ich mich riesig und kann es kaum noch abwarten, endlich dieses kleine Wesen in den Armen zu halten. Und Ben war von der ersten Sekunde an Feuer und Flamme. Er hofft, dass es ein Mädchen wird."

„Ihr wisst es noch nicht?"

Jule schüttelte den Kopf. „Ich will mich überraschen lassen. Es ist doch auch total egal. Hauptsache, es ist gesund."

„Wie lange hast du noch?"

„Knapp fünf Wochen. Und du? Hast du Kinder? Wie alt bist du eigentlich? Also, auf jeden Fall jünger als ich."

„Ich bin vierunddreißig. Ein Kind passte bisher nicht in mein Leben. Ich habe es auch nicht vermisst. Und in meiner jetzigen Lage würde es alles noch schwieriger machen, als es sowieso schon ist."

Jule sah sie mit nachdenklicher Miene an, während sie am Tee nippte. „Wenn du darüber reden magst, ..."

Franzi schüttelte den Kopf. „Möchte ich nicht. Lass uns lieber noch ein bisschen über unser Aussehen rätseln. Also, ich für meinen Teil will unbedingt herausfinden, was es damit auf sich hat."

„Ich auch. Allerdings habe ich kaum Möglichkeiten dazu. Meine Eltern leben ja nicht mehr."

„Fürs Erste werde ich meine Mutter anrufen. Vielleicht sind wir ja wirklich über was weiß ich wie viele Ecken verwandt. Wie ist denn dein Geburtsname?"

„Sandemann. Jule Sandemann. Meine Eltern hießen Reinhard und Karin. Übrigens war keiner von ihnen rothaarig. Die Haare habe ich eindeutig von meinem Großvater geerbt. An meine Großmutter kann ich mich nicht mehr erinnern, die starb schon, als ich noch ein Baby war. Ich habe nur ganz wenige Schwarz-Weiß-Aufnahmen von ihr, da lässt sich die Haarfarbe blöderweise nicht erkennen."

„Ich habe sowieso keinen blassen Schimmer, wie sich eine Haarfarbe vererbt. Das müsste ich recherchieren. Mein Vater war blond, die Haare meiner Mutter straßenköterblond, wie sie immer scherzhaft behauptet. Inzwischen ist sie in Würde ergraut."

„Ich habe noch eine Tante, mit der ich zwar kaum Kontakt habe, weil sie schon lange in den Staaten lebt, aber die könnte ich kontaktieren, wenn wir nicht weiterkommen. Und weißt du was, jetzt, wo ich den ersten Schock verdaut habe, finde ich es richtig spannend und aufregend herauszufinden, was es mit uns beiden auf sich hat."

„Geht mir ebenso. Obwohl ich immer noch sauer auf Lukas bin, weil er genau wusste, was mich beziehungsweise uns erwartete, er aber nicht ein Sterbenswort gesagt hat."

„Das hätte ich ihm, ehrlich gesagt, auch nicht zugetraut. Obwohl ich ihn nicht gut kenne und nur ab und an mal ein paar Sätze mit ihm wechselte, wenn er mal auf die Insel kam." Jule rutschte unruhig hin und her. „Du, Franzi, würde es dir etwas ausmachen, wenn wir unser Gespräch jetzt unterbrechen? Ich müsste mal dringend wohin. Und meine Freundin Pauline kommt sowieso gleich. Die wird staunen, wenn ich ihr das erzähle."

„Aber natürlich." Franzi sprang auf die Füße. „Entschuldige noch mal, dass ich so einfach bei dir reingeplatzt bin. Aber ich hatte mir wirklich Sorgen gemacht."

Jule schenkte Franzi ein Lächeln, während sie sich schwerfällig aus dem Bett schob. „Weißt du was, das war eine gute Entscheidung. Denn jetzt geht es mir schon wieder besser. Und danke für den Tee."

„Mir auch. War schön, mit dir zu plaudern. Mach's gut."

Nachdenklich verließ Franzi Jules Wohnung. Wie sollte sie am schlauesten vorgehen?

Noch ehe sie die Etage erreichte, in der ihr neues Zimmer lag, kam ihr eine blonde Frau entgegen, die gerade auf ihrem Handy herumtippte.

„Moin", grüßte sie, ohne groß aufzusehen.

„Hallo", erwiderte Franzi den Gruß. Ob das Jules Freundin war? Jedenfalls schien es sich nicht um einen Gast zu handeln, da sie eindeutig hinauf zu Jules Privaträumen wollte.

„Ähm … das glaube ich ja nicht. Warten Sie bitte", hörte Franzi plötzlich hinter sich, blieb stehen und drehte sich zu der Dame um.

„Hab ich jetzt Halluzinationen oder träume ich?"

„Weder noch, fürchte ich."

„Sind Sie eine Verwandte von Jule?"

„Wenn ich das wüsste."

„Das verstehe ich nicht. Tut mir leid, dass ich Sie löchere, aber ich bin gerade etwas … na ja, verwirrt." Die Blonde reichte Franzi die Hand und lächelte sie an. „Ich bin Pauline, Jule Petersens Freundin."

Franzi lächelte Pauline an. „Das habe ich mir beinahe gedacht. Jule erzählte, dass sie Besuch bekommt."

„Ich verstehe immer noch nicht. Wieso sehen Sie Jule so ähnlich? Wenn ich nicht eindeutig wüsste, dass Jule gerade etwas, wie soll ich sagen, übermäßig rund ist, hätte ich im ersten Augenblick geglaubt, Sie wären Jule. Okay, mit kürzeren Haaren, aber es hätte ja sein können, dass Jule beim Friseur war. Sie sehen mich echt fassungslos."

„Uns geht es ebenso, das können Sie mir glauben. Jule wird Ihnen bestimmt von unserem Aufeinandertreffen berichten. Sie war sehr aufgeregt und musste sich ins Bett legen. Ich habe gerade nach ihr geschaut."

„Oje, da werde ich schleunigst nach ihr sehen. Also dann, vielleicht begegnen wir uns noch mal. Einen schönen Tag."

„Ihnen auch."

Hoffentlich wurde es hier im Haus nicht zur Gewohnheit, dass sie auf die Ähnlichkeit mit Jule angesprochen wurde. Das würde ihr mächtig auf die Nerven gehen, das wusste sie jetzt schon.

„Wo warst du?" Lukas sprang vom Bett auf und kam ihr entgegen, kaum dass sie die Tür einen Spalt öffnete.

Sie warf ihm einen vernichtenden Blick zu. „Das geht dich nichts an."

„Ich habe mir Sorgen gemacht. Immerhin warst du ziemlich durcheinander."

„Was einzig und allein deine Schuld ist, wenn ich dich daran erinnern darf."

In einer hilflosen Geste zuckte Lukas mit den Schultern. „Vermutlich hast du recht. Aber ich habe wirklich nur gute Absichten gehabt. Ich hätte vorher mit dir reden müssen, das sehe ich jetzt ein. Kannst du mir verzeihen?" Er sah sie mit einem so treuen Hundeblick an, dass Franzi sich auf die Innenseiten ihrer Wangen beißen musste, damit sie keine Miene verzog. Er sah zu dämlich aus mit diesem Blick. Und beinahe wäre sie in schallendes Gelächter ausgebrochen. Aber so leicht wollte sie es ihm nicht machen. Strafe musste sein. Sie verpasste ihm noch einen Hieb in die Rippen. Nicht doll, aber Lukas zuckte trotzdem zusammen.

„Das habe ich wohl verdient."

„Hast du."

„Verrätst du mir trotzdem, wo du warst?"

„Es geht dich zwar immer noch nichts an, aber ich war bei meiner Cousine, Schwester, Tante, meinem Spiegelbild. Such dir was aus."

„Und? Hat sich Jule wieder gefangen?"

„Ich habe ihr einen Tee gekocht, weil ich mir Sorgen um sie machte, und bin einfach rauf in ihre Wohnung gegangen."

„Und?"

„Wir haben uns unterhalten. Sie ist sehr nett. Wir sind beide zu dem Schluss gekommen, dass wir die Sache aufklären müssen."

Lukas nickte. „Genau das war mein Plan. Wer weiß, vielleicht bin ich der Auslöser für eine Familienzusammenführung."

„Bilde dir bloß nicht zu viel ein", grummelte Franzi. Es fehlte noch, dass er sich als Retter aufspielte. Da war er bei ihr an der falschen Adresse.

„Ich habe übrigens das Kissen mitgebracht."

„Schön. Wenigstens etwas, das du heute ordentlich hingekriegt hast."

„Danke für die Blumen. Du vergisst, dass ich drüben schon Möbel geschleppt habe."

„Dank meiner Hilfe", konterte Franzi.

„Okay, okay, du hast gewonnen. Fühlst du dich jetzt besser?"

„Weiß ich ehrlich gesagt noch nicht. Brauchst du mich noch? Ansonsten würde ich gern an den Strand gehen. Ich benötige dringend frische Luft."

„Ich schätze, ich brauche nicht zu fragen, ob ich dich begleiten darf."

„Gut erkannt."

„Und was ist mit heute Abend?"

„Wieso, was soll da sein?"

„Wir wollten mit Karsten und Simone essen gehen."

„Daran habe ich überhaupt nicht mehr gedacht. Es ist für mich gefühlt Lichtjahre her, dass wir an deren Tür geklopft haben. Muss das wirklich heute sein? Außerdem wollten die sich doch melden, ob sie überhaupt mitgehen wollen."

„Das ist geklärt. Ich traf sie, als ich das Kissen holte. Wir haben neunzehn Uhr abgemacht und ich habe mir überlegt, dass wir in den Seeblick gehen."

Auf einen Abend mit einem fremden Paar und Small Talk hatte sie so gar keinen Bock. „Kannst du das nicht allein …?"

„Kommt gar nicht infrage. Es ist auch dein Job. Du erinnerst dich doch sicher noch daran, weshalb ich dich mit nach Amrum genommen habe."

Franzi funkelte Lukas genervt an. „Wie könnte ich das vergessen."

„Na also. Sieh zu, dass du pünktlich zurück bist."

Franzi stieß einen frustrierten Schnaufer aus und tippte sich an einen imaginären Hut. „Aye, aye, Sir, Chef Sir."

Was Lukas mit einem Kopfnicken und einem verschmitzten Grinsen kommentierte.

In Windeseile zog sie sich ihre Schuhe und die Jacke an. „Also bis dann."

Schon auf dem Weg nach draußen tippte sie eine Nachricht an Lotta. Hast du Zeit? Brauche dringend jemanden zum Reden.

Doch Lotta meldete sich nicht. Mist. Schon gestern hatten sie nur kurz miteinander geschrieben, nachdem sie Lotta die Fotos von der Wanderung zum Quermarkenfeuer und zur Vogelkoje geschickt hatte. Ihre Schwester wusste nicht mal von dem Wasserschaden, geschweige dem Quartierwechsel und von Jule schon gar nicht.

Am Ende des Holzstegs blieb Franzi stehen und lehnte sich gegen das Geländer. Der Blick über den weißen Sand und das Meer, das heute weiße Schaumkronen trug, tat ihr gut, das spürte sie bereits nach einem kurzen Augenblick. Sie atmete bewusst tief ein, ließ die salzhaltige Luft tief in ihre Lungen strömen und atmete schließlich wieder aus. Ein paar Atemzüge und sie wurde ein bisschen ruhiger. Langsam stieg sie die Stufen hinab und schlenderte über den Strand. Am Rand der Dünen legte sie sich einfach in den Sand und schloss die Augen. Einzig die Sonne, die ihr Gesicht wärmte, das Kreischen der Möwen und das Rauschen der Brandung drangen in ihr Bewusstsein. Alles andere versuchte sie weit von sich zu schieben. Nicht nachdenken, nicht nach Antworten suchen. Nach einer

Weile konnte sie die Realität, das Leben mit all den Stolpersteinen, die sich ihr immer wieder in den Weg legten, ausblenden.

Das nervige Bimmeln eines Handys in der Nähe schreckte sie auf. Konnten die Leute nicht mal am Strand auf ihre Telefone verzichten? Franzi setzte sich auf und sah sich um. Niemand war in ihrer Nähe zu sehen, doch es bimmelte weiter. Erst da ging ihr auf, dass es ihr Handy war, das sie aus ihrem Schlummer gerissen hatte. Das konnte nur Lotta sein. Doch der Blick aufs Display zeigte ihr eine andere Anruferin. Ihr schlechtes Gewissen wuchs. „Hallo, Mama."

„Wieso muss ich von Lotta erfahren, dass du an die Nordsee gefahren bist?"

Es war so typisch, dass ihre Mutter gleich mit Vorwürfen um sich schmiss und sich nicht mal Zeit für eine anständige Begrüßung nahm oder sich erkundigte, wie es ihrer Tochter ging. „Freut mich auch, dass es dir gut geht", konterte Franzi. Auf die Frage ihrer Mutter wollte sie nicht eher eingehen, bis ihrer Mutter auffiel, dass sie nicht mal Hallo gesagt oder sich nach ihrem Wohlbefinden erkundigt hatte.

„Also, was ist los, Franzi?" Der Ton ihrer Mutter wurde milder. „Geht es dir gut? Bekommt dir die Seeluft?"

Na also, warum nicht gleich so.

„Ich hätte mich sowieso noch bei dir gemeldet. Die Reise kam plötzlich. Innerhalb weniger Stunden, nachdem ich das Angebot bekommen hatte, musste ich auch schon los." Aus welchen Gründen sie die Reise angetreten hatte, verschwieg Franzi ebenso, wie sie ihre finanziellen Nöte bisher vor ihrer Mutter geheim gehalten hatte. Sie hatte sogar Lotta schwören lassen, dass die nichts von Franzis Schwierigkeiten verriet. Ihre Schwester hatte sich nur ungern darauf eingelassen, aber ihr war nichts anderes übrig geblieben, als Franzi zu versprechen, zu schweigen.

„Was ist das für ein Auftrag?"

„Ein Kollege bat mich um Unterstützung."

„Du hast einen Kollegen? Ich dachte, du betreibst deine Detektei allein?"

„Tue ich auch, Mama. Der Kollege ist quasi mein Konkurrent."

„Du arbeitest mit deinem Konkurrenten zusammen?"

„Mama, manchmal muss man sich gegenseitig unterstützen. Es gibt halt Fälle, da schafft man es nicht allein."

„Ist es etwa gefährlich? Du hast schon genug durchgemacht."

„Nein, Mama, es ist nicht gefährlich. Es ist nur besser, zu zweit aufzutreten. Mehr darf ich darüber nicht sagen. Schweigepflicht, du verstehst?"

„Hast du wenigstens ein bisschen Freizeit?"

„Ich habe bis heute Abend frei und bin gerade am Strand."

„Ist es wenigstens schön da? Hab mir noch nie Gedanken über Amrum gemacht. Wir sind ja immer an die Ostsee gefahren."

„Es ist traumhaft. Hätte ich nie erwartet. Und anders als die Ostsee. Ich schicke dir ein paar Fotos."

„Mich hat ja an der Nordsee immer gestört, dass das Wasser weggeht und man nicht baden kann."

„Kann man jetzt ja sowieso noch nicht".

„Stimmt. Und sonst? Geht es dir wirklich gut?"

Franzi nagte an ihrer Unterlippe, wie immer, wenn sie unsicher war. Und das war sie. Sollte sie erzählen, was vorhin passiert war? Zwar hatte sie vorgehabt, ihre Mutter deswegen anzurufen, aber erst dann, wenn sie sich innerlich auf das Gespräch vorbereitet hatte. Außerdem wollte sie zuerst mit Lotta darüber reden.

„Es ist doch was, das spüre ich. Wenn du mit einer Antwort zögerst, ist was im Busch. Also raus damit."

„Du wirst es nicht glauben, ich kann es selbst nicht fassen", sprudelte es aus Franzi heraus, ehe sie ihre Worte stoppen konnte. „Ich bin heute einer Frau begegnet, die genauso aussieht wie ich."

„Wie soll ich das verstehen?"

„Genau so, wie ich es sage. Sie ist mir wie aus dem Gesicht geschnitten. Der einzige Unterschied ist, dass sie ein paar Jahre älter und hochschwanger ist."

Es dauerte einen Moment, bis sich ihre Mutter regte. „Du meinst wirklich, sie sieht aus wie du?"

„Sag ich doch. Es war fast so, als ob ich in einen Spiegel gucke. Nur ihre Haare sind länger."

„Unfassbar. Wie kommt das?"

„Woher soll ich das wissen."

„Hast du sie angesprochen?"

„Ja, wir mussten heute umziehen, wegen eines Wasserschadens im ursprünglichen Quartier. Sie betreibt die Pension, in die wir eingezogen sind."

„Was heißt wir?"

„Mein Kollege und ich. Wir mussten beide umziehen." Dass sie mit Lukas in einem Zimmer wohnte, wollte sie unter keinen Umständen erwähnen. Das tat auch nichts zur Sache. „Mama, wieso habe ich eigentlich als Einzige in der Familie rote Haare? Oder bin ich im Krankenhaus vertauscht worden?“ Die letzte Frage meinte sie nicht ernst und sie wusste selbst nicht, weshalb sie auf diese Idee gekommen war.

„Rede nicht so einen Quatsch. Damit macht man keine Scherze. Ehrlich gesagt waren wir damals, als du geboren wurdest, selbst überrascht. Dein Vater und ich dachten einfach, dass jemand von unseren Vorfahren mal rote Haare gehabt hatte. Aber wir haben da nie nachgeforscht. Es war für uns einfach eine Laune der Natur. Und du sahst so putzig aus mit deinen roten Locken. Einfach zauberhaft.“

Sofort ploppten Aufnahmen von ihr als Baby und aus ihrer Kindheit vor Franzis innerem Auge auf und sie musste unwillkürlich lächeln. Ja, sie war damals niedlich gewesen. Später allerdings hatte sie sich andere Haare gewünscht. Kein Karottenrot und nicht diese fürchterlich krausen Haare, die sich kaum bändigen ließen. Im Laufe ihres Erwachsenenlebens hatte sie sich damit abgefunden.

„Und was sagt deine Doppelgängerin dazu?“

„Sie ist genauso platt wie ich und war ziemlich durch den Wind. Aber wir sind uns einig, dass wir der Sache auf den Grund gehen wollen. Das müssen wir einfach. Allerdings sind ihre Eltern tot, sie kann also niemanden fragen. Mama, kannst du nicht mal nachforschen, ob in eurer Familie jemand rote Haare hatte? Stell dir vor, Jule und ich wären verwandt und wissen es nicht. Könnte es nicht sein, dass irgendein Onkel, Tante, Cousin oder Cousine von dir oder Papa mal in Hameln wohnte? Jule stammt nämlich aus Hameln. Stell dir vor, so ein Zufall, dass Lotta und ich dort wohnen. Es muss irgendwo eine Verbindung geben. Da bin ich mir fast sicher."

„Also, ich weiß nicht. Du redest dir was ein. Wen soll ich denn alles anrufen?"

„Wenn du es nicht machen willst, dann schreib mir von all unseren Verwandten die Telefonnummern auf und schick mir die Liste. Dann telefoniere ich alle selbst ab. Ist vermutlich sowieso das Beste, wenn ich direkt mit allen spreche."

Ihre Mutter seufzte tief auf. „Meine Güte, was wird das für einen Aufruhr in der Verwandtschaft geben."

„Das ist mir total egal, Mama. Je länger ich darüber nachdenke, desto mehr will ich wissen, wie das zusammenhängt. Und falls dir sonst noch was dazu einfällt, sag es mir."

„So aus dem Stegreif fällt mir nichts dazu ein. Übernimm dich nicht, Kind. Genieße lieber die Seeluft und schau dir die Insel an, wenn es dir da gefällt."

„Das habe ich vor. An erster Stelle steht allerdings immer noch mein Job. Doch so ein freier Nachmittag, der hat schon was." Die Wirklichkeit sah allerdings so aus, dass sie vor Lukas an den Strand geflüchtet war – und um den Kopf freizukriegen.

„Und wie geht es dir, Mama?"

„Alles bestens. Ich war nur etwas traurig, dass du mir nicht selbst von deiner Reise erzählt hast."

„Tut mir leid, Mama. Es kam wirklich sehr plötzlich und da habe ich nicht daran gedacht, dir Bescheid zu sagen. Lotta kann bestätigen, dass ich innerhalb weniger Stunden aufbrechen musste.“ Sie wusste selbst nicht, weshalb sie zu ihrer Verteidigung Lotta heranzog.

„Schon gut. Dann will ich dich nicht länger von deinem freien Nachmittag abhalten. Scheint wenigstens die Sonne?“

„Das tut sie. Tschüs, Mama. Ich schicke dir gleich die Fotos.“

„Tschüs, Liebes.“

Sie war heilfroh, dass das Gespräch mit ihrer Mutter hinter ihr lag. Vermutlich hätte sie stundenlang nach Ausreden gesucht, um den Anruf hinauszuzögern. Aus ihrer Fotogalerie suchte sie die schönsten Aufnahmen der Insel aus und verschickte sie sogleich.

„Wirklich sehr schön“, schrieb ihre Mutter postwendend zurück. „Genieße die Zeit.“

Tja, das könnte sie vielleicht, wenn ihr nicht dieser Blödmann ständig an den Hacken kleben würde, der ihr Leben derart durcheinandergebracht hatte.

Franzi zog Schuhe und Strümpfe aus und vergrub ihre nackten Füße im feinen Sand. Dann streckte sie sich wieder aus und hielt ihr Gesicht in die Sonne. Hoffentlich konnte sie noch ein bisschen relaxen. Doch ihre Gedanken rotierten und ließen sich nicht stoppen. Sie rappelte sich auf und lief barfuß hinunter zum Wasser, das heute deutlich näher war als an dem Tag, als sie zum ersten Mal hier stand. Sie schaute den Wellen zu, die an Land plätscherten, und wie am ersten Tag watete sie durchs Wasser. Nach kurzer Zeit gewöhnte sie sich an die Temperatur des Meerwassers. Sie schlenderte gen Norden, bückte sich immer wieder nach Muscheln. Zum Glück hatte sie ihre Jackentaschen neulich geleert, sodass genügend Platz für Nachschub war.

Nach geraumer Zeit fiel ihr auf, dass ihre Schuhe noch immer da standen, wo sie sie ausgezogen hatte, und sie kehrte vorsichtshalber um. Lotta meldete sich auch nicht. Ihr Praxisterminkalender schien ausgebucht zu sein, was Franzi einerseits freute, andererseits frustrierte, weil sie nun auf unbestimmte Zeit warten musste.

Zurück am Holzsteg setzte sie sich auf eine der Stufen, um sich den Sand von den Füßen zu wischen.

„Jule?", hörte sie plötzlich eine weibliche Stimme hinter ihrem Rücken. „Hast du dir die Haare abschneiden lassen?"

Erstaunt wandte sich Franzi um und sah in das Gesicht einer Frau in Sportkleidung, die etwa im gleichen Alter war wie sie. Deren Gesichtszüge entglitten ihr gerade.

„Jule, was ist passiert? Hast du schon … Ich dachte, es ist noch längst nicht so weit."

Nun war eingetreten, was sie befürchtet hatte. Man verwechselte sie mit Jule, trotz des Schwangerschaftsbauchs. „Ich bin nicht Jule." Zu mehr wollte sie sich nicht äußern, schließlich kannte sie die Frau nicht.

„Ja, aber …" Der Frau fehlten sichtlich die Worte. „Sind Sie eine Verwandte?"

„Weiß ich nicht. Und Jule auch nicht. Wir sind uns heute zum ersten Mal begegnet. Es war für uns beide ein Schock." Wieso plauderte sie vor einer fremden Frau über Privates?

„Oje, das kann ich mir vorstellen. Ich bin übrigens eine Bekannte von Jule. Ich habe mal für ein paar Tage in ihrer Pension gewohnt." Sie lächelte versonnen. „Tja, was soll ich sagen, ich bin auf der Insel hängen geblieben. Habe mich hier Hals über Kopf verliebt." Die Frau mit den dunklen langen Haaren, die sie zu einem strengen Zopf gebunden hatte, setzte sich neben Franzi und streckte ihr die Hand entgegen. „Ich bin Greta Olsen."

„Franziska Naumann. Ich wohne erst seit heute in der Pension Jule, bin aber schon ein paar Tage länger auf der Insel."

„Wissen Sie, wie es Jule nach dieser Aufregung geht?"

„Als wir uns nach dem ersten Schock unterhielten, ging es ihr wieder besser. Sie bekam Besuch von einer Freundin, ist also nicht allein."

„Dann ist es ja gut. Hast du Lust auf einen Kaffee drüben im Strand 33? Entschuldigung, dass ich einfach Du gesagt habe."

„Ist schon in Ordnung. Wenn mich jemand siezt, fühle ich mich viel älter, als ich eigentlich bin. Du siehst aus, als wolltest du eher joggen gehen als Kaffee trinken. Oder irre ich mich?"

Greta winkte ab. „Das kann ich später immer noch. Ich habe mir heute mal ein paar Stunden Auszeit verschrieben. Wir renovieren gerade ein altes Haus, das ich geerbt habe, aber manchmal muss eine Pause einfach sein. Tagsüber bin ich meistens allein am Werkeln, weil mein Partner natürlich arbeiten muss. Ihm gehört die Buchhandlung hier in Norddorf. Vielleicht bist du da ja schon vorbeigegangen."

Sie standen auf und schlenderten über die Holzplanken in Richtung Restaurant.

„Ja, bin ich. Du arbeitest nicht?“ Franzi biss sich auf die Unterlippe. „Sorry, das war indiskret. Es geht mich nichts an.“

„Schon okay. Ich bin Lehrerin an der Öömrang Skuul. Zwei der Klassen, die ich heute unterrichtet hätte, unternehmen einen Ausflug nach Föhr, daher habe ich in den Freistunden schon einiges aufarbeiten können.“

Sie entschieden sich für einen Platz im Außenbereich, der durch Glasscheiben vor dem Wind geschützt war. Franzi bestellte sich ein Wasser und einen Cappuccino. Den angebotenen Kuchen, den sie bei einem raschen Besuch gewisser Örtlichkeiten entdeckt hatte, versuchte sie zu ignorieren. Ihr Magen hatte allerdings andere Pläne und knurrte laut und vernehmlich. Als die Bedienung die Getränke servierte, gab sich Franzi geschlagen und orderte noch ein Stück Käsekuchen. Sonst wäre sie bis zum Abendessen vermutlich verhungert.

„Wie ist es, wenn man sich entscheidet, auf der Insel leben zu wollen? War das schwer für dich? Woher kommst du?“

„Du wirst es nicht glauben, aber ich bin gebürtige Amrumerin. Allerdings hatte mir das Leben übel mitgespielt und ich entschloss mich im Teenageralter, der Insel für immer und ewig den Rücken zu kehren.“ Greta zuckte mit den Schultern und lachte leise. „Wie du siehst, hat das nur bedingt geklappt. Nach siebzehn Jahren kehrte ich auf die Insel zurück. Zuerst allerdings nicht ganz freiwillig. Aber die Geschichte wäre zu lang, um sie jetzt zu erzählen. Wie lange hast du vor, hier Urlaub zu machen?“

„Eigentlich bin ich nicht auf Urlaub, sondern beruflich hier." Mehr wollte und konnte sie nicht verraten.

„Interessant. Was ist das für ein Beruf, den du ausübst, und wieso führt er dich auf unsere Insel?"

Franzi zögerte. Was konnte sie Unverfängliches sagen? „Ich bin in einem Beruf tätig, wo Diskretion höchste Priorität hat. Leider kann ich nicht mehr sagen, ohne …"

„Verstehe schon." Ein frustrierter Seufzer strafte Gretas Worten Lügen. „Nein, eigentlich verstehe ich nichts. Aber egal. Reden wir nicht weiter davon."

„Jedenfalls weiß ich noch nicht, wie lange ich hierbleiben muss beziehungsweise kann. Ich arbeite mit jemandem zusammen, der hauptsächlich die Fäden in der Hand hält. Bevor ich hierherkam, wollte ich diese Reise so kurz wie möglich halten. Mittlerweile gefällt es mir hier so gut, dass ich noch gar nicht an die Heimreise denken mag. Außerdem wollen wir jetzt, wo ich Jule kennengelernt habe, herausfinden, warum wir uns so verdammt ähnlich sehen. Ich weiß zwar nicht warum, aber ich habe das Gefühl, dass ich das von hier aus besser kann. Vielleicht liegt es auch daran, dass wir uns hier jederzeit persönlich austauschen können. Telefonisch oder per WhatsApp ist es nicht dasselbe."

„Das stimmt."

Eine Weile tranken und aßen sie schweigend. Franzi genoss die Aussicht auf den Kniepstrand und konnte wieder einmal kaum fassen, dass sie ausgerechnet auf dieser traumhaften Insel gelandet war. Und alles dank Lukas. Lukas! Wie spät war es eigentlich? Sie versuchte einen unauffälligen Blick auf ihre Armbanduhr zu werfen, was natürlich misslang, da sie einen langärmligen Pullover trug.

Natürlich war Greta der Blick auf die Uhr nicht entgangen. „Musst du weiter?"

„Ich habe noch Zeit. Um neunzehn Uhr steht ein Termin an, den ich nicht verpassen darf. Und vorher möchte ich mich noch duschen." Sie griff sich ins Haar. „Hab mit dem Kopf im Sand gelegen. So kann ich heute Abend nicht losgehen."

„Würde mir ähnlich gehen. Aber hier auf der Terrasse macht das nichts. Was meinst du, wie die Leute hier im Sommer sitzen, wenn sie gerade vom Strand kommen?"

Sie plauderten noch eine Weile über die Schönheiten der Insel. Dann war es Greta, die auf die Uhr sah. „Sei mir nicht böse, ich müsste allmählich los, wenn ich noch meine Laufrunde absolvieren will, bevor Peter Feierabend macht. Ich habe ihm ein leckeres Abendessen versprochen, wenn er nach Hause kommt."

„Na dann. Ich fand es schön, dich kennenzulernen und mit dir zu plaudern", gestand Franzi.

„Geht mir ebenso. Peter wird staunen, wenn ich ihm von der Begegnung mit dir erzähle. Vielleicht sehen wir uns ja noch mal, solange du auf der Insel bist."

„Ja, vielleicht. Es hängt von vielen Dingen ab. Von meinem Job natürlich und dem Forschen nach eventuellen verwandtschaftlichen Bindungen zu Jule."

„Das Ganze ist sehr spannend und ich wünsche dir und Jule viel Erfolg bei euren Nachforschungen. Grüß Jule von mir."

„Danke, das richte ich aus." Sie winkten sich noch einmal zu, dann verließen sie die Restaurantterrasse. Greta in Richtung Strand, Franzi in Richtung Ortskern.

20 Lukas

Ob Franzi immer noch am Strand herumstreunte? Seit Stunden schon war sie unterwegs. Sie war doch hoffentlich nicht mehr sauer auf ihn. Sah sie denn nicht ein, dass er nur Gutes im Sinn gehabt hatte? Er musste dringend in Ruhe mit ihr sprechen. Der Knackpunkt war nur, ob sie das auch wollte. Vielleicht ergab sich am Abend, entweder vor oder nach dem Treffen mit Simone und Karsten, die Gelegenheit dazu.

Hoffentlich kam Franzi nicht auf den letzten Drücker zurück, damit sie sich absprechen konnten, auf welche Themen sie das Gespräch lenken wollten, bevor sie zum Seeblick aufbrachen. Und dann war da noch die Frage, als was sie sich ausgeben sollten, falls das Gespräch auf das Thema Beruf kam. Sie konnten ja schlecht ihren wahren Beruf nennen.

Lukas setzte sich auf seine Seite des Bettes, legte die Beine hoch und lehnte sich gegen das Kopfende des Doppelbettes. Schon kurz vor sechs. Ob er …? Schon flogen seine Finger übers Display. Doch dann löschte er die Nachricht wieder. Franzi wäre sauer und würde ihm vorwerfen, dass er ihr nachspionierte.

Er würde alles dafür geben, die lockere und beinahe freundschaftliche Atmosphäre, die zwischen ihnen immer öfter aufkeimte, zurückholen zu können. Und er gestand sich ein, dass er sie nicht nur hierhaben wollte, um mit ihr zu reden. Er vermisste sie. Der Nachmittag allein war ihm verdammt leer vorgekommen. Und das, obwohl er sich drüben bei seiner Mutter nützlich gemacht hatte. Zwar hatte er sich etwas anderes vorgestellt, als Vorbereitungen für die Renovierung des Appartements zu treffen, aber er konnte seine Mutter schlecht hängen lassen, wo er schon mal hier war.

Er atmete erleichtert durch, als er hörte, dass ein Schlüssel ins Schloss gesteckt wurde.

„Es ist offen", rief er und schon schwang die Tür auf. Lukas schluckte eine Bemerkung hinsichtlich Franzis Gesichtsfarbe hinunter. Die machte ihrer Haarfarbe mächtig Konkurrenz. Sie würde es beim Blick in den Spiegel gleich selbst sehen.

Franzi hängte ihre Jacke an den Garderobenhaken neben der Tür und zog die Schuhe aus. „Muss noch rasch duschen, habe lauter Sand in den Haaren." Mit einem Packen Klamotten unterm Arm verschwand sie im Bad.

Als er ihren Aufschrei hörte, konnte er sich ein Grinsen nicht verkneifen. Die Badtür schwang auf und Franzi steckte ihren hochroten Kopf heraus.

„Hast du zufällig ein After Sun dabei?", fragte sie kleinlaut.

„Hab ich. Sonnencreme übrigens auch. Hast du keine mit?"

„Wie denn? Zu Hause brauchte ich noch keine und hier ist auch erst Frühling."

„Die Sonne an der See ..."

„Erspar mir das", rief sie mit genervt klingender Stimme. „Nun spuck es schon aus, ich hab nicht ewig Zeit."

Da musste er ihr recht geben. „In meiner Kulturtasche. Du darfst sie ausnahmsweise öffnen."

Schon flog die Tür mit Karacho zu und kurz darauf hörte er das Wasser rauschen.

Es war bereits viertel vor sieben, als sie endlich wieder zum Vorschein kam. Ihre Haare kringelten sich noch feucht um ihr gerötetes Gesicht.

„Ich sehe echt schlimm aus. Warum habe ich nicht ans Eincremen gedacht? Dabei bin ich schon mein ganzes Leben lang sonnenempfindlich. So kann ich die nächsten Tage vermutlich nicht an den Strand gehen. Es sei denn, ich vermumme mich. Obwohl das vielleicht keine schlechte Idee wäre. Dann hält mich wenigstens niemand für Jule."

„Dich hat jemand für Jule gehalten? Du bist doch gar nicht schwanger."

Franzi verzog ihr Gesicht und rollte mit den Augen. „Stell dir vor, genau das ist passiert. Allerdings hat mich die betreffende Person zuerst nur von hinten gesehen und dann im ersten Augenblick geglaubt, ich hätte bereits entbunden."

Lukas brach in schallendes Gelächter aus.

„Was ist daran so witzig?"

Franzis wütender Blick konnte seinen Lachanfall nicht bremsen. Erst als ihn das Handtuch traf, das eben noch um ihren Hals hing, hielt er inne.

„Wir müssen los. Womöglich warten die beiden schon."

In Windeseile zogen sie sich an und Franzi schnappte ihre Handtasche. „Ich bin Autorin und recherchiere gerade für einen Roman."

„Wie kommst du ausgerechnet auf so etwas?"

„Fiel mir unter der Dusche ein. Außerdem habe ich unten im Frühstücksraum ein Regal mit Insellektüre entdeckt."

„Du hast dich unten schon umgeschaut?"

„Als ich zurückkam. Eigentlich wollte ich nachsehen, ob Jule unten ist."

Lukas sah sie neugierig an, als sie das Zimmer verließen. „Und? Hast du sie gefunden?"

Franzi schüttelte den Kopf. „Nein, sie war nicht da. Als was wirst du auftreten?"

„Ich arbeite für eine Versicherung. Das ist nicht mal ganz gelogen. Das habe ich tatsächlich mal nebenbei gemacht."

„Wenigstens einer, der nicht komplett schwindelt. So was ist mir komplett zuwider. Aber ich sehe natürlich ein, dass wir uns nicht outen können."

Lukas öffnete die Haustür und ließ Franzi den Vortritt. „Dann wollen wir mal."

Von Karsten und Simone keine Spur. „Was hattest du mit ihnen abgesprochen?"

„Dass wir hier auf der Straße aufeinander warten."

„Und wenn sie doch schon zum Seeblick gegangen sind?" Franzi sah auf ihre Armbanduhr. „Ist immerhin schon drei Minuten nach sieben."

„Das glaube ich kaum. Lass uns noch ein paar Minuten warten, dann sehen wir weiter."

Franzi setzte sich auf die Mauer, die das Grundstück von Lukas' Mutter begrenzte, während er vor dem Haus auf und ab ging. Nach ein paar Minuten lief er ins Haus und klopfte an die Eingangstür der Ferienwohnung „Dünengras". Doch niemand öffnete, von innen war kein Geräusch zu vernehmen. Ob sie sich doch missverstanden hatten?

„Lass uns in den Seeblick gehen", entschied er, als er wieder bei Franzi stand. „Oben sind sie scheinbar auch nicht mehr. Ich habe einen Zettel zwischen Tür und Rahmen gesteckt mit dem Hinweis, dass wir gewartet haben, aber jetzt losgehen werden."

„Wenn du mich fragst, ist von Beginn an der Wurm drin, wenn es um dieses Pärchen geht. Man trifft sie nicht, kann kaum mit denen sprechen. Einzig, dass sie uns spontan beim Ausräumen und Wischen halfen, spricht für sie."

„Ich bin gespannt, wie der Abend verläuft und ob die beiden noch auftauchen. Vermutlich sind sie einfach nur vorsichtig, sollte es sich bewahrheiten, dass sie ein Gaunerpärchen sind. Es wird höchste Zeit, das herauszufinden."

„Da hast du verdammt recht."

Auch vor dem Seeblick war von Simone und Karsten nichts zu entdecken. „Ob sie schon drin sitzen?", überlegte Franzi. „Ich geh mal gucken."

Kaum eine Minute später stand sie wieder vor ihm. „Nichts. Also, wenn du mich fragst, ist das ziemlich merkwürdig."

„Finde ich auch. Aber egal. Lass uns reingehen, ich habe mächtig Hunger und keine Lust mehr auf Warterei. Wer nicht will, der hat schon."

Sie fanden einen Platz, von dem aus sie den Eingangsbereich überblicken konnten.

„Hübsch hier", lobte Franzi und sah sich ausgiebig um. „Sie haben renoviert, seit ich das letzte Mal hier war. Die blau gestreiften Sessel kenne ich noch nicht."

Kaum dass sie saßen, kam schon die Bedienung an ihren Tisch und brachte die Speisekarten.

„Lass uns schon was zu essen aussuchen", schlug Lukas vor, nachdem sie die Getränke bestellt hatten.

Bevor sie ihre Bestellung aufgaben, ging Franzi nach draußen, um nachzusehen, ob ihre Gäste doch noch eingetroffen waren.

„Nichts. Ich verstehe das echt nicht. Was ist so schwierig daran, sich zu melden, falls etwas dazwischenkommt, oder einfach pünktlich zu sein?"

„Wir bestellen jetzt und lassen uns den Abend nicht verderben. Schließlich können wir nicht ewig warten."

Franzi bestellte einen Flammkuchen, er entschied sich für das Rinderfilet mit Folienkartoffel, Dip und einem Salat. Nach dem heutigen Arbeitseinsatz brauchte er ein richtig gutes Stück Fleisch. Vorweg orderte er für sie beide das Knoblauch-Kräuter-Steinofenbrot mit Kräuterbutter.

Es wurde ein schöner Abend, in dessen Verlauf Franzi immer gelöster wurde. Vielleicht lag das an den beiden Gläsern Weißwein, die sie getrunken hatte. Egal, die Hauptsache war, dass sie viel besser drauf war als am Mittag. Dass Karsten und Simone nicht aufgetaucht waren, störte ihn mittlerweile nicht mehr. Sollten sie doch bleiben, wo sie wollten. Er genoss die Zeit mit Franzi und konnte sich weder an ihren grünen Augen noch an ihrem Lockenkopf und schon gar nicht an ihrem verlockenden Mund sattsehen. Wenn sie lachte, funkelten ihre Augen wie Smaragde. Wie würden sie erst leuchten, wenn sie richtig glücklich war? Wenn sie sich einem Mann voller Liebe hingab? Was für ein verrückter Gedanke. Das erforschen zu dürfen, wünschte er sich mit einem Mal sehr. Sie machte etwas mit ihm und war sich dessen vermutlich nicht bewusst. Sonst hätte sie sich längst in ihr Schneckenhaus zurückgezogen, so gut kannte er sie mittlerweile.

Das Bimmeln eines Handys riss ihn aus seinen Überlegungen.

Franzi wühlte in ihrer Handtasche nach dem Telefon. „Meine Schwester. Sorry, ich geh mal kurz raus."

Es dauerte fast zehn Minuten, bis Franzi wieder auftauchte. Sie war deutlich ernster und in sich gekehrter, als sie sich wieder setzte. Ihrem Gesichtsausdruck entnahm er, dass sie ihre Schwester von den heutigen Ereignissen in Kenntnis gesetzt hatte. Falls sie das nicht schon im Laufe des Tages getan hatte.

„Was hältst du von einem Dessert?", fragte er, um sie aus der Reserve zu locken und die gute Stimmung wieder heraufzubeschwören.

Sie zog eine Schnute, die zu süß aussah. „Ich hatte heute Nachmittag schon ein Stück Kuchen."

„Na und? Es gibt Tage, da braucht man was fürs Herz und vor allem für die Seele. Ich finde, heute ist so ein Tag." Ohne ihre Antwort abzuwarten, winkte er der Bedienung.

„Ich hätte nicht in die Karte gucken sollen", stöhnte Franzi kurz darauf und klappte die Speisekarte zu. „Da setzen sich die Kalorien ja schon beim Lesen auf die Hüften."

„Und? Was macht das schon? Was hast du dir ausgesucht?"

„Wenn ich morgen eine Runde Joggen einplane, könnte ich noch so einen Schokobrownie mit Kaffeeeis und Chilikirschen verdrücken."

Es war eine wahre Freude, ihr zuzusehen, wenn sie bei jedem Happen genießerisch mit den Augen rollte. Wie gern würde er ihr diesen kleinen dunkelbraunen Krümel wegküssen, der an ihrem Mundwinkel klebte. Darüber vergaß er fast seinen Pfannkuchen mit Blaubeeren und Vanilleeis, das sich bereits verflüssigte.

Plötzlich hielt sie inne und starrte ihn an. „Also, wenn du mal probieren willst, brauchst du es nur zu sagen."

„Ähm, na ja … Okay, das würde ich sehr gern. Du darfst umgekehrt natürlich auch bei mir kosten."

Franzi hielt ihm ihren Löffel hin, gefüllt mit einem Stück Brownie, flüssiger Schokolade, einem Klecks Eis und einer dieser Kirschen. Eine wahre Geschmacksexplosion entfaltete sich auf seiner Zunge, gekrönt mit dem Gedanken, dass er von dem Löffel kostete, den sie bereits seit geraumer Zeit benutzte. Sein Herz raste plötzlich, als ihm das bewusst wurde.

„Und?" Franzis fragender Blick schien ihn zu durchbohren.

„Unglaublich", murmelte er.

„Finde ich auch", bestätigte sie und kümmerte sich um die Reste auf ihrem Teller.

Ein merkwürdiges Gefühl bemächtigte sich seiner, als er ihr die Gabel mit seinem Nachtisch hinhielt.

Sie schloss die Augen, als ihr Mund den Happen umschloss. „Auch nicht zu verachten", kommentierte sie ihre Kostprobe.

Nach einer weiteren Getränkerunde brachen sie auf, nachdem sich Franzi für mehrfaches Gähnen entschuldigt hatte.

„Ups!" Sie lachte und schwankte ein wenig, als sie ins Freie traten. „Ich glaube, ich habe einen Schwips."

„Macht nichts", beruhigte Lukas sie. „Wenn du magst, dann halte ich dich."

„Okay."

Mit Freuden nahm er das Angebot an. Er legte seinen Arm um ihre Hüften und sie lehnte sogar ihren Kopf an seine Schulter. Gemächlich schlenderten sie zurück zum Dünemwai. Niemals hätte er gedacht, dass der Tag so positiv endete. Viel zu schnell erreichten sie die Pension Jule. Er könnte noch stundenlang mit Franzi im Arm über die Insel laufen und mochte nicht daran denken, dass sie sich wieder hinter dieser blöden Barriere im Bett verkroch.

Kichernd stolperte Franzi die Treppenstufen rauf. Die Zeit an der frischen Luft schien ihr zugesetzt und ihren Schwips verstärkt zu haben. Aber das machte ihm nichts aus.

„Ich geh zuerst ins Bad", nuschelte sie und schon war sie verschwunden.

Geduldig wartete er darauf, dass sie herauskam, und zog sich in der Zwischenzeit seine Schlafwäsche an. Plötzlich erschien Franzi, lediglich in Slip und BH. Ihm blieb die Spucke weg und er konnte sie nur anstarren.

„Sorry, ich hatte meine Sachen vergessen", murmelte sie und wühlte im Kleiderschrank, wo sie am Mittag ihre Kleidung hineingepackt hatte. Als sie gefunden hatte, was sie suchte, verschwand sie kichernd wieder im Bad.

Ob sie eine Ahnung hatte, was sie in ihm auslöste? Vermutlich nicht. Natürlich war ihm ihre Narbe nicht entgangen, die er eben zum ersten Mal von vorne gesehen hatte. Da sah sie nicht so schlimm aus wie am Rücken. Dennoch hatte ihm der Anblick einen dumpfen Stich versetzt. Franzi war fürs Leben gezeichnet. Nicht nur mit diesem körperlichen Mal, sondern auch seelisch. In ihm keimte sein Beschützerinstinkt auf und verscheuchte das prickelnde Gefühl, das ihn seit geraumer Zeit beherrschte.

Augenblicke später tauchte Franzi wieder auf und streckte sich kurz darauf auf ihrer Bettseite aus.

„Du kannst jetzt ins Bad, wenn du willst", nuschelte sie, schloss die Augen und kuschelte sich in ihre Decke.

Er fluchte unterdrückt, weil dieser Kissenberg zwischen ihnen beiden störte und weil er ahnte, dass sie längst schlafen würde, wenn er aus dem Bad kam. „Franzi?"

„Hm …"

„Können wir nicht dieses Kissen wegnehmen?"

„Hm …"

Er hatte sich sicher verhört. „Meinst du das ernst?"

„Hm …"

Sollte er wirklich? Einen Moment noch zögerte er, denn er hatte keine Lust auf spätere Vorwürfe.

„Nun mach schon", forderte Franzi und zerrte selbst an der Barriere, doch ihr schien die Kraft zu fehlen.

Da gab es kein Halten mehr. Er warf das Kissen einfach auf den Boden und rückte mit angehaltenem Atem ein Stückchen näher an Franzi heran. Schon kuschelte sie sich an seine Brust und schnurrte leise, was ihm ein Schmunzeln entlockte. Ihre Locken kitzelten ihn im Gesicht, aber das machte ihm nichts aus. Sie roch so gut. Nach einer Mischung aus Meer, Wind und diesem Apfelshampoo, das sie benutzte. Dazu stieg ein Hauch von dem Wein, den sie getrunken hatte, in seine Nase. Behutsam legte er den Arm um sie, doch das schien sie nicht mehr zu spüren, denn ein leises Schnarchen drang an seine Ohren. Er hauchte ihr einen Kuss auf die Schläfe. Wie leicht wäre es jetzt, sie auf den Mund zu küssen, doch er wollte ihren Zustand nicht ausnutzen. Stattdessen malte er sich aus, wie es wäre, wenn sie den Kuss erwiderte. Ob es jemals dazu kam?

21 Franzi

Sie erwachte von einem stechenden Schmerz hinter der Stirn und konnte ein frustriertes Stöhnen nicht unterdrücken. Verdammt, wieso hatte sie so viel Wein getrunken? Lukas' Duft umfing sie und erst da wurde ihr bewusst, dass sie dicht an seiner Brust lag. Wo war das Kissen hin? Hatte sie wieder diesen Traum gehabt und er hatte sie trösten wollen? Sie konnte sich nicht erinnern. Aber das war gut. Oder war sie etwa diese Nacht von den Albträumen verschont geblieben? Hatte vielleicht sogar Lukas' Nähe dazu beigetragen? Noch wagte sie nicht, die Augen zu öffnen, aus Furcht, die Kopfschmerzen könnten sich von der Helligkeit verstärken. Denn dass es bereits hell war, merkte sie trotzdem. Hatten sie etwa vergessen, die Rollläden herunterzulassen?

Lukas bewegte sich ein wenig. Nun öffnete sie doch zuerst das eine, dann das andere Auge. Sie wollte unbedingt wissen, ob er aufgewacht war. Was würde er dazu sagen, sie schon wieder so dicht bei sich liegen zu haben?

Franzi verlor sich in einem intensiven Blick aus graublauen Augen. Ihr wurde heiß und kalt gleichzeitig, ihr Herz wummerte so heftig, als wollte es ihr gleich aus der Brust springen. Erst als sie zu japsen anfing, wurde ihr bewusst, dass sie den Atem angehalten hatte. Was ging hier vor? In ihrem Kopf ging alles drunter und drüber. Sie konnte keinen klaren Gedanken fassen, konnte den Blick nicht von Lukas abwenden. Er zwinkerte ein paarmal, als wollte er sich versichern, dass es Wirklichkeit war, was er vor sich sah. Franzi spürte deutlich, dass auch Lukas' Herzschlag Fahrt aufnahm. Sie wusste nicht, was sie sagen sollte. Oder war es besser, einfach zu schweigen? Lukas' Lippen öffneten sich, als wollte er etwas sagen. Doch kein Wort kam über seine Lippen. In ihrem Körper prickelte es, als hätte sie Unmengen Brausepulver verschluckt. Was passierte hier gerade?

„Guten Morgen", flüsterte Lukas. Seine Stimme war so leise, dass sie die Worte mehr von den Lippen ablas als hören konnte. „Hast du gut geschlafen?"

„Ich denke schon. Jedenfalls kann ich mich nicht erinnern, geträumt zu haben oder wach gewesen zu sein."

„Du hast wie ein Murmeltier geschlafen." Lukas lachte leise. „Man könnte auch sagen, wie ein Brummbär."

„Was? Habe ich etwa geschnarcht?" Franzi stieß einen frustrierten Laut aus. „Wie peinlich. Das muss am Wein gelegen haben."

„Ich fand es süß."

„Veralbere mich nicht."

Lukas hob seine Hand und zog mit dem Zeigefinger eine Spur über ihre Unterlippe. „Ich meine es ernst."

Es kribbelte da, wo sein Finger sie berührte. Noch immer zogen seine charismatischen Augen sie in seinen Bann. Sie hatte den dringenden Wunsch, ihn zu küssen – aber das hieße, sie müsste sich von diesen Augen lösen. Sie konnte sich nicht entscheiden, was sie dringender wollte. Lukas' Gesicht kam langsam näher und nahm ihr damit die Entscheidung ab. Franzi leckte sich über die Lippen, stupste dabei mit ihrer Zunge gegen seinen Finger, der immer noch auf ihrem Mund lag. Wie würde es sich anfühlen, wenn sich ihre Zungen berührten? Das wollte, nein musste sie sofort ausprobieren, auch wenn das hieß, ihren Blickkontakt unterbrechen zu müssen. Ihre Nasenspitzen stießen ein wenig aneinander und gerade als Lukas seine Lippen auf ihre legte, schoss ihr durch den Kopf, dass sie vorher besser ihre Zähne hätte putzen müssen. Doch dann riss Lukas sie mit seinem Kuss in einen Strudel sinnlicher Leidenschaft. Ihre Gedanken lösten sich auf und es zählte nur noch dieses unglaubliche Gefühl, das sein Mund und seine forschende Zunge in ihr auslösten.

Franzi hatte jegliches Zeitgefühl verloren, als sie sich voneinander lösten, um Atem zu schöpfen. Ihr war heiß, ihre Wangen brannten und das Herz drohte ihr aus der Brust zu springen. Wieder nahm sie Blickkontakt auf, wieder schienen Lukas' Augen sie regelrecht zu hypnotisieren.

Das Knallen einer Tür, Kindergeschrei und Getrampel im Flur zerstörten die Atmosphäre.

Lukas seufzte leise und rollte mit den Augen, was so urkomisch aussah, dass Franzi ein Kichern nicht unterdrücken konnte.

„Ich kann mich zwar kaum von dir losreißen", gestand sie, „aber die Unterbrechung kommt mir ganz gelegen. Ich müsste mal ganz dringend ins Bad." Widerstrebend löste sie sich aus Lukas' Umarmung und schlüpfte aus dem Bett.

Nach dem Gang auf die Toilette putzte sie gründlich die Zähne. Erst danach sah sie in den Spiegel. Ihr Gesicht machte immer noch einer reifen Tomate Konkurrenz. Ob es von der gestrigen Sonne kam oder von dem, was Lukas eben in ihr ausgelöst hatte? Vermutlich von beidem. Sie entschied sich, auch gleich zu duschen. Es dauerte nur wenige Minuten, da verließ sie das Bad schon wieder. Mangels Anziehsachen lediglich in ihr Badehandtuch gehüllt.

Lukas lag immer noch im Bett, die Arme hinter dem Kopf verschränkt. Sein Blick klebte wie gebannt an der Stelle oberhalb ihrer Brüste, wo sie das Handtuch ineinandergeschoben hatte. Es kam ihr so vor, als wollte er durch Hypnose erreichen, dass ihr das Handtuch vom Körper rutschte. Instinktiv hielt sie den Frotteestoff zusammen.

„Kommst du noch mal ins Bett?", fragte Lukas mit loderndem Blick und hielt einladend den Zipfel der Bettdecke hoch.

Sein nacktes Bein blieb ihr nicht verborgen. Sie wollte lieber nicht daran denken, wie viel nackte Haut sie noch unter der Decke vorfinden würde. Himmel, was tat er mit ihr, auch wenn er eigentlich nichts tat?

Sie nahm seine Einladung gern an. Dass sich das Handtuch tatsächlich löste, als sie über ihre Bettseite hinwegkrabbelte, machte ihr nichts mehr aus.

Lukas riss staunend die Augen auf und sein Blick heftete sich auf ihre Brüste, was ein aufgeregtes Kribbeln in den Tiefen ihres Bauches auslöste.

„Als ich vorhin aufwachte, hätte ich niemals zu hoffen gewagt, dass du heute noch nackt zu mir ins Bett gekrochen kommst. Das Schicksal meint es sehr gut mit mir."

Seine Arme umfingen Franzi und erst in dem Moment fiel ihr auf, dass sich Lukas bereits seines Oberteils entledigt hatte. Ihre Brüste streiften seinen Oberkörper und lösten süße Empfindungen in ihr aus. Sie hauchte kleine zarte Küsse auf seine Haut, während Lukas' Hände auf ihrem Körper auf Entdeckungsreise gingen. Als er die Narbe berührte, versteifte sie sich und hielt instinktiv die Luft an. Jede Berührung an der Stelle löste ein ungutes Gefühl in ihr aus.

„Entschuldige", murmelte Lukas. „Es war unbeabsichtigt."

„Schon gut", hauchte Franzi und konzentrierte sich auf diesen Mund, den sie unbedingt noch einmal küssen wollte. Millisekunden später gab es nur noch ihn und sie und die Leidenschaft, die ihre Körper zum Glühen brachte.

Es war bereits kurz vor zehn Uhr, als sie den Frühstücksraum betraten. Lediglich ihr Tisch war noch mit Geschirr eingedeckt.

„Guten Morgen, ihr beiden", hörte Franzi Jules Stimme hinter sich, noch bevor sie sich setzten. „Habt ihr gut geschlafen?"

„Ja, danke. Sehr gut." Franzi drehte sich zu Jule um, ihre Wangen begannen zu glühen. Hoffentlich sah man ihr nicht an, was eben oben zwischen ihr und Lukas geschehen war.

„Mein Güte, Franzi, du hast ja einen Mordssonnenbrand." Jule schien ehrlich erschrocken, als sie die Thermoskanne und einen Korb mit Brötchen abstellte.

„Ich weiß. Ich hatte nicht ans Eincremen gedacht."

„Oje. Da musst du unbedingt was draufschmieren. Hast du ein After Sun?"

„Lukas hat was mit, das habe ich schon benutzt." Sie zuckte mit den Schultern. „Das war es dann wohl mit ausgiebigen Strandspaziergängen bei Sonnenschein."

„Du könntest dir ein Käppi oder einen Sonnenhut aufsetzen. Es wäre doch jammerschade, wenn du deine Zeit hier nicht genießen könntest. Aber vorsichtig solltest du natürlich sein. Ich sage das aus eigener Erfahrung. Aber mit den Jahren hier an der See hat sich meine Haut wundersamerweise auf das Klima eingestellt und ist nicht mehr so empfindlich wie zu Anfangszeiten. Nehmt doch Platz, den Rest bringe ich euch gleich." Schon drehte sich Jule um und ging mit etwas schwerfälligen Schritten in Richtung Küche.

Franzi und Lukas setzten sich an den gedeckten Tisch und er schenkte ihnen Kaffee ein. Gedankenverloren nippte Franzi an dem heißen Getränk. Noch immer hatte sich ihr Körper nicht abgekühlt. Das, was zwischen ihnen beiden passiert war, war noch viel zu präsent. Schon wieder konnten sie die Blicke nicht voneinander lassen.

„Weißt du eigentlich, dass sich die Farbe deiner Augen während der Liebe verändert?"

Musste er ihr ausgerechnet hier so eine Frage stellen, wo Jule jeden Moment wieder auftauchen konnte? Sie schielte zur Tür, bevor sie den Kopf schüttelte. „Nein, das wusste ich nicht."

„Das Grün wird dunkler und intensiver und schimmert wie feurige Smaragde."

Franzi konnte nur fassungslos mit dem Kopf schütteln. „Du bist verrückt, weißt du das?"

„Ja, das bin ich. Verrückt nach dir." Während er das mit ernster Miene sagte, fixierte er ihren Blick. Ihr wurde ganz schwummerig.

„Guten Morgen. Herzlich willkommen in der Pension Jule“, hörte Franzi in dem Augenblick eine männliche Stimme.

„Ich fasse es nicht“, murmelte sie und starrte den Mann an, der eben den Frühstücksraum betrat. „Wir bekommen unser Frühstück von Leon …“

„Ben Stüber“, korrigierte der Mann lächelnd und nahm Marmelade, Butter, Wurst und Käse sowie zwei gekochte Eier von dem Tablett, das er in einer Hand balancierte. „Jule hat wahrlich nicht untertrieben, als sie mir mitten in der Nacht aufgeregt von einer Doppelgängerin erzählte. Ihre Ähnlichkeit ist wirklich verblüffend.“

„Wenn man von meiner Gesichtsfarbe absieht.“

„Das kann passieren. Jule bringt Ihnen nachher noch ihr Geheimrezept gegen Sonnenbrand vorbei. Momentan telefoniert sie.“ Ben Stüber nickte ihnen beiden zu. „Ich wünsche Ihnen einen guten Appetit.“

Franzi starrte ihm nach, als er den Raum verließ. „Das war tatsächlich Leon B. Parker“, flüsterte sie Lukas zu. „Wenn ich das Lotta erzähle …“ Kopfschüttelnd griff sie nach einem Brötchen und schnitt es auf.

„Lotta?“

„Meine Schwester. Du hast sie schon mal gesehen. Beim Mexikaner.“

„Ich erinnere mich. Deine Schwester sieht dir so gar nicht ähnlich.“

„Stimmt. Meine Eltern waren immer der Meinung, mein Aussehen sei eine Laune der Natur. Bei uns gibt es nämlich niemanden mit roten Haaren.“

Lukas musterte sie. „Vielleicht irgendwelche Vorfahren?“

„Nicht dass ich wüsste. Aber ich werde nachforschen. Schließlich bin ich Detektivin.“

„Ich bin gespannt, was du rausfinden wirst.“

„Ich auch.“ Franzi biss herzhaft in ihr Brötchen. „Aber vorher muss ich anständig frühstücken. Ich habe einen Bärenhunger.“

Franzi genoss das Frühstück mit Lukas. An den Tagen vorher hatten sie zwar auch gemeinsam am Tisch gesessen, aber nach dem, was heute Morgen zwischen ihnen geschehen war, fühlte es sich ganz anders an. „Was machen wir heute eigentlich?“

Lukas lachte leise und zwinkerte ihr zu. „Ich hätte da so eine Idee …“

Sie konnte sich vorstellen, was ihm im Kopf herumschwirrte, sein Blick sprach Bände. Aber sie wollte sich jetzt nicht ablenken lassen. „Ich meinte eigentlich unsere Arbeit.“

„Ich werde nachher mal drüben nach dem Rechten sehen und bei der Gelegenheit bei Karsten und Simone anklopfen und fragen, warum sie uns gestern versetzt haben.“

„Gute Idee. Ich bin gespannt auf ihre Ausrede. Willst du drüben was arbeiten?“

„Wenn etwas anliegt, was unbedingt erledigt werden muss, kann ich mich wohl kaum drücken. Aber ich hoffe natürlich, dass auch ohne mich alles seinen Gang geht. Dieser Herr Sörens, den meine Mutter gefragt hat, war schon gestern da und ich hatte den Eindruck, dass er kräftig mit anpacken will. Es wäre natürlich viel schöner, wenn wir beide den Großteil des Tages zusammen verbringen. Wir könnten eine Radtour nach Nebel machen. Momentan ist es zwar bedeckt, aber laut Wetterbericht soll die Sonne noch rauskommen. Wenn wir durch den Kiefernwald fahren, bist du zumindest zum Teil im Schatten."

„Ich werde mich erst einmal im Ort nach einer Kopfbedeckung umsehen, obwohl ich damit saublöd aussehen werde. Aber irgendeinen Schutz brauche ich, wenn ich nicht den Rest unserer Tage drinnen verbringen will. Und das habe ich wirklich nicht vor."

Sie waren gerade fertig mit Frühstücken, als Jule zurückkam und sie anlächelte. „Ich hoffe, es hat euch geschmeckt."

„Vielen Dank, das hat es", beteuerte Lukas und Franzi nickte zustimmend.

Jule stellte mit verschmitztem Lächeln zwei Becher Joghurt vor Franzi hin. „Ich habe hier was für dich. Ein Geheimrezept gegen Sonnenbrand. Trag es einfach auf und lass es eine Weile einwirken. Das kühlt schön."

„Ich soll mir den Joghurt ins Gesicht kleistern?"

Jule nickte. „Vertrau mir, das nimmt die Hitze."

Lukas grinste. „Darf ich dann ein Foto von dir machen?"

Franzi warf ihm einen gespielt bösen Blick zu. „Untersteh dich!" Dann wandte sie sich wieder Jule zu. „Ich habe vorhin total vergessen zu fragen, wie es dir geht", bekannte sie kleinlaut. „Hast du den Schock wirklich gut überstanden?"

Jule nickte. „Es geht wieder. Ich war allerdings froh, dass mich meine Freundin besuchte, so musste ich nicht allein vor mich hin grübeln. Und dass du nach mir geschaut hast, hat mir gutgetan. Ist ja nicht selbstverständlich, wo wir gerade zum ersten Mal aufeinandertrafen und du ebenso geschockt warst wie ich. Danke dafür und auch für den Tee."

„Es war mir ein echtes Bedürfnis. Ich hätte sonst nicht ruhigen Gewissens aus dem Haus gehen können. Mir hat unser Gespräch auch gutgetan. Ich glaube, ohne das wäre ich verrückt geworden. Zumal ich mächtig sauer auf Lukas war, weil er mich beziehungsweise uns so offen ins Messer laufen ließ, um es mal überspitzt auszudrücken. Übrigens habe ich meiner Mutter von unserer Begegnung erzählt, aber ich glaube, sie macht sich keinerlei Vorstellung davon, wie ähnlich wir uns wirklich sehen."

„Wie wäre es mit einem Foto von euch?", schlug Lukas vor.

Franzi und Jule sahen sich kurz an und nickten unisono. Franzi übergab Lukas ihr Handy, während Jule sich einen Stuhl heranzog und sich mit einem erleichterten Schnaufer setzte. Franzi rückte noch ein bisschen näher an sie heran. Was, wenn sie Schwestern wären, schoss ihr in dem Moment durch den Kopf und ein merkwürdiges und beinahe euphorisches Gefühl durchströmte sie.

„Schickst du mir die Aufnahmen auf mein Handy? Meine Nummer gebe ich dir gleich."

Franzi tippte Jules Nummer ein und schickte die fünf Fotos, die Lukas von ihnen geschossen hatte, sofort weiter.

„Danke euch." Schwerfällig erhob sich Jule. „So, ich muss dann wieder. Ich wünsche euch einen schönen Tag."

Franzi sprang auf, als Jule das Geschirr zusammenräumte. „Warte, ich helfe dir." Gemeinsam räumten sie den Tisch ab und sogar Lukas half mit.

„Wie machst du das, wenn das Baby kommt?", fragte Franzi, während sie Jule in die Küche folgte.

„Ich habe jemanden. Grit Sörens ist schon seit Jahren bei mir angestellt. Sie arbeitet, seit ich schwanger bin, sowieso schon mehr Stunden als früher. Wenn ich rüber aufs Festland muss, wird sie mich komplett vertreten und Pauline wird auch einspringen, wenn sie es irgendwie einrichten kann. Und dann habe ich noch zwei Freundinnen, die mir ihre Hilfe angeboten haben. Wenn alles planmäßig verläuft, ist Ben bis dahin vom Studiodreh aus München zurück."

„Du musst zum Entbinden rüber aufs Festland?"

„Auf den Inseln gibt es nicht mal mehr eine Hebamme. Bis vor ein paar Jahren hatte die Inselklinik auf Föhr eine Geburtshilfeabteilung. Als sie geschlossen wurde, sorgte das für helle Aufregung. Alle Schwangeren sollten zwei Wochen vor Entbindungstermin aufs Festland und natürlich auch nach der Geburt eine Zeit lang dortbleiben."

„Was für ein Umstand. Ehrlich gesagt habe ich mir nie Gedanken über so was gemacht."

„Wieso hättest du das auch tun sollen?"

„Und zu jedem Kontrollbesuch musst du rüberfahren?"

„Einen Kinderarzt haben wir in der Satteldüne, das ist eine Fachklinik in Nebel. Meine Frauenärztin hat ihre Praxis auf Föhr. Übrigens ist eine Fährfahrt für uns nichts anderes als bei euch eine Fahrt mit dem Bus oder der Bahn." Jule schmunzelte. „Nur schöner. Jedenfalls wenn das Wetter gut ist."

Franzi lachte. „Da hast du vermutlich recht. So, ich muss dann endlich und danke für die Idee mit dem Joghurt." Sie war schon fast zur Tür hinaus, als sie sich noch mal umdrehte. „Wir haben deinen Ben vorhin kennengelernt. Ich bin immer noch ein bisschen fassungslos, dass uns tatsächlich Leon B. Parker das Frühstück servierte."

Jule lachte. „Das kommt öfter vor. Bei den meisten Gästen flunkert Ben dann und behauptet, diese Ähnlichkeit sei reiner Zufall und er habe mit dem Schauspieler nichts zu tun." Jule atmete tief durch. „Er sagt das aus reinem Selbstschutz, damit er hier seine Ruhe hat. Momentan allerdings funktioniert das nicht immer, weil ab und an unsere Gäste zu den Drehorten gehen, um aus der Ferne zuzusehen. Und da kommt es natürlich vor, dass sie Ben entdecken. Aber wir hoffen, dass es sich unter den Urlaubsgästen nicht zu sehr herumspricht und womöglich noch jemand unser Haus belagert auf der Suche nach einem perfekten Foto aus dem privaten Umfeld des bekannten Schauspielers." Jule zuckte mit den Schultern und es wirkte ein bisschen hilflos auf Franzi. „Aber damit muss man irgendwie klarkommen, wenn man in der Öffentlichkeit steht beziehungsweise mit einem sehr bekannten und äußerst attraktiven Mann liiert ist."

Franzi ging ein paar Schritte zurück und strich Jule in einer spontanen Geste über den Arm. „Ich wünsche euch, dass eure Privatsphäre stets gewahrt bleibt. Und wenn dir mal jemand auf die Nerven geht, sag mir einfach Bescheid.

Dann übernehme ich deine Rolle. Zur Not stopfe ich mir ein Kissen unter meine Klamotten."

Jule brach in Gelächter aus. „Das ist genial und da würde ich gern Mäuschen spielen. Aber ich hoffe trotzdem, dass ich auf dieses Angebot nicht zurückkommen muss."

Franzi schmunzelte. „Schade eigentlich. Ich stelle mir das wirklich spaßig vor. Aber jetzt will ich wirklich rauf, Lukas wartet sicher schon. Außerdem muss ich mein Gesicht ja noch einkleistern. Ich wünsche dir einen schönen und entspannten Tag. Vielleicht sehen wir uns später noch."

„Tschüs, Franzi."

„Wartest du, bis ich mein Wellnessprogramm hinter mir habe? Ich wäre gern dabei, wenn du bei unseren beiden Spezies vorbeischaust."

„Ich will lieber gleich rüber, um sie nicht zu verpassen."

Franzi zog eine Schnute, nickte dann aber. „Vermutlich hast du recht. Ich komme später nach." Sie ging mit einem der Joghurtbecher ins Bad. Blöderweise landete die erste Portion im Waschbecken. „Mist, das hält nicht so, wie ich dachte", rief sie Lukas zu.

„Leg dich aufs Bett und ich übernehme das." Sein Kopf erschien im Türrahmen und er grinste frech. „Das würde mir echt Spaß machen."

„Kann ich mir vorstellen." Aber sie nahm Lukas' Vorschlag an und streckte sich auf dem Bett aus.

„Kirsche wäre mir lieber", murmelte Lukas, während er den gesamten Inhalt des Bechers auf ihrem Gesicht verteilte.

„Wie?“ Es hörte sich komisch an, weil sie versuchte, ohne Mundbewegungen zu sprechen.

„Am liebsten mag ich Kirschjoghurt. Hättest du den jetzt im Gesicht, würde ich ihn dir von der Haut schlecken.“

Auf was für schräge Ideen er kam. Sie verzichtete lieber darauf, ihm zu antworten, damit nichts verrutschte, und verdrehte stattdessen nur die Augen. Die Kühle des Joghurts tat ihrer erhitzten Haut wirklich gut. Jules Tipp musste sie sich merken.

„Ich gehe jetzt“, flüsterte Lukas an ihrem Ohr und hauchte ihr einen Kuss aufs Ohrläppchen und einen auf ihre Lippen. „Bis dann, genieße dein Wellnessprogramm.“

„Hm …“ Sie schloss die Augen und konzentrierte sich auf die Geräusche, die Lukas machte, als er sich Schuhe und Jacke anzog und dann die Tür öffnete und hinter sich schloss.

Wie war die Wandlung zwischen ihr und Lukas zustande gekommen? Sie konnte nicht sagen, wann sich das Blatt zwischen ihnen gewendet hatte. Eines aber war gewiss. Hätte ihr jemand – dieser Jemand wäre vermutlich Lotta gewesen – vor ihrer Abreise nach Amrum prophezeit, sie und Lukas würden was miteinander anfangen, hätte sie das empört von sich gewiesen. Und jetzt? Sie horchte in sich hinein. Da war nichts mehr von ihrem Argwohn und ihrer Wut auf ihren vermeintlichen Konkurrenten vorhanden, als den sie Lukas stets gesehen hatte. Auf eine ihr unerfindliche Weise hatte er sich heimlich in ihr Herz geschlichen. Wenn sie das Lotta erzählte. Sie konnte direkt Lottas Lachen hören, das sie mit Sicherheit sofort anstimmte, wenn Franzi sich outete. Sie musste Lotta anrufen, sofort. Nicht eine Minute wollte sie damit warten. Franzi griff nach ihrem Handy, das auf dem Nachttisch lag. Sie hoffte, dass Lotta nicht gerade eine Patientin behandelte, und fühlte lieber erst mit einer WhatsApp vor. Hast du Zeit? Muss dringend mit dir sprechen.

Es war ihr klar gewesen, dass Lotta nicht sofort reagierte. Dennoch war sie enttäuscht. In ihr hatte sich in den vergangenen Minuten so viel aufgestaut, was unbedingt rausmusste. Ihr Innerstes drohte überzulaufen, wenn sie nicht bald mit Lotta sprechen konnte.

Davon, die Zeit, während die Joghurtmaske wirkte, einfach zu genießen und vor sich hin zu träumen, war sie meilenweit entfernt. Sie atmete ein paarmal langsam und tief durch und allmählich wurde sie ruhiger. Wie lange musste der Joghurt eigentlich einwirken? Jule hatte nichts gesagt. Sicher war es von Vorteil, sich noch ein Viertelstündchen zu gönnen.

Währenddessen könnte sie an Lukas denken. Daran, was sie miteinander getan hatten. In ihrem Bauch begann es zu kribbeln, als sie sich zu dem Moment zurückbeamte, an dem Lukas seine Lippen auf ihrer nackten Haut auf Entdeckungsreise geschickt hatte. Im Nullkommanichts hatte er sie in Höhen getrieben, wie sie sie schon ewig nicht mehr gespürt hatte. Eigentlich noch nie, wenn sie genauer darüber nachdachte. Volker, mit dem es kurz vor dem Schussdrama zu Ende gegangen war, hatte nie so viel Einfühlungsvermögen bewiesen. Aber damals hatte sie es nicht anders gekannt und daher wohl auch nicht vermisst. Lukas schien ganz anders gestrickt zu sein. Nichts hatte darauf hingedeutet, dass es ihm um seine sexuelle Erfüllung gegangen war. Im Gegenteil, er war die ganze Zeit darauf bedacht gewesen, sie zu verwöhnen. Sie lächelte, als Lukas' Gesicht vor ihrem inneren Auge auftauchte und er ihr auf liebevolle Weise zuzwinkerte.

Irgendein Bimmeln riss sie aus ihren Träumereien. Warum gerade jetzt? Sie tastete nach ihrem Telefon, das sie neben sich aufs Bett gelegt hatte, und schielte aufs Display.

„Hey, Lotta!"

„Hallo, Schwesterherz. Was gibt es so Dringendes? Hast du den Schock von der Begegnung mit deinem Ebenbild inzwischen verdaut? Ehrlich gesagt kann ich das nicht fassen. Wie kann so etwas passieren? Dir geht es doch hoffentlich gut, oder?"

Franzi konnte ein Kichern nicht unterdrücken. Das war so typisch Lotta. Wenn sie aufgeregt war, quasselte sie ohne Punkt und Komma. „Wenn du mich mal zu Wort kommen ließest, wüsstest du inzwischen mehr. Guten Morgen erst mal."

„Entschuldige. Es klang so nach Hilferuf, dass ich es kaum erwarten konnte, bis ich meine Patientin endlich hinauskomplimentieren konnte. Aber viel Zeit habe ich nicht. In einer Viertelstunde habe ich eine Gruppentherapie."

„Jule ist sehr nett und irgendwie, ich weiß nicht warum, scheint es so, als gäbe es ein unsichtbares Band zwischen uns. Anders kann ich es mir nicht erklären. Jedenfalls scheinen wir auf der gleichen Wellenlänge zu liegen."

„Ich bin gespannt, ob du oder ihr herausfinden werdet, wie es zu der Ähnlichkeit kommt. Aber wenn es zwischen euch keine Probleme gibt, was nagt dann an deiner Seele? Da ist doch was."

Lotta hatte wirklich feine Antennen.

„Wo bist du eigentlich gerade? Ich störe hoffentlich nicht beim Ermitteln?"

„Ich liege gerade auf dem Bett."

„Du bist noch im Bett? Es ist nach elf Uhr. Oder bist du etwa nicht allein? Liegt etwa dieser Lukas neben dir?"

Bei Lottas Frage wurde ihr heiß und kalt gleichzeitig. „Ähm, nein. Wie kommst du darauf? Ich habe einen Mordssonnenbrand im Gesicht und Jule gab mir Joghurt zum Draufschmieren. Das soll angeblich helfen. Ich hoffe es. Lukas ist übrigens schon unterwegs."

„Na ja, könnte ja sein, dass du inzwischen bekehrt wurdest. Immerhin teilt ihr seit Tagen Zimmer und Bett. Also, wenn du mich fragst, ich würde ihn nicht von der Bettkante schubsen."

„Lotta! Du heiratest bald."

Lotta kicherte. „Verrate mich nicht. Ich meine das ja nur deinetwegen. Damit du ihn mal mit anderen Augen ansiehst."

Franzi atmete tief durch. „Das habe ich bereits", gestand sie leise.

„Wie? Was hast du?" Noch ehe Franzi antworten konnte, stieß Lotta einen so schrillen Schrei aus, dass Franzi erschrocken das Telefon vom Ohr weghielt.

„Willst du mir damit sagen, dass du … dass ihr …? Meine Güte, Franzi. Ich hätte echt nicht gedacht, dass du so schnell deine Meinung über ihn änderst. Wie kam es zu deinem Sinneswandel?"

Franzi zuckte mit den Schultern, dann fiel ihr auf, dass Lotta das ja nicht sehen konnte. „Ich weiß es nicht. Heute Morgen jedenfalls … eigentlich verstehen wir uns schon, seit wir hier sind, viel besser. Er kann auch gut zuhören."

„Und weil er gut zuhören kann, …"

„Das ist natürlich nicht der Grund. Ich weiß auch nicht, wann es anfing. Für mich ist es noch so neu. Aber es ist ein gutes Gefühl. Hätte mir jemand prophezeit, dass hier auf der Insel so viel auf mich einstürmt, ich wäre gar nicht erst gefahren. Inzwischen ist der wahre Grund so weit weggerückt."

„Bist du verknallt in ihn?"

„Ähm … keine Ahnung. Woher soll ich das wissen?"

„Über so was muss man nicht zwangsläufig nachdenken, mein Herz. Das spürt man, oder eben nicht."

Wenn das so einfach war, dann war sie wohl tatsächlich in Lukas verknallt. Ein bisschen jedenfalls. Oder doch nicht?

„Wie fühlt es sich denn jetzt für dich an?"

„Gut. Ich bereue es nicht. Im Gegenteil. Ich würde es wieder tun." Dieses Eingeständnis fiel ihr ganz leicht.

„Dann ist es doch gut. Genieße die Zeit, die ihr zusammen seid. Und ganz ehrlich? Es ist doch bestens, dass ihr sowieso in einem Zimmer wohnt. Das macht alles wesentlich einfacher. Aber jetzt muss ich leider Schluss machen. Die ersten Teilnehmer trudeln ein. Süße, ich wünsche dir ganz viel Spaß. Genieße einfach und denke nicht so viel nach."

„Danke, Lotta. Es hat mir gutgetan, mit dir darüber zu sprechen. Jetzt muss ich mich auch beeilen, damit ich dieses Zeug vom Gesicht kriege. Es juckt und kribbelt inzwischen überall. Tschüssi."

Das Telefonat mit Lotta hatte ihr geholfen. Wie immer, wenn sie miteinander sprachen. Was würde sie nur tun, wenn sie ihre Schwester nicht hätte?

22 Lukas

„Moin, Herr Sörens. Sie schon hier?“ Damit, dass Mutters Helfer bereits drei Reihen Laminat hochgenommen hatte, hatte Lukas nicht gerechnet. Die abgebauten Bretter stapelten sich akkurat übereinandergelegt auf dem freigelegten Streifen der Trittschalldämmung.

„Moin. Muss ja raus“, murmelte Sörens und mühte sich mit einem Laminatbrett ab, das sich nicht lösen wollte.

„Warten Sie, ich fasse mit an.“ Lukas kniete sich ebenfalls auf den Boden und zog mit an dem störrischen Teil. „Hat Ihnen meine Mutter gesagt, wo das alles hinsoll?“

Sörens murmelte Unverständliches und Lukas nahm sich vor, seine Mutter direkt zu fragen.

„Lassen Sie uns die nächste Reihe hochnehmen, dann geht dieses Brett vielleicht zusammen mit dem nächsten ab“, schlug Lukas vor. „Ansonsten kann ich immer noch Gewalt anwenden.“ Darauf bekam er keine Antwort.

Sie arbeiteten schweigend, jeglicher Versuch, mit dem älteren Herrn ein Gespräch zu beginnen, verlief im Sande. Der Mann neben Lukas schien noch wortkarger zu sein, als man den Norddeutschen so oft nachsagte. Nur das Knacken des einen oder anderen Brettes unterbrach die Stille. Lukas hoffte, dass die Hausgäste mittlerweile unterwegs waren und sich niemand gestört fühlte. Bei Karsten und Simone war er sich nicht … Mensch, fast hätte er vergessen nachzuforschen, weshalb die beiden gestern Abend nicht aufgetaucht waren. Lukas sprang auf und wischte sich die staubigen Hände am Hinterteil seiner Jeans ab. „Ich muss mal eben was erledigen. Bin in ein paar Minuten wieder da."

Auf sein Klopfen an der Wohnungstür des Pärchens reagierte niemand. Es war wirklich wie verhext mit den beiden. „Karsten? Simone? Seid ihr da? Hier ist Lukas. Der Lukas, der euch zum Essen eingeladen hatte."

Er legte den Kopf an das Türblatt. Da war doch ein Rascheln zu hören. Ganz leise zwar, aber er war sich sicher, dass er sich das nicht einbildete. Er klopfte noch einmal. „Hallo? Ist jemand zu Hause?"

Verdammt! Warum tat er sich das eigentlich an? Am liebsten würde er die beiden ad acta legen und stattdessen seine Zeit nur noch mit Franzi genießen. Franzi! Wie gern läge er jetzt bei ihr im Bett. Sie hatte ihn am Morgen mit ihrer Bereitschaft total umgehauen. Nicht im Traum hatte er daran geglaubt, dass es zwischen ihnen so weit kommen würde. Tief in seinem Innern stieg ein Kribbeln auf und er wollte einfach nur rüberlaufen und Franzi nach Strich und Faden verwöhnen. Ob sie immer noch mit dem Joghurt im Gesicht auf dem Bett lag? In Gedanken sah er sie mit diesem weißen Brei – ansonsten war sie nackt. Hitze stieg in ihm empor und in seiner Lendenregion regte sich etwas. Um sich abzulenken und wieder auf Normaltemperatur zu gelangen, versuchte er sich auf das zu konzentrieren, weswegen er hier stand. Noch einmal lehnte er den Kopf an die Tür. In dem Moment vernahm er eilige Schritte hinter sich.

„Was machst du vor unserer Tür? Spannst du etwa?“ Die weibliche Stimme klang verärgert.

Wie von der Tarantel gestochen drehte sich Lukas um. Seine Wangen brannten mit einem Mal und er hoffte inständig, dass er nicht rot geworden war wie ein Pennäler.

Mit hochgezogener Augenbraue und argwöhnischem Blick stand Simone vor ihm, in der Hand eine Papiertüte vom Bäcker.

„Tut mir leid, es ist nicht so, wie es aussieht.“ Meine Güte, was war mit ihm los? Er war doch sonst um keine Ausrede verlegen. Schon öfter hatte er sich aus prekären Situationen herausreden müssen. Das brachte sein Beruf mit sich. Er straffte seine Schultern und lächelte Simone an. „Da hätte ich mir die Finger ja noch ewig wund klopfen können, wenn du unterwegs bist. Aber ich war mir sicher, von innen ein Geräusch gehört zu haben.“

„Und wenn schon. Wenn niemand aufmacht, heißt das ja wohl, dass es niemanden interessiert, wer vor der Tür steht, oder?“

Die war ja drauf. Lukas schluckte. „Also, eigentlich wollte ich mich nur erkundigen, ob alles okay ist bei euch. Wir waren doch gestern verabredet. Aber ihr seid nicht gekommen.“

„Ähm … stimmt ja. Hm, das haben wir dann wohl vergessen.“

Simone sah nicht so aus, als hätte sie ein schlechtes Gewissen oder als täte es ihr leid, Franzi und ihn versetzt zu haben.

„Wir können das gern heute Abend nachholen. Wir haben noch nichts vor.“

Simone legte den Kopf schräg und sah Lukas leicht verärgert an. „Könntest du bitte von der Tür wegtreten, damit ich aufschließen kann? Wir wollen frühstücken."

„Oh, sorry, natürlich. Ich bin noch eine Weile nebenan, falls ihr euch noch beratschlagen wollt. Ihr braucht einfach nur zu klopfen. Oder soll ich dir meine Handynummer geben, falls ihr lieber anrufen wollt?"

„Nicht nötig." Simone schob den Schlüssel ins Schloss und öffnete die Tür, ohne ihn weiter zu beachten.

„Also dann bis später. Und guten Appetit."

Die Tür schloss sich, ohne dass Simone auf seine Worte reagiert hatte. Frustriert schob Lukas die Hände in die Hosentaschen. Die konnten ihm allmählich den Buckel runterrutschen. Wer nicht wollte … Andererseits hätten sie dann nicht mehr die Möglichkeit, dem Pärchen näherzukommen. Denn da stand immer noch die Frage im Raum, ob die beiden hier und da mal was mitgehen ließen, wie zum Beispiel die Geldbörse von Mutters ehemaligem Gast. Kopfschüttelnd ging Lukas zurück in die Nachbarwohnung, um beim Abbau des Fußbodens zu helfen. Zu zweit ging es immerhin wesentlich schneller und er hatte nicht das Gefühl, alle Arbeit einem Senior aufzubürden. Wenn er auch noch so arbeitsam war, wie Mutter behauptete.

„Bin schon wieder da", erklärte Lukas, bevor ihm klar wurde, dass das ja offensichtlich war. Als Antwort erhielt er lediglich ein Brummen. Was war eigentlich heute los mit den Menschen, denen er begegnete? Wollten sie ihm die gute Laune verhageln? Allerdings war er sich sicher, dass der Herr Sörens einfach ein typisch zurückhaltender norddeutscher Charakter war, dem bestimmt nicht bewusst war, dass seine Art auch als unfreundlich aufgefasst werden konnte.

Eine knappe Stunde später hatten sie es gemeinschaftlich geschafft. Das Laminat war abgebaut und das war gut so. Denn die Dämmung war an einigen Stellen durchnässt. Wenn seine Mutter nicht so schnell reagiert hätte, was die Renovierung anging, hätte es durchaus in ein paar Wochen zu einem Schimmelschaden kommen können.

„Wir sollten noch die Küchenschränke vorrücken, damit wir den Boden auch da rausnehmen können", schlug Lukas vor.

Sörens nickte und machte sich gleich an dem Rohr unter der Spüle zu schaffen. Der Mann wusste, was er tat, das sah Lukas auf den ersten Blick. Mit ihm hatte seine Mutter wirklich eine große Hilfe, wenn er mit Franzi nach Hause fahren musste. Aber noch wollte er an eine Heimreise nicht denken. Er konnte sich durchaus noch ein paar Urlaubstage leisten und Franzi war sicher froh, wenn sie noch ein paar Tage hierbleiben konnte, um eventuellen verwandtschaftlichen Beziehungen zu Jule nachforschen zu können. Ein Lächeln überzog sein Gesicht. Sie wohnten zusammen in einem Zimmer, das war eindeutig das Beste an jedem einzelnen Tag hier. In Hameln kehrten sie in ihre Wohnungen zurück. Und wer konnte schon wissen, was in Franzis Kopf vorging, wenn sie wieder in den Alltag eintauchten. Hier ließ sich das noch hauchdünne Band, das sich zwischen ihnen spann, leichter festigen. Sie hatten gerade die Küchenschränke weit genug ins Zimmer gerückt, um die restlichen Laminatstücke hochzunehmen, als es klopfte. Hatten es sich die Zimmernachbarn doch noch überlegt? Er riss die Tür auf. Vor ihm stand Franzi, ein Käppi tief ins Gesicht gezogen, und lächelte ihn zuckersüß an.

Lukas hob den Schirm ihrer kecken Mütze an, um ihr einen Kuss auf die Lippen zu hauchen. „Da bist du ja endlich. Ich habe dich schon vermisst."

„Ich konnte mich nicht entscheiden. Sag ehrlich, ich sehe doch total blöd damit aus." Ihr Lächeln verschwand, stattdessen zog sie eine Schnute, die auf ihn nicht minder anziehend wirkte. In Windeseile zog sie das Käppi vom Kopf und stülpte sich einen weißen Hut mit breiter Krempe aufs Haar. „Auch nicht besser, oder?" Sie zuckte resigniert mit den Schultern. „Damit sehe ich richtig altbacken aus, aber was Besseres habe ich auf die Schnelle nicht bekommen."

„Die Hauptsache ist doch, dass dein Gesicht vor der Sonne geschützt wird. Der modische Gesichtspunkt ist da doch zweitrangig, meinst du nicht?"

Franzi schürzte ihre Lippen und hauchte ihm einen Kuss auf die Wange. „Danke. Mit deiner Sichtweise kann ich leben."

„Komm rein. Das ist übrigens Herr Sörens."

„Guten Tag, Herr Sörens", rief Franzi in den Raum, worauf der Angesprochene kurz in ihre Richtung blickte und ihr zunickte.

„Moin."

Lukas brachte Franzi in wenigen leise gesprochenen Worten auf den neuesten Stand, was Karsten und Simone anging.

„Das hat wohl alles wenig Zweck“, sagte Franzi. „Die scheinen keinerlei Interesse an uns zu haben. Oder ob sie etwa ahnen, weshalb wir Kontakt mit ihnen suchen?“, überlegte sie weiter.

„Kann ich mir nicht vorstellen. Bestimmt sind sie von Natur aus zurückhaltend. Sollten sie wirklich was auf dem Kerbholz haben, ist es doch ganz logisch, dass sie mit anderen Menschen möglichst wenig zu tun haben wollen.“

„Da könntest du recht haben. Andererseits hatten sie gestern doch zugesagt.“ Franzi legte ihre Stirn in grüblerische Falten. „Oder aber die beiden sind sich nicht einig, was neue Bekanntschaften angeht.“

„Könnte natürlich auch sein. Egal. Wir lassen uns von denen nicht den Tag vermiesen. Ich helfe Herrn Sörens noch beim restlichen Fußboden. Dann muss ich noch klären, wo wir die Bretter zwischenlagern sollen. Anschließend machen wir uns einen schönen Tag.“

„Ich kann zu deiner Mutter gehen und nachfragen, während du hier arbeitest. Dann komme ich mir nicht unnütz vor.“

Lukas nickte. „Das ist eine gute Idee. Danke. Allerdings habe ich keine Ahnung, wo sie sich gerade rumtreibt.“

„Macht nichts, ich werde sie schon finden. Bis später.“ Ihm flog eine Kusshand zu und schon verschwand Franzi durch die Tür. Er war längst wieder in die Arbeit vertieft, als ihm auffiel, dass er immer noch lächelte. Was machte sie nur mit ihm?

„Wir sollten die Dämmung auch gleich rausnehmen“, schlug Lukas vor und Sörens machte sich sofort daran, die ersten Platten ebenso akkurat zu stapeln wie vorher die Bretter.

Unverhofft öffnete sich die Wohnungstür und seine Mutter, wie so oft in einem ihrer bunten weit fliegenden Kleider, rauschte herein. In den Händen trug sie einen Teller mit Schnittchen, unterm Arm eine Flasche Aquavit. Hinter ihr tauchte Franzi auf. „Meine Güte, wie sieht es denn hier aus? Niemals hätte ich gedacht, dass ihr schon so weit seid. Das ist wirklich prima." Seine Mutter strahlte übers ganze Gesicht, doch die Spuren ihrer Anspannung bezüglich dieser unverhofften Renovierungsaktion waren dadurch nicht ausgelöscht. Aber wenigstens gemildert.

„Wo sollen wir mit all den Sachen hin?", fragte Lukas.

„Am besten lassen wir sie hier, bis ich alles sachgerecht entsorgen kann. Oder der neue Belag ankommt. Muss mal die Versicherung fragen, ob die auch die Sperrmüllentsorgung übernehmen. Sonst muss ich die selbst zahlen. Angemeldet habe ich bereits eine außerplanmäßige Abfuhr. Die nächste turnusmäßige ist erst im Herbst. So lange will ich das Zeug nicht in meinem Haus lagern. Das versteht sich von selbst."

„Wie du meinst. Aber ich weiß nicht, ob ich dann noch hier bin und beim Tragen helfen kann."

„Das macht nichts, Junge. Wenn wir das erst hierlassen, sparen wir uns einen Arbeitsgang. Sonst würdest du heute alles in den Keller tragen und bei Abholung muss alles wieder rauf. Und vor dem Haus möchte ich den ganzen Mist auch nicht lagern. Das hinterlässt keinen guten Eindruck."

„Stimmt auch wieder. Also dann, machen wir Feierabend." Lukas ging zum Fenster, öffnete beide Fensterflügel weit, die während der Arbeit gekippt gewesen waren, und setzte sich auf den Heizkörper davor. Er sah zu, wie seine Mutter zwei Schnapsgläser aus der Seitentasche ihres Kleides zauberte und eines davon Hinrich Sörens reichte.

„So'n Lütten haben Sie sich redlich verdient." Sie schenkte großzügig ein.

Ohne mit der Wimper zu zucken, kippte sich Sörens das Getränk hinter die Binde.

„Du auch einen, Lukas?"

„Nein danke." Die Worte „Nicht schon zu Mittag" lagen ihm auf der Zunge, aber er schluckte sie schnell hinunter, um dem Senior jegliche Peinlichkeit zu ersparen.

Mutter wandte sich erneut an ihren Helfer. „Noch einen, Herr Sörens?"

Der winkte ab und gab ihr das Glas zurück. „Ich muss dann mal drüben bei Frau Petersen nach dem Rechten gucken."

„Gut, Herr Sörens. Vielen Dank für Ihre spontane Hilfe. Ich melde mich, sobald der Boden geliefert wird. Geht das in Ordnung?"

Sörens nickte und tippte sich an seine Schlägermütze, die er die ganze Zeit nicht abgesetzt hatte.

In dem Moment fiel Lukas' Blick auf die Geldbörse, die am Ende der Fensterbank lag. „Ihr Portemonnaie, Herr Sörens", rief er hinter dem alten Mann her, der auf dem Weg zur Tür war.

Der drehte sich um und schüttelte den Kopf. „Ist nicht meins. Klemmte hinter dem Heizkörper."

„Was?", riefen Lukas, seine Mutter und Franzi wie aus einem Mund. Lukas nahm die Geldbörse in die Hand und klappte sie auf. Mehr als dreihundert Euro steckten darin. Papiere waren nicht zu finden, dafür ein abgegriffenes Foto einer weißhaarigen Frau. Als er schon aufgeben wollte, fand er in einem kleinen Seitenfach doch noch einen Zettel mit dem Namen und der Anschrift des Besitzers. „Das kann doch nur die Geldbörse des Herrn sein, der vor uns hier gewohnt hat."

„Zeig mal." Seine Mutter riss ihm das Teil förmlich aus den Händen und sah auf den Zettel. „Tatsächlich, die gehört dem Herrn Maiwald. Mensch, was wird der sich freuen, wenn ich ihn anrufe." Sie sah Lukas an und er erkannte anhand ihrer Gesichtsfarbe, wie aufgeregt sie plötzlich war. „Wer hätte gedacht, dass sie ihm einfach hinter die Heizung gerutscht ist und da die ganze Zeit feststeckte. Da habe ich das Pärchen nebenan wohl zu Unrecht verdächtigt." Sie stieß einen tiefen Schnaufer der Erleichterung aus. „Bloß gut, dass die beiden nicht wissen, wie ich über sie dachte. Das wäre mir jetzt wirklich peinlich."

„Heißt das jetzt, unser Auftrag ist hinfällig und wir müssen nach Hause fahren?"

Franzis Blick sprach Bände und ihre Enttäuschung sprang Lukas direkt an. Er winkte sie zu sich und legte ihr den Arm um die Schultern. „Die Geldbörse ist zwar aufgetaucht, aber das heißt noch nicht, dass die beiden zwei unbescholtene Bürger sind. Wir bleiben noch hier." Im Grunde war es Quatsch, was er erzählte, aber ihm war gerade nichts Besseres eingefallen, um die Enttäuschung aus Franzis Blick zu vertreiben.

„Okay, du bist immer noch der Boss." Franzi blitzte ihn an, dann verzog sie ihren Mund zu einem frechen Grinsen. „Also, nicht grundsätzlich, das ist dir ja hoffentlich klar. Ich meinte das nur für diese Reise, also den Grund, weswegen wir hierhergefahren sind."

Als Antwort zwickte er sie ein kleines bisschen in den Po, was seine Mutter hoffentlich nicht mitbekam. Sie musste nicht gleich wissen, dass zwischen ihm und Franzi etwas lief. Denn sollte sie etwas ahnen, wäre er vor neugierigen Fragen nicht sicher. Und Franzi vermutlich auch nicht. In der Hinsicht kannte er seine Mutter zu gut. Sie nahm die Geldbörse an sich. „Ich werde ihn sofort anrufen. Und ihr? Ihr habt doch bestimmt Hunger. Ist ja längst Mittag. Wollt ihr bei mir essen?"

„Nein danke, Mutter. Uns reichen deine Schnittchen. Franzi und ich fahren nach Nebel."

„So? Tun wir das?"

Lukas beugte sich zu Franzi und zwinkerte ihr zu.

„Wir könnten auch etwas ganz anderes machen …" Obwohl sich die Frage eigentlich ganz harmlos anhörte, sah er Franzi an, dass sie genau wusste, was er meinte.

„Nebel hört sich prima an."

Eine halbe Stunde später stellten sie ihre Räder in der Nähe des kleinen Parks ab, in dem sich auch die Touristinfo befand. Zuerst besichtigten sie die St.-Clemens-Kirche. Dann zeigte er Franzi die erzählenden Steine – uralte, größtenteils verwitterte Grabsteine, die Geschichten über das Leben und das Schicksal der Verstorbenen erzählten. Häufig waren sie mit Segelschiffen verziert, da viele der hier Begrabenen Walfänger oder Kapitäne gewesen waren. Geduldig wartete Lukas, während Franzi nicht müde wurde zu fotografieren. Dann schlenderten sie Hand in Hand in Richtung Ortskern. Franzi knipste beinahe jedes der reetgedeckten Häuser, besonders das Öömrang Hüs und die schmucken Nachbarhäuser hatten es ihr angetan. Anschließend gingen sie weiter zur Aussichtsplattform an der Wattseite und setzten sich auf eine Bank. Doch Franzi hielt es nicht lange auf ihrem Platz. Sie sprang auf und fotografierte Möwen, Austernfischer und die Silhouette des Ortes hinter ihnen.

„Wollen wir jetzt zur Windmühle, oder hast du Hunger?“, unterbrach er nach einer Weile ihre Fotosession.

„Lass uns bitte irgendwo einkehren. Ich habe einen Mordsdurst“, gestand Franzi. „Wir sind doch an diesem schnuckeligen Café vorbeigekommen. Da würde ich wirklich gern mal reinschauen.“

„Welches meinst du?“

„Keine Ahnung, wie das hieß. Das rot gestrichene Haus.“

„Okay. Dein Fotografenherz wird sich freuen.“

Franzi griff nach seiner Hand und zog ihn von der Bank. „Dann komm.“ Sie kicherte. „Hunger habe ich auch.“

„Dem können wir abhelfen.“

Wenig später betraten sie das Dörnsk An Köögem.

„Das ist ja wunderschön hier“, rief Franzi aus und blieb mitten im Raum stehen. Staunend drehte sie sich um ihre eigene Achse und zückte mal wieder ihr Handy.

Kopfschüttelnd sah er ihr zu. Hoffentlich fühlten sich die anderen Gäste nicht gestört von ihrem Eifer, aber er brachte es einfach nicht übers Herz, ihre beinahe kindliche Freude zu stören. Das Café war gut besucht, wie nicht anders zu erwarten.

„Sie können sich gern zu uns setzen", bot die eine der beiden älteren Damen an, die an einem größeren Tisch saßen und es sich mit dicken Tortenstücken gut gehen ließen. Das Angebot nahm er zu gern an und schließlich gesellte sich auch Franzi zu ihm.

„Es ist wirklich traumhaft schön hier", flüsterte sie ihm voller Begeisterung zu. „Wenn es jetzt noch was Leckeres zu essen gibt, …"

Schon brachte die Bedienung die Speisekarten. Lukas entschied sich für eine Pizza, von der er wusste, wie ausgezeichnet sie hier schmeckte. Franzi bestellte sich eine Waffel mit Kirschen und Vanilleeis. „Aber ohne Sahne", rief sie der Bedienung hinterher.

Während sie warteten, sah Franzi immer wieder um sich und fotografierte verschiedene Dekorationsstücke, die man hier auch käuflich erwerben konnte. „Ich kann mich gar nicht sattsehen", gestand sie. „All die Sachen sind so wundervoll, vielleicht kaufe ich hier etwas für Lotta. Die steht total auf so einen Schnickschnack."

„Soll ich von Ihnen beiden ein Foto machen?", fragte eine der Damen an ihrem Tisch plötzlich. „Sie sind so ein schönes Paar und in dieser wundervollen Umgebung wird es bestimmt eine schöne Erinnerung an Ihren Urlaub."

Franzi wurde ein kleines bisschen röter, als sie dank ihres Sonnenbrandes sowieso schon war, fand er. Er war sich fast sicher, dass die Bemerkung der Dame sie verlegen machte. Und wenn er es sich recht überlegte, konnte er deren Meinung nur zustimmen. Nicht dass er eitel war oder selbstverliebt. Aber wer Franzi an seiner Seite hatte, konnte sich nur glücklich schätzen und dank ihrer phänomenalen Ausstrahlung konnte es nur ein richtig schönes Erinnerungsfoto werden.

„Vielen Dank, das ist wirklich sehr nett von Ihnen. Wenn Sie vielleicht auch noch eines mit meinem Handy machen würden", bedankte er sich und schob der Dame sein Telefon über den Tisch hinweg zu. Er rückte näher an Franzi heran und legte seinen Arm um ihre Schulter. In dem Moment, als Franzi ihm ihr Gesicht zuwandte und ganz zauberhaft lächelte, drückte die Dame ab.

Später schauten sie sich die Windmühle an, dann gingen sie gemächlich zurück zu ihren Rädern und machten sich auf den Weg zurück nach Norddorf.

23 Franzi

„Danke für den tollen Ausflug.“ Franzi schob ihr Rad hinter Lukas her in den Fahrradkeller. „Jetzt fehlt nur noch der Leuchtturm auf der Liste der Dinge, die ich mir unbedingt ansehen muss.“

Lukas lachte sie an. „Da gibt es noch ein paar andere Plätze, nur weißt du noch nicht, dass du dir die auch unbedingt ansehen willst.“

„Und die wären?“

„Meinen Lieblingsplatz zum Beispiel. Den zeige ich dir das nächste Mal. Ich muss erst mal prüfen, wie das Wetter in den nächsten Tagen werden soll.“

„Au fein, da bin ich wirklich gespannt drauf.“

Eine Frage lag ihr auf der Seele, aber sie war sich nicht sicher, ob sie die stellen sollte, denn sie fürchtete, dass ihr die Antwort nicht gefiel, wenn Lukas sich entschied. Doch dann gab sie sich einen Ruck. Sie musste es wissen, um sich innerlich darauf vorbereiten zu können. „Wie lange planst du noch hierzubleiben? Deine Aussage vorhin war ziemlich vage.“

Lukas sah sie mit neugierigem Blick an. „Hast du Heimweh?“

„Nicht wirklich. Lotta vermisse ich zwar, aber ich kann mir gerade nicht vorstellen, von hier abzureisen. Ich habe das Gefühl, dass ich hier in Jules Nähe viel besser nachforschen könnte." Sie seufzte. „Du hältst das vermutlich für Quatsch, aber genauso empfinde ich es. Aber natürlich bin ich nur deine Helferin in einem dubiosen Fall, der sich heute vermutlich in Luft aufgelöst hat. Und damit muss ich mich deinen Plänen fügen."

Lukas kam näher und legte seinen Finger unter ihr Kinn. Er hob es etwas an, sodass sie sich in die Augen sahen. „Wie passend, dass ich auch gern noch ein paar Tage hierbleiben möchte."

„Das finde ich super. Aber ich kann mir keinen Urlaub leisten. Und du willst mich sicher nicht weiter bezahlen für einen Job, der nicht mehr existent ist." Franzi zuckte resigniert mit den Schultern. „Ach menno …"

„Mach dir darüber nicht so viele Gedanken. Ich hatte sowieso vor, mit dir abzurechnen, damit du endlich das Honorar für deine bisherigen Stunden bekommst. Es geht ja nicht, dass du darauf warten musst, bis wir wieder zu Hause sind."

Franzi fiel ein Stein vom Herzen. Wie schön, dass Lukas so dachte. Damit hatte sie nicht gerechnet. Aber sie hatte bisher nicht den Mut aufbringen können, ihn um einen Vorschuss zu bitten. „Das ist sehr nett von dir, vielen Dank."

Lukas runzelte die Stirn. „Warum so förmlich?"

„Weiß nicht. Vermutlich weil es ums Geschäftliche geht." Sie sah ihn offen an. „Das eine ist das eine, das andere das andere."

„Aha. Ziemlich kryptisch, wenn du mich fragst, aber ich denke, ich weiß, wie du das meinst." Lukas hielt ihr seine Hand hin. „Wir sollten es nicht kompliziert machen, finde ich."

Franzi nickte und ergriff seine Hand. „Sollten wir nicht."

Während sie über die Straße schlenderten, grübelte sie darüber nach, wie Lukas das mit dem Nicht-kompliziert-machen meinte.

„Ich setze mich oben gleich mal an die Abrechnung."

„Das muss nicht sofort sein", widersprach sie ihm.

„Doch, doch. Ich erledige Geldangelegenheiten gern zeitnah, dann muss ich nicht mehr dran denken." Er hielt ihr die Eingangstür auf und ließ sie zuerst eintreten.

Aus Jules Küche drang Geklapper. „Dann schau ich mal kurz, wie es Jule geht, okay?"

„Was immer du tun willst. Grüß sie von mir."

„Mach ich."

Lukas drückte ihre Hand fester, bevor er sie losließ. „Bis später."

Sie sah ihm nach, wie Lukas, zwei Stufen auf einmal nehmend, die Treppe hinauflief. Dann wandte sie sich um und klopfte gegen den Türrahmen, da die Küchentür wie meistens sperrangelweit offen stand. „Huhu, Jule, darf ich stören?"

„Franzi, ja klar, komm rein." Jule saß am Küchentisch und schnitt gerade eine Paprika in schmale Streifen. „Setz dich doch. Ich schnippele mir gerade einen kleinen Snack. Vitamine brauche ich ja für zwei." Sie legte das Messer beiseite. „Hübsche Mütze."

Mit einem frustrierten Schnaufer nahm Franzi das Käppi vom Kopf. „Ich sehe scheußlich damit aus. Aber anders geht's halt nicht. Bin ja selbst schuld, weil ich so nachlässig war."

„Hauptsache, dein Gesicht ist geschützt. Ich finde, sie steht dir. Magst du einen Tee?"

„Ja, gern. Wenn ich ehrlich bin, bin ich sehr durstig. Wir kommen gerade mit dem Rad aus Nebel und ich habe seit über einer Stunde nichts getrunken."

„Dann wird es höchste Zeit. Du kannst gern vorweg etwas Kaltes haben. Ein Wasser? Und was magst du für einen Tee?"

„Irgendwas Fruchtiges, wenn du hast. Und ja, ich nehme gern ein Wasser vorweg."

„Holunderblüten-Quitte kann ich dir empfehlen." Jule kicherte leise und zwinkerte Franzi zu. „Damit habe ich Ben rumgekriegt." Sie legte ihre Stirn in Falten. „Könnte auch sein, dass es mein Auflauf war. Oder die Tatsache, dass ich ihn mit einem Kleiderbügel attackierte, weil ich ihn für einen Einbrecher hielt."

„Das ist nicht dein Ernst."

„O doch, das ist es. Es passierte, als er zum ersten Mal bei mir Urlaub machte. Eines Nachts hörte ich Geräusche und dachte sofort an Einbrecher. Ben war der einzige Gast im Haus und ich hatte ziemlichen Schiss. Da schlich ich mich in sein Zimmer, um ihn um Hilfe zu bitten. Plötzlich ging die Tür auf und ich griff im Dunkeln nach dem Erstbesten, was mir in die Finger kam. Und das war ein Kleiderbügel. Dumm nur, dass es Ben war, der durchs Haus gegangen war, weil er nach dem Rechten sehen wollte, nachdem es einen heftigen Knall gegeben hatte."

„Das scheint ja ziemlich turbulent bei euch zugegangen zu sein." Franzi staunte, wie locker Jule über ihr Privatleben plauderte. „Dass sich dein Ben nicht von deiner Attacke abschrecken ließ, heißt ja eine ganze Menge."

Jule lächelte verträumt, während sie zwei Teetassen auf den Tisch stellte. „Ja, da hast du recht. Er kam goldrichtig und brachte Glück und damit die Wende in mein Leben."

„Das hört sich schön an und romantisch."

„Und du? Gibt es jemanden in deinem Leben?"

Franzi wurde heiß und kalt gleichzeitig. Auf die Frage war sie nicht vorbereitet. „Ähm, also, nicht wirklich."

„Ist zwischen dir und Lukas etwas? Ihr wirktet beim Frühstück ziemlich vertraut." Jule legte sich schnell die Hand auf die Lippen. „Tut mir leid, das geht mich nichts an."

Franzi nahm erst einmal einen Schluck von dem Tee, den Jule ihr eben eingegossen hatte. Damit ihr Zeit blieb, sich eine Antwort zurechtzulegen, ohne zu viel darüber zu verraten, was am Morgen zwischen ihr und Lukas passiert war. „Ehrlich gesagt bin ich mir nicht sicher, was da zwischen uns beiden ist. Zumindest hat es dazu geführt, dass wir …" Sie brach ab, das wurde nun wirklich zu privat.

Jule zwinkerte ihr zu. „Versteh schon. Du musst nicht weiterreden."

Eine Weile tranken sie schweigend ihren Tee. „Was machst du eigentlich beruflich?", fragte Jule in die Stille hinein.

„Ich habe eine Detektei."

Jule riss die Augen auf. „Das ist ja spannend. Wie bist du darauf gekommen?"

„Es ist beileibe nicht so spannend, wie es in den Detektivgeschichten aussieht, die im Fernsehen laufen, das kannst du mir glauben. Ich war Polizistin."

„Wow. Und warum jetzt nicht mehr? War es dir zu stressig, zu gefährlich?“

Franzi atmete tief durch. Einerseits wollte sie die Erinnerungen nicht zulassen, andererseits hatte sie das Gefühl, es Jule erzählen zu müssen. Sie trank noch einen Schluck Tee und rührte gedankenverloren in der Tasse herum. „Ich wurde bei einem Einsatz angeschossen. Das ist jetzt fast zwei Jahre her“, antwortete sie schließlich mit matter Stimme. Kaum hatte sie es ausgesprochen, flackerten die Bilder von diesem schrecklichen Einsatz vor ihr auf.

„Das ist ja furchtbar!“ Jule schien ehrlich entsetzt. „Und das war der Auslöser, den Dienst zu quittieren?“

„Nicht nur. Mein Partner überlebte den Einsatz nicht. Ich bin bis heute nicht darüber hinweg. Habe oft Albträume und erlebe alles wieder und wieder.“

„O mein Gott. Was musstest du durchmachen und tust es sogar jetzt noch.“ Jule legte ihre Hand auf Franzis Arm. „Das tut mir wirklich wahnsinnig leid. Ich kann verstehen, dass du nicht mehr im Polizeidienst bist. Aber wie bist du auf eine Detektei gekommen?“

„Da kann ich auch ermitteln. Dadurch erschien es mir recht nah an meinem ursprünglichen Beruf.“

„War deine Verletzung sehr schlimm? Sorry, du musst nicht darauf antworten, wenn es dich zu sehr aufwühlt. Aber ich muss gestehen, dass ich dich besser kennenlernen will, wo wir uns doch zumindest äußerlich so ähnlich sind. Ich hoffe, du verzeihst mir meine neugierigen Fragen.“

Franzi sah Jule offen an. „So geht es mir auch. Ich habe auch den Wunsch, mehr über dich und dein Leben zu erfahren.“ Sie zog ihren Pullover ein Stückchen hoch, hielt dann inne. „Es war ein Durchschuss, trotzdem sieht die Narbe nicht schön aus. Die Wunde hatte sich entzündet, musste noch mal geöffnet werden. Jetzt muss ich damit leben.“ Sie atmete tief durch. „Du solltest dir den Anblick besser ersparen.“

„Wirklich so schlimm? Ich bin übrigens nicht so zart besaitet und kann einiges wegstecken.“

„Also gut. Vorn sieht die Narbe nicht ganz so schlimm aus.“ Sie drehte sich so, dass Jule ihre Vorderseite sah, und zupfte weiter an ihrem Pullover. Sie zog das T-Shirt, das sie darunter trug, gleich mit hoch.

„Puh. Eine Schusswunde in echt zu sehen, ist wirklich nicht ganz ohne.“

„Meine Rückansicht erspare ich dir lieber.“

Jule legte wieder ihre Hand auf Franzis Arm. „Wenn du mir vertraust …“

„Also gut, aber sag nicht, ich hätte dich nicht gewarnt.“

Jule stieß einen entsetzten Laut aus, als Franzi ihr die Austrittswunde präsentierte. „Schiet.“

„So kann man es auch ausdrücken.“ Franzi rang sich zu einem schiefen Lächeln durch, obwohl ihr gar nicht danach war. Aber vielleicht konnte sie damit Jules sichtlich angeschlagenen Gemütszustand besänftigen.

Ehe sie sich versah, hatte sich Jule von ihrem Stuhl hochgehievt und umarmte sie. Ihr Bauch drückte dabei gegen Franzis Oberkörper und Franzi war, als könnte sie eine Bewegung, irgendwie ein Hin und Her in Jules Bauch spüren. Wahnsinn, ob das tatsächlich ihr Baby gewesen war? Ein eigentümliches Gefühl nahm von Franzi

Besitz. Noch nie war sie einer Schwangeren so nahe gewesen.

In dem Moment löste sich Jule von ihr und Franzi fragte sich, ob es nur Einbildung gewesen war.

Jule setzte sich wieder, legte die Hände auf ihren Bauch und strich sanft darüber. „Sogar das Kleine ist ganz unruhig."

„Ich wusste doch, dass es dich zu sehr aufregt. Hätte ich dir bloß nicht …"

„Mach dir keine Sorgen, Franzi, halb so schlimm. Vielleicht wollte es sich nur ein bisschen strecken. Ist ja mittlerweile ziemlich eng im derzeitigen Zuhause."

Jetzt war es Franzi, die ihre Hand auf Jules Arm legte. „Ich könnte mir nicht verzeihen, wenn es dir oder dem Baby durch mich schlecht geht."

„Das tut es nicht. Lass uns trotzdem das Thema wechseln." Jule nahm sich einen Streifen von der Paprika und knabberte daran herum. „Hast du eigentlich schon einen Plan, wie du die Nachforschungen angehen willst?"

„Ich denke, ich werde erst mal einen Stammbaum meiner Familie aufstellen mit allem Drum und Dran und nachforschen, wer mit wem. Wer wann und wo gelebt hat."

„Das mache ich auch. Anschließend vergleichen wir unsere Daten und suchen nach Verbindungen." Jule lachte leise. „Vielleicht wird aus mir auch noch eine Detektivin. Dann gibt es eine weitere Gemeinsamkeit zwischen uns."

Franzi wurde bewusst, wie sehr sie hoffte, es gäbe irgendwann die Gewissheit, dass sie, wenn auch nur entfernt, blutsverwandt waren. Aber das herauszufinden, war sicher nicht einfach. Ihr Herz pochte plötzlich schneller. Das war eindeutig der wichtigste Fall in ihrer Laufbahn.

„Wo wart ihr heute denn?"

Franzi berichtete von ihrem Ausflug und schwärmte von ihrem Cafébesuch und den leckeren Waffeln.

„Die schmecken wirklich himmlisch. Ben und ich fahren öfter mal hin und wurden noch nie enttäuscht."

„Apropos Ben. Ich würde so gern beim Filmset zuschauen, wenn man das kann. Daran habe ich heute gar nicht gedacht. Weißt du zufällig, wo sie morgen drehen und wie lange der Dreh auf der Insel noch dauert?"

„Das kann ich dir nicht so genau sagen. Es ändert sich beinahe täglich was am Plan. Je nachdem, wie oft sie die Szenen wiederholen müssen, bis sie im Kasten sind, und wie das Wetter ist. Aber ich frage Ben, wenn er nach Hause kommt. Heute wird es hoffentlich nicht ganz so spät wie gestern. Morgen früh weiß ich mehr."

Ein Poltern und Stimmen rissen sie aus ihrer Plauderei. Jule horchte und sprang für ihren Umfang ziemlich behände auf. „Neue Gäste. Hätte ich beinahe vergessen", flüsterte sie Franzi zu. „Ich muss dann mal."

„Natürlich, ich geh nach oben. Danke für den Tee."

„Herzlich willkommen in der Pension Jule. Hatten Sie eine angenehme Anreise?", hörte Franzi, während sie ihre Teetasse und das benutzte Glas in die Spüle stellte.

„Kommen Sie doch bitte mit ins Büro, damit wir die Anmeldeformalitäten erledigen können", sprach Jule weiter.

Franzi wartete noch einen Moment, denn sie mochte sich nicht zwischen den neuen Gästen hindurchdrängeln.

24 Franzi

Lukas saß mit seinem Tablet am Tisch, als sie eintrat. Ein Lächeln glitt über sein Gesicht. „Da bist du ja."

„Das sagtest du, als ich vorhin rüberkam, auch schon." Sie zwinkerte ihm zu. „Fürs nächste Mal denk dir was Neues aus."

„Worauf du alles achtest. Ich fasse es nicht."

„Ich bin Detektivin, mir fällt alles auf." Sie grinste ihn an. „Okay, ich gebe es zu, fast alles."

„Ich bin gleich fertig, dann könnten wir etwas essen gehen. Oder einfach durch den Ort bummeln. Sag mir nur noch schnell, ob ich dir dein Honorar komplett überweisen soll oder du einen Teil in bar haben möchtest."

Ein wohliger Schauer zog über ihre Haut. Sie bekam tatsächlich Geld. Okay, sie hatte nicht erwartet, dass Lukas sie nicht bezahlen würde. Aber dass es heute schon so weit war, damit hatte sie nicht gerechnet. „Ist mir egal. Wenn du es mir überweist, kann ich mir abheben, was ich brauche."

„Ich habe eine genaue Aufstellung gemacht, für deine und meine Unterlagen, die habe ich dir per Mail geschickt."

„Du hast meine E-Mail-Adresse?"

„Die steht auf deiner Homepage."

„Natürlich." Sie schlug sich mit der Hand gegen die Stirn. Das war wirklich eine selten dämliche Frage gewesen.

Lukas stand auf, zog seine Geldbörse aus der Gesäßtasche und reichte ihr ein paar Scheine. „Bist du mit zweihundert in bar vorerst einverstanden?"

„Ähm … na klar. Super." Fassungslos starrte sie auf den unverhofften Geldsegen. Noch wusste sie nicht, wie viel Lukas ihr insgesamt zahlte. Danach mochte sie auch nicht fragen, das wäre ihr unangenehm. Lieber wollte sie später ihre E-Mails checken. Müsste sie sowieso mal wieder tun. „Vielen Dank." Sie schob das Geld in ihre Hosentasche. „Weißt du was, ich lade dich auf ein Eis ein." So leichtsinnig war sie schon lange nicht mehr mit ihren Einnahmen umgegangen. Aber sie fühlte sich so beschwingt, dass sie nicht anders konnte.

Wenig später schlenderten sie am Gemeindehaus vorbei in Richtung Strunwai. Sie war schon ein paarmal an dem Eiscafé vorbeigegangen, hatte es sich bisher aber verkniffen, dort einzukehren. Jetzt wollte sie sich das gönnen. Lukas bestand auf einem Eis in einer Waffel, damit sie noch Richtung Strand schlendern könnten. Franzi vermutete allerdings, dass er ihren Geldbeutel nicht zu sehr strapazieren wollte, obwohl er das natürlich nicht so sagte. Sie nahm sich vor, ihn noch einmal einzuladen, wenn sie wusste, wie viel Geld er ihr insgesamt zahlte. Allerdings bereitete ihr der Gedanke an den kaputten Wagen immer noch Bauchweh und ein Autokauf hatte absoluten Vorrang, sobald sie zu Hause ankam.

„Jule will Ben fragen, wo genau die nächsten Filmszenen gedreht werden. Ich möchte da unbedingt mal zuschauen. Meinst du, wir haben Zeit dafür?“

Lukas zog Franzi näher zu sich heran. „Du vergisst, dass sich unser Auftrag verflüchtigt hat. Also gönnen wir uns noch ein paar schöne Tage hier. Könnte höchstens sein, dass meine Mutter mich noch mal in Anspruch nimmt.“

„Wo du es gerade ansprichst, haben sich Simone und Karsten vorhin bei dir gemeldet?“

„Nicht die Bohne. Weißt du was, die beiden sind es nicht wert, dass wir uns weiter mit denen befassen. Da war von Beginn an der Wurm drin.“

„Stimmt. Aber gäbe es die beiden nicht, wären wir nicht hier. Zumindest ich nicht. Und dann hätte ich niemals Jule kennengelernt. Also sollte ich den beiden doch irgendwie dankbar sein. Besser noch deiner Mutter, die dafür gesorgt hat, dass ihr Sohn antanzt, um der Sache mit dem vermeintlichen Diebstahl auf den Grund zu gehen. Auch wenn sich das mit dem Kontakt zu den beiden nicht als so einfach entpuppte, wie du gedacht hast – die Hauptsache ist doch, dass der Herr, dem die Brieftasche abhandenkam, diese nun zurückerhält.“

„Da hast du natürlich recht. Fakt ist, hätte es den Wasserschaden nicht gegeben, müsste nicht renoviert werden und damit wäre die Brieftasche vermutlich nicht so schnell gefunden worden. Andererseits hätte sie durch gründlichere Reinigungsarbeiten durchaus schon auftauchen können. Ich werde meine Mutter fragen, wer für die Reinigung der Wohnungen nach Auszug verantwortlich ist. Man sollte davon ausgehen, dass die auch mal hinter den Heizkörpern putzen."

Franzi stimmte dem insgeheim zu und nahm sich vor, nach ihrer Heimreise solch eine Grundreinigung auch in ihrer Wohnung in Angriff zu nehmen. Denn die Heizkörper waren Stellen, die sie auch zu gern vernachlässigte.

Inzwischen hatten sie den Strand erreicht und streckten sich auf einer der Doppelholzliegen aus, die rechts unterhalb des Holzstegs standen. Franzi rückte dicht an Lukas heran, weil der Wind hier doch mehr blies als im Ort. „Fast wie Urlaub", resümierte sie und lachte Lukas an. „Ich kann dir nicht genug dafür danken, dass du mich mit hierhergenommen hast. Obwohl ich gestehen muss, dass ich dich, als du mir den Vorschlag machtest, am liebsten zum Teufel gejagt hätte. Du und ich an einem gemeinsamen Auftrag arbeiten? Das konnte in meinen Augen nicht gut gehen. Lediglich die Tatsache, dass ich momentan ziemlich klamm bin, hat den Ausschlag gegeben, dass ich schließlich doch mitfuhr."

„Du konntest mich nicht ausstehen, stimmt's?" Lukas sah sie forschend an.

„Ich fand dich überheblich und frech. Einfach unausstehlich", gab sie nach kurzem Zögern zu.

„Und? Hat sich deine Meinung über mich inzwischen geändert?"

„Sonst säße ich nicht mit dir hier. Und das heute Morgen wäre erst recht nicht passiert."

„Was war denn heute Morgen?"

Empört setzte sich Franzi auf und stieß Lukas ihren Ellenbogen in die Seite. „Wirst du etwa schon wieder frech? Oder leidest du an Alzheimer?“

Lukas zog sie an sich und drückte ihr einen Kuss auf die Stirn. „Ich wollte dich nur ein wenig necken. Wie könnte ich vergessen, was zwischen uns geschehen ist?“

Bei der Erinnerung an die intimen Momente zwischen ihnen lief ein heißkalter Schauer über ihren Körper. Sie wollte es wieder tun. Am liebsten jetzt gleich. Verschmitzt lächelnd schaute sie ihn an. „Musst du noch länger hier liegen bleiben oder können wir endlich gehen? Ich hätte da so eine Idee, wie wir uns den Abend vertreiben könnten.“

„Ach ja? Welche denn?“

Franzi sprang von der Liege in den Sand. „Nun kommen Sie schon, Herr Detektiv, und finden Sie es selbst heraus.“

„Na, das lass ich mir doch nicht zweimal sagen.“

Blaulicht zuckte durch den Dünemwai, als sie um die Ecke bogen. Direkt vorm Haus von Lukas' Mutter stand ein Polizeiwagen. Der Anblick gab Franzi einen Adrenalinschub, doch sie schaffte es, aufkommende Erinnerungen abzustreifen. Sie war schließlich schon lange nicht mehr im Dienst.

„Was ist denn da los?“

Sie gingen automatisch schneller. Gerade als sie das Appartementhaus erreichten, kamen zwei Beamte heraus, zwischen ihnen ihre Wohnungsnachbarn Karsten und Simone, die mit den Armen wild in der Gegend herumfuchtelte. Einer der Beamten redete auf sie ein. Augenblicklich ließ sie ihre Arme sinken.

„Das können Sie doch nicht tun. Wir haben nichts verbrochen. Wie kommen Sie nur darauf? Wir sind auf Urlaub, wie alle anderen Touristen auch. Unverschämtheit."

Alles Gezeter half nichts, die Beamten ließen nicht mit sich reden.

Das Theater hatte auch andere Urlaubsgäste auf den Plan gerufen, die die Aktion neugierig verfolgten.

Plötzlich tauchte Lieselotte Wegener auf. Sie kam direkt auf Lukas und Franzi zu. „Ich hab doch gewusst, dass die beiden nicht koscher sind", klagte sie.

„Was ist hier eigentlich los? Hast du die Polizei gerufen?"

Lukas' Mutter schüttelte den Kopf. „Nein. Ich weiß auch nicht, was passiert ist. Aber irgendjemand muss die ja gerufen haben. Und das sicher nicht ohne Grund."

„Was glotzt ihr denn so blöd?", zischte Simone Franzi, Lukas und seiner Mutter entgegen. „Ihr seid uns sowieso auf den Geist gegangen mit eurer ständigen Hinterherrennerei."

Die hasserfüllten Worte trafen Franzi tief. Entgeistert starrte sie dem Pärchen hinterher, das nun aufgefordert wurde, im Fond des Polizeiwagens Platz zu nehmen. „Ich fasse es nicht", stammelte sie schließlich. Sie griff nach Lukas' Arm und sah ihn verwirrt an. „Wie kann man nur so sein? Wir waren doch immer nett zu ihnen."

„Bloß gut, dass sie unsere Einladung nicht angenommen haben. Ich würde mich schwarzärgern, hätte ich denen noch den Abend finanziert."

„Aber als sie uns geholfen haben, waren sie doch recht nett. Ich verstehe diese Wandlung nicht."

„Ich auch nicht. Vielleicht erhofften sie sich auch nur einen Blick auf unsere Habseligkeiten, um zu sehen, ob es sich lohnt, mit uns in Kontakt zu treten. Anscheinend waren wir nicht die richtige Beute für sie."

„Zum Glück." Sie sahen dem Wagen nach, der langsam die Straße hinunterfuhr.

„Mama, ich hoffe, du hast das Geld für die Übernachtungen der beiden."

„Hab ich. Meine Gäste überweisen stets im Voraus."

Franzi verschränkte die Arme vor der Brust und schickte dem Wagen, der eben am Ende der Straße abbog und aus dem Blickfeld verschwand, einen frustrierten Schnaufer hinterher. „Es ärgert mich maßlos, dass wir vergeblich versucht haben, den beiden auf die Schliche zu kommen, und gar nicht richtig zum Zuge kamen. Das kränkt mich tief in meiner Berufsehre."

„Nicht jede Ermittlung ist von Erfolg gekrönt", gab Lukas zu bedenken.

„Wenn es wenigstens eine richtige Ermittlung gewesen wäre. Selbst das hat nicht hingehauen. Aber jetzt komm, ich habe keine Lust mehr, mich über die Sache aufzuregen. Dazu ist mir der Abend viel zu schade." Sie wandte sich Lukas' Mutter zu. „Falls Sie etwas erfahren, wären Sie dann so nett, uns zu informieren?"

„Aber natürlich. Keine Sorge, ich werde meine Ohren offenhalten. Vielleicht kommt sogar ein Artikel in die Amrum-News."

„Danke und nehmen Sie es nicht so schwer. Seien Sie lieber froh, dass die beiden nicht mehr unter Ihrem Dach wohnen."

„Bin ich auch", seufzte Lieselotte Wegener und wandte sich einer Dame zu, die Franzi schon mal gesehen hatte und in der sie eine der Nachbarinnen vermutete.

25 Lukas

„Was für eine Aufregung am Abend. Und was für ein Zufall, dass wir das mitbekommen haben. Fünf Minuten länger am Strand und die wären längst weg gewesen."

„Ich bin mir sicher, dass deine Mutter uns unterrichtet hätte. Und sie wird es weiterhin tun, sobald sie erfährt, was die beiden auf dem Kerbholz haben. Ich bin gespannt, was es sein wird." Franzi sah Lukas mit neugierigem Blick an. „Was meinst du? Einfacher Diebstahl? Einbruch? Oder Schlimmeres?"

„Keine Ahnung. Aber ehrlich gesagt, habe ich gerade keine Lust, Mutmaßungen darüber anzustellen." Er zwinkerte Franzi zu. „Ich habe da etwas ganz anderes im Hinterkopf, was sich zu erforschen lohnt."

Franzis keckes Lachen fuhr ihm direkt ins Herz. „Ach ja? Ich bin gespannt, was das sein wird."

Er stieß die Eingangstür zur Jule auf. Es wurde höchste Zeit, aufs Zimmer zu kommen. Hand in Hand liefen sie die Treppenstufen hinauf und Lukas war froh, dass sie niemandem begegneten, der sie aufhalten konnte.

Kaum fiel die Zimmertür hinter ihnen zu, zog er Franzi auch schon in die Arme. „Du hast mir etwas versprochen", raunte er an ihren Lippen.

„Wie? Was? Das stimmt doch gar nicht." Ihre Gesichtsfarbe hatte ein aufgeregtes Rot angenommen, ihre grünen Augen schimmerten verräterisch.

„Doch, hast du. Du hast mir versprochen, dass es sich lohnt, zu erforschen, wie wir uns den Abend vertreiben können. Und genau das will ich jetzt in die Tat umsetzen." Er zog sie in einen tiefen Kuss, den Franzi hingebungsvoll erwiderte. „Bist du bereit?", hauchte er, als sich ihre Lippen für einen Augenblick voneinander lösten.

Sie schlang ihre Arme um seinen Nacken und drückte sich fest an ihn. „Das bin ich."

Mit ihrer Anschmiegsamkeit brachte sie ihn fast um den Verstand. In Windeseile schälten sie sich aus ihren Jacken, die sie einfach fallen ließen. Die Schuhe kickten sie zur Seite.

„Ich muss noch mal kurz ins Bad", flüsterte Franzi und entwand sich ihm. „Gib mir eine Minute."

Er setzte sich ans Fußende des Bettes und konnte es kaum erwarten, bis sie wieder bei ihm war. Als sie aus dem Bad kam, trug sie nichts weiter als ein Duschhandtuch, das sie sich um den Körper geschlungen hatte. Er atmete hörbar aus, als sie dicht vor ihm stand. Sie legte ihre Hände an seine Schultern und gab ihm einen Schubs. Er war so perplex, dass er nach hinten aufs Bett fiel.

Franzi lachte leise und krabbelte über ihn. „Wieso bist du noch nicht ausgezogen?", fragte sie und knabberte an seiner Unterlippe.

„Ich will, dass du das machst, und hätte dir auch gern deine Sachen vom Körper gepflückt."

„Oh, sorry", murmelte Franzi an seinen Lippen und rutschte von ihm herunter. Ihm fiel ein, dass sie vermutlich nicht mal mehr ein Höschen unter dem Handtuch trug. Die Aussicht darauf trieb ihm den Schweiß auf die Stirn. Hoffentlich beeilte sich Franzi damit, ihn auszuziehen. Seine Jeans schnürte ihn mittlerweile in der Lendengegend geradezu ein. Er schloss die Augen, als sie ihre Hände unter seinen Pulli schob und seine Haut auf sehr erregende Weise streichelte. Jeder Quadratzentimeter seines Körpers stellte sich auf Empfang. Er zwang sich, stillzuhalten, ihr nicht sofort das Handtuch vom Körper zu reißen. Keine Frau hatte ihn bisher derart angemacht. Dabei war er nie ein Kostverächter gewesen. Aber mit Franzi fühlte sich alles anders an.

„Komm ein bisschen hoch, damit ich dir den Pullover über den Kopf ziehen kann", murmelte Franzi und holte ihn damit für einen winzigen Augenblick in die Gegenwart zurück. Das lästige Oberteil flog im Nullkommanichts durch die Luft. Sich der Jeans zu entledigen, war wesentlich schwieriger.

„Halt still und schließ die Augen", verlangte Franzi, als er es endlich geschafft hatte. Sie hauchte federleichte Küsse auf seinen Körper und arbeitete sich Zentimeter für Zentimeter in tiefere Regionen vor. Ein Stöhnen kam ihm über die Lippen, was Franzi mit einem zarten Biss in seine Seite kommentierte. Hexe!

Es kostete ihn reichlich Kraft, sie gewähren zu lassen, ohne sie anzufassen, denn wenn sie noch lange so weitermachte, drohte er zu platzen. Doch dann, in buchstäblich letzter Sekunde ließ sie von ihm ab und krabbelte auf ihn.

Mit einem sinnlichen Lächeln und smaragdfunkelndem Blick senkte sie ihren Unterleib und nahm ihn langsam in sich auf.

Er packte sie an den Hüften, drückte sich ihr entgegen und begann sich in ihr zu bewegen. Doch dann bestimmte sie das Tempo und ritt ihn, bis ihm die Sinne schwanden und er sich mit einem Aufstöhnen in ihr entlud. Sekunden später sackte Franzi, immer wieder seinen Namen stammelnd, auf ihm zusammen. Lange blieben sie so liegen und er genoss ihr zartes Gewicht auf seinem Körper. Es gab nichts Schöneres für ihn als diese Frau in seinen Armen.

26 Franzi

„Guten Morgen, habt ihr gut geschlafen?“, begrüßte Jule sie mit einem freudigen Lächeln, als sie den Frühstücksraum betraten und die Hausherrin ihnen mit einem leeren Tablett unterm Arm entgegenkam.

Franzi lachte. „Ja, danke, wunderbar. In deinem Bett schläft man wie auf Wolken.“ Oder lag es an Lukas, dass sie wieder besser schlief? „Und du? Wie geht es dir?“

„Alles bestens. Setzt euch, ich bringe euch das Frühstück.“

Franzi konnte über Jules Elan nur staunen. Sie war für ihren Zustand und Umfang heute erstaunlich fit und schnell unterwegs. Hoffentlich übernahm sie sich nicht.

„Ich soll dir einen schönen Gruß von Ben ausrichten“, erzählte Jule, als sie Kaffeekanne und Brötchenkorb auf den Tisch stellte. „Beziehungsweise euch beiden. Wenn ihr Lust habt, könnt ihr heute beim Dreh zuschauen. Ben will dafür sorgen, dass ihr durch die Absperrung gelassen werdet. Sie drehen heute am Leuchtturm.“

„Das ist ja wunderbar. Zum Leuchtturm wollten wir sowieso noch.“

„Ich bezweifle allerdings, dass du heute da raufkannst“, gab Lukas zu bedenken. „Turnusmäßig ist erst morgen früh für Besucher geöffnet.“

„Das macht rein gar nichts. Lukas, du kommst doch mit, oder? Stell dir vor, wen wir sonst noch sehen werden.“ Sie wandte sich an Jule. „Weißt du, wer noch in dem Film mitspielt?“

„Kathy Biermann hat die weibliche Hauptrolle inne, sonst weiß ich es nicht genau. Ich bin nicht so der Fernseh- und Filmgucker. Daher kenne ich nur wenige Schauspieler. Oft sind mir nur die Namen geläufig, wenn Ben mir von seinem Schauspielerleben erzählt. Aber ich habe selten ein Gesicht dazu.“

Franzi war nicht entgangen, dass sich Jules Mimik deutlich verschloss, als sie die Schauspielerin erwähnte. Ob sie die nicht mochte? Oder hatte sie ein grundsätzliches Problem mit Bens weiblichen Filmpartnerinnen? So gern Franzi das gewusst hätte, sie mochte nicht fragen, um Jule nicht in Verlegenheit zu bringen oder gar aufzuregen. „Hat Ben dir eine Uhrzeit genannt, oder können wir da jederzeit auftauchen?“

„Hat er nicht. Daher denke ich, dass ihr jederzeit vorbeikommen könnt. Aber fahrt nicht zu spät, ich weiß nicht, wie lange die Aktion heute dauern soll.“

„Okay, dann machen wir uns am besten gleich nach dem Frühstück auf den Weg. Oder spricht etwas dagegen?“, wandte sie sich an Lukas.

„Nicht dass ich wüsste.“

„Super.“ Franzi griff nach einem Brötchen und schnitt es in Windeseile auf. Jetzt hieß es, keine Zeit zu vergeuden.

„Hallo. Erde an Franzi.“ Lukas wedelte mit beiden Händen vor ihrem Gesicht herum. „Du bist erstaunlich still. Hüpfst du in Gedanken schon als Hauptdarstellerin um den Leuchtturm herum?“

Franzi zog eine Grimasse. „Das ist ja der größte Quatsch. Aber ja, ich muss gestehen, dass ich es kaum abwarten kann und schon ziemlich aufgeregt bin.“ Sie grinste. „Ich an einem Filmset. Wenn ich das Lotta erzähle. Die wird bestimmt neidisch, obwohl das eigentlich nicht ihre Art ist. Aber Lotta ist ein echter Filmjunkie und ich weiß, dass sie schon viele Filme mit Ben alias Leon B. Parker gesehen hat.“

„Frag ihn doch mal, ob er sich mit dir fotografieren lässt. Dann hast du eine Erinnerung an den Tag und kannst sie deiner Schwester schicken.“

„Das ist eine mega Idee.“ Darauf war sie selbst noch nicht gekommen. Sie musste insgeheim zugeben, dass Lukas manchmal echt super Einfälle hatte.

Sie saßen noch am Frühstückstisch, als plötzlich Lukas’ Handy bimmelte. Verärgert legte er die Stirn in Falten. „Ich hätte es oben lassen sollen.“ Rasch zog er es aus der Hosentasche und sah entschuldigend rüber zu dem Tisch, an dem ein älteres Paar saß.

„Mama, ja, guten Morgen.“ Er horchte eine Weile und nickte schließlich. „Okay. Natürlich komme ich, keine Frage. Hauptsache, es geht dir anschließend besser. Ja, bis dann.“

Lukas klickte das Gespräch weg und legte sein Telefon auf den Tisch. „Tut mir leid, ich kann nicht mitkommen. Meine Mutter bekommt heute Mittag neue Gäste. Ich muss sie vertreten. Sie hatte die ganze Nacht Zahnschmerzen und muss dringend zum Zahnarzt. Ihre Ärztin hat ihre Praxis in Wittdün und sie soll Wartezeit mitbringen. Da wird sie es nicht rechtzeitig zum Eintreffen der Gäste schaffen.“

Enttäuschung machte sich in Franzi breit. „Oje, das ist ja blöd. Ich frage Jule, ob wir den Besuch beim Set auf morgen verschieben können. Wäre doch schade, wenn du das versäumst. Vielleicht ist Ben sogar noch im Haus, dann könnten wir das mit ihm direkt besprechen."

Wie bestellt kam Jule in dem Augenblick zu ihnen. „Alles okay bei euch? Braucht ihr noch etwas?"

„Nein. Aber du kommst trotzdem wie gerufen. Sag, ist dein Ben noch zu Hause?"

„Nein, der ist schon seit acht Uhr weg. Warum?"

„Ich hätte ihn gern gefragt, ob wir den Besuch auf morgen verschieben können. Lukas muss seine Mutter vertreten, weil Gäste ankommen und sie zum Arzt muss."

„Ich fürchte, morgen wird es sehr ungünstig sein. Sie werden ein paar Szenen im Watt drehen. Da wäre ein Besuch vermutlich wesentlich unpassender. Und wegen der Gezeiten muss alles möglichst rasch im Kasten sein, hat Ben erzählt. Immerhin haben sie nicht viel Zeit, bis das Wasser zurückkommt. Sonst muss ein weiterer Drehtag angehängt werden. Die Szenen im Watt sollten längst abgedreht sein, aber wegen einer Schlechtwetterfront neulich musste die Crew einen Tag pausieren, was eine Menge zusätzlicher Kosten verursacht hat. Das weiß ich natürlich auch von Ben."

„Du solltest die Einladung unbedingt annehmen", riet Lukas. „Wer weiß, ob du jemals wieder so ein Angebot bekommst."

Die Überlegung ließ Franzi gelten. „Okay, wenn du darauf verzichten kannst. Fahren eigentlich Busse zum Leuchtturm? Allein habe ich keine Lust zum Radeln."

„Der Bus hält direkt beim Leuchtturm, der nur ein kurzes Stück hinter der Straße auf einer Düne steht."

„Das passt perfekt." Franzi spürte ein Kribbeln im Körper. Sie konnte kaum fassen, dass sie tatsächlich beim Drehen eines Films zusehen durfte. Und dann noch mit prominenten Schauspielern. Sie schaffte es kaum noch, in Ruhe zu Ende zu frühstücken. Am liebsten wäre sie sofort aufgesprungen und zur Bushaltestelle gelaufen, um ja den nächsten Bus zu erwischen. Da sie nicht abschätzen konnte, wann sie wieder zurück sein würde, belegte sie das übrig gebliebene Brötchen mit Käse und Salami und nahm sich vor, auf dem Weg zum Bus noch kurz in den Supermarkt zu flitzen, um Obst und etwas zu trinken für den Tag zu kaufen.

Um sich die Fahrzeit zu vertreiben und weil sie noch keine Zeit dafür gehabt hatte, schrieb sie Lotta vom heutigen Tagesplan. Sie konnte sich vorstellen, dass Lotta fast ausflippen würde, wenn sie an Franzis Stelle wäre. Lotta liebte Abende im Kino und schaute sich andauernd die neuesten Filme an – egal ob in Begleitung oder allein. Einige wenige Male war Franzi mit gewesen, aber dann hatte sie sich spontane Kinoabende nicht mehr leisten können. Lotta hatte sie oft eingeladen, doch das wollte Franzi ihr nicht ständig aufbürden. Deshalb sagte sie nur selten zu. Ansonsten wartete sie darauf, bis die Filme im Fernsehen gezeigt wurden. Manchmal kam Lotta dann vorbei und sie schauten sich den Film gemeinsam an.

Gerade fuhr der Bus an der Windmühle vorbei. Nur noch zwei Stationen. Das Kribbeln in ihrer Magengegend nahm zu. Und schon zeigte die Leuchtanzeige im Bus die Haltestelle an, an der sie aussteigen musste. Als sie im Freien stand, atmete sie erst mal tief durch. Dann schulterte sie ihren Rucksack. Schon gleich hinter dem Fahrradweg versperrten Baken den Weg auf das Gelände. Dahinter parkten allerlei Autos, Aufnahmewagen und was sonst alles für Filmaufnahmen aufgefahren wurde. Ob sie den Bereich einfach betreten durfte? Da entdeckte sie eine junge Frau mit einem Klemmbrett unterm Arm, die gerade zu einem der Autos ging. Franzi winkte ihr zu und rief ein paarmal. Endlich reagierte die Frau und kam mit etwas genervt wirkendem Gesichtsausdruck auf sie zu.

„Hier wird gedreht. Niemand, der nicht hierhergehört, darf das Gelände betreten."

„Ich habe eine Einladung von Leon B. Parker persönlich." Franzi verkündete das mit stolzgeschwellter Brust.

Die junge Frau verdrehte die Augen. „Das kann ja jeder sagen."

„Fragen Sie ihn doch. Ich vermute sogar, dass er Anweisungen gegeben hat, mich aufs Gelände zu lassen. Erkundigen Sie sich einfach mal."

„Sie meinen, ich soll zum Star des Films latschen, damit Sie hier reinkommen?"

„Ganz genau. Ich wäre bestimmt nicht hier, wenn er nicht ausdrücklich eine Einladung ausgesprochen hätte. Mein Name ist Franziska Naumann."

„Warten Sie hier." Die Klemmbretttussi stolzierte von dannen.

Franzi sah, wie sie mit einem Mann sprach. Dann kam sie tatsächlich wieder auf Franzi zu.

„Also gut, kommen Sie. Herr Parker ist gerade in der Maske. Drüben im blauen Wohnwagen. Ich bin übrigens Betty."

„Danke, Betty." Franzi nickte und zwängte sich zwischen den Baken durch. Sie hatte es aufs Gelände geschafft.

Kurz darauf klopfte Betty an die Tür des besagten Wohnwagens. „Besuch für Herrn Parker", rief sie.

Die Tür öffnete sich und Ben höchstpersönlich schaute heraus. Als er Franzi erblickte, überzog ein Lächeln sein Gesicht. „Hallo, Franzi. Schön, dass du da bist. Du bist allein hergekommen?"

„Ja, Lukas ist verhindert. Herzlichen Dank für die Einladung. Ich freue mich total."

„Komm rein. Ich muss noch ein bisschen gepudert werden. In einer halben Stunde bin ich mit einer Szene im Leuchtturm dran." Er setzte sich wieder auf den Drehstuhl vor dem Spiegel.

Franzi nickte der Maskenbildnerin zu. „Guten Tag. Ich hoffe, ich störe nicht."

„I wo! Ich bin hier gleich fertig." Mehr kam aus dem in knalligem Rot geschminkten Mund nicht heraus.

„Wird etwa ganz oben gedreht?"

„Erst mal nur im unteren Innenbereich und an der Eingangstür. Die Einstellung oben auf der Empore kommt ganz zum Schluss. Bei einhundertzweiundsiebzig Stufen rauf wird das für alle Beteiligten eine schweißtreibende Angelegenheit. Von hier unten sind es sogar fast dreihundert Stufen. Die Kameramänner bedauere ich jetzt schon."

„Mir war gar nicht bewusst, dass es so weit raufgeht, bis man direkt am Turm steht."

„Du warst noch nicht hier?“

Franzi schüttelte den Kopf. „Das stand eigentlich für morgen auf unserem Besichtigungsplan.“

„Ich kann dir nicht versprechen, dass du heute schon raufgehen kannst, während wir unten drehen. Aber ich frage gern nach.“

„Echt jetzt? Das wäre mega. Ich allein ganz oben, das hätte schon was. Aber wenn es nicht klappt, ist es nicht schlimm.“

„Könnten Sie bitte einen Augenblick aufhören zu sprechen, Herr Parker?“

„Natürlich.“ Ben zwinkerte Franzi verschmitzt zu und lehnte sich in seinem Stuhl zurück. Sie sah sich derweil um.

„Werden alle Schauspieler hier geschminkt? Kathy Biermann auch?“, platzte es aus ihr heraus.

„Sie kommen alle unter meine Finger“, erzählte die Maskenbildnerin und lachte. „Wenn ich nachher ein bisschen Ruhe und Sie Lust haben, können Sie sich auch gern hierhersetzen und sich ein wenig schminken lassen.“

Eigentlich war sie nicht so der Schminktyp. Höchstens mal ein bisschen Rouge und Mascara. In Ausnahmefällen Lipgloss. Mehr brauchte sie nicht. Aber das hier war eine ganz andere Nummer. „Ja, sehr gern.“ Ob sie sich wie eine Schauspielerin fühlen würde? So ein Quatsch, schalt sie sich gleich darauf. Jetzt gingen echt die Pferde mit ihr durch.

Es klopfte wieder, dann ging auch schon die Tür auf. Betty trat in den Wohnwagen. „Herr Parker, die Innenszene mit Ihnen verschiebt sich etwas nach hinten. Ich hole Sie rechtzeitig ab.“

„Nicht nötig, Betty. Ich führe indessen meinen Gast ein wenig herum, werde aber rechtzeitig oben sein."

Franzi konnte ein leichtes Schmunzeln nicht verhindern, als sie Bettys säuerliches Gesicht wahrnahm. Ihr schien das nicht recht zu sein. Ob sie Angst hatte, Bens Schminke könnte, bis er dran war, verschmieren? Oder lag es etwa daran, dass sich Ben ihren Plänen widersetzte?

„Keine Panik, Betty." Ben schien den Gesichtsausdruck ebenso zu interpretieren. Oder aber sie war immer so drauf und er kannte das.

„Magst du einen Kaffee?", fragte Ben, als er sich das Tuch abzog, das sein Hemd vor der Schminke schützen sollte. „Der große Wohnwagen ganz hinten ist der Aufenthaltsraum für die Crew."

„Es hat nicht jeder Schauspieler einen eigenen Wagen? So wie jeder normalerweise seine eigene Garderobe hat?", fragte Franzi erstaunt. Auf wen würde sie da treffen?

„Das kommt ganz darauf an, wo gedreht wird und in welcher Größenordnung. Hier auf der Insel ist zum Glück alles ziemlich entspannt. Wir sind wie eine große Familie. Das ist nicht immer so. Es gibt durchaus mal Reibereien. Manche Kollegen wollen sich lieber abschotten, um ihre Texte für die Tageseinstellungen noch mal durchzugehen."

„Und du brauchst das nicht?"

„Kommt auch darauf an. Diese Rolle ist für mich wie gemacht, der Text sitzt." Er zwinkerte ihr zu. „Vielleicht liegt das daran, dass ich bei Jule wohnen bleiben kann. Bisher ist dieser Film für mich quasi so etwas wie ein Heimatfilm." Er lachte leise. „Blöder Ausdruck, ist ja ein

Krimi. Aber eben an dem Ort, an dem ich mich inzwischen zu Hause fühle. Wenn du verstehst, was ich meine."

Franzi nickte. „Ja, das verstehe ich. Es muss nicht leicht sein, oft über Wochen unterwegs zu sein."

„Ist es auch nicht. Das war auch der Grund, weshalb ich das erste Mal hierher nach Amrum gekommen bin." Sie verließen den Wohnwagen und Ben zeigte über den Platz, wo ein überdimensional langer Wohnwagen stand. „Wir gehen da rüber. Um es kurz zu machen, ich war ausgelaugt und hatte einen monatelangen Dreh in Australien vor mir", erzählte Ben weiter. „Eine einsame Nordseeinsel im Winter erschien mir als perfekter Ort für eine Auszeit, bevor ich wieder alles geben musste. Tja, und wie perfekt der war, siehst du ja. Ich bin hier hängen geblieben und dem Schicksal dankbar, dass es mich ausgerechnet zu Jule geführt hat."

„Jule hat mir schon kurz erzählt, wie ihr euch kennengelernt habt. Das hörte sich richtig romantisch an."

Ben lachte. „Ja, manchmal entwickelt sich das wahre Leben tatsächlich wie in einem schönen Film."

„Ich wünsche euch, dass es ein schöner Film bleibt." Doch dann schüttelte sie rasch den Kopf. „Nein, nicht ein Film, sondern ein wundervolles reales Leben."

Ben sah sie mit einem breiten Lächeln an. „Das ist lieb, danke."

Als sie den Wohnwagen erreichten, der als Aufenthaltsdomizil diente, öffnete sich die Tür und Kathy Biermann trat heraus. „Leon, gut, dass du gerade kommst." Sie seufzte ziemlich theatralisch, wie Franzi fand, und fasste Ben am Arm. „Wegen der Szene nachher müssen wir noch mal …"

Mehr bekam Franzi nicht mit. Dass sie Bens Begleitung war, schien die Biermann nicht zu realisieren oder es interessierte sie nicht. Ben warf Franzi einen kurzen entschuldigenden Blick über seine Schulter hinweg zu, während seine Kollegin auf ihn einredete.

Und jetzt? Allein wollte sie die heiligen Hallen der Filmcrew nicht betreten. Sie schlenderte über den Platz, in der Hoffnung auf ein weiteres bekanntes Schauspielergesicht. Da hinten, das könnte … der Name des Schauspielers wollte ihr nicht einfallen, aber sie glaubte, das Gesicht aus diversen Vorabendserien zu kennen. Plötzlich tippte ihr jemand von hinten auf die Schulter. Betty, die Klemmbrettdame.

„Sagen Sie, sind Sie zufällig auch als Komparsin angeheuert? Falls ja, sind Sie reichlich spät dran."

„Ähm, nein", antwortete Franzi ziemlich perplex.

„Egal. Wir brauchen nämlich spontan noch jemanden. Würden Sie uns aus der Patsche helfen?" Sie schnaubte kurz. „Auf die Leute ist heute kein Verlass mehr. Erst lassen sie sich casten und dann tauchen sie nicht auf."

Franzi konnte es nicht fassen. Mit so etwas hätte sie nie gerechnet. „Ich springe gern ein, wenn Sie glauben, dass ich das kann. Was soll ich denn machen?" Wenn das Lotta wüsste. Die wäre genauso begeistert wie Franzi selbst.

Betty musterte Franzi genau. „Kommen Sie mit. Sie müssen kurz in die Maske. Ihr Gesicht sieht eindeutig zu erhitzt aus. Ihre Kleidung wäre einigermaßen in Ordnung, denke ich. Sie müssen lediglich eine Leuchtturmbesucherin mimen."

„Nichts leichter als das. Den will ich mir sowieso noch ansehen."

„Sie sollen ihn nicht besichtigen, sondern nur, soweit ich weiß, gerade rauskommen oder reingehen, während eine entscheidende Frequenz da oben abgedreht wird."

„Okay, das kriege ich hin." Franzi eilte mit Betty zurück zur Maskenbildnerin, die kurz instruiert wurde. Dann wandte sich Betty wieder an Franzi. „In einer Viertelstunde hole ich Sie ab. Sie bekommen übrigens fünfzig Euro Honorar anschließend."

„Wer hätte das gedacht", murmelte Franzi mehr zu sich selbst und setzte sich auf den Stuhl, auf dem vorhin erst Ben und vorher wer weiß wie viele Prominente gesessen hatten. „Ich bin ein bisschen durch den Wind, wenn ich ehrlich bin", plapperte sie drauflos. „Das war so nämlich nicht geplant."

„Keine Sorge, Sie werden das schon schaffen. Ich bin auch schon mal als Komparsin eingesprungen, weil sie unbedingt jemanden suchten, der meinem Typ ähnelte. Hat Spaß gemacht. Obwohl ich später im Film kaum zu erkennen war, so schnell war ich wieder aus dem Bild verschwunden. Aber was soll's, dabei sein ist alles."

Genau das war auch Franzis Meinung. Dann hob sie den Kopf, atmete tief durch und schloss die Augen. Wow, unglaublich. Sie wurde ebenso zurechtgemacht wie alle bekannten Schauspieler oder die Sternchen, die sich eine glänzende Karriere erhofften.

„So, fertig."

„Das ging aber fix. Darf ich mich mal anschauen?"

„Natürlich."

„Wunderbar." Franzi lachte ihrem Spiegelbild zu. Vom Sonnenbrand war nichts mehr zu sehen. Von ihren Sommersprossen allerdings auch nichts. Auch gut. Die Schminke war sicher ein guter Schutz vor der Sonne, die heute allerdings nur für wenige Minuten herausgekommen war. Im Gegenteil, seit sie hier angekommen war, sah es eher so aus, als wolle es gleich regnen. Hoffentlich nicht, das beeinträchtigte sicher die Aufnahmen.

„Sie kennen Herrn Parker persönlich?", fragte die Maskenbildnerin. „Entschuldigung, das geht mich nichts an. Aber ich habe natürlich mitbekommen, dass Sie sich duzten."

„Ich habe ihn neulich in der Pension seiner Lebensgefährtin kennengelernt. Er hat sogar das Frühstück serviert."

Ob es Ben recht war, dass sie über ihn sprachen? Mit einem Mal drückte sie das Gewissen. Vielleicht wusste ja niemand am Set davon, dass er auch privat auf Amrum lebte. In dem Fall wäre sie mächtig ins Fettnäpfchen getreten.

„Echt jetzt? Von ihm würde ich mir auch gern das Frühstück servieren lassen. Und wie ist sie so, seine Partnerin?"

„Sie ist eine zauberhafte Person. Die beiden sind wirklich ein Traumpaar." Zu mehr wollte sich Franzi nicht hinreißen lassen, vermutlich hatte sie schon viel zu viel preisgegeben.

Erleichtert nahm sie zur Kenntnis, dass die Eingangstür aufschwang. „Fertig?", rief Betty.

„Fertig", bestätigte Franzi und sprang auf.

„Toi, toi, toi", flüsterte ihr die Maskenbildnerin zu.

„Danke.“ Sie beeilte sich, Betty zu folgen. Auf dem Weg, der zum Turm führte, war ein wahres Gewusel. Sie wusste gar nicht so schnell, wo sie hinsehen sollte, um all das in sich aufzunehmen, da Betty ihr keine Zeit ließ.

„Nun kommen Sie schon. Wir sind spät dran.“

Franzi eilte hinter der jungen Frau her. Ob es immer so stressig zuging? Oder war das nur, weil sie zu lange auf das Auftauchen der eigentlichen Komparsin gewartet hatten und sie als Ersatz erst geschminkt werden musste? Egal. Franzi versuchte all die Gesichter in sich aufzusaugen, an denen sie vorübergingen. Doch ein bekanntes fand sie nicht. Vielleicht waren die Leute, denen sie begegnete, diejenigen, die irgendeinen Job hinter der Kamera innehatten.

Und dann standen sie auf dem Platz, auf dessen Mittelpunkt sich der Leuchtturm in imposanter Größe gen Himmel reckte. Ehrfurchtsvoll blieb Franzi stehen und sah an der rot-weiß geringelten Fassade empor. „Wow.“

„Hab ich auch gesagt, als ich das erste Mal hier stand“, gestand Betty. „Jetzt habe ich keine Zeit dafür, überhaupt raufzusehen.“ Sie zuckte mit den Schultern. „Schade eigentlich, aber ich bin nun mal nicht zum Vergnügen hier. Kommen Sie.“

Erst jetzt nahm Franzi das Zelt wahr, das an der einen Seite des Areals stand, dicht an dem Zaun, der den Platz einfasste. Darin saßen ein paar Leute, einige standen. Als sie näher herangingen, entdeckte Franzi, dass auch Ben und seine Kollegin Kathy dabei waren. Sie winkte in Bens Richtung. Da er aber nicht reagierte, war sie sich sicher, dass er sie nicht bemerkt hatte. Betty führte sie direkt zur

Tür des Leuchtturms. Scheinwerfer standen im Eingangsbereich, diverse Kabel führten wieder hinaus und endeten irgendwo im rückwärtigen Bereich des Turms.

„Piet", sprach Betty einen der beiden Männer an, die an der offenen Tür standen. „Hier ist der Ersatz, erklärst du ihr bitte, was sie zu tun hat?"

„Okay", begann Piet. „Haben Sie so was schon mal gemacht?"

Franzi schüttelte den Kopf.

„Sie gehen auf ein Zeichen von mir langsam die Stufen hinauf, genauso, wie Sie das normalerweise auch tun würden. Erschrecken Sie nicht, wenn von oben zwei Männer heruntergestürmt kommen. Pressen Sie sich ans Geländer, damit Sie nicht umgerannt werden oder einer der beiden über Sie fällt. Unfälle können wir hier nicht gebrauchen. Ziehen Sie ein erschrockenes Gesicht. Das ist alles. Es kann natürlich sein, dass wir die Szene ein paarmal wiederholen müssen, bis die Kameraeinstellungen stimmen und alle Beteiligten so agieren, wie es im Drehbuch vorgesehen ist. Kamera eins läuft hier unten, die Zwei kommt von oben, damit wir mehrere Perspektiven haben."

„Muss ich was sagen?"

„Nein, müssen Sie nicht. Alles klar?"

Franzi nickte. „Alles klar."

„Gut. Warten Sie einen Moment." Nach dieser Instruktion stürmte Piet davon.

Aus dem Moment wurde fast eine halbe Stunde, während der sie sogar Zeit für eine aufgeregte WhatsApp an Lotta hatte. Franzi starrte sehnsuchtsvoll auf die Stufen, die nach oben führten. In der Zeit, die sie hier verplemperte, hätte sie längst raufsteigen, die Aussicht über die Insel genießen und wieder runterkommen können, anstatt sich die Beine in den Bauch stehen zu müssen. Aber sie traute sich auch nicht, wegzugehen. Frustriert lehnte sie sich gegen die rote Backsteinwand. Hätte sie doch ihren Rucksack dabei, dann könnte sie jetzt wenigstens etwas trinken. Doch der stand im blauen Wohnwagen. Vor lauter Aufregung hatte sie ihn dort vergessen. Ob sie noch schnell … Sie trat durch den Eingang nach draußen und sah sich um. Gerade kam eine Gruppe Männer und Frauen auf sie zu, zwei Personen mit einer Kamera unterm Arm. Allen voran Piet, mittendrin Ben. Ging es jetzt endlich los? War etwa Ben einer der Männer, die an ihr vorbeirennen mussten? Jetzt hatte er sie auch entdeckt.

„Franzi, was machst du denn hier? Tut mir leid, dass ich keine Zeit mehr für dich hatte."

„Macht nichts, dafür darf ich mitspielen." Franzi grinste breit. „Stell dir vor, sie wollten mich für eine ausgefallene Komparsin haben."

„Super. Dann bist du die Touristin, die uns entgegenkommt?"

„Ja, die bin ich."

„Okay. Du weißt Bescheid?"

„Ich denke schon."

„Na dann, viel Spaß. Ich muss jetzt ein Stückchen rauf." Ben nickte ihr aufmunternd zu und stieg dann hinter einem der Kameramänner und mehreren anderen Personen die Treppe hinauf.

Eine Frau schaltete die Halogenscheinwerfer an. Während Franzi regungslos an ihrem Platz ausharrte, herrschte um sie herum mit einem Mal rege Betriebsamkeit. Betty tauchte ebenfalls auf und sprach mit einem der Männer. Der nickte und brüllte plötzlich: „Alle auf Position!"

Das musste der Regisseur sein.

Piet schob Franzi weiter zur Treppe. „Gehen Sie auf mein Zeichen los. Das kommt von oben", instruierte er sie und stieg ein paar Stufen hinauf. Gerade so weit, dass sie ihn noch knapp sehen konnte.

„Kamera?"

„Kamera läuft", kam es von oben und schräg hinter ihr gleichzeitig.

Franzis Herz fing an zu rasen, in ihrem Bauch verspürte sie ein Ziehen. Würde sie es hinkriegen?

„Ton?"

„Ton läuft!"

„Und Action!"

Das war ja in echt genauso, wie sie es aus Filmen kannte. Sie starrte die Treppe hinauf, wartete auf Piets Zeichen.

„Aus!"

Dabei hatte sie ihren Einsatz doch noch gar nicht gehabt.

„Sie müssen auf mein Zeichen achten", rief Piet.

Hatte sie das etwa verpasst? Mist. „Ich habe kein Zeichen von Ihnen gesehen", verteidigte sich Franzi.

„Und noch mal!"

Franzi starrte auf den Punkt, wo sie Piet eben noch gesehen hatte. Jetzt war da nur seine Hand. Er hob sie an.

Franzi setzte einen Fuß auf die erste Stufe. Dann auf die zweite. Wann kamen die denn? Plötzlich Gepolter, jemand rief: „Halt! Bleiben Sie stehen!"

Vor Schreck blieb Franzi stehen und drückte sich ans Geländer, als erst ein Mann mit dunkler Mütze auf dem Kopf an ihr vorbeistürmte. Zwei Stufen dahinter kam Ben zum Vorschein – mit einer Pistole im Anschlag.

Scheiße.

„Bleiben Sie stehen!", rief er hinter dem ersten Mann her.

Wie ein Film tauchte das, was sie damals miterleben musste, vor ihrem inneren Auge auf. Sie klammerte sich am Geländer fest, kniff die Augen zusammen. Scheiße! Hätte ihr doch nur vorher jemand gesagt, worum es in der Szene ging.

Plötzlich Schüsse. Jemand schrie. Franzi sackte in sich zusammen. Erst als jemand sie an den Schultern packte und schüttelte, merkte sie, dass sie es war, die schrie. Immer noch. Sie verstand nicht, was Betty sagte, während sie versuchte, ihr aufzuhelfen.

„Niemand hat was davon gesagt, dass Sie losschreien sollen!", plärrte jemand von hinten. „Aber das war gut. Verdammt realistisch. Szene noch mal."

Sie musste weg hier! Sofort! Franzi riss sich von Betty los, taumelte, konnte sich gerade noch am Geländer festklammern. Sie konnte kaum noch etwas erkennen. Nur der große helle Fleck, den sie durch die Tränenflut ausmachen konnte, zeigte ihr, wo sich der Ausgang befand.

„Wo wollen Sie denn hin?", rief Betty mit genervter Stimme. „Das geht so nicht."

Draußen ließ sie sich einfach auf den Boden sinken. Sie zitterte wie Espenlaub.

„Franzi? Was ist denn los?“ Bens Stimme drang in ihr Bewusstsein. Er klang ehrlich besorgt. „Bist du etwa gestürzt? Bist du verletzt? Ich habe nicht gemerkt, dass ich dich umgerannt habe.“

Franzi war nicht fähig zu antworten. Sie hob die Arme und wehrte Bens Versuch, ihr aufzuhelfen, ab.

„Es geht ... nicht. Ich ... kann ... nicht.“

„Gebt ihr einen Moment“, rief Ben – zu wem auch immer. „Hat jemand ein Wasser? Taschentücher? Kleenex?“ Seine Stimme hörte sich an wie in Watte gepackt.

„Verdammte Kiste. Wann können wir endlich weiterdrehen?“, tönte die Stimme des Regisseurs.

Jemand drückte ihr eine Flasche Wasser in die Hand, ein paar Papiertücher in die andere. „Ihr müsst das ... ohne mich ... wurde angeschossen ... Krüger tot ...“

„Ich verstehe nicht“, murmelte Ben. „Wir haben doch keine echten Waffen.“

„War Polizistin, wurde angeschossen ... wieder alles da ...“, stammelte Franzi und schnäuzte sich laut.

„Verstehe. Oder nein, eigentlich immer noch nicht. Du bist wirklich schon mal angeschossen worden?“

Franzi nickte.

„O verdammt! Wer konnte das ahnen? Und ausgerechnet du wirst für diese Szene angeheuert. Das tut mir unendlich leid.“

Franzi vernahm weitere Stimmen, die sie nicht zuordnen konnte. Sie verstand auch nicht, was sie sagten und ob die auf sie oder auf Ben einredeten.

„Nun wartet noch einen Augenblick. So viel Zeit wird doch wohl sein. Nein, sie wird die Szene kein weiteres Mal durchleben können. Ausgeschlossen. Es ist ein Notfall. Ihr seht doch, dass sie zusammengebrochen ist.“ Ben schwieg einen Moment. „Dann drehen wir die Szene eben ohne Komparsen. Oder jemand aus der Crew muss das übernehmen. Wo ist das Problem?“

Franzi spürte Bens Hand warm auf ihrem Rücken. Sie war froh über seine Nähe und Fürsorge, allerdings konnte er damit ihre Ängste nicht mindern. Sie musste dringend fort von hier. Lukas! Sie brauchte ihn.

„Ich … ich muss hier weg.“ Sie sah Ben flehentlich an, auch wenn sie ihn nur unscharf durch ihren tränenverschleierten Blick erkennen konnte.

„Es tut mir wahnsinnig leid, dass ich mich nicht gebührend um dich kümmern kann. Ich bin hier leider nicht der, der das Sagen hat. Ich muss weiterdrehen. Sorry.“

„Schon okay“, flüsterte Franzi mit tränenerstickter Stimme. „Vielleicht wird es besser, wenn ich hier wegkomme.“

„Soll ich Jule anrufen? Ein Taxi?“

Franzi schüttelte den Kopf. „Schon gut, ich kriege das hin.“

„Okay. Vielleicht ist es auch besser, wenn wir Jule nicht aufregen. Pass auf dich auf, okay?“

„Danke. Ich versuch's.“

„Kann mal jemand die junge Frau nach unten begleiten?“, rief Ben lautstark über den Platz.

„Kommen Sie“, bat ein ihr unbekannter Mann. „Wir gehen gleich hier die Treppe runter. Vorsicht, ist ein bisschen steil, aber der kürzeste Weg.“ Er fasste Franzi einfach unter einen Arm und zog sie auf die Füße. „Das ist sowieso der Weg zurück zum Parkplatz für all die Besucher des Leuchtturms. Also nicht nur für Sie", quasselte er weiter.

Es war ihr total egal, welchen Weg sie gingen. Hauptsache, sie kam von diesem Ort weg, damit sie endlich wieder durchatmen konnte. Der Typ redete wie ein Buch, doch die Worte flogen einfach an ihr vorbei. Er nervte und sie wollte sich nicht auf das konzentrieren, was er sagte.

„Es geht schon. Sie können mich allein lassen. Sie haben doch sicher etwas anderes zu tun."

„Sind Sie sicher?" Er sah sie forschend von der Seite an. Franzi starrte auf die vielen Stufen, die sie noch hinuntergehen musste. Auf die Weise konnte er nicht in ihrem Gesicht ablesen, wie sie sich tatsächlich fühlte. Das ging ihn nämlich nichts an. „Ja, sicher."

„Ich will keinen Ärger mit Herrn Parker kriegen."

„Werden Sie schon nicht. Besser, Sie gehen, bevor der Regisseur oder sonst wer Ihnen Ärger macht." Sie musste ihn endlich loswerden.

„Okay, also dann. Alles Gute für Sie." Endlich ließ er ihren Arm los und wandte sich zum Gehen.

„Für Sie auch. Und danke", murmelte Franzi.

Sie krallte sich mit einer Hand am Geländer fest, in der anderen hielt sie die Wasserflasche, die ihr irgendjemand in die Hand gedrückt hatte. Ihre Knie zitterten und mit einem Mal fühlte sie sich alleingelassen. War sie ja auch. Merkwürdigerweise war von dem Gewusel oben am Turm hier nichts zu hören. Keine Kommandos vom Regisseur, kein …

Da fiel ein Schuss. Noch einer.

Hörte das denn nie auf? Die Flasche fiel ihr aus der Hand, als sie sich die Ohren zuhielt. Sie geriet ins Taumeln. Erneut stürzten Tränen ungehindert aus ihren Augen, sie konnte nichts mehr erkennen. Zitternd und schwer atmend ließ sie sich auf die Stufen sinken. Warum war Lukas nicht bei ihr? Sie brauchte ihn – so sehr.

Mit zittrigen Fingern suchte sie in ihren Jackentaschen nach dem Handy. Sie brauchte eine Weile, bis sie so klar sehen konnte, dass sie Lukas' Nummer erkannte.

„Franzi, bist du noch …?"

„Hilf mir …"

„Franzi? Was ist los? Ist was passiert? Wo bist du?"

„Bitte. Schnell. Leuchtturm … kann nicht …"

„Ich komme. Geh nicht weg, hörst du? Atme tief und ruhig. Ein und aus. Wo bist du genau?"

„Treppe …"

„Ähm … okay, ich werde dich finden. Es dauert nicht lange."

Franzi nickte und schob ein leises Ja hinterher.

27 Lukas

„Hey, können Sie bitte mal herkommen?", rief Lukas dem Typen zu, der gerade zwischen mehreren Wohnwagen herumlief, die auf dem Platz unterhalb des Leuchtturms standen. „Hey, Sie! Bitte, es ist dringend!" Lukas fluchte, der Typ reagierte einfach nicht. Sonst war niemand zu sehen. Das war doch nicht möglich. Mittlerweile war auch der Kerl nicht mehr zu sehen. Das war doch zum Verrücktwerden.

Er zog sein iPhone aus der Tasche, als er hörte, dass eine Nachricht einging.

Franzi. „Wo bist du …"

„Gleich da", tippte er eilig und schob das Telefon zurück in die Gesäßtasche. Kurzerhand schob er die Baken einen Spalt auseinander und zwängte sich hindurch. War schließlich nicht das erste Mal in seinem Leben, dass er sich einen Weg bahnen musste. Es war sowieso niemand in der Nähe, der ihn aufhalten konnte. Er würde sich ohnehin nicht stoppen lassen. Franzi brauchte seine Hilfe. Er stürmte über den Platz, ohne nach rechts und links zu schauen. Ihm könnte der größte Hollywoodschauspieler über den Weg laufen, es wäre ihm schnurz. Er würde es nicht mal bemerken.

Schon von der Pforte aus sah er sie. Sie saß ziemlich weit oben auf den Stufen, zusammengesunken wie ein

Häufchen Elend. Ihr Anblick gab ihm einen heftigen Stich. Er stürmte, zwei Stufen auf einmal nehmend, die steile Treppe rauf. „Franzi!“ Sie reagierte nicht mal.

Als er vor ihr in die Hocke ging, sah er, dass sie sich die Ohren zuhielt. Ihr Körper zitterte. Ihr Anblick tat ihm weh. Vorsichtig legte er seine Hände auf ihre. Da erst hob sie den Kopf. Sie sah schlimm aus. Ihr Gesicht verquollen, schwarze Streifen unter den Augen und auf den Wangen von verschmierter Schminke. Sie ließ ihren Kopf gegen seine Schulter sinken. Ihre Finger krallten sich in seine Jacke. Er legte seine Arme um sie und zog sie dicht an sich. „Alles wird gut“, flüsterte er in ihr Haar. „Jetzt bin ich bei dir.“ Noch immer hatte er keine Ahnung, was überhaupt passiert war und was Franzi derart aus der Fassung gebracht hatte. Sie würde es ihm erzählen – wenn sie innerlich so weit war.

Plötzlich ein Schuss. Noch einer. Franzi klammerte sich fester an ihn und stöhnte herzerweichend auf. Jetzt war ihm klar, weshalb sie so durch den Wind war.

„Komm weg hier. Kannst du aufstehen?“

Franzi zuckte mit den Schultern und er half ihr auf die Füße. Langsam führte er sie Stufe für Stufe hinunter. Sie sprach kein Wort. Erst als er sie an den Wohnwagen vorbeiführte, ging ein Ruck durch ihren Körper.

„Mein Rucksack …“

„Was ist mit deinem Rucksack?“

„Drüben im Wohnwagen.“ Mit dem Kopf wies Franzi auf einen blauen Wohnwagen mit dem Schild „Maske“ im Fenster.

Was hatte sie mit der Maske zu tun gehabt? „Da drin?“, vergewisserte er sich.

Wieder nickte sie. Die Tür des Wohnwagens öffnete sich, noch ehe sie geklopft hatten.

Eine dunkelhaarige, stark geschminkte Frau schaute heraus und lächelte Franzi an. „Da sind Sie ja. Wie war es denn? Hat alles geklappt?“ Doch dann zog sie die Stirn kraus, sah Franzi mit entsetzter Miene an. „Ist etwa was schiefgelaufen? O Mann, die können aber auch manchmal rumkommandieren. Nicht jeder kann das einfach wegstecken.“

Lukas verstand nicht, was Franzi zu der Frau sagte. Die verschwand im Innern und tauchte gleich darauf mit einem schwarzen Rucksack in der Hand wieder auf.

„Danke.“

„Kein Problem. Alles Gute für Sie. Ich bin gespannt, ob ich Sie später im Film entdecken werde.“ Sie nickte Franzi und auch Lukas zu.

Wie, im Film? Hatte Franzi etwa tatsächlich …? Er entschloss sich, sie später danach zu fragen. Erst einmal musste sie sich beruhigen.

Dieses Mal standen zwei Männer an der Absperrung, die sofort eine der Baken beiseiteschoben, als Lukas sich mit Franzi näherte. Er nickte ihnen als Dank zu. Minuten später standen sie an seinem Wagen, den er auf dem Parkplatz auf der anderen Seite der Straße abgestellt hatte. Mit einem Stöhnen, das ihm durch Mark und Bein fuhr, ließ sich Franzi auf dem Beifahrersitz nieder.

Eine Viertelstunde später hielten sie vor der Pension an. Während der Fahrt hatten sie kein Wort miteinander gesprochen. Franzi schien gedanklich weit weg zu sein und er wollte ihr Zeit geben, sich zu sortieren.

„Willst du rauf aufs Zimmer?“, fragte er und half Franzi aus dem Wagen. Sie nickte nur.

Er war froh, dass sie es unbehelligt nach oben schafften und nicht von Jule aufgehalten und damit unweigerlich mit Fragen gelöchert worden waren.

Franzi tapste zum Bett und legte sich darauf nieder. Lediglich die Schuhe hatte sie sich von den Füßen gestreift. Sie kringelte sich wie ein Embryo ein, zog die Bettdecke an sich, als bräuchte sie etwas, an dem sie sich festhalten konnte. Fast wurde er eifersüchtig. Er wollte, dass sie sich an ihm festhielt. Er wollte ihr die Ruhe geben, die sie brauchte, hoffte, dass seine Nähe ihr guttat. Rasch zog er sich Schuhe und Jacke aus und kroch von seiner Seite des Bettes hinüber zu ihr.

„Ich halte dich, wenn du magst“, flüsterte er ihr zu.

Hatte sie genickt, oder bildete er sich das nur ein? Er entschied, dass sie ihm ihr Okay gegeben hatte, und legte seinen Arm um sie. Er rückte noch näher, legte sein Gesicht an ihr Haar, atmete ihren Duft tief ein.

Nach einer Weile schob sie die Decke beiseite und kuschelte sich an seine Brust. Behutsam strich er über ihren Rücken und wünschte, dass ihr das wenigstens ein bisschen half.

Mit der Zeit wurde ihr Atem ruhiger. Er streichelte sie trotzdem weiter, wagte nicht, sich zu bewegen, obwohl er so ungünstig auf seinem anderen Arm lag, dass der allmählich taub wurde. Aber wenn es sein musste, würde er bis zum nächsten Morgen so ausharren.

„Danke, dass du gekommen bist“, sagte Franzi irgendwann mit leiser Stimme.

„Natürlich. Wenn du mich brauchst, bin ich da. Immer, hörst du?“ Das war nicht nur so dahergesagt. Er meinte es bitterernst und würde immer zu seinem Wort stehen, wenn es in seiner Macht stand. Das hatte er ihr neulich nach ihrem Albtraum schon versprochen.

Noch immer hoffte er, sie würde von sich aus anfangen, über das zu reden, was vorgefallen war. Er konnte sich zwar einiges zusammenreimen, aber er hätte gern Genaueres erfahren. Doch Franzi schwieg wieder.

Irgendwann hörte er ein leises Klopfen. Sicher einer der anderen Hausgäste, die seit geraumer Zeit im Hausflur zu hören waren. Er hatte keinerlei Zeitgefühl mehr, bestimmt war es bald abends. Es klopfte deutlicher.

„Franzi? Bist du da?“ Das war eindeutig Jules Stimme.

Er hob den Kopf.

„Franzi? Ist alles okay?“

Jetzt regte sich auch Franzi. „Machst du mal auf?“, bat sie.

Lukas stieg aus dem Bett und öffnete die Tür. „Hallo, Jule.“

„Hallo, Lukas. Was ist mit Franzi passiert? Ben rief an und erzählte etwas von einem Zwischenfall am Set und dass Franzi zusammengebrochen wäre. Ich mache mir Sorgen um sie.“

„Komm rein.“ Er schob Jule einen Stuhl ans Bett, auf den sie sich mit dankbarem Blick setzte.

„Wie geht es dir?“, fragte sie Franzi, die sich mühsam aufsetzte. „Was ist denn genau passiert?“

Das hätte er auch gern gewusst. Allerdings wäre es ihm lieber gewesen, wenn Franzi es ihm unter vier Augen erzählt hätte.

„Sie haben geschossen. Direkt neben mir“, begann Franzi leise und stieß einen jämmerlichen Ton aus, der ihm durch Mark und Bein fuhr. Er setzte sich rasch zu ihr aufs Bett und legte den Arm um sie.

„Oje, das muss übel für dich gewesen sein. Aber wieso warst du direkt daneben? Durftest du etwa mit in den Leuchtturm?“

„Sie brauchten jemanden, der die Treppe hochsteigt, während Ben von oben kommend einem Gangster hinterherjagt.“

„Puh, jetzt wird mir einiges klar“, gestand Lukas.

„Du Ärmste“, sagte Jule leise. „Aber das konnte ja niemand ahnen. Weder du, dass ausgerechnet so eine Szene gedreht werden soll, noch jemand vom Set. Hat dir denn niemand vorher von Schüssen erzählt, damit du dich nicht erschreckst?“

Franzi schüttelte den Kopf. „Wenn sie das getan hätten, wäre ich gleich auf und davon. Sie sagten nur, dass zwei Personen runtergerannt kommen.“

„Also, ich finde das unverantwortlich. Über so etwas müssen sie doch genau informieren. Vor allem wenn jemand dabei ist, der das Drehbuch nicht kennt.“

Franzi zuckte mit den Schultern. „Vielleicht waren sie in Zeitnot, weil die ursprüngliche Komparsin nicht aufgetaucht war, und sie mussten die Szene rasch hinter sich bringen, um den Tagesplan nicht zu gefährden.“

„Nun such du noch nach einer Entschuldigung!“, empörte sich Jule. „Also, das musst du nun wirklich nicht. Ich werde nachher mit Ben darüber sprechen. Vielleicht kann er bewirken, dass so etwas in Zukunft nicht wieder passiert."

„Für mich wird es definitiv kein weiteres Mal an irgendeinem Filmset dieser Welt geben. Das könnt ihr mir glauben."

„Das tut mir wirklich leid für dich. Hätte ich das geahnt, ich hätte Ben die Idee, dich einzuladen, gleich ausgeredet."

„Du kannst doch nichts dafür", beruhigte Lukas Jule. „Das konnte schließlich niemand voraussehen. Ich bin mir sicher: Wäre nicht gerade in dem Moment, wo Franzi da war, diese Schussszene gedreht worden, würde sie noch wochenlang von ihrem Besuch an einem echten Filmset schwärmen. Ist es nicht so?", wandte er sich mit seiner Frage an Franzi.

„Da hast du wohl recht. Aber ich ziehe nun mal das Pech an, egal wo ich bin oder was ich tue."

„Jetzt übertreibst du aber."

„Ich könnte dir durchaus ein paar Beispiele nennen, aber das würde zu weit führen."

„Ich biete mich als Zuhörer für einen späteren Zeitpunkt an, wenn du magst."

„Mal sehen …"

„Habt ihr noch Pläne für den Rest des Tages?", schaltete sich Jule wieder ein.

„So, wie ich aussehe? Ich geh garantiert nicht mehr raus."

„Aber sicher habt ihr Hunger. Was haltet ihr davon, bei mir zu Abend zu essen? Es gibt Nudelauflauf, mein Leib-und-Magen-Gericht. Und da mache ich grundsätzlich immer viel zu viel." Jule lachte. „Ich krieg das richtige

Maß einfach nicht hin. Und ehe ihr Nein sagt, ich würde mich wirklich wahnsinnig freuen, wenn ihr zusagt." Sie zwinkerte Franzi zu. „Und eine Entschuldigung aufgrund deines Aussehens akzeptiere ich nicht."

Franzi sah von Jule zu Lukas und wieder zurück zu Jule. „Lass mich erst mal in den Spiegel gucken." Schon sprang sie auf und rannte ins Bad.

Ihr entsetzter Aufschrei entlockte Lukas und Jule ein Schmunzeln.

„Wenn du dir einen kalten Waschlappen aufs Gesicht legst, wird es besser", schlug Jule vor und erhob sich. „Um sieben gibt's Essen. Kommt einfach runter. Mein Küchentisch ist für eine große Runde wie gemacht. Und wenn es keine weiteren Verzögerungen gibt, ist Ben bis dahin auch zurück. Hat er jedenfalls versprochen. Also bis nachher."

Lukas begleitete Jule bis zur Tür. „Vielen Dank für deine Einladung. Wir werden pünktlich unten sein."

„Kurzfristige Ausreden akzeptiere ich natürlich auch nicht", rief Jule laut über ihre Schulter hinweg, damit Franzi es keinesfalls überhören konnte.

28 Franzi

„Schön, dass ihr da seid. Setzt euch. Es dauert nur noch wenige Minuten", begrüßte Jule sie, als sie mit Lukas die Küche betrat.

„Es riecht unglaublich verführerisch", schwärmte Franzi. „Du mutest deinen Gästen ja einiges zu. Sie bei sperrangelweit geöffneter Küchentür mit solchen Düften zu malträtieren."

Jule lachte. „Da hast du nicht ganz unrecht. Aber ich bin es so gewöhnt, die Tür immer offen stehen zu haben, um jederzeit für meine Gäste ansprechbar zu sein, da denke ich eigentlich nie daran, dass ich bestimmt so manches Mal für ihr Magenknurren verantwortlich bin. Was mögt ihr trinken? Wein, Bier, Cola, Wasser? Ist alles da."

„Sag einfach, wo ich was finde", bot Franzi an. Ihr war es unangenehm, sich einfach an den Tisch zu setzen, während die hochschwangere Jule ihnen alles vor die Nase stellte. „Du musst uns nicht bedienen. Es reicht, wenn du das morgens machst. Jetzt wird es höchste Zeit, dass du dich schonst."

„Das ist lieb, danke. Schau mal rechts neben dem Fenster. Da stehen die Getränke. Gläser findest du über der Spüle. Ben hat auch schon angerufen. Er kommt doch nicht pünktlich vom Set weg. Da sie morgen im Watt drehen, müssen die Szenen am Leuchtturm unbedingt heute im Kasten sein. Vorhin gab es irgendein technisches Problem. Darum verzögert sich alles." Jule verdrehte die Augen. „Als Ben mir gestand, dass der neue Film hier gedreht wird, hatte ich mir vorgestellt, dass er jeden Abend zu annehmbarer Zeit nach Hause kommt. Die Realität ist, dass erst ein Mal die geplante Zeit eingehalten wurde. Aber ich will mich nicht beschweren. Ich bin heilfroh, dass er nicht über Wochen weg ist." Sie hielt sich eine Hand auf ihre Rundung. „Besonders jetzt. Aber die Innenaufnahmen werden in München abgedreht."

„Wie lange sollen die Aufnahmen dauern?", fragte Lukas.

„Wenn alles glattgeht, ist er zwei Wochen vor Geburtstermin wieder zu Hause. Ich hoffe sehr, dass mein Würmchen warten wird, bis der Papa wieder da ist."

„Das wünsche ich euch aus tiefstem Herzen", sagte Franzi, während sie für Lukas ein Bier und für sich und Jule je ein Glas mit Leitungswasser auf den Tisch stellte.

Als Jule die Klappe des Backofens öffnete und die Auflaufform herausholte, verstärkte sich der Duft eines köstlichen Abendessens. Die goldfarbene, geschmolzene Käseschicht brutzelte noch leicht vor sich hin, als Jule ihnen auftat.

„Lasst es euch schmecken. Schön, dass ihr meine Einladung angenommen habt. Geht es dir inzwischen besser, Franzi? Jedenfalls siehst du wesentlich besser aus als vorhin."

„Ich habe deinen Rat angenommen und mein Gesicht gekühlt. Sag mal, hast du für alle Lebenslagen den richtigen Tipp parat? So kommt es mir jedenfalls vor."

„Man schnappt so einiges auf, wenn man ständig neue Gäste im Haus hat. Ich konnte schon einiges selbst anwenden oder weiterempfehlen." Jule lächelte Franzi an. „Für gute Tipps ist man doch nie zu alt, oder?"

Jule ließ es sich nicht nehmen, ihnen einen Nachschlag aufzutun, obwohl Franzi längst satt war. Aber sie mochte es Jule nicht abschlagen, denn es schmeckte wirklich ganz ausgezeichnet. Sie selbst war nicht so die Leuchte am Herd, da hatte Lotta eindeutig das bessere Händchen. Aber für sich selbst reichte es vollkommen. Das Einzige, was sie gut hinkriegte, waren Salate jeglicher Art. Was daran lag, dass sie für sich selbst eher einen Salat herrichtete, als sich etwas Warmes zu kochen.

„Sag, bist du schon mit den Recherchen in deiner Familie vorangekommen?", wechselte Jule das Thema.

„Ehrlich gesagt, nicht so richtig. Aber so schnell gebe ich natürlich nicht auf. Wäre doch gelacht, wenn wir nicht irgendetwas herausfinden, das uns weiterhelfen könnte."

„Warum besorgt ihr euch nicht einfach einen DNA-Test? Die könnt ihr überall im Netz kaufen."

„Auf die Idee bin ich überhaupt noch nicht gekommen", gestand Franzi. „Bin wohl doch noch nicht ganz so fit in Recherchedingen, wie ich dachte."

„Und damit kann man auch eventuelle weitläufige Verwandtschaftsgrade feststellen?", fragte Jule.

„Ich denke schon. Da müsstest ihr noch mal genauer nachforschen. Aber aus meiner Sicht ist das der einfachste Weg."

„Da forsche ich nachher gleich noch nach." Franzi spürte eine gewisse Unruhe und Aufgeregtheit. Sollte es tatsächlich so einfach sein?

Die Haustür klappte, nicht zum ersten Mal, seit sie beim Essen saßen. Kurz darauf stand Ben in der Küche.

„Wir haben Besuch, das ist schön. Geht es dir wieder besser, Franzi? Nun musst du mir unbedingt genauer erzählen, was dich so aus der Fassung gebracht hat."

„Lass uns erst mal in Ruhe aufessen, Schatz", unterbrach Jule Ben, nachdem er sie mit einem Kuss begrüßt hatte.

„Du hast doch bestimmt auch einen Bärenhunger."

Ben schmunzelte und zog sich einen Stuhl vom Tisch weg. „Auf deinen legendären Auflauf immer." Er sah in die Runde. „Damit hat mich Jule geködert."

Jule knuffte ihn in die Seite. „Sag nicht, dass du nur des Auflaufs wegen hier hängen geblieben bist." Während sie das sagte, lächelte sie und zwinkerte Franzi und Lukas zu. Also war das nur eine Kabbelei zwischen den beiden und nicht ernst gemeint. „Außerdem hatte ich Franzi schon davon erzählt."

„Konntet ihr alle Szenen fertigdrehen? Und habt ihr einen Ersatz für mich gefunden? Es tut mir wirklich leid für die Umstände, die ich euch bereitet habe. Aber …"

„Also ehrlich, Franzi, du musst dich dafür ganz und gar nicht entschuldigen", warf Jule ein. „Das war ja schließlich so was wie höhere Gewalt. Jedenfalls nichts, was du absichtlich herbeigeführt hast."

Ben zog die Stirn kraus und sah etwas ratlos aus. „Hatte ich das vorhin richtig verstanden, du bist schon mal angeschossen worden?"

„Also, ich …" Franzi atmete tief durch. Schon wieder davon erzählen zu müssen, fiel ihr nicht gerade leicht. Hilflos sah sie zu Lukas.

Der drückte ihre Hand, was sie wohl beruhigen sollte. „Soll ich?"

Franzi nickte und sie spürte, wie die Wärme von Lukas' Hand auf sie überging. Das tat gut.

„Also, ich habe auch erst hier auf Amrum von dem erfahren, was Franzi passiert ist. Und um es vorwegzunehmen, ich kann ihre Reaktion heute durchaus nachvollziehen." In wenigen Sätzen berichtete Lukas von den Schüssen auf Franzi.

„Das ist ja furchtbar", rief Ben aus. „Natürlich kann ich verstehen, wie es dir heute ergangen sein muss bei der Szene am Leuchtturm. Selbst wenn du nicht unmittelbar dabei gewesen wärst, hätten dich die plötzlichen Schüsse vermutlich ziemlich aus der Bahn geworfen. Es tut mir wirklich leid, dass du das durchmachen musstest. Hat dir denn niemand gesagt, dass geschossen wird?"

Franzi schüttelte den Kopf. „Nur dass ihr an mir vorbeigerannt kommt und ich mich an das Geländer drücken soll."

„Ich habe mich wirklich für dich gefreut, als ich sah, dass du als Komparsin dabei bist. Damit hatte ich nicht gerechnet. Auf jeden Fall werde ich morgen die Angelegenheit noch mal bei Piet ansprechen, der unter anderem dafür da ist, die Komparsen zu unterweisen. Vermutlich war das alles nur ein unglückliches Zusammenspiel der Umstände, weil sie spontan einen Ersatz brauchten."

„Inzwischen geht es mir besser“, beteuerte Franzi, obwohl das nicht ganz der Wahrheit entsprach. Aber sie wollte nicht, dass sich die drei weiterhin Sorgen um sie machten. Immerhin hatte Ben es mit der Einladung gut gemeint und nicht ahnen können, was das für Auswirkungen haben würde.

Lukas drückte ihre Hand noch mal fest, dann ließ er sie los, aber nur, um damit über ihren Rücken zu streichen. Ob er ihr damit sagen wollte, dass er ihr glaubte oder dass er sie durchschaute, vermochte sie nicht zu beantworten. Sie wagte nicht, ihn direkt anzusehen, weil sie befürchtete, er könnte in ihren Augen die Wahrheit lesen.

„Deine Einladung und das verdammt leckere Essen haben natürlich auch dazu beigetragen, dass es mir besser geht. Und dass ihr euch so lieb um mich sorgt, finde ich …“, sie zuckte hilflos mit den Schultern, „… macht mich irgendwie verlegen.“ Lukas wollte sie später auf ganz andere Art und Weise danken. Sie schaute ihn nun doch direkt an und hauchte ihm ein Danke zu.

„Hast du eigentlich dein Honorar bekommen?“, fragte Ben.

„Ähm, nein. Ich war so froh, als Lukas mich abholte, dass ich an nichts anderes denken konnte, als zu verschwinden.“ Es wären immerhin fünfzig Euro gewesen. Für sie eine Menge Geld. „Ich verzichte. Mich kriegen keine zehn Pferde mehr ans Set. Und vermutlich haben sie die Aufnahme mit mir gleich in die Tonne getreten. Also Schwamm drüber.“

„Bist du sicher?“, bohrte Ben nach.

„Bin ich. Und jetzt lass uns nicht mehr darüber reden.“

Jule erhob sich schwerfällig von ihrem Stuhl und sah von einem zum anderen. „Möchte noch jemand? Nein? Dann räume ich mal ab."

Franzi sprang auf. „Von wegen, das mache ich." Auf die Weise kam sie hoffentlich auf andere Gedanken. Sie stapelte die benutzten Teller übereinander und brachte sie zur Spüle.

„Noch jemand was zu trinken? Nachtisch?", fragte Jule.

„Setz dich endlich. Das übernehme ich", kommandierte Ben mit einem Augenzwinkern.

„Ich kann doch nicht die ganze Zeit nur sitzen. Hey, ich bin nicht krank. Ich bin nur schwanger." Trotz ihres Protestes setzte sich Jule wieder und lehnte sich zurück.

„Hochschwanger", kommentierte Ben und beugte sich zu ihr hinunter. Er küsste sie auf die Stirn. „Ich will nicht, dass etwas passiert, während ich in München bin. Also mute dir nicht zu viel zu."

Jule verdrehte die Augen und schmunzelte. „So sind sie, die werdenden Väter. Jedenfalls wenn sie so gestrickt sind wie mein Ben." Sie sah zu ihm auf und tätschelte seine Wange. „Du weißt doch, dass ich mich zurücknehme. Aber ich kann nicht den ganzen lieben langen Tag nur rumhängen. Auch wenn ich das deiner Meinung nach tun sollte."

„Ich erinnere dich nur ungern daran, aber die erste Schwangerschaftshälfte war der Horror. Für dich und damit auch für mich. Und wer weiß, fürs Baby vielleicht auch. Du solltest den Rest deiner Schwangerschaft genießen und dein jetziges Wohlbefinden nicht auf die leichte Schulter nehmen."

„Ach Ben, Liebling. Es ist doch alles in Ordnung. Morgen habe ich den nächsten Vorsorgetermin. Also sei beruhigt. Es haben schon vor mir unzählige Frauen geschafft und es werden noch zahllose nach mir kommen."

„Lukas, eines prophezeie ich dir. Falls bei euch mal ein Kind unterwegs sein sollte, werdende Väter haben es auch nicht einfach."

Wie? Was? Wie kam Ben auf solch eine Idee? Lukas und sie ein Kind … das war ja wohl … ja, was wohl? Besser, sie dachte nicht so genau darüber nach. So weit waren sie noch lange nicht, würden es vermutlich auch niemals sein.

Die Themen am Tisch wurden unverfänglicher und allmählich konnte sich Franzi etwas entspannen. Die gute Stimmung war wie Balsam für ihre Seele und Lukas' Nähe sowieso.

„Was hältst du von einem Abendspaziergang?", fragte Lukas, als sie sich von Jule und Ben verabschiedeten. „Ich könnte noch Bewegung brauchen."

„Ich auch. Besonders das Eis liegt mir im Magen. Das war doch zu viel." Sie umarmte Jule. „Danke für die Einladung und das hervorragende Essen." Sie blickte über Jules Schulter hinweg zu Ben. „Danke dir auch. Einen schönen Abend euch beiden."

„Euch auch."

Lukas flitzte die Treppe hinauf, um die Jacken zu holen. Franzi trat derweil vor die Haustür. Sie atmete tief durch.

Der Abend bei Jule hatte ihr gutgetan, vermutlich mehr, als wenn sie oben auf dem Zimmer geblieben wären. Obwohl sie sicher war, dass Lukas alles versucht hätte, um sie abzulenken und aufzubauen.

Während sie auf ihn wartete, zog sie ihr Telefon aus der Hosentasche. Drei Nachrichten von Lotta waren eingegangen. Wieso hatte sie das nicht mitbekommen? Da fiel ihr ein, dass sie das Handy am Leuchtturm auf lautlos gestellt hatte. Natürlich wollte Lotta wissen, wie der Tag gelaufen war. Sie gab zu, dass sie meganeidisch auf das Abenteuer am Filmset war. Wenn Lotta wüsste! Franzi schilderte kurz und knapp, was passiert war.

Kaum hatte sie das Telefon zurück in die Hosentasche gesteckt, klingelte es. Sie hätte es sich denken können, dass Lotta das nicht unkommentiert ließ.

„Du Arme, das ist ja schrecklich", schallte es in Franzis Ohr. „Ich kann sofort meine Koffer packen und nach Amrum kommen, wenn dir das hilft. Mensch, warum mussten die ausgerechnet neben dir rumballern?"

„Das musst du nicht. Du kannst doch nicht all deinen Patienten absagen wegen dieser blöden Sache. Ich komme schon klar. Lukas und Jule sind wirklich lieb und tun alles, um mich wieder aufzubauen."

„Bist du sicher? Du weißt, für dich lasse ich alles stehen und liegen, wenn du Hilfe brauchst."

„Ich weiß, Lotta", sagte Franzi leise. „Und ich bin dir sehr dankbar dafür. Aber du musst dir nicht ständig so viele Sorgen um mich machen."

„Das sagst du so einfach. Niemand liegt mir so sehr am Herzen wie du."

„Lass das nicht deinen Zukünftigen oder Mama hören", versuchte Franzi zu scherzen. Sie wusste, was sie an Lotta hatte und dass niemand mehr dafür getan hatte, dass sie nach dem Unfall wieder ins halbwegs normale Leben zurückfand.

„Keine Sorge, die beiden wissen das. Was aber nicht heißt, dass ich sie weniger liebe als dich. Nur anders."

„Ach Lotta! Du bist und bleibst der beste und liebste Mensch, den ich kenne." Neben ihr tauchte Lukas mit ihrer Jacke über dem Arm auf. Als er merkte, dass sie telefonierte, ging er ein Stück weiter. „Ich gehe jetzt mit Lukas noch eine Runde spazieren. Und dann will ich nur noch ins Bett und schlafen. Hoffentlich ohne Träume."

„Okay. Er soll auf dich aufpassen, hörst du. Richte ihm das aus."

Franzi rollte mit den Augen. „Ja, Schwesterherz. Das tut er sowieso. Er hat sich sofort auf den Weg gemacht, um mich zu retten, nachdem ich ihn panisch anrief."

„Ich glaube, er ist ein Guter. Sieh ihn dir genauer an. Vielleicht ist er der Richtige für dich."

„Hör auf, mich schon wieder verkuppeln zu wollen. Danach ist mir momentan wirklich nicht."

„Hast ja recht", murmelte Lotta kleinlaut. „Ich wäre nur beruhigter, wenn du jemanden um dich hättest, der dich liebt. Aber okay, ich sage nix mehr. Bis bald, Süße."

„Tschüs."

Sie schlenderten Hand in Hand über den Bohlenweg in Richtung Strand. Sie schwiegen, aber es war ein einvernehmliches Schweigen. Franzi war sich sicher, dass Lukas ihr Zeit geben wollte, ihre Gedanken, ihre Empfindungen zu sortieren. Heute noch mal aufs Meer blicken zu können, würde ihre Unruhe lindern, da war sie sich sicher.

Als sie direkt am Wasser standen, schloss Franzi die Augen und atmete tief durch. Einmal, zweimal, dreimal. Tief strömten die Aerosole in ihre Lungen. Das tat so gut. Dann öffnete sie die Augen wieder und sah übers Wasser hinweg zum Horizont. Hier am Meer fühlte sie sich frei. Alles schien leichter, sogar der heutige Tag. Sie sprachen immer noch nicht, aber das machte nichts. Lukas' Nähe war beruhigend, auch wenn sie einfach nur nebeneinanderstanden.

„Alles okay mit dir?", fragte er leise.

„Ja, das ist es. Hier am Strand verliert alles, was sonst wichtig erscheint oder was einen belastet, an Bedeutung. Nicht für immer, aber für den Moment. Jedenfalls empfinde ich das so. Das hilft mir zu heilen." Franzi sah Lukas an. „Verstehst du das?"

„Ja, das tue ich. Und es freut mich, dass es so ist. Denn das zeigt mir doch, dass es richtig war, dich mit nach Amrum zu nehmen. Auch wenn ich, als ich mich dazu entschied, dich zu fragen, keine Ahnung hatte von deinen Problemen. Das Schicksal scheint da seine Hände im Spiel gehabt zu haben und hat mir sicherlich im Schlaf zugeflüstert, dass ich dich retten muss."

Franzi verzog ihren Mund zu einem schiefen Grinsen. „Du glaubst an so was wie Schicksal?"

„Na ja, es ist eher meine Mutter, die mit so einem Kram aufwartet. Ich habe mir ihre Einstellung zu diesen Dingen quasi ausgeliehen."

„Ich weiß nicht, ob ich das glauben soll oder ob du einfach zu feige bist zuzugeben, dass du an so ein Zeug glaubst."

„Warum sollte ich dir etwas vormachen? Wenn ich an so ein Zeug, wie du sagst, glauben würde, würde ich das auch zugeben." Er zwinkerte ihr zu. „Zumindest vor dir."

Franzi war sich immer noch nicht sicher, ob sie ihm glauben sollte. Sie rümpfte die Nase und entschloss sich, das Thema nicht weiter zu vertiefen.

„Darf ich dich etwas fragen?" Lukas schien mit einem Mal unsicher, was sie so gar nicht von ihm kannte.

„Natürlich darfst du."

„Ich mag dich kaum noch darauf ansprechen, weil ich fürchte, dass du nichts mehr davon hören, geschweige denn sehen willst. Aber ich will auch nicht, dass du mir hinterher vorhältst, ich hätte es nicht erwähnt. Morgen früh öffnet der Leuchtturm und wie ich neulich schon sagte, passiert das in der Vorsaison nur einmal wöchentlich. Und der stand ja eigentlich ganz weit oben auf der Liste der Dinge, die du dir unbedingt ansehen willst." Lukas räusperte sich. „Nicht dass ich dir etwas aufdrängen will. Ich will nur wissen, wie du momentan dazu stehst."

Lukas' Frage riss sie wieder ins Dunkel. Als hüllte sie eine schwarze Wolke ein, die sie kaum zu durchdringen vermochte.

„Was bin ich blöd! Warum konnte ich nicht einfach meinen Mund halten?" Lukas stellte sich direkt vor sie, legte seine Hände auf ihre Schultern und schenkte ihr ein zerknittertes Lächeln. „Kannst du so einem unsensiblen Trampel wie mir verzeihen?"

Franzi kniff die Augen zusammen und hielt sich die Hände an die Schläfen. Ihr Atem ging stoßweise, abgehackt. In ihrem Kopf ging es drunter und drüber. Krampfhaft versuchte sie die dunklen Gedanken durch sonnigere und meeresblaue zu ersetzen. Aber sie sah nur Ben vor sich, wie er hinter dem anderen Kerl hinterherhetzte, die Knarre im Anschlag.

„Du musst mir nicht antworten. Vergiss einfach, dass ich das Thema angesprochen habe. Es gibt so viele andere schöne Fleckchen hier, die wir stattdessen besuchen können." Lukas zog Franzi an seine Brust. Sie spürte den derben Stoff seiner Jacke in ihrem Gesicht. Der herbe Duft seines Aftershaves stieg ihr in die Nase. So dicht bei ihm fühlte sie sich gleich sicherer.

„Ich bin so ein verdammter Esel", hörte sie Lukas' Stimme dicht an ihrem Ohr. „Verzeih."

Franzi hob den Kopf und sah Lukas direkt an. „Kannst du mir sagen, warum mich das immer noch so fertigmacht?"

„Ich bin kein Psychiater oder Psychotherapeut. Aber ich schätze, du hast es noch nicht verarbeitet. Vielleicht solltest du darüber nachdenken, noch einmal einen Fachmann aufzusuchen."

Franzi schnaubte. „Du siehst ja, was mir das gebracht hat. Nichts."

„Trotzdem solltest du dringend darüber nachdenken. Es kann doch nicht so weitergehen. Das macht dich völlig kaputt. Du musst endlich loslassen können." Er zuckte mit den Schultern, was ein bisschen hilflos aussah. „Aber vermutlich habe ich gut reden, weil ich noch nie in einer solchen Situation steckte. Und ehrlich gesagt möchte ich das niemals erleben."

„Ich auch nicht." Franzi gab sich einen Ruck und versuchte ein Lächeln, das mehr als bemüht ausfiel. „Komm, lass uns noch ein bisschen am Strand entlangwandern, ohne darüber zu reden. Ich muss versuchen, es loszuwerden."

„Nichts lieber als das. Ich würde alles tun, damit es dir besser geht. Und das ist nicht nur ein blöder Spruch, sondern sehr ernst gemeint."

Franzi reckte sich und hauchte Lukas einen Kuss auf die Wange. „Ich weiß."

29 Franzi

„Ich hätte nie gedacht, dass es wirklich so einfach ist, einen Test zu bestellen. Wollen wir das wirklich machen?" Forschend sah sie Jule an, die gerade ihren obligatorischen Tee aufbrühte, und war gespannt darauf, wie sie reagierte. „Allerdings kommt da einiges an Kosten auf uns zu", schob Franzi hinterher.

Jule wandte sich ihr zu. „Aber dann haben wir Gewissheit. Vielleicht ist es tatsächlich nicht nur eine Laune der Natur, sondern wir sind verwandt." Jule schwieg einen Moment, dann lächelte sie. „Das fände ich sehr schön."

„Ich auch. Und ich finde es total spannend. Neulich, als wir ankamen, fragte mich Lukas' Mutter, ob ich Verbindungen zur Insel hätte. Ich konnte diese Frage überhaupt nicht nachvollziehen. Aber inzwischen ist mir klar, dass auch ihr unsere Ähnlichkeit sofort auffiel. Also meinst du, ich sollte so einen Test bestellen?"

„Unbedingt. Die Kosten teilen wir uns natürlich. Wie lange wird es denn dauern, bis der Test hier ankommt?"

„Auf die Lieferzeit habe ich nicht geachtet. Mensch, hoffentlich sind wir dann noch hier." Franzi stieß einen frustrierten Seufzer aus. „Aber da ich von Lukas engagiert wurde, muss ich mich natürlich seinen Plänen beugen."

„Bleib doch einfach noch, falls Lukas zurückfahren will."

„Schön wäre es. Leider kann ich mir einen Aufenthalt hier nicht leisten. Ich bin ziemlich klamm und habe den Deal mit Lukas nur angenommen, weil ich das Geld brauchte."

„Bestimmt fällt uns eine Lösung ein. Hat er denn schon was erwähnt wegen eurer Rückreise?"

„Bisher nicht."

„Na also. Dann ist doch alles gut. Genieße die Zeit auf der Insel einfach. Und wenn du den Aufenthalt nicht mal selbst bezahlen musst, brauchst du dir doch keine Sorgen zu machen."

„Ehrlich gesagt ist es mir ein bisschen unangenehm, für lau hier zu sein, zumal sich dieser Auftrag, für den er mich engagierte, inzwischen erledigt hat."

„Hm. Ich weiß zwar nicht, worum es da ging, aber vielleicht machst du dir einfach zu viele Gedanken. Die Alternative wäre natürlich, du sprichst Lukas direkt darauf an. Wo ist er eigentlich?"

„Drüben bei seiner Mutter. Sie hat irgendein Problem, meinte er. Ich schätze, sie ist froh, dass er da ist und ihr unter die Arme greifen kann. Obwohl ich nicht so genau weiß, wie Lukas darüber denkt. Aber da muss er schließlich allein mit fertigwerden."

Jule grinste. „Stimmt auffallend. Und was hast du heute noch vor?"

„Bisher nichts Konkretes außer dem obligatorischen Strandspaziergang. Der wird mir wirklich fehlen, wenn ich nach Hause fahren muss."

„Ich muss nachher noch rüber nach Föhr zu meiner Ärztin."

„Da wünsche ich dir viel Glück. Hoffentlich ist alles okay."

„Ich denke schon. Jedenfalls fühle ich mich gut und das Kleine ist ziemlich rege."

„Ich werde dich auf jeden Fall besuchen kommen, wenn euer Baby da ist. Also, falls ihr mögt. Dafür spare ich. Und bis ich genug Geld für die Reise übrig habe, schickst du mir unzählige Fotos. Versprochen?"

„Versprochen."

„Bestens. Dann gehe ich jetzt rauf, um endlich den Test zu bestellen, damit wir nicht mehr Zeit als irgend nötig verplempern. Lukas hätte mit dieser Idee wirklich früher rüberkommen können."

„Hauptsache, er hatte die Idee, die uns doch ziemlich viele Nachforschungen ersparen kann."

Nachdem Franzi die Bestellung aufgegeben hatte, schrieb sie Lukas eine WhatsApp, dass sie zum Strand gehen wolle. Dann cremte sie ihr Gesicht mit Sonnencreme ein, obwohl die Sonne sich noch hinter dicken Wolkenbergen versteckte, und schnappte sich eine Jacke und ihr Käppi.

An der Haustür traf sie auf Grit Sörens, die für Jule die Gästezimmer reinigte. „Moin, Frau Sörens", grüßte sie und drückte sich an der Insulanerin vorbei.

„Moin. Sie sind doch Frau Naumann, oder?"

„Ja, die bin ich. Wieso?"

„Da ist jemand draußen, der nach Ihnen gefragt hat. Ich wollte mich gerade bei Frau Petersen erkundigen, welches Zimmer Sie bewohnen, um nachzusehen, ob Sie im Haus sind."

„Jemand hat nach mir gefragt? Mann oder Frau?"

„Eine Dame."

„Vielleicht Frau Wegener von gegenüber?"

„Nein, die kenn ich natürlich. Sie sieht eher nach einer Urlauberin aus."

„Hm, außer Frau Petersens Freundinnen kenne ich hier niemanden, schon gar keine Urlauberin. Das ist mir ehrlich gesagt ein Rätsel. Ich schau gleich mal nach." Franzi zog schwungvoll die Eingangstür auf. Sie sah nur die Rückansicht der Frau, die eben eines von Jules Blumenbeeten in Augenschein nahm. Doch die Erscheinung mit den wilden krausen Haaren kannte sie ihr Leben lang. Aber das konnte doch nicht sein. Sie musste an Halluzinationen leiden. Da drehte sich die Frau um.

„Mama! Was machst du denn hier?"

„Nachforschen, wie es dir geht, natürlich. Lotta hat mir gestern von deinem Zusammenbruch während irgendwelcher Filmaufnahmen erzählt. Da konnte ich doch nicht einfach zur Tagesordnung übergehen."

Franzi konnte kaum glauben, dass tatsächlich ihre Mutter vor ihr stand. Und das, weil Lotta ihren Mund nicht halten konnte.

„Nun lass dich erst mal umarmen, Kindchen. Du siehst mitgenommen aus. Aber das ist ja auch kein Wunder nach dem, was du durchmachen musstest. Wie bist du überhaupt auf so eine Schnapsidee gekommen, bei einem Film mitspielen zu wollen?"

„Ich erzähl es dir später, Mama. Und nur weil Lotta das brühwarm weitergeplappert hat, hast du deine Sachen gepackt?" Franzi schielte auf den Trolley, der neben ihrer Mutter stand. „Hast du überhaupt ein Quartier bekommen? Hier ist doch momentan alles megavoll, weil die ganze Filmcrew auf der Insel wohnt."

„Ich wohne für die eine Nacht in Wittdün. Aber das Zimmer kann ich erst am späten Nachmittag beziehen. Morgen Nachmittag geht meine Fähre zurück nach Dagebüll. Mehr Zeit konnte ich spontan leider nicht freischaufeln. Wir wollen nämlich Urlaub in Boltenhagen machen. Ist fest gebucht, da lässt sich nichts dran rütteln. Da habe ich mit Wilhelm abgesprochen, dass ich vorher bei dir vorbeischaue und von hier aus gleich nach Boltenhagen fahre. Hätten wir das nicht gebucht, wäre ich gern ein paar Tage länger in deiner Nähe geblieben. Obwohl mich an der Nordsee stört ..."

„Mama, wir sind hier auf einer Insel, da ist das nicht so tragisch", unterbrach Franzi ihre Mutter. „Man muss nur etwas weiter gehen, um ans Wasser zu kommen. Jedenfalls an der Meerseite. Das hatte ich dir schon am Telefon erklärt."

Ihre Mutter machte eine wegwerfende Handbewegung. „Egal. Deswegen bin ich nicht hier." Sie sah an der Hausfassade empor. „Hier also wohnst du gerade. Ist es hübsch?"

„Mama, ich bin zum Arbeiten hier und mein Auftraggeber war für die Unterkunft zuständig. Da hatte ich keinen Einfluss drauf." Die Umzugsgeschichte wollte sie jetzt nicht ausbreiten, sonst hätte sie erwähnen müssen, dass sie mit Lukas in einem Zimmer schlief. Das wollte sie lieber nicht, denn sie kannte ihre Mutter zu gut. Die würde sonst was für eine Geschichte daraus machen und mehr hineininterpretieren, als es tatsächlich war. „Woher wusstest du eigentlich, wo ich wohne? Hatte ich dir das am Telefon erzählt?"

„Von Lotta. Du warst ja schon immer sparsam mit Informationen."

Sie würde mit Lotta ein Hühnchen rupfen müssen.

„Weißt du was, Mama? Dein Gepäck stellen wir in mein Zimmer und dann gehen wir zum Strand. Sonst glaubst du mir sowieso nicht, dass das Wasser immer da ist."

„Könnten wir vorher irgendwo etwas essen? Ich habe einen Bärenhunger."

„Na klar. Es gibt zwei nette Restaurants am Strand. Du kannst dir eins aussuchen." Franzi schnappte sich den kleinen Koffer ihrer Mutter. „Du kannst dich drüben auf die Bank setzen, bin gleich zurück."

Jule kam gerade schwerfällig die Treppe von ihrer Wohnung herunter, als Franzi ebenfalls nach unten wollte.

„Geht's jetzt los zum Arztbesuch?"

„Die Fähre geht in einer Dreiviertelstunde."

„Du, stell dir vor, meine Mutter ist hier aufgetaucht. Sie stand eben plötzlich vor dem Haus."

„Ohne dir vorher zu sagen, dass sie kommt? Hat sie ein Quartier, oder ist es nur ein Tagesausflug?"

„Sie hat was in Wittdün gefunden. Ehrlich gesagt bin ich froh, dass sie nur bis morgen bleiben kann."

„Hast du kein gutes Verhältnis zu deiner Mutter?" Jule blickte sie sorgenvoll an, dann umwölkte sich ihr Gesicht. „Ich wäre froh, wenn ich meine Mutter nur noch ein einziges Mal sehen könnte."

„Tut mir leid, Jule. Das würde ich dir wünschen. Na ja, unser Verhältnis war noch nie so eng wie meines zu meinem Vater. Meine Schwester Lotta und meine Mutter sind viel enger. Aber das macht mir nichts." Sie fing Jules skeptischen Blick auf. „Wirklich nicht. Meine Mutter und ich sind eben nicht auf der gleichen Wellenlänge. Sie kam schon schlecht damit zurecht, dass ich unbedingt zur Polizei wollte. Und als ich dann angeschossen wurde, machte sie mir Vorwürfe, weil ich nicht auf sie gehört hatte und unbedingt in Vaters Fußstapfen treten wollte. Er war auch Polizist, musst du wissen. Sie habe ja von Anfang an geahnt, dass das nicht gut gehen würde. Bla, bla. Ich konnte das irgendwann nicht mehr hören. Seitdem ist unser Verhältnis noch mehr abgekühlt. Gestern hat sie von Lotta erfahren, was passiert ist. Das hat sie dazu bewogen, nach mir zu schauen."

„Das zeigt doch, dass ihr viel an dir liegt. Sonst wäre sie doch nicht sofort hierhergekommen."

„Meinst du?" Franzi konnte Jules Sichtweise kaum glauben.

„Unbedingt."

„Egal. Nun ist sie hier und ich werde wohl die nächsten zwei Tage meine Zeit hauptsächlich mit ihr verbringen."

„Vielleicht bringt euch das wieder näher. Ich wünsche es dir beziehungsweise euch." An der Küchentür bog Jule ab. „Ich hole mir nur noch rasch was zu trinken, dann muss ich los. Hab noch keine Fahrkarte. Viel Spaß euch beiden."

„Dir auch. Tschüs."

Sie fand ihre Mutter tatsächlich auf der Gartenbank. „Wir können los, Mama", rief Franzi ihr zu.

Noch ehe sie das Grundstück verließen, kam Jule aus dem Haus. Augenblicklich fühlte Franzi die Hand ihrer Mutter auf ihrem Arm, die sich schmerzvoll an sie klammerte.

„Meine Güte. Ich hab geglaubt, du übertreibst, als du mir am Telefon davon erzählt hast", flüsterte sie.

„Das ist mal wieder typisch", fuhr Franzi ihre Mutter an. „Wieso stellst du immer alles infrage? Hast du schon einmal erlebt, dass ich zur Übertreibung neige?"

„Na ja. Entschuldige."

In dem Moment kam Jule auf sie zu. „Hallo, ich bin Jule Petersen. Mir gehört die Pension. Sie sind Franzis Mutter? Herzlich willkommen auf unserer schönen Insel. Ich hoffe, Sie fühlen sich hier wohl."

Jules Begrüßungsworte schienen ihre Mutter etwas aus dem Takt zu bringen.

„Hallo. Ja, ich bin Evi Naumann, Franziskas Mutter. Sie sehen sich ja tatsächlich unglaublich ähnlich. Wie Zwillinge. Oder wenigstens Schwestern. Was für eine Laune der Natur."

Jule lächelte. „Das finden wir auch. Nicht wahr, Franzi? Aber nun muss ich mich leider schon wieder verabschieden. Ich muss die nächste Fähre erreichen. Vielleicht sehen wir uns noch mal, bevor Sie wieder abreisen. Würde mich freuen." Sie nickte den beiden noch einmal zu und eilte, soweit es ihr Umfang zuließ, zu ihrem Wagen, der auf dem Parkplatz vor dem Haus stand.

„Sie ist schwanger", murmelte ihre Mutter überflüssigerweise.

Franzi rollte innerlich mit den Augen. „So was soll es geben."

„Sie scheint älter als du."

„Ein paar Jahre."

„Wie kann so eine Ähnlichkeit zustande kommen?"

„Das wollen wir herausfinden. Wir lassen einen DNA-Test machen."

„Aha."

Franzi schob eine Hand unter den Arm ihrer Mutter. „Lass uns gehen. Ich erzähle dir unterwegs davon."

„Das ist ja schön hier", schwärmte ihre Mutter, als sie den Holzsteg erreichten und an der Brüstung stehen blieben. „So hatte ich das nicht erwartet", gab sie zu.

„Weil du von vornherein mit negativen Gedanken hierhergekommen bist", sagte ihr Franzi auf den Kopf zu. „Man muss auch mal offen für Neues sein, Mama."

„Du hast ja recht, Kindchen." Ihre Mutter wies nach rechts übers Meer hinweg. „Was ist das da drüben?"

„Das ist Sylt."

„Ach. Das ist ja näher, als ich vermutete. Freunde von uns fahren beinahe jedes Jahr nach Sylt. Sie versuchen seit Langem, uns zum Mitfahren zu überreden. Aber ich wollte nie." Sie atmete tief durch. „Vielleicht war das doch nur ein Vorurteil mit meiner Abneigung gegen die Nordsee. Vielleicht sollte man wirklich öfter mal offen sein für all das, was man nicht kennt oder bisher ablehnte."

Das aus dem Mund ihrer Mutter zu hören, hatte Franzi nicht erwartet. Sie kannte sie eher selten zu Zugeständnissen bereit.

„Können wir jetzt erst mal etwas essen gehen? Ich sterbe vor Hunger", holte ihre Mutter Franzi aus ihren Gedanken.

„Natürlich. Was hältst du vom Strand 33, da haben wir von der Terrasse aus einen herrlichen Blick auf den Kniep. Ich hoffe, es ist dir nicht zu kalt draußen."

„Kniep? Was ist das?"

„So heißt der Strand. Mama, der gehört zu den größten Sandstränden Europas. Hast du noch nie davon gehört?“ Sie verschwieg, dass sie das auch erst seit Kurzem wusste.

„Na, dann mal los. Hoffentlich gibt es in dem Restaurant was Ordentliches zu essen und dann erzählst du mir endlich, was gestern eigentlich los war.“

Alles in Franzi sträubte sich, die Ereignisse des gestrigen Tages noch einmal heraufbeschwören zu müssen. So konnte es ja nichts damit werden, dass sie Abstand gewann und die Geschehnisse verblassten. Andererseits war sie sogar ein bisschen glücklich darüber, dass ihre Mutter alles stehen und liegen gelassen hatte und sogar bis nach Amrum gekommen war, weil sie sich Sorgen machte.

„Du hättest gar nicht erst dahinfahren sollen, wenn du wusstest, dass es ein Krimi ist. In jedem Krimi wird geschossen. Daran hättest du denken müssen. Dann wäre dir viel erspart geblieben.“

Das war ihr selbst längst klar geworden. Sie war von der Aussicht, ein Filmsetting besuchen zu dürfen, so geblendet gewesen, dass sie über mögliche Schießeinlagen oder andere unschöne Szenen gar nicht nachgedacht hatte. Das hatte sie nun davon. War es das wert gewesen? Für jeden anderen Menschen wäre es das sicher gewesen, für sie jedoch nicht. Doch im Nachhinein darüber nachzudenken, machte das Erlebte nicht ungeschehen.

„Du kennst tatsächlich Leon B. Parker?“ Ihre Mutter schien beeindruckt.

„Stell dir vor, er ist der Lebensgefährte von Jule.“

„Ist er der Vater des Babys?“

Worüber sich ihre Mutter alles Gedanken machte. „Ich war zwar nicht dabei, aber ja, das ist er.“

„Na ja, Schauspieler sind auch nur Menschen."

„Mama! Wie redest du? Hier lebt er übrigens unter seinem Realnamen. Leon B. Parker ist lediglich ein Künstlername."

Sie fanden einen freien Tisch auf der Terrasse des Strand 33 mit wunderbarem Blick auf den Strand.

„Kannst du etwas empfehlen?", fragte ihre Mutter, während jede von ihnen die Speisekarte durchblätterte.

„Den Käsekuchen. Sonst habe ich hier noch nichts probiert."

„Ich brauche was Anständiges", entschied ihre Mutter, während sich Franzi einen Salat aussuchte.

„Du warst schon lange nicht mehr in Braunschweig." Den leicht vorwurfsvollen Unterton kannte Franzi schon. Klar, dass diese Spitze noch kommen musste.

„Hatte viel zu tun. Und dann die plötzliche Reise …", versuchte es Franzi mit einer Ausrede, obwohl sie wusste, dass ihre Mutter recht hatte. Seit die vor wenigen Monaten mit diesem Wilhelm zusammengezogen war, konnte sich Franzi noch weniger aufraffen als vorher. Dabei hatte sie sich nie Mühe gegeben, den neuen Lebensgefährten besser kennenzulernen.

„Ich soll dir schöne Grüße von Wilhelm bestellen. Er hofft, dass du den Schock schnell überwindest, und freut sich darauf, dich bald wiederzusehen." Ihre Mutter sah sie forschend an. „Du kommst doch bald mal, oder? Nach dem Urlaub natürlich."

„Wenn ich nicht so viel zu tun habe …"

„Dir gefällt es nicht, dass wir zusammengezogen sind", sagte ihr ihre Mutter auf den Kopf zu.

„Es ist dein beziehungsweise euer Leben und da musst du deine Kinder nicht um Erlaubnis fragen."

„Mir wäre es trotzdem lieber, wenn du mit meiner Entscheidung einverstanden wärst." Sie seufzte leicht, beugte sich vor und legte ihre Hand auf Franzis, die unruhig mit einem Bierdeckel spielte. „Ich habe es allein einfach nicht mehr ausgehalten. Anfangs, als wir uns kennenlernten, wollte ich nur eine Freundschaft. Doch irgendwann wurde mehr daraus. Ich fühle mich noch nicht so alt, um bis zu meinem Lebensende allein dahinzufristen."

„Mama, du bist gerade mal vierundsechzig, das ist doch nicht alt."

„Sag ich doch."

Es war das erste Mal, dass ihre Mutter ihre Beweggründe so deutlich kundtat. Es war ein Schock gewesen, als Franzi erfuhr, dass sie einen Freund hatte – eineinhalb Jahre nach dem Tod ihres Vaters.

„Wir begegneten uns in einer schweren Zeit, als ich um deine Gesundheit bangte. Wilhelm war mir von Beginn an ein Fels, an den ich mich anlehnen konnte, der mir zuhörte, wenn ich vor Sorge um dich weder ein noch aus wusste. Und das, obwohl wir uns damals kaum kannten. Sag, wie viele Männer gibt es, die das auf sich nehmen?"

Einen auf jeden Fall – Lukas.

Die Bedienung servierte das Essen und Franzi war froh über die Unterbrechung. Sie aßen, jede in sich gekehrt. Später unterhielten sie sich ausschließlich über die Insel, als wollten sie jedes schwierige Thema vermeiden. Es war längst nicht alles gesagt. Franzi lag noch einiges auf der Seele, aber sie wollte ihre Mutter nicht weiter aufregen, denn das Gespräch hatte Spuren hinterlassen und sie wollte nicht, dass der Nachmittag in einen Streit mündete.

„Nun sag endlich, wie du auf die Schnapsidee gekommen bist, bei einem Film mitzuspielen."

Innerlich wand sich Franzi, aber ihr war klar, dass ihre Mutter nicht locker lassen würde. So kurz wie möglich berichtete sie von Bens Einladung und wie sie zu der Komparsenrolle gekommen war.

„Nicht zu fassen, dass sie dich nicht darauf aufmerksam machten, dass geschossen wird. So was muss man als Außenstehende doch wissen."

„Denke ich auch. Und Ben will mit dem Verantwortlichen darüber sprechen, damit so etwas nie wieder vorkommt." Franzi zuckte frustriert mit den Schultern. „Was mir allerdings auch nicht mehr hilft."

Ihre Mutter schob ihre Hand über den Tisch und streichelte Franzis. „Versuch, dieses Erlebnis zu vergessen. Es war nur ein Film – nichts Echtes."

„Ich versuche es."

Kurz darauf zahlten sie und brachen auf. Nachdem sie das Gepäck aus der Pension geholt hatten, begleitete Franzi ihre Mutter bis zur Bushaltestelle.

„Ich hoffe, wir sehen uns morgen noch einmal. Wie wäre es am späten Vormittag, da ich ja am Nachmittag schon wieder abreise?"

„Na klar. Ich komme nach Wittdün, das ist für dich am einfachsten."

Sie umarmten sich, als der Bus langsam vorfuhr. „Tschüs, Liebes. Ich freue mich auf morgen."

„Bis morgen, Mama."

30 Lukas

„Hast du dich schon entschieden, wie lange wir noch auf Amrum bleiben?“ Franzis Blick ruhte entspannt auf ihm, nebenbei nippte sie an ihrem morgendlichen Kaffee. Daher war ihm klar, dass sie es nur als allgemeine Information sah. Dennoch fragte er: „Du willst zurück? Ich dachte, es gefällt dir hier.“

„Das ist nicht das Thema. Außerdem beantwortet man eine Frage nicht mit einer Gegenfrage. Also noch mal, wie lange gedenkst du noch hierzubleiben? Oder anders gefragt, wie lange bist du noch gewillt, mir ein Honorar zu zahlen, obwohl sich der Auftrag, für den du mich engagiert hast, schon vor ein paar Tagen in Luft augeflöst hat? Ich habe ehrlich gesagt kein gutes Gefühl dabei, dir auf der Tasche zu liegen.“

Daher wehte der Wind. Er konnte ihre Sorge durchaus verstehen. „Beruhigt es dich, wenn du mir beim Laminatverlegen hilfst? Der Herr Sörens, der das eigentlich erledigen sollte, hat einen Hexenschuss. Nun soll ich einspringen. Darauf bin ich zwar nicht wirklich scharf, aber ich kann meine Mutter unmöglich hängen lassen. Sie möchte die Wohnung natürlich so schnell wie möglich wieder vermieten.“

Franzi runzelte die Stirn und sah Lukas nachdenklich an. „Ich habe das zwar noch nie gemacht, aber so schwer kann es nicht sein. Und da ich nicht ganz unschuldig bin, helfe ich selbstverständlich. Das dauert doch höchstens zwei Tage. Fahren wir dann zurück?"

„Vermisst du Hameln so sehr?"

„Das ist nicht der Punkt. Aber ich muss schließlich Geld verdienen."

„Du hast einen neuen Auftrag?"

„Bisher nicht, aber das ändert sich hoffentlich bald. Und dazu sollte ich besser vor Ort sein. Womöglich hat schon der eine oder andere Klient vergeblich an meiner Tür geklingelt. Das wäre übel bei meiner momentanen Finanzlage."

„Sicher." Er könnte selbst einen neuen Auftrag vertragen. Aber das wollte er Franzi nicht sagen. Und ja, sie hatte total recht, allmählich wurde die ganze Angelegenheit hier ziemlich kostspielig. Aber er hatte ihr zugesichert, für sie den gesamten Aufenthalt zu zahlen. Das musste er auf jeden Fall einhalten. Wenn sie erst wieder zurück in Hameln waren, ergab sich sicher bald eine Gelegenheit für einen neuen Auftrag. Bisher hatte das immer bestens geklappt. „Vielleicht sollten wir noch einige Tage in Erwägung ziehen. Die Ferienwohnung muss schließlich auch wieder eingeräumt werden. Und wie ich die Sache sehe, wird Mutter darauf hoffen, dass ich das ebenfalls übernehme."

„Wir", verbesserte Franzi ihn. „Auch dabei helfe ich dir, soweit es meine Kräfte zulassen."

„Okay. Das Angebot nehme ich an. Und für die ganz schweren Sachen muss Mutter einen kräftigen Mann aus der Nachbarschaft bitten."

„Vielleicht könnte Ben …"

„Den lass lieber aus dem Spiel. Da er schon übermorgen nach München fahren muss, soll er doch die verbleibenden Stunden mit Jule verbringen."

„Du hast recht. Es wäre wirklich sehr egoistisch, ihn von Jule wegzureißen. Schlimm genug für sie, dass sie während der letzten Schwangerschaftswochen ohne ihn auskommen muss. Ich werde dann auch nicht mehr da sein. Das tut mir ehrlich leid."

„Wenn das Ergebnis eurer DNA-Untersuchung kommt, bist du ebenfalls nicht mehr hier. Wäre es nicht schöner, wenn ihr gemeinsam das Ergebnis lest?"

„Das stimmt. Da habe ich noch gar nicht drüber nachgedacht. Das wird allerdings einige Zeit dauern und wer weiß, vielleicht liegt Jule dann bereits im Krankenhaus, oder das Baby ist längst auf der Welt."

„Hast du geplant, dann für ein paar Tage wieder nach Amrum zu fahren?"

„Du vergisst, dass ich mir solch eine Reise nicht leisten kann." Franzi stieß einen frustrierten Seufzer aus. „Aber schön wäre es schon. Ich fühle mich trotz der kurzen Zeit, die wir uns kennen, bereits so sehr mit Jule verbunden, als wäre längst klar, dass in uns gleiches Blut fließt. Ist das nicht verrückt? Das bedeutet doch etwas, oder?"

Es tat ihm leid, dass er diese Frage nicht beantworten konnte. „Ich weiß es nicht. In solchen Dingen bin ich nicht gut und ich glaube nicht an Vorhersehung oder so etwas."

„Ich bin da eigentlich auch nicht der Typ für, aber in diesem Fall …" Sie knabberte wieder mal an ihrer Unterlippe, wie so oft, wenn sie nachdachte oder unsicher war. Sie sah dann besonders bezaubernd aus.

„Na, ihr zwei. Mögt ihr noch etwas? Kaffee? Tee? Ein paar Brötchen? Nachtisch?"

„Bloß nicht", wehrte Franzi lachend ab. „Du mästest deine Gäste sowieso schon. Und uns besonders. Meine Hosen kneifen bald, wenn das so weitergeht."

Jule zwinkerte und fing an zu kichern. „Mach dir nichts draus, meine auch."

Franzi wollte sich ausschütten vor Lachen. Ihr Gekicher war ansteckend und ihre gute Laune freute ihn nach dem, was sie durchgemacht hatte, sehr.

„Für mich auch nichts mehr. Danke, Jule. Es war hervorragend wie immer."

„Du bist genauso ein Charmeur wie Ben", behauptete Jule. Dann zwinkerte sie ihm zu. „Na ja, fast. Mit Ben kann sich zumindest in meinen Augen kein anderer Mann messen."

„Das ist auch gut so", beschwichtigte Lukas. „Ich danke dir trotzdem für das Kompliment."

„Werde jetzt bloß nicht größenwahnsinnig", warf Franzi lachend ein. „Wie war deine Untersuchung gestern beim Arzt?", wandte sie sich an Jule.

„Alles im grünen Bereich. Die Werte sind bestens, unser Baby wächst und gedeiht. Fast zu schnell, meint meine Ärztin. Anhand des Kopfumfangs und der Körperlänge könnte ich bereits zwei Wochen weiter sein. Aber das kann nicht sein. Schließlich weiß ich, wann ich meine letzte Regel hatte und wann Ben auf der Insel war."

„Die Größe ist doch egal. Hauptsache, euer Baby ist gesund."

„Genau", pflichtete Jule bei. „Und da die Werte gut sind, mache ich mir auch keine Sorgen." Sie stieß einen Seufzer aus. „Im Gegensatz zu Ben. Es liegt ihm im Magen, dass er nach München muss und nicht wie eine Glucke bei mir sitzen kann."

„Es ist doch schön, dass er so besorgt um euch ist."

„Ist es ja auch. Aber manchmal ist er übervorsichtig und geht mir damit ein klitzekleines bisschen auf die Nerven. Liegt an der Zeit, wo ich komplett flachlag und mir buchstäblich vierundzwanzig Stunden am Tag übel war."

„Ich mag mir gar nicht vorstellen, wie schlimm das gewesen sein muss. Bloß gut, dass es dir jetzt gut geht."

Jule rollte mit den Augen. „Glaub mir, ich möchte das auch kein zweites Mal durchmachen. Zum Glück habe ich vorher nicht geahnt, was auf mich zukommt." Sie streichelte ihren Bauch mit einem liebevollen Blick. „Und jetzt kann ich es nicht mehr abwarten, unser Baby endlich im Arm zu halten."

„Du hast es ja bald geschafft." Franzi lächelte und sah richtig verträumt aus. „Ich bin schon gespannt, wem von euch beiden das Baby ähnlich sieht."

„Na hoffentlich nicht mir. Es soll so dunkle Haare haben wie Ben und ihm auch sonst ähnlich sehen. Andererseits ist es, wie du richtig sagtest, am wichtigsten, dass es gesund ist. Alles andere ist eigentlich egal."

„Das ist die richtige Einstellung", bestätigte Lukas, obwohl er so gar keine Ahnung vom Kinderkriegen oder den Sorgen und Nöten werdender Eltern hatte. Trotzdem konnte er Jules Gedanken nachvollziehen. „Wir werden auf jeden Fall wieder herkommen, nicht, Franzi? Und das möglichst bald."

„Schön wäre es schon. Mal sehen, was sich auftragsmäßig so ergibt." Sie nagte nachdenklich an ihrer Unterlippe. „Aber manchmal liegen Wunsch und Realität nicht so nah beieinander."

„Das wird schon", machte Lukas ihr Mut. Jedenfalls hoffte er, dass sie das so aufnahm.

Franzi rückte mit dem Stuhl ein Stück vom Tisch weg. „So, genug geklönt. Ich muss allmählich los."

„Was steht auf deinem Plan?", fragte Jule.

„Ich treffe mich in Wittdün mit meiner Mutter. Da sie am Nachmittag wieder abreist, wollen wir die Zeit, die sie noch hier ist, zusammen verbringen. Wir sehen uns nicht so oft."

„Dann wünsche ich euch viel Spaß. Und du, Lukas?"

„Meine Mutter nimmt mich mal wieder in Beschlag. Morgen ist schon der angemeldete Sperrmüll. Da muss ich den alten Boden noch runterschleppen. Ehrlich gesagt war das so nicht geplant. Aber da Hinrich Sörens momentan ausfällt, muss ich wohl ran."

„Eigentlich wollte Herr Sörens heute noch bei mir Rasen mähen. Mal sehen, vielleicht mach ich das nachher selbst."

Franzi sprang auf und starrte Jule entsetzt an. „Bloß nicht! Wenn du niemanden findest, übernehme ich das. Versprich mir, dass du den Rasenmäher da stehen lässt, wo er immer steht, wenn er nicht gebraucht wird."

„Ich bin nicht krank, ich bin schwanger", widersprach Jule. „Du bist schon genauso schlimm wie Ben."

„Tu mir den Gefallen. Bitte." Franzi legte ihr die Hand auf den Arm und sah Jule eindringlich an.

„Also gut. Vielleicht kann das auch Ben noch erledigen."

„Ich bin auch noch da und kann das übernehmen", bot Lukas an. „Dann hast du auch mehr Zeit mit Ben, bevor er abreist."

„Danke, ihr seid so lieb." Sie schmunzelte. „Ich mache es euch mit einem leckeren Abendessen recht."

„Musst du nicht." Lukas stand ebenfalls auf. „Ich geh jetzt besser rüber, bevor meine Mutter hier anklingelt. Ich wünsche den Damen einen schönen Tag." Er beugte sich über den Tisch und hauchte Franzi einen Kuss auf die Nasenspitze. „Komm einfach drüben vorbei, wenn du zurück bist."

31 Franzi

Als sich der Bus dem Leuchtturm näherte, verstärkte sich das ohnehin flaue Gefühl in ihrem Bauch, das sie verspürte, seit sie sich auf den Weg zur Bushaltestelle gemacht hatte. Würde sie jemals diesem Turm, den sie doch eigentlich unbedingt besteigen wollte, ohne die Erinnerung an die Filmszene begegnen können? Diese Frage ließ sich nicht beantworten. Heute jedenfalls nicht. Sie starrte in die entgegengesetzte Richtung aus dem Fenster und konzentrierte sich auf die Bäume, an denen sie gerade vorüberfuhren. In Norddorf hatte sie sich gleich auf die linke Seite des Busses gesetzt, damit der Turm gar nicht erst in ihr Blickfeld geriet. Was natürlich unsinnig war. Wenn nicht gerade Bäume oder Häuser die direkte Sicht versperrten, drängte sich der markante Turm oder zumindest dessen Spitze, von überall ins Blickfeld. Egal an welchem Punkt der Insel man stand. Wenn man in Richtung Inselmitte blickte, sah man ihrer Meinung nach viel zu oft zumindest seine rote Mütze.

Sie war froh, als die Fahrgäste an der Haltestelle Leuchtturm ausgestiegen waren und der Bus seine Fahrt wieder aufnahm. Ihre Mutter erwartete sie am Hafen, wo sie ihr Gepäck schon in einem Schließfach unterbringen wollte. Von dort aus wollten sie um die Südspitze schlendern und dann … mal sehen, was sich ergab. Vielleicht kehrten sie irgendwo ein, bevor Mutter zur Fähre musste.

„Da bist du ja“, begrüßte ihre Mutter sie und schob ihren Arm unter Franzis. „Ich bin gestern schon um die Südspitze gegangen. Man hat eine tolle Aussicht, sogar bis zu den Halligen. Kennst du dich hier auch ein bisschen aus?“

Franzi schüttelte den Kopf. „Bisher nicht. Außer der Hauptstraße bei der Durchfahrt, als wir angekommen sind, habe ich noch nichts gesehen.“

„Dann komm. Wenn das so ist, kennst du auch diesen bombastischen Strand hier noch gar nicht. Stell dir vor, der ist viel breiter als in Norddorf. So etwas kenne ich bisher nur von Aufnahmen von St. Peter-Ording. Und dann die Dünen. Wenn wir nicht unseren Urlaub gebucht hätten, wäre ich glatt ein paar Tage länger hiergeblieben.“

Franzi konnte nur staunen. Ihre Mutter schwärmte neuerdings von einer Nordseeinsel. Sie war gespannt, ob der Blick auf den Strand tatsächlich so grandios war oder ob Mama maßlos übertrieb. Das war nämlich manchmal ihre Eigenart. „Lass uns starten. Ich bin gespannt, ob es mir hier ebenfalls so gefällt wie dir.“

„Wie geht es dir heute?“, fragte Mama, nachdem sie eine Weile schweigend die Promenade entlanggewandert waren.

Musstest du mich unbedingt wieder daran erinnern, grummelte Franzi innerlich. Dem Gesichtsausdruck ihrer Mutter entnahm sie aber, dass sie sich tatsächlich sorgte.

„Geht so. Die Nacht war ganz okay und sogar ohne Albträume. Obwohl ich mit schrecklichen Träumen gerechnet hatte.“

„Vielleicht war es gut, dass du gewappnet warst. Das hat dein Unterbewusstsein sicher positiv beeinflusst. Obwohl ich von so etwas keine Ahnung habe.“

„Ich auch nicht."

Ihre Mutter tätschelte ihren Arm. „Ich hoffe, dass die schlimmen Träume endlich aufhören. Wenn nicht, solltest du dir noch mal professionelle Hilfe holen. So geht es schließlich nicht weiter. Das macht dich schon so lange kaputt. Du musst endlich wieder unbeschwert leben können."

Franzi kam aus dem Staunen nicht raus. Bisher hatte ihre Mutter meistens mit Vorwürfen aufgewartet. Dass sie von Anfang an gewusst habe, dass das nicht der richtige Beruf für sie sei, und so weiter. Das war auch der Grund gewesen, warum sich Franzi weitestgehend von ihrer Mutter zurückgezogen hatte.

„Weißt du, mich hat das auch fertiggemacht. Mitzuerleben, dass das eigene Kind angeschossen wird, ist unerträglich. Doch dann habe ich mich in meiner Hilflosigkeit dir gegenüber nicht richtig verhalten. Statt dich zu stützen, dir Halt zu geben, machte ich dir Vorwürfe." Mutter zupfte ein Taschentuch aus ihrer Jackentasche und wischte sich über die Augen. Weinte sie etwa? „Wenn dein Vater noch gelebt hätte, hätte ich ihn vermutlich dafür verantwortlich gemacht. Immerhin hat er dich in deinem Wunsch, zur Polizei zu gehen, unterstützt. Weißt du eigentlich, wie stolz er war, dass du in seine Fußstapfen treten wolltest?"

Ja, das wusste sie. Er hatte es oft genug erwähnt. Wie hätte Paps reagiert, wenn er miterlebt hätte, dass sie angeschossen wurde und als Konsequenz daraus ihren Dienst quittierte? Sosehr er ihr fehlte, damals wie heute, sie war froh, dass er das nicht mehr miterleben musste. Es hätte ihn sehr mitgenommen, das wusste sie genau.

„Ich ängstigte mich fürchterlich um dich, als ich erfuhr, was passiert war und dass sie dich ins künstliche Koma versetzt hatten. Und ich war so unglaublich wütend. Wütend auf deinen Vater, der nie versucht hat, dir deinen Spleen auszureden. Im Gegenteil. Schon als Kind hast du immer Polizei gespielt, erinnerst du dich? Schon damals war Papa davon überzeugt, dass du tatsächlich Polizistin werden würdest. Aber ich wollte es nie. Irgendwie hatte ich von Anfang an ein ungutes Gefühl dabei. Als ahnte ich damals schon, dass dir etwas Schlimmes widerfahren wird." Sie stieß einen schweren Schnaufer aus. „Ich weiß, dass du sauer auf mich warst, weil ich dir nie zeigte, wie stolz ich darauf war, dass du es geschafft hattest. Da war die stetige Angst, die konnte ich einfach nicht abschütteln."

Franzi blieb wie angewurzelt stehen und konnte kaum fassen, was ihre Mutter ihr offenbarte. „Mama, warum hast du mir das nie so gesagt wie jetzt? Warum hast du mich nur mit Vorwürfen konfrontiert? Ich hatte keine Ahnung, wie nah dir das gegangen ist."

„Ach Kindchen, ich weiß es nicht. Ich wollte dir meine Ängste nicht zeigen, dich damit nicht belasten oder, schlimmer noch, verunsichern." Sie hielt inne, starrte übers Meer in Richtung Horizont, dann wandte sie sich wieder Franzi zu. „Das war ein großer Fehler. Das sehe ich jetzt ein. Verzeih mir."

Einen Moment lang sackte Franzi innerlich zusammen. Hatte sie ihre Mutter so falsch eingeschätzt? Doch dann straffte sie resolut ihren Rücken. Es war Zeit, Klartext zu reden, und zwar genau jetzt und von beiden Seiten.

„Ich hätte dich gebraucht, als es mir schlecht ging. So sehr gebraucht." Franzi schluckte den Kloß, der ihr im Hals steckte, mit Macht hinunter. „Stattdessen bekam ich nur zu hören, dass ich das Risiko mit meiner Berufswahl eingegangen bin. Als ob ich das nicht gewusst hätte. Glaubtest du wirklich, dass ich so blauäugig war? Papa hat mich mehrfach auf alle Risiken vorbereitet, die der Beruf des Polizisten mit sich bringt. Doch das konnte mich nicht abschrecken. Ich war jung, fühlte mich unverwundbar. Wer glaubt da schon, dass es einen wirklich selbst treffen kann. Papa ist in all seinen Berufsjahren ohne Blessuren davongekommen. Er war mein Vorbild, mein Held. Wäre ihm in seiner Laufbahn etwas passiert, wäre meine Berufsentscheidung vielleicht anders ausgefallen. Zumindest wären mir die Risiken deutlicher vor Augen gewesen." Sie atmete tief durch. Einmal, zweimal, dreimal. „Ich brauchte dich so sehr. Aber du …", wiederholte sie ihren Vorwurf. Er war ihr ohne Überlegung noch mal herausgerutscht. Erschrocken sah sie, dass ihrer Mutter die Tränen wie ein Sturzbach über die Wangen rannen. Trotzdem war sie froh, heute endlich all das sagen zu können, was ihr schon so lange auf der Seele brannte. Auch wenn es wehtat. Ihnen beiden wehtat. Diese Offenheit zwischen ihnen gab es all die Jahre nicht und sie war lange überfällig. „Mama, ich bin froh, dass du den Weg hierher auf dich genommen hast und wir uns endlich aussprechen."

„Wenn ich noch ein Zimmer bekommen hätte, würde ich länger bleiben." Ihre Mutter schnäuzte sich heftig und sah Franzi mit rot geweinten Augen an. „Und nicht wegen des fantastischen Strandes. Nur deinetwegen. Aber es war nichts zu machen. Ich habe es gestern noch überall versucht."

Franzi konnte es kaum glauben. „Danke, Mama, das weiß ich zu schätzen. Es ist gut, dass du dich spontan auf den Weg hier rauf gemacht hast, und es ist gut, dass wir endlich offen miteinander reden. Aber spätestens ab morgen sollst du deine geliebte Ostsee genießen. Ich bin sowieso beschäftigt. Muss beim Laminatverlegen helfen."

„Was? Wieso das?"

„Ist eine längere Geschichte, die erzähl ich dir ein anderes Mal."

Inzwischen erreichten sie eine Strandbar, die direkt oberhalb des unglaublich breiten Strandes lag. Ihre Mutter hatte nicht übertrieben. Der Kniep war hier viel breiter. Das Meer nur noch ein schmaler blauer Streifen unterm Horizont. Ganz weit hinten Richtung Wasser lag eine kleine Dünenkette. Lediglich wenn sie nach links blickte, war die Nordsee sehr nah. Jetzt war Flut und damit genau der richtige Zeitpunkt für ihre Mutter, zu erkennen, dass das Meer durchaus die Inseln umspülte.

„Komm, wir setzen uns", schlug Mutter vor. Sie fanden einen freien Strandkorb mit direktem Blick auf den Strand. Franzi holte zwei Mineralwasser aus dem Innern der Bar, denn hier gab es nur Selbstbedienung. Dann genossen sie schweigend die Aussicht. Wie gern würde sie hier einmal bis zur Wasserkante wandern. Ob sie dazu noch die Gelegenheit bekam? Am Abend wollte sie diese Wanderung Lukas vorschlagen. Er wollte sowieso noch einen Ausflug mit ihr machen und ihr eigentlich seinen Lieblingsplatz zeigen. Aber warum stattdessen nicht diese

Wanderung? Oder noch besser beides. Sie würden sich ins Zeug legen müssen, damit sie möglichst schnell die Ferienwohnung seiner Mutter fertig bekamen. Andererseits konnte sie sich kaum vorstellen, nach Hameln zurückzufahren. Obwohl sie Lukas gestern danach gefragt hatte. Das hatte sie nur getan, weil sie ihm nicht auf der Tasche liegen wollte. Warum war sie aber auch ständig klamm? Zu wenige Aufträge kamen rein, das war ihr klar. Sollte sie sich einen anderen Job suchen? Einen, wo sie sich sicher sein konnte, dass pünktlich jeden Monat ein festes Gehalt aufs Konto kam? Sicherer wäre es.

„Du bist so still? Bist du mir immer noch böse?“, riss ihre Mutter sie aus ihren Grübeleien.

„Entschuldige. Ich war in Gedanken. Und nein, ich bin dir nicht mehr böse. Jetzt kann ich deine Beweggründe besser verstehen.“

„Da bin ich aber froh. Weißt du, ich wünsche mir, dass wir wieder enger zusammenwachsen. Mehr Kontakt zueinander haben. So wie zu Lotta.“

Franzi nickte. „Ja, das wäre schön.“ Sie räusperte sich. „Können wir jetzt das Thema wechseln? Ich muss nämlich dringend etwas wissen.“

„Aber natürlich. Alles, was du willst, Franzi.“

„Hast du mal darüber nachgedacht, ob es jemanden mit rötlichen Haaren in unserer Verwandtschaft gibt?“

„Rote Haare gab es nie. Weder von meiner Seite noch von Papas. Ich habe ein bisschen herumtelefoniert, mich einfach mal bei einigen entfernten Verwandten gemeldet und vorsichtig nachgeforscht. Es ist leider nichts dabei herausgekommen.“

„Schade. Irgendwann müssen sich die familiären Linien von Jules Seite und meiner gekreuzt haben. Anders kann ich es mir einfach nicht vorstellen."

„Hat sie denn irgendwas herausfinden können?"

Franzi schüttelte den Kopf. „Ihre Eltern leben leider nicht mehr. Die Großeltern auch nicht. Das macht es natürlich extrem schwierig. Da ist zwar noch irgendjemand in Übersee, aber ich weiß nicht, ob Jule schon Kontakt aufgenommen hat. Da wir aber beide unbedingt herausfinden wollen, wie es zu der Ähnlichkeit kommt, haben wir einen DNA-Test bestellt."

„Das klingt richtig spannend und ich verspreche dir, weiter darüber nachzudenken, wie ich dich dabei unterstützen kann. Falls mir etwas einfällt, das weiterhelfen könnte, sage ich dir sofort Bescheid. Es interessiert mich natürlich auch brennend, wie es dazu kommt."

„Ich ... also, ich weiß nicht, wie ich es sagen soll ... und ich glaube auch nicht, dass es der Fall ist, aber ... sei mir nicht böse, dass ich das frage. Es ist nur, um in alle Richtungen zu ermitteln ..."

„Nun spuck es schon aus", forderte ihre Mutter sie auf.

„Meinst du ... also, könnte es vielleicht sein, dass Papa mal ... also dass er fremdgegangen ist?" Sie sah ihrer Mutter an, wie sehr sie diese Überlegung schockte. Einerseits tat es ihr leid, es laut ausgesprochen zu haben, andererseits musste sie alle Eventualitäten in Betracht ziehen.

„Franzi! Niemals. Dafür lege ich meine Hand ins Feuer. Papa hat mich auf Händen getragen, in all den Jahren.

Okay, als er krank war, wurde es natürlich schwieriger für ihn. Aber niemals hatte ich den Eindruck, er hätte sich anderweitig umgesehen. Und wenn, dann wäre er ja ausgerechnet mit der Mutter dieser Jule …" Fassungslos schüttelte sie den Kopf. „Solche Zufälle gibt es doch nur im Film oder in Büchern."

„War nur so eine Idee. Vielleicht liegt das ja auch schon ein oder zwei Generationen zurück. Stell dir vor, Opa oder Oma mit Jules Opa oder Oma."

Franzis Mutter rümpfte die Nase. „Ich mag mir so etwas gar nicht näher ausmalen, das kannst du mir glauben."

„Ich auch nicht. War nur so ein Gedanke."

„Wie gesagt, ich forsche für dich weiter in unseren Familien- und verwandtschaftlichen Geheimnissen. Ich bin gespannt, was alles zutage kommen wird."

„Oje, wer weiß, was wir damit lostreten."

„Darauf lass uns anstoßen. Magst du einen Sekt?"

„Bloß nicht. Lieber mit unserem Wasser. Immerhin prickelt das auch." Sie stießen laut vernehmlich mit ihren Gläsern aneinander, lehnten sich dann gemütlich im Strandkorb zurück und genossen schweigend die Aussicht. Wobei die Gedanken in Franzis Kopf heftig durcheinanderwirbelten und sie die Sicht auf den Kniep dadurch nicht ganz so genießen konnte, wie sie es sich wünschte. Sie versuchte das Chaos in ihrem Kopf zu bändigen, um die restliche Zeit, bis die Fähre ihre Mutter zurück zum Festland brachte, nicht so sehr zu grübeln.

Viel zu schnell verging die Zeit und nach einem kurzen Schlenker durch den Ort lotste ihre Mutter Franzi in einen kleinen Laden, in dem es unglaublich nach Schokolade duftete und wo es eine reichhaltige Auswahl an sündhaften Pralinen und Trüffeln gab.

„Den Laden habe ich gestern schon entdeckt und mir ein paar dieser kalorienreichen Teilchen gegönnt. Die schmecken göttlich, sage ich dir." Ihre Mutter verdrehte genießerisch die Augen und kicherte leise. „Ich muss unbedingt noch ein paar mitnehmen, aber vermutlich werden die die Überfahrt nicht überleben."

Obwohl sie sich wehrte, ließ ihre Mutter es sich nicht nehmen, auch für Franzi eine Tüte zu kaufen. „Genieße jede einzelne und vielleicht denkst du dabei ein kleines bisschen an deine Mutter."

Franzi schmunzelte. „Ich werde garantiert bei jeder Praline daran denken, dass du für all die Kalorien verantwortlich bist, die sich auf meine Hüften setzen." Sie schob ihre Hand unter den Arm ihrer Mutter. „Du weißt schon, dass das nur ein Scherz ist, oder?"

„Natürlich, Kind. Und ja, ich nehme die Schuld auf mich. Außerdem tut es gut, ab und an zu sündigen. Egal ob mit Schokolade oder mit anderen Dingen."

„Was für andere Dinge?"

Ihre Mutter winkte ab. „Vergiss es. Das war nur so dahingesagt."

Als sie den Hafen erreichten, wartete schon eine stattliche Anzahl von Autos und Passagieren auf die Abfahrt. Es waren nicht mal mehr zwanzig Minuten, bis die Fähre eintraf. Am Horizont war sie schon zu sehen. Sie holten Mamas Gepäck aus dem Schließfach und schlenderten zum Anleger.

„Wie lange bleibt ihr an der Ostsee?"

„Zwei Wochen. Vielleicht machen wir auf dem Rückweg noch irgendwo unterwegs Station. Das werden wir uns kurzfristig überlegen und das richtet sich natürlich auch nach dem Wetter. Gibst du mir Bescheid, wenn du etwas herausgefunden hast? Ich melde mich andersherum natürlich auch sofort bei dir. Einverstanden?"

„Danke, Mama. Aber du musst das nicht während deines Urlaubs machen."

„Rede nicht so einen Quatsch. Meinst du, ich hätte Ruhe, wenn ich weiß, dass ich nachforschen sollte und es mir stattdessen am Strand oder bei Kaffee, Kuchen oder einem gemütlichen Abendessen gut gehen lasse? So gut müsstest du mich kennen, dass das nicht mein Ding ist."

„Trotzdem denk vor allem an dich, hörst du?"

„Das kann nur jemand sagen, der nicht selbst Mutter ist." Ein forschender Blick durchbohrte sie augenblicklich. „Wie ist das eigentlich bei dir? Gibt es da jemanden in deinem Leben? Und kann ich vielleicht irgendwann auf Enkelkinder hoffen?"

„Mama!"

„Entschuldige, ich wollte dir nicht zu nahe treten. Aber ich mache mir schon meine Gedanken. Lotta heiratet bald und von dir weiß ich nicht mal, ob du verliebt bist. Bist du?"

„Ähm …" Auf so eine Frage war sie überhaupt nicht vorbereitet.

„Es gibt da jemanden", resümierte ihre Mutter. „Und deinem Stottern nach zu urteilen willst du nicht darüber reden. Oder du weißt nicht mal selbst, ob du verliebt bist?"

Mutter zwinkerte ihr verschwörerisch zu. „Denk nicht zu lange darüber nach. Manchmal ist es einfach besser, die Liebe zuzulassen. Glaub mir, ich weiß, wovon ich rede."

Franzi wusste zwar nicht, wie sie das Geständnis ihrer Mutter interpretieren sollte, aber jetzt war nicht der richtige Moment, solch ein Thema weiter zu besprechen. Die Fähre näherte sich unaufhörlich und es dauerte nur noch wenige Minuten, bis sie anlegte.

„Versuch die Zeit, die du hier bist, nach Möglichkeit zu genießen, und grüß dein Ebenbild von mir. Ich hätte mich gern intensiver mit ihr unterhalten. Vielleicht ergibt sich das irgendwann, wenn die Verhältnisse geklärt sind."

Franzi umarmte ihre Mutter, als sich die ersten Fahrgäste anschickten, die Fähre zu besteigen. „Grüß Wilhelm von mir. Ich wünsche euch einen schönen Urlaub. Und danke, dass du da warst. Das bedeutet mir sehr viel. Unsere Aussprache ebenfalls."

„Mir auch, Kind. Pass auf dich auf."

„Es gibt da jemanden", rief Franzi hinter ihrer Mutter her. Die Worte waren ihr ohne Überlegung über die Lippen gesprudelt, dabei hatte sie das doch für sich behalten wollen. Vorerst jedenfalls, bis sie genau wusste, was das zwischen ihr und Lukas bedeutete.

Ihre Mutter drehte sich noch mal um und ihr liebevolles Lächeln rührte Franzi.

Sie blieb am Anleger, bis die Fähre kaum mehr am Horizont zu erkennen war. Erst dann löste sie ihren Blick und ging zur Bushaltestelle. Der Bus, der dort gestanden hatte, war inzwischen abgefahren. Aber das machte nichts. Bis der nächste fuhr, wollte sie sich ein bisschen im Ort umsehen und sich noch die eine oder andere Köstlichkeit, die in ihrer Tasche steckte, auf der Zunge zergehen lassen.

32 Franzi

Sie stürmte die Treppe zur Ferienwohnung hinauf, wo Lukas noch an irgendetwas arbeitete. Sie solle doch vorbeikommen, falls sie nichts anderes vorhabe, hatte er vor wenigen Minuten geschrieben.

Sie musste zugeben, dass sie heute nicht gerade Lust auf Fußbodenverlegen hatte oder was Lukas sonst im Kopf herumspukte. Insgeheim hoffte sie immer noch auf einen gemeinsamen Strandspaziergang, aber Arbeit ging nun mal vor.

Die Wohnungstür stand offen und Lukas war nicht allein. Die Stimme seiner Mutter drang bis auf den Flur hinaus.

„Bist du sicher, dass sie nichts ahnt? Immerhin ist die ganze Beschattungssache oder euer Vorhaben deswegen ziemlich merkwürdig verlaufen. So, als hättest du nicht wirklich vorgehabt, diesem Pärchen auf den Zahn zu fühlen. Obwohl sie ja letztendlich doch Dreck am Stecken hatten."

Franzi blieb wie angewurzelt nahe der Eingangstür stehen. So, dass sie das Gespräch hören konnte, aber weder Lukas noch seine Mutter sie entdeckten. Was ging hier vor sich und wovon genau redete Frau Wegener?

„Wie sollte sie? Ich musste Franzi für diese Beschattung engagieren, sonst wäre sie niemals mit hierhergekommen.

Und dass dein Gast seine Brieftasche vermisste, spielte mir in die Karten. Jetzt läuft alles so, wie ich es mir für sie und Jule erhofft hatte. Ich bin mir sicher, dass die beiden verwandt, wenn nicht sogar verschwistert sind. Also, wo ist das Problem?"

„Das Problem ist, dass du Franziska etwas vorgemacht hast. Du solltest ihr über die wahren Gründe dieser Reise reinen Wein einschenken. Ihr mögt euch doch und ich habe mittlerweile den Eindruck, dass zwischen euch etwas läuft."

„Mama!"

„Was hast du? Ich bin weder zu alt noch zu senil, um so etwas nicht zu erkennen. Und wenn du es ernst mit ihr meinst, dann musst du ihr die Wahrheit sagen."

„Was zwischen Franzi und mir ist oder nicht ist, werde ich mit dir nicht erörtern. Das geht nur sie und mich etwas an."

Was ging hier eigentlich ab? Franzi bekam kaum noch Luft. Sie riss sich das Tuch vom Hals, das sie seit dem Morgen trug. Sie wollte in die Wohnung stürmen und Lukas zur Rede stellen, doch sie konnte sich nicht rühren. Ihre Füße schienen auf dem Boden festzukleben. Sie musste sich gegen die Wand lehnen, weil ihre Knie plötzlich zitterten. Worum ging es hier eigentlich? Hatte Lukas sie hintergangen? Vielleicht nicht nur mit dem Grund für diese Reise, sondern mit allem, was er zu ihr gesagt hatte? War etwa sein Verständnis für sie und ihre Albträume nur vorgegaukelt? Und sie war so blöd gewesen, sich auf ihn einzulassen. Nicht zu fassen! „Scheißkerl!"

Etwas polterte. „Franzi? Bist du das?"

Sie machte auf dem Absatz kehrt und stürmte durch den Flur.

„Franzi!", rief Lukas hinter ihr her. „Scheiße!"

Sie musste raus aus dem Haus. Am liebsten weg von allem hier. Sie rannte über die Straße. Quietschende Bremsen und wildes Gehupe ließen sie zusammenzucken. Doch sie kümmerte sich nicht darum. Endlich erreichte sie die Jule und drückte die Haustür auf. Sie nahm zwei Stufen auf einmal hinauf.

„Franzi?", rief Jule hinter ihr her. „Komm doch rein. Pauline und Greta sind gerade da. Das wird spaßig."

Sie hatte jetzt keine Zeit für Jule. Sie musste aufs Zimmer und das, bevor dieser Mistkerl auftauchte. Ihre Finger zitterten, als sie in ihrer Umhängetasche nach dem Schlüssel suchte. Endlich sprang die Tür auf. Rasch zog Franzi sie hinter sich zu und schloss ab. Den Schlüssel ließ sie stecken, damit Lukas nicht hereinkommen konnte. In Windeseile raffte sie seine Klamotten zusammen und stopfte sie in seine Reisetasche. Nun noch die Sachen aus dem Bad, die sie einfach obendrauf warf. Sie zog den Reißverschluss zu und eilte zur Tür. Sie horchte. Kein Geräusch war zu hören. War er ihr doch nicht bis hierher gefolgt? Tja, das sagte ja wohl alles über ihn aus. Sie schloss auf, öffnete die Tür und mit einem Poltern landete die Reisetasche auf dem Flur. Dann riss sie seine Jacken vom Garderobenhaken und schmiss sie hinterher. Seine Schuhe ebenfalls.

Plötzlich schnelle Schritte im Treppenhaus. Schon kam Lukas' Haarschopf in ihr Sichtfeld. Rasch zog sie die Tür zu und schloss zweimal ab. Aufatmend lehnte sie sich dagegen.

Sie hörte ihn fluchen, dann versuchte er, seinen Schlüssel ins Schloss zu stecken.

„Franzi“, flüsterte er mit unterdrückter Stimme. Dabei war es ihr völlig schnurz, ob einer der anderen Gäste etwas mitbekam oder sich gestört fühlte. Sie war viel zu wütend und enttäuscht, als dass ihr das etwas ausgemacht hätte.

„Mach auf. Was soll das? Was ist mit dir? Lass uns reden.“

Pah. Sollte er ihr doch den Buckel runterrutschen. Sie war fertig mit ihm. So was von fertig.

Er ruckelte an der Klinke und klopfte wie wild an die Tür. Wann gab er endlich Ruhe? Er machte noch das ganze Haus rebellisch.

„Franzi, nun sei doch vernünftig. Lass mich rein, verdammt noch mal. Immerhin habe ich das Zimmer gemietet.“

Danke, dass du mich daran erinnern musstest! Der glaubte doch wohl nicht ernsthaft, dass sie noch eine Nacht mit ihm im selben Zimmer verbringen würde.

Irgendwann gab er auf. „Okay, du hast fürs Erste gewonnen. Aber nur, weil schon die Leute neugierig aus ihren Türen gucken. Ich geh rüber zu meiner Mutter. Wenn du wieder vernünftig bist und wir reden können, gib mir Bescheid.“

Darauf konnte er lange warten.

Als im Flur endlich Ruhe herrschte, löste sie sich von der Tür und streifte sich die Schuhe von den Füßen. Dann schlurfte sie zum Bett und streckte sich darauf aus. Die Seite, wo Lukas sonst lag, versuchte sie zu ignorieren. Doch dummerweise hing sein Duft überall in den Kissen.

Sie griff nach dem Kopfkissen und warf es aus dem Bett. Seine Bettdecke folgte. Es roch trotzdem noch nach ihm. Logisch, wo sie in der Nacht dicht aneinandergekuschelt geschlafen hatten. Sollte sie Jule bitten, ihr anderes Bettzeug zu geben? Am liebsten würde sie das tun. Doch das wäre zusätzliche Arbeit für Jule und das konnte sie ihr unmöglich zumuten. Also musste sie sich mit den Gegebenheiten irgendwie arrangieren. Sie zerrte an ihrem Kopfkissen, drehte es um und hieb darauf ein, als wollte sie seinen Geruch damit ersticken. Allmählich wurde es besser.

Sie hatte keine Ahnung, wie lange sie schon die Zimmerdecke anstarrte und versuchte, jeden einzelnen Gedanken an Lukas zu verdrängen, als es leise klopfte. Zuerst registrierte sie nicht, dass es an ihrer Zimmertür war, doch dann erkannte sie Jules Stimme.

„Franzi? Ich bin's, Jule. Alles in Ordnung?"

Auch mit Jule wollte sie jetzt nicht reden, doch leider gab die nicht so schnell auf.

„Franzi. Ich mache mir Sorgen. Rede mit mir. Oder bist du gar nicht da?"

Ganz genau, versuchte Franzi es mit telepathischen Kräften, bei denen sie natürlich kläglich scheiterte.

„Ich habe Tee mitgebracht. Beruhigungstee."

Ach Jule. Du mit deinem Tee-Spleen.

„Bitte, Franzi, sag doch was. Wie soll ich beruhigt nach unten gehen, wenn ich nicht weiß, was passiert ist? Nicht dass ich neugierig bin. Ich sorge mich einfach."

Jule war wirklich eine gute Seele und Franzi war sich sicher, dass es keine Neugier war, die sie hierhergetrieben hatte. Mit einem leisen Seufzen schob Franzi die Bettdecke beiseite und die Beine aus dem Bett. Mit nackten Füßen tapste sie zur Tür und schloss auf. Tatsächlich stand Jule mit zwei dampfenden Tassen voller Tee und sorgenvollem Blick vor der Tür.

„Komm rein", bat Franzi und schob die Tür weiter auf, damit Jule eintreten und das heiße Gebräu gefahrlos transportieren konnte.

Sie hielt Franzi eine Tasse hin. „Das ist eine Kräutermischung. Die hilft bei Anspannung, Aufregung und allen möglichen Wehwehchen."

„Danke, das ist lieb und vermutlich die gleiche Mischung, die ich dir neulich zubereitet habe. Komm, setz dich einfach aufs Bett."

Schweigend nippten sie beide, bis Jule sich schließlich räusperte. „Erst bist du wie eine Furie die Treppe hinaufgestürmt und hast nicht mal gemerkt, dass ich dich ansprach, und dann rennt Lukas durchs Haus und macht hier oben so einen Lärm. Als ich ihn dann samt Gepäck aus dem Haus gehen sah, wurde mir klar, dass etwas vorgefallen sein musste. Es ist hoffentlich nicht allzu schlimm, was zwischen euch passiert ist. Nicht dass du es mir erzählen musst, ich hatte nur das Empfinden, dass ich dir irgendwie helfen sollte." Sie zuckte mit den Schultern. „Auch wenn ich das vermutlich sowieso nicht kann. Letztendlich fand ich es nur befremdlich, dass Lukas ausgezogen ist. Bleibst du jetzt allein hier wohnen?"

„Wenn ich das wüsste. Vermutlich bin ich diejenige, die ausziehen müsste. Er ist nicht freiwillig gegangen. Ich habe ihm seine Klamotten vor die Tür geschmissen."

„So schlimm?"

Jetzt war es Franzi, die mit den Schultern zuckte. „Keine Ahnung. Ich weiß nicht mal genau, was los ist. Aber was ich von dem Gespräch zwischen dem Mistkerl und seiner Mutter mitbekam, reichte. Ich kann einfach nicht mit ihm im selben Zimmer wohnen. Und ich will mir auch nicht seine Lügen anhören." Sie trank ein paar Schlucke von dem Tee und hoffte, dass er wirklich beruhigende Kräfte besaß. „Dabei steht es mir gar nicht zu, ihn rauszuschmeißen. Immerhin bezahlt er die Unterbringung. Aber das war mir vorhin so was von egal. Verstehst du das?"

„Ich kann deinen Impuls nachvollziehen. Aber meinst du nicht, dass es vorteilhafter wäre, miteinander zu reden und die Missverständnisse aus dem Weg zu räumen?"

„Ich will nicht reden", betonte Franzi mit Nachdruck. „Jedenfalls heute nicht."

„Na dann. Du musst natürlich selbst wissen, was am besten für dich ist. Aber ich hatte bisher den Eindruck, dass ihr glücklich miteinander seid. Und das Glück schmeißt man doch nicht einfach so weg."

„Glück, was ist das schon? Außerdem hat das erst hier mit uns angefangen. Eine kurze Liebelei, eine Urlaubsaffäre, wenn du so willst. Nichts von Bedeutung."

Jules forschender Blick durchbohrte sie beinahe. „Das glaube ich dir nicht", sagte Jule schließlich. „Da ist mehr zwischen euch."

„Quatsch."

„Vielleicht solltest du eine Nacht darüber schlafen und dann noch mal in dich hineinspüren, ob du mehr für Lukas empfindest als eine kleine Urlaubsaffäre. Unterhalten solltet ihr euch trotzdem darüber. Vielleicht ist ja alles ganz anders, als es momentan aussieht."

„Jule, könnten wir bitte das Thema beenden? Ich will nicht mehr darüber sprechen und am besten auch nicht daran denken."

„Okay, wie du willst. Aber wenn du doch noch mal reden willst – also nicht mit Lukas, sondern mit jemand anderem, dann komm einfach runter in die Küche oder klopf oben an."

„Ich glaub nicht, dass ich das tun werde. Genieße lieber deine letzten Stunden mit Ben, anstatt dich um die Probleme deiner Hausgäste zu kümmern."

„Rede nicht so einen Quatsch. Du bist mehr für mich als ein Hausgast. Ich dachte, das weißt du. Dein Wohl liegt mir wirklich am Herzen."

„Mir deines auch", gestand Franzi. „Danke für den Tee und deinen Besuch. Mir geht es schon viel besser."

„Wirklich?" Die Skepsis war Jule anzusehen.

„Wirklich."

„Okay." Jule stand auf und legte ihre Hand auf Franzis Schulter. „Wenn du noch einen Tee benötigst, weißt du ja, wo du ihn findest."

„Danke." Franzi stand ebenfalls auf und umarmte Jule spontan. „Du bist mir wirklich schon zur Freundin geworden", sagte sie leise.

„Du mir auch." Jule schmunzelte. „Na ja, wer weiß. Vielleicht ist da noch mehr. Ich kann das Testergebnis kaum erwarten."

„Geht mir genauso."

„Also dann, ich wünsche dir später eine ruhige Nacht."

„Tschüs und danke."

Als sie die Tür hinter Jule schloss und den Schlüssel zweimal umdrehte, spürte sie im Innern, dass ihr Jules Besuch tatsächlich gutgetan hatte.

33 Lukas

„Was?“ Den Blick, den er seiner Mutter zuwarf, verdiente sie nicht. Das wusste er. Aber er war so fassungslos und wütend. Wütend auf sich selbst und auf seine Mutter, die ihm vorhin unbedingt ins Gewissen reden musste. Warum hatte er ihr nicht Einhalt geboten, wo er doch wusste, dass Franzi jederzeit auftauchen konnte? Er wusste nicht, wie viel sie von dem Gespräch mitbekommen hatte, aber eines war klar, es war eindeutig zu viel gewesen.

Er hatte die ganze Sache falsch angepackt, das wurde ihm klar. Dabei standen von Anfang an nur die besten Absichten in seinem Fokus. Hatte er Franzi verloren, bevor er ihr gestehen konnte, dass er sich rettungslos in sie verliebt hatte? Oder war ihre Reaktion eben ihrer derzeitigen Verfassung geschuldet? Ihm einfach die Klamotten vor die Tür zu stellen, ohne ihn anhören zu wollen.

„Was bedeutet es, dass du deine Reisetasche mitbringst? Musst du plötzlich abreisen?“

Lukas bedachte seine Mutter mit einem weiteren Blick, den sie hoffentlich so interpretierte, wie er gemeint war. Nämlich, dass sie den Mund hielt.

Sie schien zu kapieren, denn ihr Mund klappte zu und sie schluckte das, was ihr wohl noch auf der Zunge lag, hinunter.

Als ihm bewusst wurde, dass er die Tasche noch immer in der Hand hielt, ließ er sie einfach los. Der dumpfe Knall, als sie auf dem Boden aufkam, ließ ihn zusammenzucken.

Er durchmaß den Flur mit ausholenden Schritten und setzte sich schließlich an den Küchentisch. Das Kinn auf die Hände gestützt, starrte er auf das Blumenmuster der Tischdecke. Seine Mutter liebte geblümte Tischdecken ebenso wie gleich gemusterte Kleider – schon seit ewigen Zeiten. Wieso fiel ihm das gerade jetzt ein?

„Magst du einen Kaffee?"

„Bloß nicht."

„Schnaps? Tee? Schokolade?"

Zu mehr als einem Brummen konnte er sich nicht hinreißen lassen. Mutter nervte.

„Du brauchst was, das dir guttut. Das hilft manchmal sogar, die Dinge ins rechte Licht zu rücken oder zumindest ein bisschen klarer zu sehen."

Woher nahm sie diese Weisheit schon wieder? „Mutter. Kannst du mich einfach in Ruhe lassen?"

„Ungern, ehrlich gesagt." Sie baute sich vor ihm auf, die Hände in die Seiten gestützt. Er wusste, was das bedeutete. Diese Pose kannte er aus seiner Kindheit, wenn sie ihm eine Standpauke verpassen wollte.

„Lass es. Mutter, das geht nur Franzi und mich etwas an."

„Da irrst du gewaltig. Immerhin habe ich das Spielchen mitgespielt, das du dir ausgedacht hattest. Wenn ich geahnt hätte, dass ihr beide ein Paar werdet und Franziska unter Umständen sogar mal meine Schwiegertochter, dann hätte ich dem von Anfang an nicht zugestimmt.

Auch wenn ich verstehe, dass es dir einzig darum ging, sie mit Jule zusammenzubringen. Dir wäre bestimmt eine andere Lösung eingefallen, aber nun ist es sowieso zu spät." Sie nahm ihre Hände von den Hüften und stützte sich damit auf der Tischplatte ab. Mit ernster Miene sah sie ihn an. „Sieh zu, dass du das geradebiegst."

„Schlauer Rat. Und wie soll ich das anfangen, wenn sie nicht mit mir redet?"

„Wird sie schon. Lass ihr ein bisschen Zeit."

„Wie, bitte schön, sollte ich das deiner Meinung nach anstellen? Franzi wäre nie mitgekommen. Sie hätte mir schlichtweg nicht geglaubt, dass es ein Ebenbild von ihr gibt. Sie war sowieso nicht gut auf mich zu sprechen."

„Wieso das nicht? Ich dachte, ihr kanntet euch."

„Flüchtig", berichtigte Lukas und strich sich übers Haar. Warum verdammt, musste er seiner Mutter Rede und Antwort stehen? „Sie war nicht gut auf mich zu sprechen, weil sie glaubte, ich schnappe ihr Aufträge weg."

„Und? Stimmt das?" Argwöhnisch sah seine Mutter ihn an.

Er wand sich, mochte nicht zugeben, dass er zumindest nichts dagegen getan hatte. „Vielleicht konnte ich das eine oder andere Mal mit besseren Argumenten überzeugen."

„Lukas!"

„Was? Das ist normaler Wettbewerb und nichts Illegales. Außerdem habe ich sie nie absichtlich in ihre prekäre finanzielle Lage gebracht. Es war schließlich immer die Entscheidung der Klienten, wem sie ihren Auftrag letztendlich anvertrauen."

„Aber Franziska sieht das anders?"

„Ich denke, inzwischen weiß sie, dass ich ihr nie in die Quere kommen wollte."

„Hm, wenn du dich da man nicht täuschst." Eine Weile schwiegen sie und erst als der Stuhl, den seine Mutter vom Küchentisch wegzog, anklagend über den Boden knarzte, kam Lukas zu sich. Fassungslos starrte er sie an, als sie sich mit einer Flasche Aquavit in der einen und zwei Schnapsgläsern in der anderen Hand ihm gegenübersetzte.

„Manchmal hilft nur was Hochprozentiges. Und damit du nicht allein trinken musst, leiste ich dir dabei Gesellschaft."

Es war ihm neu, dass seine Mutter auch mal harten Alkohol zu sich nahm. Er selbst konnte sich dafür nicht erwärmen. Dennoch wehrte er nicht ab, als sie ihm eines der Schnapsgläser mit der goldgelben Flüssigkeit über den Tisch schob.

„Prost, mein Junge. Was Hinrich Sörens schmeckt, kann ja nicht so schlecht sein", argumentierte sie mit einem Schmunzeln.

Drei Schnäpse später stand er entschlossen auf. Es wurde höchste Zeit, etwas zu unternehmen. Am besten etwas, das von Erfolg gekrönt war. Doch wie konnte er Franzi dazu bringen, ihn anzuhören?

Mit ausholenden Schritten überquerte er die Straße. Er wollte sich von nichts und niemandem aufhalten lassen. Dummerweise stieß er an der Haustür fast mit Jule zusammen.

„Ups", sagte sie und lachte. Doch recht schnell wurde sie ernst. „Ich befürchtete schon, du wolltest vorhin ohne ein Wort ausziehen." Sie setzte einen unschuldigen Blick auf. „Nicht dass ich meinen Gästen hinterherspioniere. Aber ich kam gerade aus der Küche, als du mit deiner Reisetasche an mir vorbeigeprescht bist. Vermutlich hast du mich gar nicht wahrgenommen."

„Tut mir leid, habe ich auch nicht."

„Ich konnte hören, dass Franzi dich nicht aufs Zimmer lassen wollte. Und ich bin mir sicher, dass es den anderen Gästen auf der Etage nicht verborgen blieb."

Sie sagte das nicht anklagend, doch es war ihm peinlich, als sie das ansprach. „Tut mir leid, das wollte ich nicht. Aber Franzi war so verbohrt und wollte mich partout nicht aufs Zimmer lassen. Meine Sachen standen sogar vor der Tür." Wieso erzählte er Jule, was ihm unangenehm war? So gut kannten sie sich nun auch nicht. Oder war es, weil er das Gefühl hatte, Franzi vor sich zu sehen? Okay, es gab einen riesigen Unterschied zwischen beiden Frauen und der war kugelrund wie ein Medizinball. Und doch, wenn er den Körper ausblendete, sah er beinahe Franzi vor sich.

„Ich war vorhin oben bei ihr und habe ihr einen Tee gebracht, weil ich glaubte, dass sie den gebrauchen könnte. Wir haben ein bisschen geredet."

„Wie geht es ihr?"

„Sieh besser selbst nach. Ich will mich nicht in eure Angelegenheiten einmischen. Aber Franzis Wohl liegt mir inzwischen sehr am Herzen. Fast so, als würde in unseren Adern das gleiche Blut fließen."

„Ich geh rauf und versuche mein Glück."

„Toi, toi, toi."

Wie befürchtet reagierte sie nicht auf sein Klopfen. Das tat weh. Oder war sie etwa gar nicht auf dem Zimmer? Er klopfte ein weiteres Mal. Um die anderen Hausgäste nicht noch einmal zu stören, versuchte er möglichst leise zu sein. Oder schlief sie bereits und hörte ihn deshalb nicht? Frust stieg in ihm auf und er wischte sich mit der Hand übers Gesicht. Was nun?

Als sich eine der Türen im hinteren Flur öffnete und die nette ältere Dame herausschaute, der er schon öfter morgens beim Frühstück begegnet war, nickte er ihr zu und entschloss sich, seinen Standort zu verlassen. Es war sowieso zwecklos, hier weiter auszuharren. Ein Spaziergang an der frischen Luft würde ihm hoffentlich guttun. Später wollte er einen weiteren Versuch starten.

34 Franzi

„Na, Schwesterherz, wie ist es mit Mama gelaufen?"

Es war klar, dass Lotta das wissen wollte, doch Franzi nervte es, ihr gerade jetzt darüber Rede und Antwort stehen zu müssen. Sie wollte nur die salzhaltige Luft einatmen, um den Kopf freizukriegen. Und wo konnte sie das am besten? Am Strand. Der Blick aufs Meer und den Horizont hatte etwas Beruhigendes, beinahe Magisches. Das brauchte sie dringend. Und nun? Doch dann gab sie sich einen Ruck. Lotta konnte schließlich nicht ahnen, dass sie in einem äußerst schlechten Moment anrief.

„Nach dem ersten Schock, als sie so plötzlich vor mir stand, habe ich die Zähne zusammengebissen."

„Und?"

„Sagen wir mal so, es verlief überraschend. Stell dir vor, heute konnten wir uns endlich aussprechen."

„Das war so was von überfällig."

Franzi atmete tief durch. „Ich weiß. Und jetzt, wo Mama wieder abgereist ist, spüre ich, wie froh ich darüber bin, dass sie zu mir hier raufgekommen ist. Das hätte ich ihr niemals zugetraut. Besonders heute sind wir so gut miteinander ausgekommen wie lange nicht mehr."

„Ich bin sehr stolz auf dich. Auf Mama natürlich auch. Weißt du, die angespannte Atmosphäre zwischen euch hat mich schon lange sehr belastet. Ihr seid aber auch beide echte Sturköpfe. Aber trotzdem die liebsten Menschen, die ich habe. Besser gesagt, die liebsten weiblichen Menschen."

„Und wie sieht Mama das?"

„Ähm, wieso?"

„Du hast doch längst mit ihr gesprochen."

Franzi hörte, wie Lotta einen resignierten Schnaufer von sich gab. Das kannte sie schon, denn das war eine Marotte von Lotta, wenn sie sich ertappt fühlte.

„Ja, also … Gut, ich gebe es zu. Sie ist sehr glücklich darüber, wie es zwischen euch gelaufen ist."

„Was fragst du mich dann noch?" Ihre Worte klangen härter als gewollt. „Entschuldige, Lotta, war nicht so gemeint. Mir geht es gerade ziemlich besch…" Den Rest des Wortes schluckte sie hinunter.

„Du hast die Episode am Leuchtturm noch nicht verdaut, stimmt's?"

„Das ist es nicht. Also doch, auch. Natürlich macht mir das noch zu schaffen. Aber es ist etwas anderes, was mich zusätzlich fertigmacht."

„Stress mit deinem Bettnachbarn?"

„Hör mir bloß mit dem auf."

„Oh, là, là. Was ist passiert?"

„Der Arsch hat mich hintergangen."

„Geht er etwa schon fremd? Das hätte ich nicht erwartet."

Hätte sie bloß nie erwähnt, dass sie mit ihm … Den Gedanken wollte sie gar nicht zu Ende führen. Es war aus und vorbei.

„Was habt ihr sonst für Probleme?"

„Ich will jetzt nicht daran denken, sonst rege ich mich nur wieder auf.“

„Ihr solltet miteinander reden, egal was vorgefallen ist.“

Lotta mit ihren weisen Ratschlägen. „Ich habe ihn vor die Tür gesetzt.“

„Verstehe ich das richtig? Du hast Lukas aus dem Zimmer rausgeworfen, das ihr beide bewohnt und er bezahlt?“

„Genau.“

„Ganz schön rabiat.“

„Er hat es nicht anders verdient.“

„Hört sich übel an. Und was, wenn er die Miete nicht mehr zahlt?“

„Dann muss ich wohl heimreisen. Sollte ich vielleicht sowieso in Erwägung ziehen. Es täte mir nur für Jule leid, wenn das Zimmer leer steht, bis die nächsten Gäste kommen. Sie ist sicher auf das Geld angewiesen.“

„Es geht kein Weg daran vorbei, du musst mit Lukas reden. Was es auch ist, ihr solltet eure Diskrepanzen aus dem Weg räumen. Wie ich dich kenne, kommst du sonst sowieso nicht zur Ruhe.“

Lotta kannte sie wirklich zu gut. Was aber nicht hieß, dass sie jeden ihrer Ratschläge annahm – egal wie gut sie gemeint waren.

„Heute werde ich das ganz bestimmt nicht mehr tun. Soll er ruhig über Nacht schmoren.“

„Wo schläft er jetzt?“

„Ist mir schnuppe. Vermutlich auf der Couch seiner Mutter. Vielleicht auch auf dem Boden zwischen den Paketen mit dem neuen Laminat.“

„Der Ärmste.“

„Fang bloß nicht an, ihn auch noch zu bemitleiden. Ich dachte, du stehst auf meiner Seite."

„Stehe ich doch immer. Also meistens jedenfalls. Aber jetzt halte ich mich zurück. Schließlich weiß ich überhaupt nicht, was passiert ist."

Franzi war klar, dass der Grund dafür, dass Lotta bereits zum wiederholten Male erwähnte, dass sie ja nichts weiß, der war, dass sie gern mehr wüsste. Doch da hatte sie sich geschnitten. „Du, Lotta, ich muss jetzt wirklich Schluss machen. Ich bin fast am Strand und muss endlich zu mir kommen. Sonst kann ich nachher nicht schlafen."

„Okay, verstehe. Dann genieße deinen Spaziergang und viel Glück bei eurer Aussprache – wann immer die stattfinden wird."

„Tschüss, Lotta. Ich melde mich, wenn ich weiß, wann ich nach Hause fahre."

Franzi schob das Handy in die Jackentasche und hoffte, dass sie niemand mehr störte. Ganz ausstellen mochte sie es nicht, immerhin wartete sie noch auf die Nachricht ihrer Mutter, ob sie gut angekommen war.

Sie liebte es, über den Holzsteg zu gehen, vorn am Geländer stehen zu bleiben und die Weite des Strandes und des Meeres auf sich wirken zu lassen. Heute hingen dicke graue Wolken über dem Meer und es sah nach Regen aus. Aber das war ihr egal. Minutenlang stand sie da und atmete tief ein und aus, bevor sie sich von dem Anblick löste und die Stufen hinunter zum Strand nahm. Unten setzte sie sich und zog Schuhe und Strümpfe aus. Obwohl sich der Sand durch die fehlende Sonne kalt anfühlte, wollte sie nicht auf das unglaubliche Gefühl verzichten, wenn sich der Sand zwischen die Zehen drängte. Entschlossen marschierte sie los.

35 Lukas

Bevor er sich auf den Weg machte, stellte Lukas den Ton seines Handys lauter. Auf gar keinen Fall wollte er eine Nachricht von Franzi verpassen, sollte sie sich inzwischen beruhigt haben. Allerdings hatte sie auf seine WhatsApps bisher nicht reagiert. Aber er wollte die Hoffnung nicht aufgeben, noch heute mit ihr sprechen und die Differenzen aus dem Weg räumen zu können. Dass er ihr bisher nichts erklären konnte, lag ihm schwer im Magen. So sehr, dass er das Abendessen bei seiner Mutter ausschlug. Falls er im Laufe des Abends Hunger bekommen sollte, wusste er ja, wo ihr Kühlschrank stand.

Lukas entschied sich für eine Runde durch den Ort. Schließlich musste auch Franzi irgendetwas essen. Und da er sie mittlerweile recht gut kannte, wusste er, dass sie sich nicht in ein Restaurant setzte, weil sie dazu zu geizig war. Nein, nicht geizig, sondern sparsam. Er vermutete, dass sie sich eher etwas zu essen für unterwegs holen und damit Richtung Strand marschieren würde.

Mitten auf dem Strunwai klingelte das Handy, das in seiner Gesäßtasche steckte. Franzi! Sein Adrenalin stieg sprunghaft an und fiel nach einem Blick aufs Display ins Bodenlose. Die angezeigte Nummer kannte er nicht. „Lukas Bertram, guten Abend."

„Bin ich da richtig bei der Detektei Bertram?", fragte eine männliche Stimme.

„Ja, richtig, Detektei Bertram. Was kann ich für Sie tun?"

„Ich wollte Sie fragen, ob Sie mir bei einer Nachforschung helfen könnten."

„Das ist mein Job. Allerdings bin ich momentan nicht in Hameln und vermutlich erst in der nächsten Woche zurück."

„Das ist schlecht, so lange kann die Sache eigentlich nicht warten. Können Sie ‚nächste Woche' wenigstens näher erläutern?"

„So genau kann ich das noch nicht eingrenzen. Ich denke aber, dass es frühestens Mitte der Woche werden wird."

„Hm … vielleicht sollte ich es dann erst mal woanders versuchen."

„Ich kann Ihnen meine Kollegin Franziska Naumann empfehlen. Sie betreibt ihr Büro ebenfalls in Hameln."

„Danke, dann versuche ich da mein Glück."

„Viel Erfolg. Ansonsten melden Sie sich gern wieder."

Es tat gut, wenigstens auf die Weise etwas für Franzi tun zu können. Dem Anrufer gleich zu sagen, dass auch Franzi nicht vor Ort war, wäre ihm nie in den Sinn gekommen. Es war allein ihre Entscheidung, ob sie den Auftrag annahm und deswegen früher abreiste. Obwohl er natürlich hoffte, dass sie erst mit ihm zurückfuhr. Aber sollte sie sich anders entscheiden, würde er das respektieren. Er wusste ja, wie wichtig jeder Auftrag zum Leben und Überleben für sie war. Nachdenklich schob er das Mobiltelefon zurück in die Hosentasche und setzte seinen Weg Richtung Strand fort. Er entschied, Franzi nicht zu erzählen, dass der Typ ihn zuerst angerufen hatte. Sie sollte nicht das Gefühl bekommen, zweite Wahl zu sein.

Diesen Auftrag könnte er auch gut gebrauchen, nach dem, was er in Franzis Honorar investiert hatte, und weil er während seiner Zeit hier nichts verdiente. Aber er konnte die versprochene Hilfe nicht zurücknehmen und seine Mutter nicht hängen lassen. Doch sobald das Appartement eingeräumt war, sollte er seine Heimreise planen. Bis dahin hoffte er auf weitere schöne gemeinsame Tage mit Franzi. Ob sich dieser Wunsch erfüllte? Doch allem voran stand die Aussprache, und ihre Entscheidung, ob sie den Auftrag des Anrufers annahm, sollte der sich bei ihr melden.

Er stapfte schon eine Weile durch den Sand, als ihm bewusst wurde, dass er gar keinen Blick für Strand und Meer übrig hatte und stattdessen nur nach einer roten Jacke und Franzis rotem Haarschopf Ausschau hielt. Schon zweimal war ihm so gewesen, als hätte er sie entdeckt, doch beim Näherkommen war er jedes Mal enttäuscht worden, denn nie leuchteten über der Jacke ihre roten Haare. Es konnte natürlich auch sein, dass sie immer noch im Zimmer hockte und schmollte.

Doch dann entdeckte er sie. Sie saß in der Nähe der Himmelsleiter im Sand und gestikulierte mit einer Hand. Mit der anderen hielt sie das Telefon ans Ohr. Jetzt sprang sie auf, ging ein paar Schritte, blieb wieder stehen. Noch bemerkte sie ihn nicht, schien komplett aufs Telefonat konzentriert zu sein. Telefonierte sie mit dem Mann, der einen Detektiv engagieren wollte?

Lukas hielt sich im Hintergrund, um Franzi nicht zu stören. Als sie das Handy vom Ohr nahm und in die Jackentasche schob, wartete er weiter. Es schien, als grübelte sie. Jedenfalls rührte sie sich nicht vom Fleck. Er ebenfalls nicht, und das, obwohl ihn alles zu ihr hinzog. Doch er wollte keinen Fehler begehen.

Wenn er jetzt auf sie zustürmte und sie in ihren Überlegungen störte, reagierte sie unter Umständen abweisend. Und damit hätte er zumindest für diesen Abend verloren.

Plötzlich ging ein Ruck durch ihren Körper – er sah es genau, und beinahe war ihm, als ginge dieser Ruck auch durch ihn. Langsam schlenderte sie in Richtung Wasser. Er folgte ihr zögerlich.

Nach wenigen Metern blieb sie stehen, wandte sich um und entdeckte ihn. Ihr Gesichtsausdruck wechselte von Staunen in Verärgerung. Ihm wollte das Herz in die Hose rutschen. Doch das ließ er nicht zu. Entschlossen ging er ihr entgegen.

„Hallo, Franzi, du auch hier?" Einfallsloser ging es wohl nicht, aber er konnte den Satz nicht zurücknehmen.

„Wie du siehst. Spionierst du mir etwa nach?"

„Wie könnte ich, wo ich doch gar nicht wusste, was du treibst. Hätte ja auch sein können, dass du immer noch auf dem Zimmer hockst. Obwohl ich gestehen muss, dass ich da schon mehrfach geklopft habe. Allerdings war ich mir nicht sicher, ob du weggegangen bist oder dich stumm stellst." Er zuckte mit den Schultern und versuchte es mit einem Schmunzeln. „Die zweite Variante kam mir ehrlich gesagt stimmiger vor. Dennoch hoffte ich, dass ich dir unterwegs begegne. Und ich kann kaum fassen, dass mir das Glück hold ist."

„Versuch dich bloß nicht einzuschleimen, weil du ein Bett für die Nacht brauchst", warnte sie ihn.

„Wo ich heute schlafen werde, ist erst einmal zweitrangig. Viel wichtiger ist es, dass wir uns unterhalten."

„Ich wüsste nicht worüber. Du hast mich belogen, so viel steht fest. Du brauchst gar nicht zu versuchen, das schönzureden."

„Verdammt, Franzi! Ich will nichts schönreden. Aber du sollst wissen, warum du hier bist und warum ich dich mit einem Auftrag ködern musste. Gib zu, deine finanzielle Misere war der einzige Grund, weshalb du dich darauf eingelassen hast, mit mir hierherzufahren. Hätte ich dir von Beginn an von deiner Ähnlichkeit zu Jule erzählt und dass das einen Grund haben muss, dann hättest du mir höchstens einen Vogel gezeigt, aber niemals in Erwägung gezogen, der Sache auf den Grund zu gehen."

Franzi sah ihn verbittert an. „Woher willst du das wissen? Du kennst mich kaum, kanntest mich vorher überhaupt nicht."

„Mir war klar, dass du niemals mit dem Kerl, den du nicht ausstehen konntest, diese Reise antreten würdest. Und den wahren Grund hättest du vermutlich als Vorwand angesehen, dich hierherzulocken." Er atmete tief durch und schickte ein Stoßgebet gen Himmel, dass sie endlich die Wahrheit erkannte. „Gib zu, dass es stimmt. Und gib vor allem dir selbst gegenüber zu, dass diese Reise einen Wendepunkt in deinem Leben bedeutet. Hinsichtlich eines eventuellen neuen Familienmitglieds und hinsichtlich uns."

„Uns?“

Die Art, wie sie das aussprach und wie sie ihn dabei ansah, schmerzte ungemein. Hatte er sie bereits verloren?

„Ja, uns.“ Er ging einen Schritt auf sie zu und hoffte, dass sie nicht zurückwich. Sie blieb stehen. Ein winziger Punkt für ihn. „Franzi, das, was sich zwischen uns entwickelt, ist auch für mich überraschend und weiß Gott nicht geplant. Du hast mich mit deinem frechen Mundwerk geködert, mit deinen Augen, die wie Smaragde funkeln und, wenn wir uns lieben, viel dunkler und geheimnisvoller wirken.“

„Du solltest Romane schreiben.“

„Lenk nicht ab, hör mir einfach zu. Bitte. Ich möchte bei dir sein, dich halten und beschützen, wenn dich die Träume quälen. Du kannst mich für verrückt halten, aber trotz der kurzen Zeit, die wir zusammen sind, fühlt es sich mit dir richtig an. Es ist, als sei ich angekommen. Franzi, ich liebe dich. Vermutlich schon seit dem Abend beim Mexikaner, als du wutentbrannt vor mir gestanden und mir die Hölle heiß gemacht hast.“ Er rang nach Atem. Alles hatte er auf eine Karte gesetzt. Nun kam es darauf an, wie Franzi auf sein Geständnis reagierte. Würde sie ihm überhaupt glauben?

Eine Weile schwieg sie, sah ihn einfach nur mit leicht geöffnetem Mund an. Dann wandte sie ihren Kopf gen Meer und es wirkte auf ihn, als suche sie die Antwort weit hinten am Horizont. Die Zeit zog sich unendlich wie Kaugummi, lange hielt er diese Ungewissheit nicht mehr aus.

„Bist du dir sicher?“, fragte sie leise, ohne ihn anzusehen. Oder bildete er sich die Worte nur ein?

Doch dann drehte sie sich zu ihm um. In ihrem Gesicht spiegelten sich die widersprüchlichsten Emotionen. Furcht, immer noch ein Hauch von Ärger, aber auch Unglauben, Hoffnung und ein klitzekleines bisschen … Er wagte an das Wort, nach dem er sich sehnte, kaum zu denken, um nicht enttäuscht zu werden.

„Bist du dir sicher?", fragte sie noch einmal. Er hatte sich also doch nicht verhört.

Er ging einen Schritt auf sie zu, hielt ihr seine Hände entgegen. „Nie war ich mir einer Sache so sicher."

„Du … du machst mich verrückt, weißt du das?"

Er lächelte sie an, legte seine ganze Liebe in dieses Lächeln. „Du mich auch. Und ich will nie mehr darauf verzichten."

„Und das sagst du nicht nur, um heute Nacht in einem bequemen Bett zu liegen?"

„Hör auf zu scherzen, Franzi. Ich meine es verdammt ernst."

„Ich doch auch, du verrückter Kerl." Plötzlich hing sie an seinem Hals und er wusste nicht einmal, wie sie dahingekommen war. „Ich kann auch nicht mehr ohne dich sein. Hätte mir das vor dieser Reise jemand prophezeit, hätte ich ihn in die Klapse einweisen lassen. Aber irgendwie hast du mich rumgekriegt. Keine Ahnung wie."

„Mit meinem Charme?" Er zwinkerte ihr zu, obwohl es ihn enttäuschte, dass sie nicht von Liebe sprach. Aber vielleicht war es einfach zu früh. Wenn das vorhin nicht passiert wäre, hätte er sich mit dem Geständnis vermutlich auch noch Zeit gelassen. Wäre mehr auf Nummer sicher gegangen.

Aber er bereute sein Geständnis nicht. Jetzt wusste sie, woran sie mit ihm war.

„Warum küsst du mich nicht?“, beschwerte sie sich dicht an seinen Lippen.

Das ließ er sich nicht zweimal sagen. Hungrig nahm er von ihren einladenden Lippen Besitz.

36 Franzi

Sie lauschte seinen gleichmäßigen Atemzügen. Lukas schlief tief und fest. Franzi dagegen starrte seit geraumer Zeit Löcher in die Finsternis. Sie hatte vergessen, ihm von ihrem Auftrag zu erzählen und ihm zu sagen, dass sie schnellstmöglich heimreisen musste.

Vorsichtig, um ihn nicht zu wecken, schlängelte sie sich aus dem Bett und tastete im Dunkeln nach ihrem Handy, das irgendwo auf dem kleinen Tisch lag. Sie unterdrückte einen Fluch, als sie mit dem Zeh gegen ein Tisch- oder Stuhlbein stieß. Verdammt! Während sie darauf wartete, dass sich die Seite der Deutschen Bahn aufbaute, massierte sie den Zeh.

„Was machst du da?"

„Tut mir leid, dass ich dich geweckt habe. Ich muss was recherchieren."

„Jetzt?"

„Ja, jetzt." Sie stieß einen leisen Seufzer aus. Es wurde Zeit, Lukas von ihren Plänen zu unterrichten, auch wenn es mitten in der Nacht war.

Plötzlich flammte Licht auf. Lukas hatte die Nachttischlampe angeschaltet und sah sie, auf einen Ellenbogen gestützt, an.

„Ich muss wieder arbeiten." Es fiel ihr nicht leicht, diese Worte auszusprechen, denn sie hießen nicht nur, diesen

Inselaufenthalt zu beenden, sondern auch, allein zurückzureisen, während Lukas seiner Mutter unter die Arme griff. Und auch, ihre Zusage zur Hilfe wieder rückgängig zu machen. „Ich habe einen Auftrag bekommen und muss so schnell wie möglich nach Hause."

„Das freut mich für dich. Gratuliere."

Diese Antwort hatte sie nicht erwartet, aber seiner Mimik nach zu urteilen schien sich Lukas tatsächlich für sie zu freuen. Doch plötzlich wirkten seine Augen eine Spur bedrückt. „Aber das heißt, dass wir unseren Aufenthalt hier früher beenden müssen."

„Für dich heißt das gar nichts. Du bleibst natürlich wie geplant. Ich komme sicher auch mit der Bahn nach Hameln. Das wollte ich gerade nachprüfen."

„Wann musst du in Hameln sein?"

„In spätestens drei Tagen. Sonst kann ich die Sache vergessen. Lukas, ich brauche den Auftrag dringend."

„Verstehe."

Seinen Blick, der sich tief in sie brannte, konnte sie nicht deuten. Das machte sie ganz wuschig. Mit einem Mal wusste sie nicht, wie sie Lukas einschätzen sollte. „Tut mir wahnsinnig leid, dass ich dir jetzt nicht mehr in der Wohnung helfen kann", murmelte sie.

„Ich hätte dir so gern meinen Lieblingsplatz gezeigt", wechselte er das Thema.

Als sie ihm sagen wollte, wie sehr sie sich darauf gefreut hatte, bedeutete er ihr, ihn nicht zu unterbrechen. „Was hältst du davon, wenn wir beide morgen so richtig Vollgas geben? Bis abends müssten wir das doch hinkriegen. Und übermorgen fahren wir zusammen zurück. Damit können wir alle Fliegen mit einer Klappe schlagen, um es mit den Worten meiner Mutter auszudrücken."

Einen Moment lang war Franzi sprachlos. Das wollte er wirklich tun? „Du musst dich nicht verpflichtet fühlen, meinetwegen nach Hause zu fahren. Außerdem weißt du nicht mal, ob du einen Platz auf der Fähre bekommst."

„Ich fühle mich zu gar nichts verpflichtet. Allerdings möchte ich gern mit dir an meiner Seite zurückfahren, anstatt dich allein in der Bahn zu wissen und Tage später ohne dich fahren zu müssen."

„Lukas … ich weiß gar nicht, was ich dazu sagen soll." Sie sprang auf, eilte zum Bett und küsste ihn herzhaft.

„Dann lass es und komm endlich wieder zu mir ins Bett." Einladend hob er den Zipfel der Bettdecke an.

Solch eine Einladung konnte sie auf keinen Fall ablehnen.

37 Franzi

Zwei Tage später hieß es Abschied nehmen von Jule, von Lieselotte Wegener und der Insel, die ihr Herz im Sturm erobert hatte.

„Pass auf dich auf", mahnte Franzi. „Und natürlich auf das Baby. Und sollte etwas sein, melde dich."

„Du hörst dich fast an wie Ben", kommentierte Jule Franzis Abschiedsworte mit einem Augenrollen. „Ich bekomme nur ein Kind, so wie Millionen anderer Frauen."

„Okay, okay. Verstanden. Und vergiss ja nicht, uns Bescheid zu geben, wenn das Baby da ist."

„Bestimmt nicht. Und du meldest dich sofort, wenn das Testergebnis da ist. Wenn es sein muss, ruf im Kreißsaal an. Ich will es sofort wissen, hörst du?"

„Versprochen."

Jule begleitete sie bis zum Wagen, wo Lukas gerade das Gepäck einlud. In dem Augenblick kam seine Mutter über den Dünemwai gerannt. „Wartet. Ich habe noch ein Lunchpaket für unterwegs gemacht", rief sie freudestrahlend und drückte ihrem verdutzten Sohn einen prall gefüllten Korb in die Hände.

„Mutter!"

„Vielen Dank, Frau Wegener. Das ist sehr nett", sprang Franzi für Lukas in die Bresche. Dass er recht genervt reagierte, fand sie seiner Mutter gegenüber nicht fair. „Das wird uns sicher gut schmecken."

Sie zwinkerte Lukas zu und hoffte, dass er verstand.

„Danke, Mama, lieb von dir", sagte nun auch Lukas. Da hatte er gerade noch die Kurve gekriegt. Franzi vermutete allerdings, dass sich dieses Szenario bei jeder seiner Abreisen so oder so ähnlich abspielte.

„Wir müssen jetzt los", mahnte Lukas.

Franzi umarmte Jule noch mal und schließlich auch Lukas' Mutter. „Danke für alles."

„Kinder, ehe ich es vergesse. Gestern Abend las ich in den Amrum-News, dass unsere speziellen Freunde versuchten, im Schmuckgeschäft etwas mitgehen zu lassen. Irgendein Kunde bemerkte das und sprach sie an. Daraufhin gaben die beiden Fersengeld. Er folgte ihnen. Echt dumm von denen, dass sie zur Wohnung rannten. Daher konnte der Zeuge der Polizei genaue Angaben machen."

„Tja, irgendeinen Fehler machen die meisten irgendwann. Dieser war allerdings bemerkenswert dumm. Aber sie haben es nicht anders verdient", kommentierte Lukas den Bericht seiner Mutter und Franzi konnte ihm nur recht geben.

Dann stiegen sie in den Wagen und winkten den beiden zurückbleibenden Frauen zu, bis sie im Rückspiegel nicht mehr zu sehen waren.

Je näher sie dem Leuchtturm kamen, desto unruhiger wurde Franzi. Lukas schien das zu spüren, denn er legte seine Hand auf ihre im Schoß verkrampften Finger. „Der Turm kann nichts dafür", sagte er leise.

Auch wenn sie das selbst wusste, konnte sie das Unbehagen nicht so einfach abschütteln.

„Uns bleibt noch eine Stunde Zeit, bis die Fähre abfährt“, holte Lukas sie aus ihren Grübeleien. „Ich möchte dir zu gern noch meinen Lieblingsplatz zeigen. Was allerdings heißt, dass wir hier aussteigen müssen.“

Erst jetzt wurde ihr bewusst, dass Lukas den Blinker setzte, in Höhe des Leuchtturms nach links von der Hauptstraße abbog und auf den Parkplatz fuhr.

Franzi hielt den Atem an. „Der Leuchtturm ist dein Lieblingsort?“, platzte sie schließlich heraus.

„Wir gehen nicht zum Leuchtturm.“

„Wohin dann?“

„Lass dich überraschen.“ Lukas sah sie nachdenklich an. „Bist du bereit?“

Franzi schluckte den Kloß, der ihr in den letzten Minuten das Atmen erschwerte, hinunter und nickte. Was konnte schon passieren mit Lukas an ihrer Seite?

Sie gönnte dem rot-weiß geringelten Wahrzeichen keinen Blick, als Lukas sie über einen unbefestigten Weg links des Geländes entlangführte. Wo brachte er sie hin? Die Gegend sah bisher unspektakulär aus, aber eine Steigerung musste noch kommen, da war sie sich sicher.

Nach ein paar Minuten erreichten sie die Dünen und der Weg ging in den für die Insel typisch weißen feinen Sand über. „Wir dürfen hier rauf?“, fragte sie perplex. Sie wusste, dass man die Dünen zum Schutz nicht betreten durfte und es nur wenige Übergänge gab.

„Wir dürfen.“

Es war gar nicht so einfach, im weichen Sand die Steigung zu erklimmen. Nach wenigen Metern blieb sie stehen und streifte sich die Schuhe von den Füßen. Sie freute sich darauf, noch einen letzten Blick auf den traumhaften Kniep werfen zu können.

Vor ihnen lag plötzlich eine Art Strickleiter im Sand, die das Laufen auf die Düne wohl vereinfachen sollte. Himmelblau bildete sie einen perfekten Kontrast zum fast weißen Sand. Und dann standen sie auf dem höchsten Punkt des Übergangs. Der Strand lag in seiner ganzen Schönheit vor ihnen. Der Blick war atemberaubend.

„O Lukas, das ist ja traumhaft. Warum hast du mir das nicht früher gezeigt?"

„Hat sich bisher nicht ergeben." Er legte den Arm um sie und zog sie an sich. „Es gefällt dir also."

„Und wie." Sie löste sich von ihm und ließ sich in den Sand plumpsen. „Diese Dünenübergänge sind atemberaubend. Komm, setz dich zu mir, damit wir das richtig genießen können."

„Hier sitze ich während jedes Inselaufenthalts mindestens einmal, meistens fahre ich öfter hierher. Für mich gibt es kaum einen schöneren Platz. Hier fällt alles, was mir im Kopf herumschwirrt und mich manchmal nervt, von mir ab. Es ist, als könnte dieser Ort meinen Kopf reinigen." Er zuckte mit den Schultern. „Ist ziemlich blöd ausgedrückt, aber genauso empfinde ich das."

„Das ist überhaupt nicht blöd. Ich finde es erstaunlich, dass du so empfinden kannst. Das ist eine Gabe, die die meisten Menschen sicher nicht haben."

Lukas sah sie staunend an. „Glaubst du das wirklich?"

„Absolut."

Eine Weile ließen sie die Landschaft auf sich wirken. „Das hier ist der Höhepunkt der Reise", gestand Franzi leise. „Danke, dass du mir dieses traumhafte Fleckchen vor unserer Abreise noch gezeigt hast." Sie schlang ihre Arme um Lukas' Hals. „Hier werde ich von jetzt an auch jedes Mal sitzen, wenn ich auf der Insel bin. Und ich werde mich an diesen Moment erinnern."

„Was ist so besonders an diesem Moment?", fragte Lukas, seine Lippen dicht an ihren.

„Dass du bei mir bist. Dass es dir wichtig war, mir deinen Lieblingsplatz zu zeigen." Sie atmete tief durch. „Und dass es der perfekte Platz ist, um dir zu sagen, dass ich dich liebe."

„Vielleicht habe ich schon immer geahnt, dass dieser Ort etwas Besonderes für mich sein wird, und habe ihn deshalb als meinen Lieblingsplatz auserkoren", überlegte Lukas nach vielen Küssen.

„Schöner Gedanke, Herr Bertram, aber ich denke, es ist diese atemberaubende Landschaft, die dich überzeugt hat", widersprach Franzi mit einem Schmunzeln. „Ob man Stellen wie diese noch genauso traumhaft findet, wenn man ständig hier lebt? Ich muss das unbedingt Jule mal fragen."

„Darüber habe ich noch nie nachgedacht. Aber ich kann mir kaum vorstellen, dass es anders ist. Vermutlich streift man durch den Alltagstrott eher seltener über die Insel als die Urlauber, doch man wird sicher nicht müde werden, die Insel mit all ihren besonderen Stellen zu lieben."

Lukas erhob sich und hielt ihr die Hände entgegen. „Es tut mir wahnsinnig leid, wir müssen aufbrechen, wenn wir die Fähre erreichen wollen."

Es fiel ihr nicht leicht, diesen Platz zu verlassen, aber sie war es ja selbst gewesen, die unbedingt abreisen wollte beziehungsweise musste. Sie ergriff Lukas' Hände und ließ sich auf die Füße ziehen. Arm in Arm machten sie kehrt. Der Leuchtturm, den sie auf dem Spaziergang hierher erfolgreich ignoriert hatte, fiel ihr wieder ins Auge. Majestätisch thronte er auf seiner Düne, hatte schon vielen Stürmen getrotzt. Mit dem blauen Himmel als Kulisse bot er ein schönes Bild, das musste Franzi zugeben. Und mit einem Mal konnte sie ihn ohne Furcht, ohne dunkle Gedanken ansehen. Sie konnte sogar Frieden mit ihm schließen. Denn wie hatte Lukas gesagt? Der Turm konnte nichts dafür.

„Bleibt noch Zeit für ein paar Fotos?"

„Das kriegen wir hin."

„Was ist das da unten in den Dünen für ein Haus?" Es war Franzi eben erst aufgefallen. Und inmitten der Dünenlandschaft entdeckte sie Zelte, die wie bunte Farbtupfer wirkten.

„Das ist der Inselzeltplatz."

„Auch eine schöne Möglichkeit, Urlaub zu machen", überlegte Franzi. „Jedenfalls bei so schönem Wetter wie jetzt."

„Wem das liegt. Es ist ein FKK-Platz."

„Oh, das wusste ich nicht. Jedem das seine. Für mich wäre es dann doch nichts."

„Für mich auch nicht. Können wir jetzt?"

„Gleich. Nur noch schnell ein Selfie mit uns beiden. Also lächeln …“

Sie nahm sich vor, diese Aufnahme von ihnen beiden später auszudrucken und auf ihren Schreibtisch zu stellen – als Erinnerung an diese Reise und an den Beginn ihrer Liebe.

38 Franzi

Der Brief brannte beinahe ein Loch in ihre Tasche, jedenfalls kam es Franzi so vor. Es war kaum auszuhalten, ihn, seit sie ihn am Vortag zwischen ihrer anderen Post gefunden hatte, nicht zu öffnen. Aber sie hatte sich geschworen, das gemeinsam mit Jule zu tun. Lukas hatte sie in ihrem Vorhaben bestärkt und sofort ein Bahnticket für Franzi bestellt. Nur noch eine halbe Stunde, dann erreichte sie endlich Dagebüll. Zum Glück musste sie nicht auch noch die Fährfahrt auf sich nehmen, obwohl sie liebend gern rüber nach Amrum gefahren wäre. Jule wohnte bereits in Dagebüll, weil der Geburtstermin in wenigen Tagen bevorstand. Die würde Augen machen, wenn sie sich gleich wiedersahen. Es war nicht leicht gewesen, ihr die Adresse zu entlocken, ohne dass sie Verdacht schöpfte. Franzi hatte einfach gesagt, sie wolle im Internet nachsehen, wie ihre Unterkunft aussah und wo sie lag. Bereitwillig hatte Jule ihr Auskunft gegeben.

Als sie vor dem Bahnhof stand, überkamen Franzi erste Zweifel. War es richtig gewesen, sich ohne Vorwarnung auf den Weg zu machen? Was, wenn Jule sich zu sehr aufregte? Was, wenn dem Baby dadurch etwas passierte? Oder machte sie sich zu viele Gedanken? Vielleicht war es ja auch ganz anders und Jule freute sich über Gesellschaft. Franzi streckte ihren Rücken durch und winkte ein Taxi heran, das sie zu Jule bringen sollte.

Die Taxifahrerin starrte Franzi entgeistert an. „Ähm … ich habe Sie doch vorhin erst in die Klinik gebracht. Ich bin mir sicher, dass ich mich nicht irre. Aber da hatten Sie noch viel mehr Bauch.“

„Sie ist schon im Krankenhaus? Fahren Sie mich bitte auch dorthin“, entschied Franzi. Hoffentlich ging es Jule gut. Während der Fahrt klärte sie das Missverständnis auf, damit die Frau nicht an ihrem Verstand zweifelte.

Und dann stand sie im Foyer der Klinik und wusste nicht, ob es richtig war, was sie tat. Was, wenn die Geburt bereits im Gang war? Andererseits hatte Jule ihr beim Abschied vor einem Monat gesagt, sie wolle das Testergebnis schnellstens erfahren, und wenn es im Kreißsaal wäre. Doch das war sicher nur so dahergesagt gewesen. Jule musste sich auf die Geburt konzentrieren, konnte keine zusätzliche Aufregung vertragen. Am besten wäre es vermutlich, wenn sie nicht störte. Aber ob sie es aushielt, den Brief ungeöffnet in ihrer Tasche zu lassen, bis sie zu Jule konnte?

Der Brief war eine Sache, viel wichtiger war gerade, wie es Jule ging. Franzi sah sich nicht imstande, das Krankenhaus zu verlassen, ohne sich nach ihrem Befinden erkundigt zu haben. Sie fragte an der Information nach und wurde auf die Geburtsstation geschickt. Es könne allerdings auch sein, dass Frau Petersen gerade im Kreißsaal sei, gab der Pförtner zu bedenken.

Gerade als sie die Station betrat, kam ihr eine junge Frau in hellgrüner Klinikkleidung entgegen. Als sie Franzi wahrnahm, blieb sie wie angewurzelt stehen und starrte sie mit großen Augen an. „Das ist ja …“ Dann schien sie sich zu sammeln. „Kann ich Ihnen helfen?“

„Ich bin gerade in Dagebüll angekommen und wollte Frau Petersen besuchen. Da erfuhr ich, dass sie bei Ihnen sein soll. Aber sicher störe ich nur. Wie geht es ihr? Soll ich lieber morgen wiederkommen?“

„Warten Sie einen Moment“, bat die junge Frau, die auf den Namen Sonja hörte, wie Franzi ihrem Namensschild entnahm.

Franzi trippelte von einem Fuß auf den anderen. Schon lange war sie nicht so nervös gewesen. Aber sie wollte ausharren, um wenigstens zu erfahren, was mit Jule war und ob sie vielleicht sogar schon Wehen hatte. Um sich abzulenken, schaute sie sich die vielen Aufnahmen der Neugeborenen an, die dicht an dicht an den Wänden hingen. Vermutlich hing hier demnächst auch ein Foto von Jules und Bens Baby. Sie drehte sich um, als sich hinter ihr jemand räusperte. Schwester Sonja.

„Frau Petersen bittet Sie, zu ihr zu kommen, wenn Sie mögen.“

„Wie geht es ihr? Hat sie schon Wehen?“, fragte Franzi und folgte der jungen Frau, die Franzi anlächelte. „Ich denke, es geht ihr sehr gut. Aber machen Sie sich selbst ein Bild.“

Franzi war erleichtert, das zu hören. Erwartungsvoll ging sie durch die Tür, die Schwester Sonja für sie aufhielt.

Jule saß in ihrem Bett und sah ihr mit aufgerissenen Augen entgegen. Augenblicklich verwandelte sich ihr Gesichtsausdruck in ein Strahlen. „Franzi, wie kommst du denn hierher?“

„Mit dem Zug. Zufällig nahm ich dasselbe Taxi wie du. Daher erfuhr ich, wo du bist. Wie geht es dir?“ Sie schob ihren Trolley unter den Garderobenhaken und trat näher ans Bett. Da entdeckte sie eine winzige Hand, die unter einer weißen Decke mit kleinen Teddys drauf hervorschaute. Augenblicklich nahm ihr Herzschlag Fahrt auf. Jules Baby war schon da! Erst jetzt nahm sie das kleine Bettchen neben Jules Bett wahr. „Ich fasse es nicht …“

„Sie hatte es sehr eilig“, erklärte Jule und lächelte überglücklich. „Stell dir vor, mir blieben viele Stunden Wehen erspart. Sehr ungewöhnlich für eine Erstgebärende, aber nach den schlimmen ersten Monaten habe ich es nicht anders verdient, meinst du nicht?“

Staunend, dass Jule so aufgekratzt war, wagte sie sich erst näher, als Jule sie zu sich heranwinkte. „Nun komm schon, hier möchte dich jemand kennenlernen. Darf ich vorstellen, das ist Luisa, exakt zwei Stunden alt.“

Auf Zehenspitzen ging Franzi ans Bett. Ihr Herz klopfte wild, als sie einen ersten Blick auf das kleine Gesichtchen werfen konnte. Noch nie hatte sie ein Neugeborenes gesehen. Das Gesicht war so winzig unter der Mütze, die die Kleine trug. Die Stupsnase, der kleine Mund, der ab und an zuckte, was bereits wie ein kleines Lächeln wirkte. „Sie ist so winzig. Wie eine Puppe“, flüsterte Franzi, um die Kleine nicht zu stören. Ausführlich bestaunte sie dieses Wunder der Natur.

„Sie ist noch ein bisschen zerknittert, aber das legt sich.“

„Hallo, Luisa, freut mich sehr, dich kennenzulernen. Ich bin die Franzi.“ Sie beugte sich behutsam zu Jule herunter und umarmte sie. „Herzlichen Glückwunsch. Das hast du wunderbar hingekriegt. Wo ist eigentlich der frischgebackene Vater?“

„Auf dem Weg hierher. Von München dauert es ja. Ich hatte ihn angerufen, kurz bevor das Taxi kam. Er war untröstlich, dass er es nicht rechtzeitig schafft. Dabei wäre er in zwei Tagen sowieso nach Hause gekommen. Aber Luisa hatte einen anderen Plan."

„Weiß Ben schon, dass er Papa geworden ist?"

„Ja, er wurde gleich aus dem Kreißsaal angerufen, da war er gerade auf dem Flug nach Hamburg." Jule kicherte. „Ich mag mir gar nicht vorstellen, wie er sich da aufführte, als er die Nachricht erhielt. Inzwischen wird er gelandet sein. Aber bis er hier ankommt, dauert es leider noch. Wir hatten uns so sehr gewünscht, dass er rechtzeitig zur Geburt da ist und dabei sein kann."

„Das kann ich mir vorstellen."

„Wieso bist du eigentlich ausgerechnet heute hierhergekommen? Hast du etwa telepathische Fähigkeiten?"

Noch ehe Franzi zu einer Antwort ansetzen konnte, riss Jule die Augen auf. „Ist das Ergebnis etwa da?"

Franzi nickte.

„Nun sag schon, wie ist es ausgegangen?"

„Ich weiß es nicht."

„Wie, du weißt es nicht?"

Franzi atmete tief durch. „Ich konnte es nicht ohne dich öffnen. Deswegen bin ich hier."

„Du hast es ernsthaft geschafft, den Brief die ganze Fahrt über nicht zu öffnen?"

„Genau. Ich wollte es unbedingt gemeinsam mit dir tun. Ich konnte doch nicht ahnen, dass ich in einem so ungünstigen Moment bei dir ankomme."

„Der Moment könnte perfekter nicht sein. Hoffe ich jedenfalls." Jule beugte sich über die kleine Luisa und hauchte ihr einen Kuss auf die Stirn. „Stell dir vor, du wirst in deinem jungen Leben einem bedeutenden Ereignis beiwohnen. Wer hätte das gedacht." Und zu Franzi gewandt: „Hatte ich dir nicht gesagt, ich will es sofort wissen, und wenn es im Kreißsaal ist?"

„Hattest du. Allerdings hätte ich nie für möglich gehalten, dass es tatsächlich fast passiert wäre."

„Ich auch nicht", gestand Jule mit einem Augenzwinkern.

Franzi wühlte in der Tasche und zog den mittlerweile lädierten Umschlag heraus. „Also dann …" Mit angehaltenem Atem prokelte sie das Kuvert auf, zog den Briefbogen heraus und entfaltete ihn.

„Nun sag schon, was steht drin?"

Franzi setzte sich vorsichtig auf die Bettkante und hielt das Blatt so, dass sie beide draufschauen konnten. Sie starrte ebenso wie Jule auf die Liste mit Kürzeln und Zahlen und verstand rein gar nichts. Doch unter der Liste fanden sie die Antwort, auf die sie beide seit Wochen warteten.

Basierend auf den Testergebnissen, die durch die Analysen erbracht wurden, beträgt die Wahrscheinlichkeit, dass es sich um Halbgeschwister handelt, 99,999998 %. Die Wahrscheinlichkeit, dass beide einen gemeinsamen biologischen Elternteil haben, beträgt 69,077515 zu 1.

Die Schrift auf dem Briefbogen verschwamm vor ihren Augen, weil sie aufsteigende Tränen nicht zurückhalten konnte.

„Heißt das …“, stammelte Jule.

„Wir sind tatsächlich Schwestern“, flüsterte Franzi mit rasendem Herzschlag. „Genauer gesagt Halbschwestern.“

„Da bin ich platt …“ Jule wischte sich über die Augen, setzte sich aufrechter hin und schlang ihren freien Arm um Franzi. „Wie schön, ich freue mich so. Dass meine Familie heute nicht nur um ein Kind, sondern auch um eine erwachsene Schwester wächst, hätte ich in meinen kühnsten Träumen nicht erwartet.“

„Ich freue mich auch.“ Vorsichtig, und total aufgewühlt, umarmte Franzi ihre neue Schwester noch einmal, darauf bedacht, der kleinen Luisa nicht zu nahe zu kommen.

„Wie kommt das zustande?“, fragte Jule nach einer Weile.

„Ich rätsele auch. Es kann eigentlich nur sein, dass einer deiner Elternteile mit einem meiner … Mensch Jule, das hieße ja, sie sind irgendwann einmal fremdgegangen.“

„Ich fasse es nicht.“ Jule strich dem Baby behutsam über die Wange und sah dann Franzi wieder an. In ihren Augen schimmerten Tränen. „Warum hat uns niemand etwas davon gesagt? Sie müssen es doch gewusst haben. Einer von ihnen hat uns unser ganzes Leben lang belogen. Das muss ich erst mal sacken lassen. Und ich kann meine Eltern nicht mal mehr danach fragen.“

„Das schockt mich auch, ehrlich gesagt. Nicht zu fassen, dass die Freude über dieses Ergebnis so viel Unschönes mit sich bringt, das nun aufgeklärt werden muss. An so etwas hatte ich, als ich den Test bestellte, nicht gedacht. Ich bin gespannt, was meine Mutter dazu sagen wird.“ Franzi konnte kaum noch atmen und schnaufte tief durch.

„Stell dir vor, mein Vater ist vielleicht mit deiner Mutter fremdgegangen und meine Mutter erfährt jetzt durch diesen Test davon. Oje, sie hat ihn sehr geliebt und unter Umständen zerstört das jetzt das Bild, das sie von ihm hat."

„Ich kann mir nicht vorstellen, dass meine Mutter so etwas getan hat. Aber welches Kind kann sich das schon von den Eltern vorstellen? Die andere Version wäre mein Vater mit deiner Mutter …"

„Ich werde alles daransetzen, das herauszufinden. Wer weiß, vielleicht bin ich einzig und allein deswegen Detektivin geworden." Durch Franzi ging ein Ruck. „Gerade wird mir bewusst, dass es total falsch war, heute hierherzukommen. Aber wie konnte ich ahnen, dass heute dein Baby auf die Welt kommt? Du solltest dich nur über die Geburt und über Luisa freuen und alle Probleme, die das Leben mit sich bringt, außen vor lassen. Stattdessen sorge ich dafür, dass du grübelst und dir über unsere familiären Verhältnisse Gedanken machst. Tut mir schrecklich leid, Jule."

Jule schenkte ihr ein Lächeln, das Franzi guttat. „Mir nicht. Ich habe außer Luisa ein weiteres Familienmitglied bekommen. Was kann es Schöneres geben?"

„Versprich mir, dass du nicht so viel nachdenkst, sondern dich ausruhst, mit deiner kleinen Tochter kuschelst und dich auf deinen Ben freust."

„Das mache ich. Magst du Luisa mal halten, bevor du gehst?"

„Im Ernst?"

„Natürlich. Immerhin bist du unverhofft Tante geworden."

„Mensch, ja", hauchte Franzi. Ihr Herz machte ein paar unverhoffte Hüpfer. „Damit habe ich überhaupt nicht gerechnet." Behutsam ließ sie sich von Jule das Baby in den Arm legen. „Hallo, Luisa, stell dir vor, ich bin deine Tante. Was sagst du dazu?"

Als die Kleine eines ihrer Augen kurz öffnete, nahm Franzi das als Zustimmung und lachte leise. „Du bist so zauberhaft. Dein Papa wird sich unsterblich in dich verlieben, glaub mir das." Minutenlang versank sie im Anblick des Babys. Als Luisa unruhig wurde, übergab Franzi sie wieder an Jule.

„Vielleicht ist sie hungrig. Ich werde sie gleich noch mal anlegen. Hoffentlich bekomme ich genug Milch, ich möchte sie so lange wie möglich stillen."

„Dann lasse ich euch jetzt allein. Grüß Ben schön von mir und herzlichen Glückwunsch an euch beide. Das habt ihr wunderbar hingekriegt."

Mit einem Mal wirkte Jule erschöpft. Es waren ja auch unglaubliche Dinge auf sie eingestürmt.

„Ruh dich aus, bis Ben da ist, damit er eine strahlende frischgebackene Mama vorfindet."

Jule fasste sich an den Kopf. „Sehe ich so schrecklich aus?"

„Aber nein. Du solltest dich trotzdem ausruhen nach all der Aufregung." Franzi umarmte Jule noch einmal und strich sacht über die kleine Faust, die Luisa von sich streckte.

„Wo wirst du eigentlich schlafen?"

„In einer kleinen Pension im Zentrum."

„Kommst du morgen wieder?"

„Auf jeden Fall. Vorausgesetzt, das wird dir nicht zu viel."

„Wird es nicht. Tschüs, bis morgen."

Als sie den Krankenhausausgang hinter sich ließ, setzte sie sich auf die nächste Parkbank. Sie brauchte dringend ein paar Minuten, um all das, was über sie hereingestürmt war, sacken zu lassen. Diese besondere Verbindung, die sie von Anfang an zu Jule verspürte, hatte sie nicht getrogen. Jetzt hieß es herauszufinden, wie das alles zusammenhing. Nicht eine Minute länger konnte sie warten. Sie musste der Sache auf den Grund gehen und zückte ihr Handy.

„Mama, ich bin's, Franzi. Ich hab Neuigkeiten. Am besten, du setzt dich erst mal."

„Was ist los?"

Franzi atmete tief durch, bevor sie ihrer Mutter die entscheidende Frage stellte.

„Ist Papa mal fremdgegangen oder vielleicht sogar du?"

Sie biss sich auf die Unterlippe, während sie förmlich spürte, wie sehr die Frage ihre Mutter umhaute. Das Schweigen zwischen ihnen wurde unerträglich und zog sich wie ein Gummiband. Franzi hörte ihre Mutter schwer atmen.

„Mama? Alles in Ordnung mit dir?"

„Wie … wie kommst du auf so etwas?", kam die matte Stimme ihrer Mutter schließlich bei ihr an.

„Das Testergebnis ist da. Jule und ich sind Halbschwestern."

Wieder Schweigen.

„Mama? Bist du noch da?"

„Ja, Kind. Ich bin nur gerade mächtig durch den Wind, wenn du verstehst. Das kommt auch für mich ziemlich überraschend."

„Was glaubst du, wie es für mich und Jule ist? Zur Freude, dass wir Halbschwestern sind, kommt die Frage, wie das zusammenhängt. Mit dem Ergebnis, dass je eines unserer Elternteile fremdgegangen sein muss."

„Ich … ich kann mir nicht vorstellen, dass Papa …"

„Ich mir auch nicht. Und wie ist es mit dir?"

„Franzi!"

„Was Franzi? Ich will Antworten, wenn es die überhaupt geben kann, wo Papa nicht mehr lebt und Jules Eltern auch nicht. Du bist die Einzige, die die Angelegenheit aufklären könnte."

„Ich … ich bin gerade ein bisschen überfordert, ehrlich gesagt."

„Wir auch. Zudem kam heute Jules Baby zur Welt. Wenn ich das geahnt hätte, wäre ich nicht hierhergekommen."

„Wie? Wo bist du denn?"

„In Dagebüll. Jule wohnt hier seit ein paar Tagen, weil hier die Klinik ist. Ich wollte den Brief gemeinsam mit ihr öffnen. Darum habe ich mich in den Zug gesetzt. Immerhin wollte auch sie das Ergebnis so schnell wie möglich wissen. Und nun kann sie sich womöglich gar nicht richtig auf ihre neue Mutterrolle konzentrieren. Mama, ich hätte nicht herkommen oder sie zumindest vorher anrufen sollen."

„Du kannst das jetzt nicht mehr ändern. Wie geht es euch damit, Halbgeschwister zu sein?"

„Wir freuen uns beide darüber. Aber uns ist erst heute bewusst geworden, was es bedeutet, wie es zustande kam. Und das liegt uns beiden schwer im Magen."

„Das kann ich verstehen. Wie lange bleibst du?"

„Nur bis morgen Mittag. Dann muss ich zurück, hab einen Auftrag."

„Grüß Jule von mir und richte ihr meine herzlichen Glückwünsche aus, falls du sie noch mal besuchst."

„Das mache ich, danke. Und Mama, bitte versuch irgendwie herauszubekommen, ob Papa mal … Oder versuch dich zu erinnern, ob du …? Ich muss es wissen, verstehst du?"

„Ich versuche es. Tschüs, Franzi. Ich hab dich lieb."

„Ich dich auch."

Das Gespräch hatte sie nicht weitergebracht, aber noch wollte sie die Hoffnung nicht aufgeben. Sie schrieb noch eine Nachricht an Lukas, ob er gerade Zeit hätte, denn seine Stimme zu hören, würde ihr helfen, das wusste sie genau. Dann stand sie auf und winkte dem Taxi, das gerade jemanden zum Eingang des Krankenhauses fuhr. Sollte niemand anderes einsteigen, wollte sie sich damit zur Pension fahren lassen.

Kaum saß sie im Fond des Wagens, meldete sich Lukas.

Sie berichtete ihm in Kürze alles mit leiser Stimme, da sie nicht wollte, dass der Taxifahrer ihnen zuhörte. Andererseits hätte sie es nicht ausgehalten, Lukas zu vertrösten, bis sie auf ihrem Zimmer saß.

„Dann lag ich ja von Anfang an richtig mit meiner Ahnung. Liebling, ich freu mich für dich und Jule. Und ob ihr herausfinden könnt, wer von euren Eltern mit wem und warum, ist aus meiner Sicht zweitrangig. Falls ihr es nicht aufklären könnt, nehmt das an. Dann sollte es nicht sein. Und falls doch, verurteilt eure Eltern nicht. Es lässt sich sowieso nicht mehr ändern, und die Beweggründe kannst du vermutlich gar nicht nachvollziehen."

„Ich versuche es. Schade, dass du nicht hier bist. Das Ganze setzt mir doch mehr zu als vermutet. Und jetzt allein hier zu hocken und auf morgen zu warten, finde ich wirklich ätzend. Ich war mit dem Gedanken losgefahren, Jule Gesellschaft zu leisten und ein paar schöne Stunden mit ihr zu verbringen. Wer konnte schon ahnen, dass sie ausgerechnet heute ihr Baby bekommt?"

„Wenn es nicht so weit weg wäre, würde ich auf einen Sprung vorbeikommen und dich in den Arm nehmen. Ich wüsste auch schon, wie ich dich ablenken kann."

Franzi kicherte. „Kann ich mir denken. Lieb, dass du das tun möchtest, aber bis zur Abreise werde ich mir schon die Zeit vertreiben. Mir fällt auch gerade etwas ein, was ich machen könnte. Irgendetwas für meine kleine Nichte kaufen. Au ja, das wird ein Riesenspaß. Ich muss mich sputen, keine Ahnung, wie lange die Geschäfte hier aufhaben."

„Du wirst sicher was Hübsches finden. Wir können ja später noch mal telefonieren, wenn du dein Zimmer bezogen hast."

„Machen wir. Also bis dann. Ich liebe dich."

„Ich dich auch."

Jetzt fühlte sie sich leichter. Allein Lukas' Stimme hatte dafür gesorgt.

Sie war froh, dass sie ihr Gepäck bis zur Abfahrt in der Pension stehen lassen konnte. Zum Krankenhaus fuhr ein Bus, die Haltestelle lag ganz in der Nähe. Franzi war für diesen Tipp ihrer Vermieterin sehr dankbar, sparte ihr das doch die deutlich höheren Taxikosten.

Bepackt mit allerlei Anziehsachen für Luisa und einigem Babyspielzeug betrat Franzi am nächsten Vormittag das Krankenhaus.

„Wie geht es euch?", begrüßte sie Jule und Luisa. Ihr fiel gleich auf, dass Jule wesentlich geschaffter aussah als am Vortag.

„Ich habe die Freuden einer jungen Mutter ausgiebig genossen. Luisa hat stundenlang geweint, sie wollte kaum trinken. Ich wusste nicht, wie ich sie beruhigen sollte. Schließlich ließ ich mich dazu überreden, sie den Rest der Nacht ins Babyzimmer zu geben, damit ich wenigstens ein bisschen Ruhe bekomme. Mit dem Ergebnis, dass ich mir wie eine Rabenmutter vorkam und, statt zu schlafen, nur rumheulte."

Im Nu war Franzi an Jules Bett und umarmte sie. „Das tut mir leid. Geht es Luisa inzwischen besser?"

Zumindest im Augenblick schlief sie ruhig in ihrem Bettchen.

„Morgens um sechs brachten sie Luisa zurück. Selig schlafend. Das hat mich dann ein bisschen beruhigt. Ihr ging es wieder gut und heute klappt es auch mit dem Stillen besser."

„Das hört sich super an. Sicher ist der Tag der Geburt auch für Neugeborene sehr stressig. Nicht dass ich davon Ahnung hätte, aber das sagt mir mein gesunder Menschenverstand."

„Was nicht ist, …"

„Nun mal den Teufel nicht an die Wand. Bis es so weit ist, fließt noch viel Wasser die Weser hinunter oder platschen noch viele Wellen an Land." Franzi legte die in buntes Geschenkpapier eingewickelten Päckchen auf Jules Bett. „Ich habe ein bisschen eingekauft und hoffe, es gefällt euch."

„Du bist ja verrückt." Doch Jule strafte ihren Tadel Lügen, als sie freudestrahlend die Geschenke auspackte. „Das ist ja süß, zauberhaft. Du hast viel zu viel gekauft."

„Ich weiß, aber ich konnte nicht anders." Dass sie ihr Budget überschritten hatte, erwähnte sie nicht. Es hatte so viel Freude bereitet, für ihre kleine Nichte einzukaufen, dass der Schock erst an der Kasse kam. Trotzdem brachte sie es nicht übers Herz, das eine oder andere Teil zurückzulegen. Sie wollte lieber an anderer Stelle sparen.

„Ben kommt auch gleich. Stell dir vor, er ist ganz vernarrt in unsere Tochter." Jule strahlte und sah somit gleich besser aus.

„Das ist ja auch kein Wunder. Welcher frischgebackene Papa würde sich nicht sofort in so ein kleines wunderbares Wesen verlieben?" Franzi zog einen Stuhl heran und setzte sich. „Und dir geht es wirklich wieder besser?"

Jule nickte. „Und wie geht es dir?"

„Ich habe die Zeit besser rumgekriegt als gedacht. Hab nach dem Einkaufen mit Lukas und Lotta telefoniert und bin dann schlafen gegangen."

„Mit deiner Mutter nicht?"

„Ach so, natürlich. Gleich nachdem ich von dir weg bin. Sie war ziemlich von der Rolle. Ich werde sie später noch mal anrufen." Hinter ihrem Rücken klappte die Zimmertür und über Jules Gesicht ging ein Strahlen. Noch ehe Franzi sich umsah, wusste sie, wer hereingekommen war.

Sie wartete, bis Ben Jule begrüßt und seiner kleinen Tochter einen Kuss auf die Stirn gehaucht hatte. Dann ging sie auf ihn zu und umarmte ihn. „Herzlichen Glückwunsch zu dieser wunderschönen Tochter."

„Vielen Dank. Sie ist wirklich zauberhaft, nicht wahr? Es ist schön, dich zu sehen. Wie geht es dir?"

„Nach der ersten Aufregung wieder ganz gut."

„Und sonst? Noch Nachwirkungen vom Drehtag?"

Dass er das noch nicht vergessen hatte, sprach für ihn, aber sie wusste ja längst, was für ein aufmerksamer Mann er war.

„Alles okay. Die Träume kommen auch seltener, seit ich wieder bei einer Psychologin bin. Und Lukas tut sein Bestes. Ich bin wirklich froh, ihn zu haben. Er schafft es immer wieder, mich aufzufangen und aufzubauen, wenn es mir nicht gut geht. Durch ihn fühle ich mich wieder unbeschwerter, freier. Er gibt mir so viel, was ich vorher nicht hatte."

„Das nennt man Liebe", sagte Jule mit einem Augenzwinkern. „Halt ihn fest, er tut dir gut. Auch wenn du ihn anfangs nicht ausstehen konntest."

„Ich weiß. Lotta sagt das auch immer."

„Apropos Lotta. Weiß sie es schon?"

„Ich konnte nur kurz mit ihr sprechen. Sie ist gerade auf einer Fortbildung."

„Es gibt da etwas, woran du vielleicht noch gar nicht gedacht hast. Jedenfalls haben wir darüber nicht gesprochen", begann Jule mit plötzlich sorgenvollem Blick.

Franzi spürte mit einem Mal, wie sich ihre Eingeweide verknoten wollten. Sie konnte sich nicht erklären, woher dieses Gefühl plötzlich kam.

„Ben ist das aufgefallen, nachdem wir gestern darüber sprachen. Komm, setz dich zu mir." Jule rückte etwas an die Seite des Bettes und klopfte auf die freie Fläche neben sich. Ben nahm derweil die kleine Luisa aus dem Bett, die leise quengelte.

„Nun mach es nicht so spannend." Franzi setzte sich neben Jule und sah sie aufmerksam an. Jule nahm Franzis Hand und hielt sie fest. „Ist dir eigentlich bewusst, dass es sein kann, dass nicht nur wir beide Halbschwestern sind, sondern dass deine Lotta das auch für dich sein könnte?"

„Wie meinst du das?" In Franzis Kopf schwirrten die Gedanken wild umher.

„Falls es so sein sollte, dass deine Mutter etwas mit meinem Vater hatte und du dadurch entstanden bist, dann hat Lotta einen anderen Vater als du. In dem Fall seid auch ihr Halbschwestern."

„Noch wissen wir nicht, wie alles zusammenhängt", warf Franzi leise ein.

„Ich weiß." Jule tätschelte Franzis Hand. „Und vielleicht war es auch verkehrt, dich schon jetzt auf diese Möglichkeit hinzuweisen. Aber ich hatte das Gefühl, ich müsste es tun. Kannst du das verstehen?"

„An die Möglichkeit habe ich überhaupt nicht gedacht." Ihre Lotta, mit der sie ein so inniges Verhältnis hatte, war unter Umständen nur ihre Halbschwester? Daran mochte sie gar nicht denken. Das war auch etwas, das sie Lotta hoffentlich nicht sagen musste.

Mit Macht versuchte sie die Gedanken beiseitezuschieben, die momentan nur vage Vermutungen waren. Sie straffte ihren Rücken und sah von Jule zu Ben und wieder zurück.

„Wir können nichts anderes tun als abwarten, ob wir noch etwas herausfinden. Jede Spekulation ist unnütz."

„Du hast recht", bestätigte Jule. „Entschuldige, wenn ich dich aufgeregt habe."

„Alles gut. Da müssen wir nun durch, wir wollten ja Gewissheit, auch wenn uns das Ausmaß der Ermittlungen nicht ganz klar war."

Ben legte Luisa, die immer lauter weinte, in Jules Arme. „Sicher hat sie Hunger."

Jule verzog das Gesicht, als sie Luisa entgegennahm und lachte. „Liebling, es gibt da ein Problem mit deiner Nase. Etwas ganz anderes macht unserem Liebling zu schaffen. Wie wäre es, wenn du sie mal wickelst?"

Franzi sah den beiden zu, die das Problem gemeinsam angingen. Zum ersten Mal in ihrem Leben spürte sie eine leise Sehnsucht nach einem eigenen Kind in sich.

39 Franzi

So traurig sie war, Jule und ihre kleine Familie wieder verlassen zu müssen, so froh war sie, endlich bald bei Lukas zu sein.

Als sie im ICE von Hamburg nach Hannover saß, rief ihre Mutter an, die sie dringend persönlich sprechen wollte. Und so verabredeten sie sich spontan am Hauptbahnhof in Hannover, bevor Franzi weiter nach Hameln fuhr. Das konnte nur eines bedeuten. Ihre Mutter wollte ihr etwas Wichtiges mitteilen. Sie konnte den Zeitpunkt, bis sie in Hannover ankam, kaum erwarten.

Franzi eilte durch den Bahnhof zum vereinbarten Treffpunkt, dem Eiscafé, das neben dem Haupteingang des Bahnhofsgebäudes lag. Ihre Mutter wollte eigens für diese Unterredung von Braunschweig nach Hannover kommen. Sie saß bereits an einem der Tische und sprang auf, als Franzi durch die Tür trat.

„Da bist du ja, Franzi. Komm, ich habe uns einen ruhigen Tisch ausgesucht. Magst du was trinken?" Ihre Mutter strich ihr behutsam über die Wange.

Franzi schüttelte den Kopf. „Erst mal nicht. Oder doch, ich nehme ein Wasser. Was ist es, das du mir sagen willst? Du siehst ziemlich durch den Wind aus."

Seufzend ließ sich ihre Mutter auf ihren Stuhl fallen. „Bin ich auch."

„Dann spann mich nicht länger auf die Folter.“ Wie nervös ihre Mutter war, erkannte sie daran, wie ihre Hände das Tuch kneteten, das sie sich vom Hals gezogen hatte.

„Weißt du, wie der Vater von Jule hieß?“

„Reinhard, warum?“ Hatte etwa ihre Mutter …

„Ich kannte einen Reinhard, kurz bevor ich deinen Vater kennenlernte. Wir waren zwei-, dreimal intim.“ Wie schwer ihr das Geständnis fiel, konnte Franzi ihrer Mutter ansehen. „Es war von Anfang an klar, dass es nichts Festes werden würde. Wir passten nicht zusammen, das merkte ich ziemlich schnell. Und dann eröffnete er mir, dass er verheiratet ist. Wenige Tage nachdem wir auseinandergingen, lernte ich Papa kennen und verliebte mich sofort in ihn. Ein Gefühl, das ich bei diesem Reinhard so nicht verspürt hatte. Papa ging es ebenso wie mir. Beinahe sofort wurde ich schwanger, trotz Pille. Ich stellte nie infrage, dass Papa nicht dein Vater sein könnte. Doch nun frage ich mich, ob es dieser Reinhard war, der dich zeugte.“

„Mama.“ Mehr fiel Franzi nicht ein, ihr fehlten buchstäblich die Worte. Dann sah sie Tränen in den Augen ihrer Mutter schwimmen. Spontan sprang sie auf und umarmte sie. „Schon gut, nicht weinen. Ich verstehe, dass dich das mitnimmt.“

„Was können wir tun, um Gewissheit zu bekommen?“

„Noch einen Test machen mit deiner DNA und am besten auch mit Lottas. Mit Lotta hätten wir auch Papas DNA, vorausgesetzt, du hattest nichts mit einem weiteren Mann.“

„Franzi!“

„Entschuldige. Ich will nur sichergehen. Hätte ich das geahnt, hättet ihr von Anfang an beide an dem Test teilnehmen können. Mir war allerdings nicht klar, dass das unter Umständen nötig wäre."

„Okay, machen wir das. Ich muss Gewissheit haben. Selbstverständlich übernehme ich die Kosten. Und weißt du was, ich bin froh, dass Papa das nicht mehr miterleben muss. Es würde ihm das Herz brechen."

Das glaubte sie auch. Nicht zum ersten Mal in ihrem Leben war sie froh, dass ihr Vater einiges nicht miterleben musste. Zum ersten Mal hatte sie so empfunden, nachdem sie angeschossen worden war, und zum zweiten Mal, als sie den Polizeidienst quittierte. All diese Ereignisse hätten Papa sehr zugesetzt und das, was jetzt kam, besonders.

„Wie geht das vonstatten?"

Franzi riss sich von den Gedanken an ihren Papa los. „Ich werde einen neuen Test bestellen. Du, Lotta und ich geben eine Probe ab und warten auf das Ergebnis. Das von Jule und mir hat einige Wochen gedauert."

„Okay, das machen wir. Und nun erzähl mir von dem Baby."

„Warte, ich habe eine Menge Fotos gemacht." Franzi wühlte in ihrer Tasche nach dem Handy und schmunzelte. „Die arme kleine Luisa konnte sich ja nicht wehren."

Als sie den Umschlag vom Testzentrum aufriss, saßen Mama und Lotta bei ihr. Lukas hatte sich verkrümelt, weil er der Meinung war, sie sollten in diesem entscheidenden Augenblick lieber unter sich sein.

Es kam genauso, wie sie es geahnt hatte. Nur die DNA ihrer Mutter stimmte bei Lotta und ihr überein. Damit war klar, Lotta und sie hatten verschiedene Väter. Die Übereinstimmung mit Jule hatte sie ja bereits. Jules Vater war auch ihr Vater.

Sie wusste nicht, was sie fühlen sollte, denn sie kannte ihren Erzeuger nicht und es gab keine Chance, ihn jemals kennenzulernen. Für sie blieb der Mann, der sie aufgezogen und über alles geliebt hatte, ihr Papa. Daran würde sich nichts ändern.

Aber sie hatte eine weitere Schwester bekommen, dazu einen Schwager, der zudem noch berühmt war, und eine hinreißende Nichte. Und zwischen Lotta und ihr würde sich sowieso nichts ändern, sie waren von klein auf ein Herz und eine Seele. So würde es immer bleiben und auch Lotta war der Meinung, alles andere sei nur Papier.

Nur um Jule tat es ihr leid, da sie nun erfahren musste, dass ihr Vater fremdgegangen war.

Epilog

Ein Jahr später

„Sind sie nicht ein schönes Paar?", flüsterte Franzi und sah Lukas von der Seite her an.

„Das sind sie", bestätigte er leise und drückte zärtlich ihre Hand.

Und als wollte sie dem Gesagten zustimmen, gluckste Luisa Franziska in ihrem Buggy vergnügt vor sich hin. Franzi hatte die Aufgabe übernommen, während der Trauung auf die Kleine aufzupassen, und schenkte dem zauberhaften Wesen ein Lächeln. Nach der Trauung von Jule und Ben sollte ihre Tochter getauft werden. Franzi konnte immer noch nicht fassen, dass sie neben Pauline und Greta Patin werden sollte. Und dass Jule ihrer Tochter den Zweitnamen Franziska gegeben hatte.

„Du bist meine einzige verbliebene Blutsverwandte neben meinem Kind und wir haben uns erst vor wenigen Monaten gefunden", hatte Jule erwidert, als Franzi von der Namensgebung erfuhr. „Da steht es für mich außer Frage, meinem Kind deinen Namen zu geben. Das Schicksal hat dich nach Amrum gespült und etwas Besseres konnte nicht passieren. Und keine Sorge, Ben ist der gleichen Meinung."

„Na ja, eigentlich war Lukas derjenige, der das alles ins Rollen brachte."

„Dafür werde ich ihm ewig dankbar sein."

„Ich auch. Auch wenn ich anfangs ziemlich sauer war, weil er mich unter falschen Voraussetzungen nach Amrum lockte. Aber das konnte ich ihm verzeihen, nachdem er mir hoch und heilig versprach, mich nie wieder so zu hintergehen und künftig immer sofort offen mit mir über alles zu reden."

Franzi konzentrierte sich wieder auf den Traugottesdienst. Ob sie auch irgendwann einmal heiraten würden? Noch hatten sie das Thema nicht angesprochen, immerhin waren sie erst knapp ein Jahr zusammen. Vor einigen Monaten erst hatte Lotta geheiratet und nun Jule. Ihre beiden Schwestern. Das war doch ein gutes Omen, oder?

Sie schielte zu Lukas, der ganz konzentriert dem Pastor zu lauschen schien. Sie liebte ihn, diesen Mann neben sich. Und das, wo sie ihn anfangs nicht ausstehen konnte und ihm ständig unterstellt hatte, er würde ihr Aufträge wegschnappen. Aber das war vorbei. Mittlerweile betrieben sie seine Detektei gemeinsam. Dadurch gab es keine Konkurrenzkämpfe mehr und da keine weitere Detektei in Hameln ansässig war, kamen sie gut über die Runden. Hoffentlich blieb das auch in Zukunft so.

Lukas beugte sich zu ihr und hauchte ihr einen Kuss auf die Schläfe. „Ich liebe dich", flüsterte er ihr ins Ohr. „Willst du mich heiraten?"

Sie japste nach Luft, ihr Herz fing an zu rasen. Sie musste sich verhört haben, anders war es nicht möglich. Oder spielte ihr das Unterbewusstsein einen Streich?

„Franzi?", flüsterte Lukas.

„Ja?“

„Heißt dein Ja jetzt Ja?“ Lukas sah ziemlich irritiert aus.

„Ähm … wieso?“

„Weil ich dich gerade gefragt habe, ob du mich heiraten willst“, sagte er deutlich lauter.

Die Gäste in der Sitzreihe vor ihnen drehten sich mit neugierigen Mienen zu ihnen um.

„Ich … ich dachte, dass ich das nur geträumt oder mir gewünscht habe“, flüsterte Franzi aufgeregt.

„Und was heißt das jetzt?“

„Hast du mich das jetzt wirklich gefragt?“ Franzi war sich immer noch nicht sicher, ob sie an Halluzinationen litt.

„Das habe ich.“

Vor ihnen grinste eine ältere Dame und zwinkerte ihr verschwörerisch zu. Wenn sie sich recht erinnerte, hieß sie Gerda und war eine Freundin von Jule.

Plötzlich fiel es Franzi wie Schuppen von den Augen. Sie hatte tatsächlich eben einen Heiratsantrag bekommen. Sie straffte ihren Rücken, wandte sich dem Mann, den sie liebte, zu und sagte mit lauter Stimme: „Ja, ich will.“

Es wurde mucksmäuschenstill in der Kirche. Sogar der Pastor schwieg. Alle starrten zu ihr und Lukas.

„Noch ein Brautpaar“, rief jemand.

Das Blut pulsierte wie verrückt durch ihren Körper, ihre Wangen brannten vor Verlegenheit. Verdammter Mist! Jetzt hatte sie Jule und Ben die Trauung vermasselt. Doch dann sah sie, wie die beiden Blicke tauschten und dann anfingen zu klatschen. Sämtliche Gäste fielen mit ein. Das war so verdammt peinlich und dennoch mit das Schönste, das sie je erlebt hatte.

Danke

Wie schon bei den vorangegangenen Inselromanen konnte ich während der Entstehung dieser Geschichte auf die Unterstützung lieber Menschen zurückgreifen.

Allen voran die Amrumerin Irma K., die ich auch dieses Mal löchern durfte, wenn mir etwas inseltypisches unklar war. Christiane W., die mir nach einer Umfrage zur Titelwahl den Vorschlag „Herzleuchten am Meer“ machte und mich mit diesem Titel mitten ins Herz traf. Ich danke euch von Herzen.

Er schrieben mich Insulanerinnen (schon vor einigen Jahren) an, nachdem ich in einer Facebook-Amrum-Gruppe nach ihren Erfahrungen bezüglich Inselgeburten fragte. Da erfuhr ich, dass es keine Hebammen mehr auf den Inseln gibt, und dass Gebärende etwa zwei Wochen vor der Geburt auf dem Festland wohnen sollen. Danke dafür. Somit ist die geschilderte Version von Jule realistisch.

Auf meine Umfrage, ob schon mal jemand als Komparse bei einem Film, der auf der Insel gedreht wurde, dabei war, bekam ich mehrere Schilderungen von Urlaubern und Urlauberinnen sowie Einheimischen über ihre Erfahrungen. Herzlichen Dank für diesen Input. Da ich selbst noch nie das Vergnügen hatte, an ein Filmset zu dürfen, fand ich das sehr informativ.

Ganz besonders dankbar bin ich Frau Drijver-Schepers von DNA-Test24.de, die mir sehr ausführlich erläuterte, wie eine DNA-Untersuchung verläuft und ein Testergebnis für Halbgeschwister letztendlich aussieht.

Liebe Bloggermädels, euch ein liebes Dankeschön für eure Unterstützung und die Verbreitung dieses Inselromans. Ich bin sehr froh, euch an meiner Seite zu wissen.

Danke auch an das herzliche und engagierte Verlagsteam, dem Grafiker Herrn Riethmüller, der dieses wundervolle Cover entworfen hat.

Ein dickes Danke geht an meine Familie, deren Rückhalt mich immer wieder aufbaut, wenn es mal nicht so läuft. Ich liebe euch.

Auch bei Ihnen liebe Leserinnen und Leser möchte ich mich bedanken. Dafür, dass Sie mir die Treue halten, oder vielleicht zum ersten Mal einen Roman von mir in den Händen halten. Ich hoffe sehr, dass Sie schöne Lesestunden mit Franzis Geschichte genießen konnten.

Vielleicht begegnen wir uns irgendwann einmal auf einer der Buchmessen oder einer Lesung – vielleicht sogar auf Amrum?

Im Verlag CW Niemeyer bereits erschienen ...

EINE INSEL, ZWEI HERZEN UND EIN CHAOS DER GEFÜHLE

Männer und Liebe sind seit Jahren kein Thema für Jule Petersen. Ihr ganzer Lebensinhalt ist ihre beschauliche Pension auf Amrum, um deren Zukunft sie sich sorgen muss. Als sich im Winter der überaus attraktive Ben gleich für mehrere Wochen bei ihr einquartiert, erweist er sich als ihr Rettungsanker – und das nicht nur in finanzieller Hinsicht. Auch wenn sie sich anfangs dagegen wehrt, kann sie sich seinem Charme nicht entziehen. Dann aber stellt sich heraus, dass Ben ein ganz anderer zu sein scheint, als er vorgibt und Jules kleine Welt bricht erneut zusammen …

Rosita Hoppe. Glück am Meer
352 Seiten. Klappenbroschur. ISBN 978-3-8271-9478-7
E-Book 978-3-8271-8537-2 (Pdf)
978-3-8271-8336-1 (Epub)

Im Verlag CW Niemeyer bereits erschienen ...

Was, wenn Moritz und seine Kollegen vom Rettungsdienst nicht erst viel zu spät am Unfallort eingetroffen wären, um Alex medizinisch zu versorgen? Was, wenn Sophie den Sanitäter nachher nicht noch einmal aufgesucht hätte, um sich für ihre ungerechtfertigte Attacke zu entschuldigen, nachdem sie erfahren hat, warum er nicht früher da war? Vielleicht wären sie sich nie wieder begegnet und hätten jeder für sich mit dem verunglückten Rettungseinsatz und seinen Ursachen und Folgen klarkommen müssen. Doch das Schicksal will es anders, und irgendwann lautet die Frage vielmehr: Was, wenn du dich ausgerechnet in den Mann verliebst, der dich immer wieder an die schlimmsten Minuten deines Lebens erinnert? Oder in die Frau, die gerade erst ihren Freund verloren hat?

Petra Bunte. Weil jede Minute zählt
480 Seiten. Klappenbroschur. ISBN 978-3-8271-9547-0
E-Book 978-3-8271-8576-1 (Pdf)
978-3-8271-8375-0 (Epub)

#niemeyerbuch

Jetzt kein Buch mehr verpassen

Im Verlag CW Niemeyer bereits erschienen ...

Endlich ist ein wenig Ruhe in Cosimas Leben eingekehrt. Sie hat mit ihren Eltern und ihrer Vergangenheit als Politikertochter gebrochen und wohnt auf einem Mehrgenerationenhof. Halt findet sie in ihrer Leidenschaft: dem Backen. Alles läuft prima, bis Vincent Kaufmann, Mädchenschwarm aus ihrer ehemaligen Schule, plötzlich wieder in ihrem Leben auftaucht … Einfach so, aus heiterem Himmel? Daran glaubt Cosima nicht. Vor allem, weil ihre Väter in einigen Angelegenheiten gemeinsame Sache machen und sich dabei nicht immer an die Spielregeln halten …

Britta Orlowski. Ein Kuchenstück zum Liebesglück
368 Seiten. Klappenbroschur. ISBN 978-3-8271-9503-6
E-Book 978-3-8271-8560-0 (Pdf)
978-3-8271-8359-0 (Epub)

Im Verlag CW Niemeyer bereits erschienen ...

Emma Hansens 5. Fall

Ein abgelegener See in der Pfalz. Ein versenktes Auto. Auf dem Fahrersitz eine grausam entstellte Frauenleiche – die Haare verbrannt, die Zähne gezogen, das Gesicht zertrümmert. Als Emma Hansen übernehmen soll, ahnt sie noch nicht, dass dieser Fall persönlich wird. Denn die Tote kümmerte sich als Kindergärtnerin auch um Emmas Sohn Luiz. Wie sich herausstellt, führte Josephine „Josy" Neufeld ein geheimes Doppelleben. Musste sie deshalb sterben? Oder ist sie einem Serientäter in die Hände gefallen, der seinen Opfern ihre Schönheit rauben will? Schon einmal ist eine junge Frau auf grausame Weise ermordet worden. Und der Täter ist bis heute nicht gefasst ...

Jörg Böhm. Und ewig sollst du schweigen
352 Seiten. Klappenbroschur. ISBN 978-3-8271-9498-5
E-Book 978-3-8271-8558-7 (Pdf)
978-3-8271-8357-6 (Epub)